Portraits and Observations:
The Essays of Truman Capote

肖像与观察：卡波蒂随笔（上）

〔美〕杜鲁门·卡波蒂——著　吕奇——译

上海译文出版社

图字：09－2009－741号

图书在版编目(CIP)数据

肖像与观察：卡波蒂随笔／(美)杜鲁门・卡波蒂(Truman Capote)著；吕奇译. —上海：上海译文出版社，2020.9
(卡波蒂作品)
书名原文：Portraits and Observations：The Essays of Truman Capote
ISBN 978－7－5327－8553－7

Ⅰ.①肖… Ⅱ.①杜…②吕… Ⅲ.①随笔－作品集－美国－现代 Ⅳ.①I712.65

中国版本图书馆CIP数据核字(2020)第166087号

肖像与观察：卡波蒂随笔(上、下)
[美]杜鲁门・卡波蒂 著 吕奇 译
策划/冯涛 责任编辑/宋佥 装帧设计/张志全工作室

上海译文出版社有限公司出版、发行
网址：www.yiwen.com.cn
200001 上海福建中路193号
山东韵杰文化科技有限公司印刷

开本 850×1168 1/32 印张 22.25 插页 12 字数 419,000
2020年11月第1版 2020年11月第1次印刷
印数：0,001—5,000册

ISBN 978－7－5327－8553－7/I・5268
定价(上、下册)：142.00元

上册目录

新奥尔良

(1946)

院子里伫立着一尊黑石天使像，天使的头部高耸在巨大的象耳草叶上方；天使明亮的眼睛，凝望着天空，像水手的眼睛一般，经过海水的冲刷变得蔚蓝。蓊蓊郁郁中，你可以站在一个隐秘的阳台上看到那尊天使像——这是我的阳台。我就在上面的三间房里住过，房子虽年代久远，却一尘不染，屋顶就像是婚礼上做工精细的蛋糕，宽敞的拉门，高大的落地窗。每逢暖暖的傍晚，只要这些窗子是开着的，屋内总会传来欢声笑语，清风拂过里屋，沙沙的响声，就像老奶奶在扇着扇子。在这样和暖的夜幕下，整个城镇也格外寂静。唯一能听到的说话声，是爬满了常春藤的门廊里交织着的家长里短；一个打着赤脚的妇女嘴里哼着歌谣，在人行道上摇着摇篮，大庭广众之下，哄着她怀里的宝宝进入梦乡；一个不耐烦的女子，坐在阳台上，一边嘟囔着外语，一边拔着鸡毛，准备把鸡扔进油锅，鸡毛从她的手中散落，慢慢悠悠地在空中飞舞，慵懒地徐徐飘落。

一天早上——我估计应该是十二月的某个礼拜天吧，天气阴冷，黯淡无光——我穿过那片街区，到老集市上去，每年的这个时候，集市里总会有些精美的时令水果兜售，譬如二十美分一打的蜜橘，还有冬日的鲜花——圣诞节用作装饰的一品红，以及白山茶。新奥尔良的街道通常呈现的是一幅幅漫长而孤寂的景象；

闲暇时，这里的氛围和契里科很像，一切都是那般质朴，通常情况下(亮光穿过百叶窗的空隙斜射进来，透过百叶窗，你可以看见远处走动的修女，一只肥硕黝黑的胳膊懒洋洋地搭在窗台，一个寂寞的黑人小男孩正蹲在巷子里吹着肥皂泡，黯然神伤地望着这些泡泡飞到半空，相继破掉)可以从中看到激情。如今，在这样的一个早上，我驻足在街区的中央，一动不动，因为从我眼角的视线中，看到了一条地下隧道，一个杂草丛生的院子。一只凶神恶煞的白色猎犬一动不动地站在绿色的蕨类植物里，隧道的尽头闪着亮光，于是我不由自主地走了过去。隧道里面有一个喷泉；水从一个猴子模样的铜制雕塑嘴里溢出来，落在池中的鹅卵石上，发出清脆而凄楚的响声。他吊在一棵垂柳上，模样像个匪徒，一头铂金色的卷发，悬吊的身体绵软无力，就像这棵垂柳一样。恐惧飘浮在这样一座安静得令人窒息的花园里。紧闭的窗户袖手旁观；蜗牛沿着象耳草闪亮的银色区域爬行，除了他的影子，其余的都一动不动。垂柳前后晃动了一下，却并没有风。他手上戴的人造钻戒在阳光中一闪一闪，手臂上纹着一个名字，“弗朗西”。那只猎犬低下头去喝池中的水，于是我快步走开了。弗朗西——他自杀，莫非是因为她的缘故？我不清楚。新奥尔良是个神秘的地方。

我那岩石天使像的玻璃假眼就像是日晷，它们可以通过太阳光聚焦在上面的光量来显示时间：正午时分，是纯白色，而后会变得越来越暗，到了日暮时分，眼睛的颜色就会变深、变黑——暮色中的天使像，头上是那双暮色的眼。

一群金发小女孩，嘴唇干枯，正觊觎着屋子前方日渐倾斜的广告海报：畅饮纳特博士、胡椒博士、内喜、葡萄果汁、七喜、可乐、可口可乐。新奥尔良，素来也是以软饮料招牌而著称，在这方面同每一个南方城镇并无二致；孤寂的街区，大街小巷中，可口可乐的瓶盖密密麻麻，铺满路面，雨后，这些镶嵌在尘土中的瓶盖熠熠生辉，像是掉在地上的 10 分硬币。海报剥落了下来，横七竖八，散落一地，而后暴风又将它们吹散到沿街遍地，像是沙漠鼠尾草——当然也有人觉得这些海报还挺漂亮的；还有人把它们捡回去糊在墙上，和纳特博士、胡椒博士还有可口可乐的广告美女们放在一起，整日在租户们的床头挂着笑脸，夜晚扮演守护者的角色，早上又成了接受膜拜的圣人。海报随处可见，有拿粉笔写的，有印出来的，还有画出来的："奥特加夫人——读物集"，"最爱的部分"，"魔幻文学"，"看见我"；"若你无事可做"……"不要在这儿做这事"；"你准备好见上帝了吗"；"当心恶狗"；"关爱可怜孤儿"；"我是一个聋哑寡妇，家里还有两张嘴要喂"；"注意：今晚我们教堂有蓝翼歌手(手写签名)牧师"。

爱尔兰海峡区的有个门上一度还贴着这样一则海报："入内可瞻仰耶稣矗立之地。"

"你想干吗？"我按门铃的时候，一个妇女这样问道。"我想看看耶稣矗立的地方，"我对她说，一时间，她看上去有些茫然；她脸上的褶子，像是被刀刻过的一样，脸上的颜色，如同棉花糖一样雪白；她既没有眉毛，也没有睫毛，穿着印花棉和服。"你年纪太小，亲爱的，"她说着，发出一阵诡异的笑声，笑得连乳房都上下颤动，"你个鬼家伙太小了，看个什么耶稣矗立之地。"

我所在的街区，有一家咖啡馆当之无愧是最无趣的一家，那儿也是新奥尔良客人最少的一家，通常这里会是办丧事的地方。

不过这家的老板娘莫里斯·奥托·昆泽太太，看上去似乎并不介意；她整天就坐在酒吧的后面，摇着蒲扇乘凉，除了打打苍蝇，几乎不怎么动弹。酒吧后面破旧的镜子上贴着七则内容相近的箴言：不要担心生命……没人能活着出去。

7月3日。Y小姐上周寄了一封“在家”邀请卡[①]，于是我当天下午前去拜访。她以她那种古朴的方式给人愉悦，同时令你不禁莞尔，虽然她并非有意为之。我们初次邂逅时，我就想到了埃德娜·梅·奥利弗；她俩当然有一些相像之处。Y小姐说话的语气像是事先酝酿好的，但她说的话却很随性，而她雪利酒颜色的眼睛，无时无刻不在环顾四周。她的体态像是当兵的，手里拿着马六甲拐杖，因为一只腿短嘛，这番情形，使得她走路的时候一蹦一跳，那样子活像企鹅。“我像你这么大的时候，这事儿让我很难过；的确，我得说确实如此，因为爸爸非逼着我去参加各种舞会，到了那儿我们就坐在漂亮的金色小椅上，我们就坐在那儿。没有一个男士邀请Y小姐跳舞，的确没有，不过有一年冬天，琼斯先生到这里来了，这个年轻人来自巴尔的摩，可是天啊！——可怜的琼斯先生——从梯子上摔了下来，唉——摔断了脖子——当场就一命呜呼了。”

我对Y小姐的兴致是纯逻辑性的，我也不是像她想的那种朋友，这点我得承认，尽管有些难为情，因为你无法对Y小姐有亲近之感：她太像是一个童话了，她真实存在——又虚不可及。正如她自家客厅中的钢琴——优雅，却有些走调。她的房子即便是

① “在家”邀请卡源于19世纪的社交界，女主人向受邀的客人寄去一张写明自己何日在家的卡片，意即邀请客人前来参加当日的晚会沙龙。

在新奥尔良也足够老旧，周围的黑色铁护栏同样是破破烂烂；她住在一个贫穷的街区，街区里，房屋出租、加油站、自动点唱机酒吧的招牌随处可见。不过，在她一家子当年刚刚来此居住的时候——当然，这是多年以前的事了——在新奥尔良找不到比这里更好的住处了。这座房子被倾斜的大树庇护得严严实实，从外部来看，简直就是一片黑影；但房屋的内部，Y小姐家族传承的奇幻风格随处可见：在她从鸟翼形楼梯上走下来的时候，颤颤巍巍的拐杖点地的声音清晰可辨；她的脸，像一块皴皱的丝绸，映射在高及天花板的镜子里仿佛烟雾；她低下身子(注意，她在做这个动作的时候，格外注意保护好自己的身子骨)，坐在她父亲的父亲的父亲的椅子上，椅座看上去朴素得离谱，椅子上还有一对狮子头扶手。在屋内昏暗的光线下，她看上去漂亮而安详。这些就是她童年时期的围墙、栅栏和家具。“有些人生来就变老；譬如说我，就是一个怎么都找不到闪光点的坏孩子。可我喜欢变老。老了会让我某种程度上感到更加——”她迟疑了一下，打了手势指着昏暗的客厅——“更加舒坦。”

Y小姐不相信新奥尔良之外的世界；有时候，她的这种狭隘会带来一些近乎可怖的言论，就像今天一样。我向她提及近期的纽约之旅，而后她皱起一边的眉头，轻声地说道，“哦？乡村里都发生了哪些事情？”

1. 我在想，为什么新奥尔良所有的计程车司机，听他们说话都像是从布鲁克林进口过来的？

2. 对这里的食物，众人已久闻其名，诸如阿诺德和科博这样的餐馆算得上是全美数一数二的，或许这半点不假。这些餐馆的氛围很吸引人，也很宽松：慢悠悠的电扇，一张张大桌子，没有嘈杂的人群，有的是一片宁静，服务员都是临时工，而服务却很专业，看起来像是专为服务业而生的。我的一个朋友，在谈及新奥尔良和纽约的时候，曾说到过类似的东方菜肴，且不说价位比这里的要贵上许多，由于有些大厨过分矫揉造作，加上一些华而不实的配菜，已近乎于繁琐。正如大多数的极品一样，新奥尔良美食的特质，在他看来，正是源自于它那天生的简约质朴。

3. 一直以来，对于“老式的魅力”这个说法，我多少有些反感。这里的建筑也好，古玩店也罢(存在于这样的城市当中真的是实至名归)，抑或是在法国集市周遭听到的方言交谈，我想你都能从中发现这一点吧。然而新奥尔良与南部的其他城市相比，却算不上更有魅力——事实上，还不及那些城市，因为这儿是最大的。这座城市最主要部分的构成是精神洼地：远离观光带的街道与城区。

(选自致 R. R 的信)楼下的公寓又有新人入住了，也是去年的第三拨租户；这公寓是一个临时的栖身之所，总有问候与话别。我初来乍到的时候，这里住着一个名副其实的恶棍。此人不拘小节，衣着邋遢，人品恶劣——属于那种沉迷酒精、放荡不羁的好色之徒。巴迪先生——光杆乐队。要是你此前在哪儿见过此人，那也再正常不过——当然不是说在这里见过，而是在别的城市，因为他总是东奔西走，居无定所，一个人，带着他的旧班卓琴、架子鼓和口琴。我时常碰见他在不同街头的角落里敲个不停，周围聚集着一帮游手好闲的人。意识到他是我的邻居后，这样的碰面总是让我一阵难受。现在说句实话，他的歌唱得也不算差劲——事实上，还挺出众的，某天下午很晚的时候，他伴着吉他唱着民谣，算是自娱自乐的那种吧，歌声鬼魅，带着悲伤与酒精：恋爱中的人啊，是多么可怕。

“嘿，小子，说你呢！站住……”我就是他喊的那个你，因为他根本不知道我叫什么，也没什么兴趣知道。“给我下来，帮我去杀了一对情侣。”

他的阳台比我的还小，爬满了紫藤花，幽香扑鼻；屋子里也没什么像样的家具，于是我们就坐在绿荫下的地上，喝着一种杜松子酒，跟药用酒精差不多的那种，他开始拨弄吉他的琴弦，哀伤的旋律令他震颤的声音愈发突出。“全玩儿完了，来的来，去的去，一切的一切；六十五，任何跟我交往过的女人都不会跟其他人怎么样；是啊，我有过很多妻子，很多儿子，可上帝才知道他们过的如何——我也压根儿不在乎——大概除了朗达·凯伊。有一个女人，嗯，甜蜜动人，和我也是格外来电！无时无刻不激情四射，后来她又嫁给了一个牧师，生了四个孩子——五个，算上我的那个。我总在想到底是个——儿子还是女儿呢——儿子吧，我想。我那些女人总是生儿子……那都是多年以前的事儿了，发生在田纳西州的孟菲斯，没错，哪儿都去过，去过监狱，去过像洛克菲勒住的那种豪宅，来的来，去的去，周而复始。”

他就一直这么唱啊唱啊，直到月亮出来，他的嗓音变得像蛤蟆一样低沉，吐字含糊不清。

他的脸，脏兮兮又皱巴巴，带有一种欺骗性的善良，眼神看上去很幼稚，但他的眼睛是斜的，像东方人的模样，他把指甲也蓄得很长，尖得像把小刀，像中国佬[1]那样磨得锃亮。“留着方便

① 原文为Chinaman，旧时对华人的蔑称。

抓痒吧，打斗的时候还能随时派上用场呢。”

他总是穿着单一：一条黑长裤，一双红袜子，像发动机的颜色，一双网球鞋，足尖有个豁口，图个舒服，一身大礼服，一件灰色天鹅绒马甲，他说，是他的先辈本杰明·富兰克林穿过的，还有一顶贝雷帽，上面镶着“把票投给罗斯福”的钮扣。他身边没什么亲朋好友——他确实有过一大帮女性朋友——每周一换，这一点不假，而哪个女人不给他做饭的时候却几乎没有；每逢那些场合，我登门造访的时候，他总会很谦虚而又不失威严地说，“认识一下巴迪太太。”

一天深夜，我一觉醒来，隐隐感觉身边还有人在；没错，房间里确实有人，我从镜子里可以看到月光下的这个人。就是他，巴迪先生，鬼鬼祟祟地打开写字台抽屉，随后又把它关上，忽然间，我的一盒硬币散落在地板上，蹦蹦跳跳，滚得遍地都是。这个时候，任何的掩饰都无济于事，于是我打开台灯，巴迪先生看着我，俨然一副光明正大的表情，没有半点狼狈的神色，他咧着嘴笑道。“听着，”我从未见过他如此清醒的样子，他说，“听着，我立马就得离开这儿了。”

我不知该说什么好，他望着地板，脸色开始有些泛红。“行行好，做点好事吧，你有钱吗？”

我只好指了指地上散落的硬币；他二话没说，便蹲了下来，把这些硬币拢在一起，挺着腰杆，出了房门。

第二天早上他就不见了踪影。三个女人来此打听过他的下落，我也不知道他身在何处。或许他是去了莫比尔。如果你在那附近见到他，R，请给我寄张明信片过来，好吗？

我想有个肥老妈，耶！耶！猎枪的手指，长得像香蕉，厚得像莳萝泡菜，敲击着琴键，脚跺着地板，令整个酒馆震颤。猎枪！本城最盛大的演出！狗屁不值的歌唱，可老兄，他居然可以弹琴——听啊：她体温夏天凉来秋天暖，四季老妈的好啊说不完……他就这么唱着，肥硕的嘴巴大张着，活像鳄鱼的大嘴，他那红红的舌头，品味着这段旋律，钟情着这段旋律，与它尽鱼水之欢；啪，猎枪啊，啪啪啪……看着他大笑的样子，那张疯狂的黑色面孔，满是子弹掠过的伤痕，伴着汗滴闪烁。还有他不知道的人间罪恶吗？不过有些遗憾……几乎没有白人与猎枪谋面，因为这是间黑人酒馆。去年圣诞节留下的落满尘土的装饰，为油漆剥落的墙面平添了色彩；橙、绿、紫相间的条纹瓦楞纸，悬挂在没有灯罩的灯泡旁，在慢悠悠的电风扇中来回摇晃，酒馆老板是个混血儿，长得挺英俊，乳蓝色的眼睛耷拉下来，他倚靠在吧台，大声吆喝，“朝这儿看，你以为这是什么地方，施舍铺子吗？收起你那两毛五，黑鬼，快给老子滚开。”

这是个礼拜六的晚上。屋子在香烟的云雾缭绕和周六晚间的香气中漂浮了起来。所有油腻的小木桌周围都有两圈椅子，大家彼此认识，一时间整个世界就存在于这间屋子里，这间漆黑、奔放而又恐怖的屋子；我们的心跳就是猎枪的步点，我们生命中每个欢愉的元素都浓缩在他那凶险的眼睛里。我想有个肥老妈，耶！耶！他在凳子上一直说唱着，抬起头正视着我们，夜色中升起一片急促的呐喊声：我想有个肥老妈，浑身是肉尽摇摆。

纽约

（1946）

这座城市，这些房屋和窗户，这些蒸汽升腾的街道，是一个神话；对任何人，对所有人，都是一个不同的神话，是一尊神像的头部——交通信号灯如同眼睛一般眨动，一边是柔和的绿，一边是嘲弄的红。这座岛屿，犹如钻石冰山漂浮在河水之上，称之为纽约也好，抑或别的名字也罢；名字几乎不重要，因为只要是从别处更大的现实中来到这里，人们就只是在找寻一座城市，一个隐藏自我、迷失自我或是发现自我的地方，一个可以做梦的地方，在梦中，你会证明自己也许毕竟还是个了不起的人，是个值得爱的人，而并非像你当初坐在门廊上，看着一辆辆福特汽车疾驰而过时所想的那样，并非像你在计划寻找一座城市时所想的那样，只是一只丑小鸭。

上周两次见到嘉宝，一次是在剧院，她就坐在我旁边的位置，另一次是在第三大街的一家古董店。十二岁时，我遭遇到一连串的不顺和变故，所以经常待在床上，将大部分时间用来创作一部戏剧，该剧将由世界上美貌绝伦的女人来担纲主演——在随剧本寄出的信中，我就是这样描述嘉宝小姐的。但是，那部剧和那封信都如泥牛入海，有很长一段时间，我都感到忿忿不平，一直难以排解，直到那天晚上，我的心猛然一动，认出了旁边座位上的那个女人。我惊讶地发现她居然那么娇小玲珑，那么明艳动人：正如罗兰·麦克基弗所说，就连在那些你通常以为不会显现出色彩的线条上也流淌着颜色。

有人问，“你觉得她到底是不是个聪明人？”在我看来，这些问题简直荒谬至极；说实在的，谁在乎她聪不聪明呢？只要能有这样一张面孔存在，显然就足够了，尽管嘉宝本人肯定为拥有这张面孔而承担的可悲责任开始感到后悔。说她希望孤独，也并不可笑；她当然就是这么想的。我猜那是她唯一一次不觉得孤独的时候：如果你走上了一条孤独的路，你总是会带着某种愁绪，而人们却不会在大庭广众之下悲悲切切。

昨天，在古董店里，她逛来逛去，专心致志地端详各种物件，却并不对任何东西真正感兴趣，有那么一瞬间的冲动，我想不妨去跟她搭个话，要知道，那只是为了听听她的声音；那一瞬间过去了，谢天谢地，她很快就出了店门。我走到窗边，目送她迈着大大的、轻快的步伐，沿着黄昏中青灰色的街道匆匆走去。到拐角处她犹豫了片刻，似乎不确定要走哪个方向。街灯亮了，强光如变戏法般突然凭空在街道上造出一面光秃秃的白墙：风儿吹拂着她的衣衫，嘉宝，孤身一人，依然是世界上美貌绝伦的女人，嘉宝，一个象征，朝白墙径直走去。

今天与M共进午餐。对她，你还能怎么着呢？她说钱终于花光了，只要她不回家，她的家人就绝不会伸出援手。挺狠心的，我想，但我告诉她我觉得她别无选择。当然，在一定程度上，我认为她不可能回家。她属于那种转眼间就被纽约不可救药地困住的人，那种有才的庸人；既太过精明，无法接受小地方的气候，又不够精明，无法在自己深切渴望的环境里自由呼吸，所以只好在纽约这个社会的边缘焦虑不安地勉强维持。

唯有成功，而且是处于危险巅峰时的成功，才能带来解脱，但对于缺乏技艺的艺术家而言，永远是无从缓解的紧张和无法诞生杰作的焦躁。如果追求成功的压力不是那样巨大，也许情况会不一样。他们觉得必须证明点儿什么，因为他们大多来自美国中产阶层，对其中的敏感者来说，对其中有能力去作一番尝试的年轻人来说，这个阶层的语言越来越贫乏，而他们的努力并没有立刻为他们带来金钱上的回报。如果文明坍塌了，那些继承者在废墟中找到的会是金钱吗？还是一尊像、一首诗或者一出剧？

这并不是说世界欠 M 或者任何人一种活法；唉，就她的现状而言，她很可能写不出一首诗，或者说写不出一首好诗，不过她仍然很重要，她的价值不能仅以平常的真理尺度来衡量，她应该有更好的命运，而不是没有任何过渡、没有任何成就地从晚逝的青春走向早到的中年。

街边有一家收音机修理店，店主是一位上了年纪的意大利人，名叫乔·维达利。初夏时节，他的店铺门前出现了一块写有“黑寡夫”[①]字样的奇怪招牌。另外还用较小的字体写着：“敬请留意本橱窗上关于黑寡夫的信息”。于是我们左邻右舍的都暗暗琢磨和期待着。几天后，橱窗上添加了两张发黄的照片；大约拍摄于二十年前，照片上的维达利先生高大健壮，身穿及膝的黑色泳衣，头戴黑色泳帽和面罩。照片下方打印的字解释道，当年朝

① 此处原文为 The Black Wido。

气蓬勃时，乔·维达利曾是洛克威海滩的游泳健将和救生员，而在我们一直以来的印象中，他只是一个耷拉着肩膀、眼神忧郁的收音机修理工。

他提醒我们继续留意橱窗；过了一周，我们的等待有了回报：维达利先生挂出了一条醒目的条幅，宣布黑寡夫即将复出。橱窗上有一首诗，标题为“乔·维达利的梦想”；诗中讲述了他多么渴望重新劈波斩浪、征服大海的心情。

第二天，最后的告示出来了；其实是一则邀请，上面说，欢迎我们大家8月20日前往洛克威海滩，因为他计划当天从那里游到琼斯海滩，那是一段遥远的距离。在接下来的夏日里，维达利先生坐在他店铺门前的一张简便折凳上，观察着来来往往的人们对他的各种告示作出的反应，他坐在那里，神情恍惚而淡然，当邻居们停下脚步祝他好运时，他便礼貌地点头微笑。有位自作聪明的孩子问他为什么省掉了“Widow”中的最后一个字母，他非常和气地回答说，有了最后那个“w”，就是用来指女士的。

有一段日子再也没什么动静。接着，一天早上，所有的人一觉醒来，都在笑话乔·维达利的梦想。他的故事登上了各种报纸；他的照片出现在各种小报的头版。还都是些可怜兮兮的照片，因为此时并不是他凯旋的时刻，而是他痛苦的时刻，只见他站在洛克威的海滩上，两边都是警察。按照那些报道的描述，多数报纸的看法如下：有一次，一个疯狂而愚蠢的老人给自己全身涂上油，朝海水中走去，但是当救生员看到他游得太远时，便驾船将他带回岸边；这个老人特别怕见生人，特别古怪，因为他们刚一转身，他就重新下了水，于是救生员只好再次驾船赶去，因此，黑寡夫像条半死的鲨鱼困在沙滩上，归来时听到的不是美人鱼的歌声，而是骂声、嘘声和警察的口哨声。

你随后该做的事情或许是去告诉乔·维达利你很难过，你觉得他很勇敢，然后尽可能地说点别的什么；梦想的死亡与死亡本身一样可悲，对于那些失去梦想的人来说它索取的哀伤同样深沉。但是他的收音机修理店关了门；长时间地关着；到处都不见他的踪影，他贴在那儿的诗渐渐脱落，掉了下来，消失得无影无踪。

希拉里说是要来喝茶，来得比其他客人都早。即便是感冒得不轻，他仍然坚持要来参加这次聚会；这倒也顺理成章，可不是吗？请客做东，对他来说，足以治愈百病。无论你身处谁家，但凡希拉里在场，那里便成了他的家，你也就成了他请来的客人。有人觉得这种态度是否过于喧宾夺主，可真正的主人倒总还挺乐意的，因为只要有希拉里在，他那大嗓门就会自言自语，说个没完，总能引人注目，逗人发笑，即便是最沉闷的场合，也会被他带动得活跃起来。希拉里也十分希望人人都变得活跃，都能把话匣子打开；他设法说服自己：最年长的人身上环绕着缔造传奇的光环；而且，他也是这么说服大伙儿的，这在一定程度上说明他心地善良，而指出这种善良的正是那些不那么有宽容心的人。

还有一点令人印象深刻，那就是希拉里总是那副老样子；每当你伤心难过之时，他总能令你开怀大笑；而当你走后，他却为你痛哭流涕，这种感觉很奇特。希拉里习惯用天鹅绒围毯搭在膝盖上，一只手握着电话，另一只手拿着书，而收音机、八音盒、另一部电话，还有留声机，在周围的房间里一起响个不停。

我到他家去喝茶，那会儿他正倚靠在床上，他从床头起身，打算牵头组织聚会。屋子里四面墙上都贴满了照片，他认识的所有人差不多全在上面：未婚女子啦，初入上流社会的妙龄女郎啦，达官贵人的秘书啦，电影明星啦，大学教授啦，合唱团女歌手啦，杂技团演员啦，韦斯切斯特[①]的夫妇啦，商界人士啦：或许这些人可以离开他，但对他而言，离开任何人，或者任何物件，他都难以接受。屋子的角落里堆满了书，压得书架有些不堪重负，书中间还夹杂着他上学时的老课本，老剧院节目单，一大堆贝壳，破损的唱片，枯萎的花朵，以及游乐园的纪念品，一切的一切都把整个房子变成了一座奇境般的阁楼。

希拉里消失的日子也许终会到来；想摧毁他也并非难事——或许还真有人会这么做。莫非是在我们发现这个世界上并非所有人都爱着我们的那一刻，从天真向睿智的转变就会到来？我们当中太多人过早地认识到了这一点。不过希拉里尚且不明白。但愿他永远也不要明白，因为若是他猛然间发现这片舞台原来只有他孤身一人独自表演，而他倾注心血热爱的观众，压根儿就没有来过这里，这定会令我痛心疾首的。

八月。尽管晨报上说天气温暖怡人，然而中午之前，显然有些非比寻常的事要发生，办公室的文员们，话题从午饭转向了天气，像受了气的孩童说着不着边际与不计后果的话，纷纷开始拨打气象台的电话。到下午三点左右，热浪袭来，仿佛是罪犯作案时用手狠狠捂住受害人的嘴，整个城市变得狂躁不安，天旋地转，而它的嚎叫被压抑，它的遁逃被阻碍，它的野心被束缚，就

① 韦斯切斯特，美国伊利诺伊州东北部城市，是富人聚居区。

像是一股干枯的喷泉，又像是一座废弃的纪念碑，深深陷入昏迷状态。中央公园的柳树带热气腾腾，无精打采，像是许多人在战场上倒下：伤兵满营，精疲力竭，在死气沉沉的阴影下东倒西歪，而报道此次天灾的报社摄影记者们，哭丧着脸，在柳树下行进。到了夜里，炎热的天气撬开了这座城市的头颅，露出白花花的脑浆和中枢神经，犹如电灯泡里的灯丝在咝咝作响。

如果离开纽约的话，我大概会完成更多的工作。然而事实很可能也未必如此。一个人到了那个年纪，乡村就显得乏味无趣了；再说，我对大自然的热爱，不是整体的，而是特定的。尽管如此，除非一个人是身坠爱河，或是满足现状，或是抱负所趋，或是好奇心全无，要么是得过且过(这看起来像是现如今幸福的代名词)，这个城市对他而言都会像是一台巨型机器，制造出来，就是为了挥霍光阴，吞噬幻想，永不停息。过不了多久，寻觅也好，探索也罢，都会变得险恶匆忙，令人大汗淋漓，心生焦虑，成为了一场跨越迷幻与催眠的障碍赛。你找寻的那个地方在哪里？还有，你又究竟在找寻什么？拒绝邀请是一种不幸；人们时常对它置之不理，结果却常常不请自来；话说回来，如果你的耳边有个声音在神神叨叨地低声细语，不停告诉你若是孤身一人，你就已经让爱飞到了窗外，否定了自己的回答，也永远失去了你在寻找的东西。哦，想想吧！这些并非遥不可及：快点行动起来，戴上帽子，别去搭公车了，立马去坐计程车吧，现在就动身，时不我待，按下门铃说：你好，伙计，愚人节的傻瓜。

今天是我的生日，一如既往，塞尔玛不会忘记这个日子：依照惯例，她会把一枚一角硬币小心翼翼地放在一张纸巾里面包起来，作为礼物，连同早间的邮件一起给我。论交往时间和年龄大小，塞尔玛都算得上是我的老友了；整整八十三个年头，她一直就住在这座叫做亚拉巴马的小城，从未离开；她瘦小的身躯弯成弓形，皮肤干枯，黑如煤渣，眼皮带着香料的气味，耷拉下来，她在我们家三位姨妈那里做了整整四十七年的饭，而今她们都已离开人世，她就搬到了女儿的农场去住，正如她说的那样，静静坐着，安心休养。而和她送我的礼物放在一起的，还有一张留言条，上面写着：她打算最近某一天搭乘灰狗巴士前往那座“超级城市”。这句话没什么意义；她是永远也不会来的；但她扬言只要记得，她就会这么去做。在我初识纽约前的那个夏天——那是十四年前的事儿了——我们时常坐在厨房聊天，闲言碎语中，倦怠的一天就这么不知不觉过去了；我们所谈论的内容大都跟我即将要前往的这个城市有关。在她看来，那儿既没有大树，也没有鲜花，而且她还听说，大多数人是住在地下的，若不在地下，便是住在天上。此外，那儿也“没啥有营养的食物”，没有像样的奶油豆、虎鱼、秋葵、山药和香肠——就像我们在家里吃的那种。那儿挺冷的，她说，没错儿，孩子，你一直待在那个冷地方，下次我们见你的时候，你的鼻子早冻掉了。

不过后来鲍比·李·凯特尔太太拿来几张纽约的照片在幻灯上放，自那以后，塞尔玛就开始告诉她的朋友们，到时我去北方，她会和我一块儿去的。似乎对她而言，这个城镇一下子变得黯然失色，平庸得不值一提。于是我姨妈给她买了一张往返车票，本意是要她跟我一块儿去，然后再返程。在我们到火车站以前，一切都挺好的；可到站以后，塞尔玛哭了起来，说她不能去那儿了，万一要是死在那里怎么办，离家那么远。

这是一个令人感伤的冬天，里里外外都是如此。对一个孩童而言，这座城市是一片没有欢乐的土地。而后来，当你渐渐长大，步入爱情后，是这与你深爱之人共同分享的双倍景致赋予你的这份经历以质地、形状与意义。独自旅行的感觉就像是穿越荒原。但你若是心怀足够的爱意，有时你也可以为自己而欣赏，同时也为另一个人。我对塞尔玛正是如此。对世间万物，我都会看上两遍：第一场雪，公园里滑着雪呼啸而过的人们，冰天雪地里嬉戏的孩子们身上穿着的细毛皮大衣，科尼的滑滑梯，地铁的口香糖售卖机，神奇的自动售货机，河中的小岛，以及暮色中的大桥反射的余晖，还有派拉蒙乐队的忧伤乐曲在空中回荡，日复一日，那个乐手都会来到院子里，唱起同样的歌谣，嗓音沙哑，忽高忽低，再就是放学后总能去小杂货店偷点什么玩意儿，如童话故事般不可思议；我的观察与聆听，为的是给厨房的恬静时光积累谈资，因为塞尔玛准会说，以她一贯的口吻："跟我讲讲那个地方的故事吧，要讲真的啊，假的我可一句也不听。"可大多数时候，我讲的都是假的；这倒也不能怪我，我实在是记不起来了，因为我到过的地方，就好像是传说故事里的人物角色去过的某个魔幻城堡：一旦离开，你就再也回忆不起来，留下的是幽灵般的回响，那是萦绕在心头的奇迹。

布鲁克林

(1946)

一座废弃的教堂，巴洛克风格的外观，被一块招租的招牌大煞风景，漆黑而残破的塔楼矗立在这个遗弃的广场；麻雀在石花当中筑巢，石花就雕刻在写满粉笔字的门上(吉尔罗伊到此一游，塞默爱贝蒂，你个混球！)；教堂的里面，阳光照射在破损的长凳上，形形色色迷途的动物都找到了归宿：在昏暗的光线中，你可以透过窗子看见小猫，听到动物诡异的叫声，还有住在附近的孩童，相互壮着胆到里面去，拿出一些骨头来，说是人骨(没错，就是！我跟你说啊，这家伙是给人杀了的)。毫无疑问，教堂丑陋之中，于我而言，象征着布鲁克林的某些元素：如果有类似的建筑遭此毁坏，我便会生出一种不祥的预感，那便是另一座同样老旧而狰狞的建筑，会于顷刻间拔地而起，因为布鲁克林，或者这一系列所谓的城市，对建筑的改变毫无兴趣可言，在这点上不同于曼哈顿。对个人而言，它也并无仁爱之心：在绝望中，你可以看到一望无际、绵延不绝的平房，俗艳，褐砂石色，当然也少不了空荡荡、灰蒙蒙的地皮。十月里，一群闷闷不乐、可爱而又好动的孩子，在上面捡着树叶和树枝，点起篝火，而八月里，还是那群孩子在耀眼的大街上追逐嬉闹，玩着“杀犹太人！杀南欧黑肤人！杀黑人”的游戏——这是这个地方的风俗，思想层面上的建筑与这里的房屋一样，一成不变。

曼哈顿的朋友们，不愿和繁复而差劲的地铁打交道(哦，B，来吧，我向你发誓，坐地铁只需四十分钟，说实话，你只需换乘三次就行了)，对于任何邀请都会说声抱歉。鉴于此，我时常臆想着把这座教堂租下来，修葺一新：谁又抵挡得了这诱惑，不去看看这奇妙的住所呢？照目前的情况，我有两间褐砂岩屋子，广场上还有二十间风格相仿的建筑；屋里面全是维多利亚时期的物件，沾满污垢；面色白皙，面庞圆润的女子头戴腐朽的希腊式丝巾，昂首于墙纸之上；大厅内有一个失去光泽的空碗，是用来装预约卡的，还有一个衣帽架，像是能够在布列塔尼海岸瞥见的某棵扭曲的云杉，那是来自布鲁克林日渐凋零的日子里优雅的记忆碎片；客厅突兀出来，里面有布满灰尘的穗边家具，一张银版照片记录的家族史傲踞在一台走调的旧钢琴上，随处可见的椅罩，像是用钩针编织成的旗子，宣示着“体面”，一阵风吹过房间，珠状的灯饰便会丁零作响，好似东方的旋律。

不过，那儿还有电话：楼上 2 部，楼下 3 部，地下室有 125 部；正是在地下室，我的房东老板娘守在电话总机旁几乎寸步不离：Q 太太是个步履蹒跚、身材矮小的女人，长着一张斗牛犬似的红脸，一双淡紫色的眼睛，还有鲜橙色的头发，跟她女儿 Q 小姐一个模样，真是不可思议，穿着及腰长度的宽松衣服，整天疑神疑鬼，她的疑心，是蔑视一切，寻根溯源的那种。可怜的 Q 小姐的确是太疲惫了；她性格温顺，甜美，整天在一种从生到死的疲惫中劳作，有时候我在想她是否真的是那个 Q 小姐，还是赛祖 · 皮茨[①]。不管怎样，我和 Q 小姐之间建立起了一种恰到好处

---

① 赛祖 · 皮茨(1894—1963)，美国老牌影星，曾出演多部默片和喜剧。

的默契。这首先是基于我们俩都为那令人头发倒竖的头疼病所困扰。Q小姐差不多每天都会慢悠悠地爬上楼梯，冲着她淘气的冒失鬼咯咯直笑，好讨得一片阿司匹林；而她的母亲，虔心于贝尔纳·麦克菲登[①]，从不用阿司匹林和任何药物，将其视作“从恶魔的火炉上拿过来的炖菜”。她们的故事一点也不新鲜：Q先生，是“一个处事十分果断的终身殡葬工”，就这么“毫无征兆、一句话也没留下就去世了，去世前还读着《纽约太阳报》”，只留下他的妻子和未出嫁的女儿。“即便看不到有什么办法来维持生计，却也只好如此”，因为“有个家伙骗爸爸把他所有的钱都投向了生产假花圈的工厂”。于是她和她母亲就在地下室开了一家电话传呼台。十年来，不分昼夜，母女俩轮换着，专为那些出城的人或是不在家的人提供电话接听留言服务。“哦，太惨了，”Q小姐的口气中带着假惺惺的沮丧，因为这个职业女性的角色是她虚幻生活中最真实的部分。“我实话告诉你吧，我已经数不清我有多少年没有连着休息几个小时了。妈妈也干这份工作，上帝保佑，可你知道她老在不停埋怨，实际上我就差没把她绑在床上了。有时候到了深夜，我的头就开始疼——怎么搞的呢，我盯着电话总机，突然间那些长长的电话线就好像手臂和手指一把掐住我，要置我于死地。”有时候，大家都知道Q太太会光顾区政厅附近的一家土耳其浴室，但是她困倦的女儿绝对是免不了一人独守的；如果你相信她的话，八年来，她仅仅离开过一回地下室，在这个假日，她和她母亲一道去卡耐基大厅观看麦克法登先生登台表演

① 贝尔纳·麦克菲登（1868—1955），美国著名体育健身倡导者，他将营养健康理论与健身结合起来。

的柔术。

有些夜里，我在惶惶不安中听到好像是Q太太气喘吁吁地爬着楼梯，像现在这样，出现在我的门口；她就站在那儿，身上裹着一件污秽不堪的缎面和服，落日般金黄色的头发垂落下来，像是维京海盗的发式，她注视着我，目露凶光。“又来了两家，”她说道，那令人不寒而栗的男中音透露出火硝与硫磺的气息。“我从窗子里看见他们了，两大家子人坐着大货车开了过去。”

等她挤干了那只苦涩的柠檬后，我问她，“两家什么人啊，Q太太？”

“非洲人，”她义正词严地说道，像只一本正经的猫头鹰眨了眨眼，“整个街区简直就变成了黑色梦魇；先是犹太人，现在又是这帮人；非贼即盗，全不是什么好东西——让我的血都凉了。”

虽然我猜测Q太太自己没意识到，但是这并非作秀，她着实是吓得不轻：外面发生的事情与她所知道的，没有任何一件是吻合的；她曾经赖以寻求心灵慰藉的丈夫已不在人世，而她自己呢，虽然曾经有过明确的态度，可仅有的那点也全都是人云亦云，她从来就不曾有过自己的思想。她在每一扇门上都装上了多得令人咋舌的吊钩和门锁，其中的有些窗子也钉上了防护栏，一只杂种狗发出刺耳的叫声：某个门外的人，某个无形的人，渴望着进来。她下楼梯时，每走一步，都会映衬出她的体重；楼下，是她自己的样子，在镜子中徐徐前行：因为没有意识到镜子里的那个人就是她自己，Q太太停了一下，她喘着粗气，因为她不知道是谁等在那里。她的骨头里开始打着寒战：今天又来了两家，明天还会更多，洪水就要来了，她的布鲁克林就是那失落的亚特兰蒂斯，甚至是她在镜子里的映像（那面镜子是结婚礼物，还记得吗？四十年了：哦，上帝啊，告诉我，发生了什么？），甚至是某个人、某件事。“晚安，”她喊了一声。门锁发出叮当的响声，大门紧闭；125 部电话在黑暗中响起，那些希腊女子在阴影中起舞，屋子叹着气，静了下来。屋子外面，大风吹来了几个街区外面包房的甜饼香；水手们将要前往黄沙街，穿过灯火通明的广场，仰望着教堂的骨架，等待他们的是猫眼里胆怯的目光。“晚安了，Q太太。”

我听到了公鸡的叫声。刚开始觉着挺奇怪的，但我想起这座看不见的隐秘之城后院那一大片土地后，好像又不那么奇怪了，因为再也没有比这儿更繁华的地方了：绳带包装工，鞋店售货员，还有耕田的人：“我们自己的小萝卜，你知道的。”最近，一个来自弗拉特布什的妇女因在自家后院养猪遭到拘捕。不用说，邻居们都是看着眼红才抱怨的。傍晚，从曼哈顿过来以后，看到夜空中真实的星星闪烁着真实的光，漫步在铺满落叶的大街上，烟雾缭绕的秋日能够嗅到未经冲淡的气息，还有孩子们的声音，暮色中有人滑着旱冰，寂静中带来了归乡的消息：“瞧啊，默特尔，那月亮——看着多像万圣节的南瓜灯啊！”所有这一切，总有些不免令人心生怯意。地下，地铁在呼啸穿梭；地上，霓虹灯划破夜空，没错，我还是能听到公鸡的叫声。

作为一个群体，布鲁克林人构成了一群受迫害的少数派；这群并非特别都市化的小丑缺乏创造才华，使得只要一提及他们的家乡，就注定会沦为笑柄；他们的方言、他们的外表，还有他们的举止，以如此令人捧腹的宣传方式，已成为当代生活中最粗俗愚鲁的代名词。这一切，也许开始的时候还算得上友善，如今已走上了一条通往恶意的荆棘之路：当下，住在布鲁克林已经不是那般受人尊重。这着实是个莫大的讽刺，因为在这样一个不幸的地方，处在放逐边缘的平凡人以一种病态的热忱固守着平凡；实际上，这些人的确是把受人尊重理解为一种信仰；可是不安全感导致虚伪，于是他们用最响亮的“哈哈”声迎接“大笑话”①：“瞧吧，说到好玩儿，布鲁克林是不是很带劲儿啊！”没错，真是带劲儿得没话说了，但是布鲁克林也可以用悲伤、残酷、迂腐、孤僻、人性、沉默、懒散、喧闹、迷失、狂热、微妙、苦涩、幼稚、无辜、执拗、孱弱、神秘来形容，这里是克兰和惠特曼找寻诗句的地方，是一片虚构的领地，它背靠科尼岛②的海滩覆盖着冬日的悲恸。在这里，几乎没有一个人能够指明方向；没有人知道任何东西在哪里，即便是最年长的计程车司机似乎也不置可否；所幸的是，我已经取得了地铁旅行的学位，但这些埋藏在石头中的铁轨就像是蕨类植物化石的叶脉，要想学会搭乘它们怕是需要比取得硕士学位更勤勉的努力。在这个不见天日也不见星月的隧道里摇晃，是一种驶向国外的感受：这辆火车，行驶在一块陌生的土地下面，仿佛注定就是驶往迷雾之中，只是偶尔有熟悉的站台一闪而过，才提醒着我们的身份。有一次，在大河下振聋发聩的轰鸣声中，我见到了一个女孩，十六岁上下，我猜想大概是新加入到女学生联谊会的吧，她提着一个篮子，里面盛满了用红纸剪成的小心。“买一颗孤独的心吧，”她哀求着在车厢中穿梭。“买一颗孤独的心吧。”但是这些面色惨淡、表情麻木的乘客中，没

① 大笑话，美国一档喜剧类娱乐节目。
② 科尼岛，纽约布鲁克林区西南部娱乐中心。

有一个要买，只是在草草翻阅手中的《每日新闻》。

一周有好几个晚上我都是在切罗基酒店用餐。这是一座公寓式酒店，极其古老，装修和客源均是如此：他们自称最年轻的切罗基六十六岁，最年长的九十八岁；毫无疑问，女性租户居多，不过也有一些皮包骨头的鳏夫。男女租户之间时不时地会发生一些冲突，而冲突何时发生，推测起来也不是什么难事儿，因为每当这时大休息厅会弃之不用；酒店有专供男女租户休息的场所各一处，若是受围攻的一方败退下来，便会退到各自的庇护之地，女的总是噘着嘴喘着粗气，而男的总是悻悻然保持沉默。两个休息厅都有一些让人觉得压抑的雕像，可以收听体育节目，每当激战正酣时，那些通常情况下对体育节目毫无兴致的女租户，总会把她们的收音机音量调到最大，可以说是总在尽其所能淹没掉男租户那边的饭后新闻。你在三个街区外都能听见喧闹声，这儿的老板利特劳先生是个年轻人，刚开始的时候十分紧张，惊慌失措地跑上跑下，威胁要把两边的收音机都扔掉，要不然，更严重的后果是，叫他们的亲戚过来。他时常使出刚说到的杀手锏；就说吉尔伯特·克罗克先生吧，他老是犯事儿，于是可怜的利特劳最后只得把他送到他孙子那里，两人一同当众惩戒了这个老头儿。“闹矛盾的根源总是在你这儿，”利特劳一个手指杵着这个罪魁祸首，一边呵斥道，“他到处散布阴险的谣言，说这里的管理有问题，说我们看了他的信件，说我们跟卡斯卡德殡仪馆有分成的勾当，跟布罗克顿小姐说七楼的门关了，是因为我们把它租给了一个逍遥法外的逃犯(他的原话是，一个持斧作案的女逃犯)，而大家都知道其实是因为水管爆裂。布罗克顿小姐吓得不知所措；她的心脏悸动愈发加重了。对这些事情，我们本来想睁一只眼闭一只眼就算了，可他又开始从窗子里往下扔电灯泡，我们就在考虑：好吧，事已至此，总该有个处理了。”

“我说爷爷，你为什么往下扔灯泡呢？”孙子问话的时候，焦急地看了一下表，显然是巴不得这个老家伙已经进了天堂。

“孩子，那不是灯泡，”克罗克先生耐心地纠正道。“那是炸弹。”

“是啊，确实是炸弹，可爷爷啊，你为什么要扔炸弹呢？”

克罗克先生环顾了一下聚集在周围的其他住户；然后，脸上带着阴郁的笑，脑袋转向布罗克顿小姐那边。“是她——”他说，“我要把她炸开花。她是头龌龊的猪；她和库克商量好了，从不给我一点巧克力酱，这样她这个大胖子就可以狼吞虎咽独自享用了。”

女租户一下子就围到了他的假想敌周围，布罗克顿小姐的心，仿佛突然间就快要从嗓子眼儿里蹦出来了；在一片蛮横无理的叫嚷声中，艾伦·T·伯纳芭蒂不合逻辑的推论[①]最为响亮：“谋杀布罗克顿小姐，想想看吧，你们去过伦敦蜡像馆吗？你们知道我说的是哪些蜡像：看上去很像，对吧？”人们心中明白，那天晚上收音机发出的响声非把每扇窗子都震得直晃悠不可。

这个时候，在这些租户当中，有一个人令人敬畏，她让利特劳都感到无所适从。T·T·修艾特·史密斯太太就是这样一个颇具震慑力的人，她一出现在饭厅，发黄得快要腐朽的钻石一下子闪起光芒，她的登场就只差军乐队的伴奏了：她朝一张桌子走了过去，腿脚并不灵便（桌子上有一朵玫瑰花，也只有这张桌子上有

① 此处原文为法语 non sequiturs。

玫瑰花，而且这花还是纸做的），在过道中接受这群对社会地位抱有野心的人们的致敬：她是那个遥远年代最后的记忆，那个时候的布鲁克林，供养着上流社会。而正如任何逗留已过鼎盛期的事物一样，T. T 太太也日渐凋零，变成了一出带着夸张色彩的悲喜剧：涂抹的口红与胭脂，多得异乎寻常，她瘦削枯萎的脸颊上发出酸腐的气息，而她的取乐方式也十分变态：再也没有什么比施虐性的暴料更让她感到满足的了。当初伯纳芭蒂太太刚搬到这个酒店的时候，T. T 太太看着她进了饭厅，便大声地告诉大家，“我记得这个家伙，那个时候她妈妈在科尼岛最底层的浴室做擦澡工。”害羞而沉默的韦伯斯特姐妹是另一个靶子：“该死的老处女，我丈夫总是这样称呼她们。”

我知道 T. T 太太的一个秘密。她是个小偷。多年来，她总是到切罗基的杂货店顺手牵羊，把一些镀银器皿装在她的绣花手提包里，然而有一天，她明显是处于大脑短路的状态，她到前台找人把她这些收藏品锁在酒店的保险柜里，确保万无一失。“可是亲爱的修艾特 · 史密斯太太，”利特劳说着，露出一副大吃一惊的样子，“这个不大可能是您的东西吧；您按说不会用这个款式的呀。”T. T 太太端详着刀叉，不解地皱着眉头：“当然不是啰，”她说，“不是，绝对不是：我们要用也是用最好的嘛。”

距离上次我待在切罗基，已经过了几周的时间。我做了个梦，梦到克罗克先生投了一枚炸弹把她们全都炸飞了；说句实话，我都不敢去看。

12 月 28 日。天空透出水晶般的蔚蓝，对于 Q 太太母女所在的街区来说，实在是一种难得的奢侈，于是我和一个朋友在布鲁克林高地散步；在我所认识的几个地方中，除了布鲁克林就只有波士顿的比肯山[①]和查尔斯顿[②]，相较而言能够投射出一种往昔的感觉了(新奥尔良的老广场除外，原因嘛，那里的异域特质太过直白)；三处当中，布鲁克林高地看起来人为的因素要更少一些，同时开发也是最少的。当然，这里被宣布为危房区了；就在此刻一条隧道正从中穿过，高速公路在筹建之中；钢牙铁齿的机器吞噬着它的护栏，众多老房屋在荒芜的黑暗中等待着拆迁人员的到来；新挂出来的“施工中，危险！”的红色警示牌在低洼的大街的阴影下闪着光亮，这些都是狄更斯时代的街道，轮廓清晰：红莓街、凤梨街、柳树街、米达街。石块炸开后扬起的灰尘悬浮在空中。天色渐晚，我们买了一块山核桃派；二人坐在长凳上，注视着灯塔发出的蜂巢形状的光束扫射在河流之上。风儿抽打着冰冷的河水，泛起白浪，穿过竖琴般的桥梁吟唱，海鸥号叫着，一次次不断掠过水面。我一边吃着我的那份派，一边坐着遥望曼哈顿，禁不住在想这个地方将来会变成怎样的一片废墟：对布鲁克林来说，另一种文明的考古学家们，正如我们自己的计程车司机，对于这里的街道，他们的目的地，他们的意义——这些秘密他们永远也不会破译了。

---

① 比肯山，美国马萨诸塞州波士顿市的一个地区，以历史住宅、砖铺人行道和别致的鹰棚原址的皇家马厩而闻名。

② 查尔斯顿，位于美国东部南卡罗来纳州东南沿海科佩尔河与阿什莱河汇合处，在查尔斯顿湾的顶端，濒临大西洋的西侧，是南卡罗来纳州的主要港口。

好莱坞

（1947）

行近洛杉矶，至少是在飞机上的时候，我若是发挥一下想象力，那感觉就像是穿越在月球的表面：史前的形体风雕雨琢，在石头泛起的涟漪中若隐若现，向上睨视，中生代的鱼儿在荒山之间阴暗的池中游弋：不是被烤焦，就是被冰冻，没有一个活物，除了鸟儿的化石，化作尘土的骨骼，还有蕨类植物的化石。终于，一片片飘浮的云彩向我们问好：我们在巫师的通道中匍匐前进，积雪覆盖在山顶，鲜花为大地添彩，一边是夏日的阳光，一边是十二月的冰冷海水，下降，下降，飞机划过紫红而金黄的空气，真是不可思议。噢，还有塞尔玛的呻吟，我可受不了她，说话间，她就哗啦啦地把口香糖倒进嘴里。塞尔玛是在芝加哥登的机；她是个黑人少女，人长得挺可爱，打扮也很漂亮，而对她来说，此次加州之旅，简直是件喜出望外的事情。“我知道，这真的是太棒了。三年来，我一直在州街的罗拉剧院当迎宾小姐，就是为了攒钱买机票。我的婶婶是个纸牌魔术师，她说——亲爱的塞尔玛，去好莱坞吧，那儿有一个工作机会等着你呢，给一个电影女演员当私人秘书。不过她没说是什么样的女演员。但愿不是埃斯特·威廉斯[①]吧。我可不怎么喜欢游泳。”

后来她问我是不是来这儿拍电影的，鉴于肯定的回答似乎会让她高兴，我就说是的。总体上，她很会给人鼓劲，并且向我保证，她那份私人秘书的工作一安顿下来，就可以有机会打听到上层社会的一些事情，她不会忘记我的，也一定会想方设法帮我。

我在机场帮她拿行李，后来又一起乘坐计程车。结果发现她竟没有一个特定的去处，她只是想着让司机在好莱坞的“中部”放她下车。旅途很漫长，一路上她都是坐在椅子边缘，四处张望，焦躁不安。但并非如她想象那般有太多可看之处。“看起来不大对劲儿啊，”她最后说道，就好像我们玩了一出并不高明的把戏，因为这里尽管有华丽的伪装，但同样是月球的表面，到处都是不毛之地；但是话说回来，在大陆的尽头，我们要找的，只是一处堆积场，用来倾倒一切最有利可图的美国式物品，这一点千真万确：油泵的轰鸣声如同魔鬼的心跳，二手车停靠处的大道、超市、汽车旅馆，还有一个我不认识的老头卖力地在叫卖雪佛兰汽车，最宽敞的车身，最优良的性能，被圣洁的阳光、海水的声音，还有花开十二月的奇异芬芳所麻醉，慵懒而无助。

在汽车行进途中，天空变得灰霾起来，而后我们又沐浴在威尔谢尔林荫道斑驳的阳光下，这时，塞尔玛略带保护似的轻抚了一下她那顶做工精细、饰有羽毛的帽子，嘴里嘟囔着说不准会下雨。绝对不会，司机说道，只不过是大风把沙漠里的沙子给吹起来罢了。话音未落，棕榈树就在来势凶猛的倾盆大雨中开始颤抖。可塞尔玛无处可去，只好站在街头，我们走后，她一个人在那儿站着，大雨撕开了她的衣服。我们在转角的交通信号灯处停

---

① 埃斯特 · 威廉斯，出生于美国加利福尼亚州，少年时获得过游泳冠军。正是由于在水上表演，她最终被米高梅星探发现，1942 年在影片《一夫二妻》中首次亮相；1944 年与雷德 · 斯克尔顿一起主演了经典影片《出水芙蓉》；1952 年主演了《百万美人鱼》，20 世纪 60 年代退出电影界。

了下来，她飞奔过来，把头伸进窗子。“喏，亲爱的，记住我说的话，要是你们饿肚子了，那就过来找我吧。”然后，她脸上挂着可爱的笑容说，“听着，亲爱的，好运哦！”

12月3日。今天，通过诺拉·帕克这个共同朋友的帮忙，我受邀与传说中的C女士共进午餐。她的住所周边环绕着一圈围墙，在大门入口处，我们算是被搜身了一番之后，门卫电话告知我们到了。一切都令人满意；至少让我们领教了一个著名演员正过着她应当过的那种生活，这也是不错的。在门口，出来迎接我们的是一个小女孩，红扑扑的脸颊，营养过剩的样子，一条软绵绵的粉红色丝带从头上垂下来。“妈妈觉得在她下来之前，应该由我来招呼一下你们，”她无精打采地说，然后把我们带到一间又宽敞——在我现在看来——又令人感到荒唐的屋子里：看起来像是某个有钱的老无赖，把这里装饰成一个隐匿之处：诡秘的低腰组合沙发，成堆的带着挑逗性的天鹅绒枕头，还有波浪形状的台灯。“你们想看看妈妈的家当吗？”这个小女孩问。

她首先呈现给我们的，是一只光彩夺目的小橱柜。“这个嘛，”她指着几件中国瓷器说，“是妈妈花了三千美元从甘先生那里买来的古董花瓶。那个是她的金质鸡尾酒调皿，还有金质酒杯。我忘了它们值多少钱了，贵得要命，大概得五千美元吧。你们看到那个老式茶壶了吗？它值多少钱，说出来你们准不信……”

逐一列举下来，着实令人感到恐怖，到了最后，诺拉茫然地四处环顾这屋子，想要换个话题，他说，“这些花可真漂亮啊，是你们自家花园里的吗？”

“天啊，才不是呢，”小女孩不屑地回答。“妈妈每天都从比弗利山最贵的花店订购呢。”

“哦？”诺拉赶紧避开话题。“那你最喜欢什么花呢？”

“兰花。”

“说真的，对你这样的小姑娘来说，我可不相信兰花是你的最爱。”

她思索了一会儿。“好吧，事实上，它们确实不是。但是妈妈说它们是最贵的。”

正在这个时候，房门一阵窸窣作响；C女士像一个女学生从屋子里蹦蹦跳跳地出来：她最受人瞩目的那张脸上并没有施粉黛；发卡松弛地摆来摆去。她穿着一件极其普通的法兰绒家居服。“诺拉，亲爱的，”她伸出双手喊道，“让你们久等了，千万别见怪。我刚才一直都在楼上收拾床铺呢。”

昨天，我记得大商铺外面的水果展，有好几次开车经过的时候，都让我深感艳羡。硕大的橙子，乒乓球大小的葡萄，堆积成金字塔形状的玫瑰色苹果山。这里的距离感给人以错觉，一切都不像你想象的那样近，赶十英里的路买一包烟也算不得什么不寻常的事。我走了两英里才看到这家水果店的。长长的柜台有些倾斜，好让人们从很远的地方都能看到那些漂亮的商品：苹果啊，梨啊。我伸手想从这堆非同寻常的苹果中拿一个出来瞧瞧，可看起来像是粘在箱子上了。一个女售货员咯咯笑了起来。“石膏做的，”说着，我也笑了，或许是有点头脑发热的缘故吧，我懒洋洋地跟着她到了店铺的里屋，在那里买了六个又小又有些干巴巴的苹果，还有六个又小又有些干巴巴的梨子。

· · ·

圣诞节的一周。早已是傍晚时分。窗下，一片电灯的光亮把山谷照得灯火通明，如一片湖水。山顶上倏忽无常的居家里，去留无常的目光也在不断注视着它们，似乎霎时间灯光就会熄灭，就像蜡烛终会燃尽一样。

今天早些时候，我从比弗利山一路乘车到洛杉矶中心城区。街道上挂满了花环，我们经过一部电动雪橇车，雪橇疾驶而过的时候洒了一路的白色玉米片，角落里身着羊毛服的人们正在尚未装饰好的圣诞树下热火朝天地摇着铃铛；电线杆上的高音喇叭里传来的圣诞颂歌分外响亮，把甜美歌声的琼浆播洒出来，金属片在24K的阳光中闪烁着耀眼的光亮，像沼泽地里的苔藓一样挂得到处都是。圣诞气氛浓得不能再浓，或者是淡得不会再淡。我知道以前有个女人，她从意大利把石头一块接一块地进口过来，找人在康涅狄格州一块僻静的草坪上重建了一幢粉色别墅：好莱坞的圣诞节就是这般不协调，正如康涅狄格州的这幢别墅。而没有孩子的圣诞节会是个什么样子呢？其实很多关键部分都是有赖于这些孩子们的啊。上周我碰到一个人，在经过多番观察后总结出，“不用说，你知道这是一个没有孩子的城市。”

一连五天来，我都在验证他的这番论断，起初是不经意，现在则是怀着一种病态的惶恐；可自从这场神秘的战役拉开序幕，我见过的孩子还不足六个，我知道，这说来真是挺荒谬的。但首先，与此相关倒有一点：最受诟病的就是这儿的人口过多；本地的一些保守派告诉我说，这片土地被一些“不受待见的”人群充斥得臃肿不堪，大批的退伍军人和工人在战争期间涌入此地，还有那些俄克拉何马州的教徒，那些年纪轻轻，无牵无挂的人；不过随处走走后，我有时会有一种感觉，就像一个人在一个惶恐不安的早晨醒来之后，一下子穿越到一个死寂而荒凉的世界里，就像玛丽·塞莱斯特号上的船员，一夜之间，全部的灵魂都消失得无影无踪。这儿的礼拜天有种空荡荡的感觉；看不到行人，锃亮的小汽车倒是一辆接着一辆，可驶过时却无声无息，我的身影，沿着这条僵硬的白色街道移动，就像契里柯画中的那一个有生命的元素。这不是在美国小城感受到的那种令人舒适的寂静，尽管门前的阶梯，院子还有护栏构成的实体环境常常是一模一样的；区别就在于，在真正的城镇里，你可以非常确定哪些人会藏匿于那些门牌号码的背后，而在这里，一切看起来都是转瞬即逝，朝生暮死，这里的人没有一种固定模式，没有东西是预期之中的——这条街道，这座房屋，频发的事故，墙壁的裂缝，这在别处也许是有股魔幻的力量，在这里却奏出预言着劫数的音符。

1. 最近这儿有位老师做了一项词汇测试，她让学生说出青年的反义词。班上一半以上学生的回答是死亡。

2. 如果没有一幅出自大师之手的现代画令四壁生辉的话，那就算不上是整洁而有格调的好莱坞房间。有一个制片人拥有一间算得上是小型画廊的房间；他把绘画作品仅仅称作是一笔投资。他的妻子就没那么谦虚了："我们当然懂艺术。我们去过希腊，对吧？加利福尼亚就像是希腊。完全一样。你一定会感到奇怪。去那边跟我丈夫聊一聊毕加索吧；他可以给你抖搂些真实的幕后消息。"

见识他们典藏名画的那天，我正拿着一幅画要去镶框，那是一小幅克利[①]画作的彩色石印复制品。“挺不错，”制片人的妻子慎重地评价道，“是你本人画的吗？”

等车的时候，我碰到了P，她是我颇为崇拜的一个人。她睿智，却并不锋芒外露，而更非比寻常的是，她已经在好莱坞打拼了三十年，竟不失幽默与体面。她并不富裕，这倒是情理之中。眼下她正住在一间车库的上面。颇有意思的是，按照当地的标准，她活得挺失败的，到了这个岁数，完全是不可原谅；即便如此，她还是得到了成功的回报，她的周日茶会上总是明星荟萃，因为在车库之上，她营造出了一种短暂的安全感，一种有根的感觉。她还是一个永不知疲倦的剪贴簿，谈话中的时间顺序总是在转换、流逝，直到她那矢车菊般的眼睛盯着你看，这时，华伦天奴轻轻地拂过你的手臂，年轻的嘉宝在窗前徘徊，约翰·吉尔伯特出现在草坪上，站在那里的样子像一尊暮色中的雕像，老费尔班克斯冲着车道咆哮，两只大獒在敞篷轿车的后排座上发出汪汪的叫声。

P说是要送我回家。我们取道圣莫尼卡，也好让她在途中顺便给A捎件礼物，A是个有些悲观和神经质的女人，曾经在她的第三任丈夫离世以后，将一尊奥斯卡金像扔进了大海。

关于A，最令我好奇的莫过于她用妆的方式——如此这般不动声色到近乎野蛮的表演；冷峻的眼睛，工于心计，她同时挥舞

① 保罗·克利(1879—1940)，最富诗意的造型大师，出身于瑞士艺术家庭，年轻时受到象征主义与年轻派风格的影响，产生一些蚀刻版画，借以反映出对社会的不满；后来又受到印象派、立体主义、野兽派和未来派的影响，这时的画风为分解平面几何、色块面分割的走向。

着手中的胭脂与香粉，仿佛这是一张属于别人的脸，整个过程中，不停地打理着，来抹平岁月给她留下的痕迹。

在我们就要离开的时候，女用人出来说A的父亲想见见我们。我们在一座面朝大海的花园里找到的他；他是一个纠结而抑郁的老人，白得发蓝的头发，皮肤深过碘酒的颜色，在一片阳光的照射下，双肩下垂，双目紧闭，除了催眠的海浪拍岸声和令人昏昏欲睡的蜜蜂嗡嗡声，再没有什么声音能够打搅到他了。老一代的人喜欢加利福尼亚；他们闭上眼睛，风穿过冬日的花丛，轻吟着催眠曲，海水也在哼唱着催眠曲：这是天堂的预览。从破晓到天黑，A的父亲就在花园里晒着太阳，而每逢雨天，就用啤酒瓶盖做手镯来消磨时间。他给我们每个人都送了一条他自制的手镯，拂面甜美的清风中几乎听不到他说话的声音，他说的是“孩子们，圣诞快乐”。

海地

（1948）

看上去，希波莱特或许是个长相难看的人：瘦得像只猴子，面容憔悴，皮肤极黑。他以一种稳定、精确到极致的方式（通过女教师的银质眼镜）去观察，去聆听，他的眼睛投射出一种简单而微妙的领悟。和他在一块儿会有一种实实在在的安全感；你和他之间在不同寻常的处境下，并不会感到孤立。

今天早晨闻讯，他女儿离开了人世，昨天夜里走的，只有八个月大；他还有别的孩子，他再婚多次，有五六次吧；即便如此，想必他一定很难过，毕竟他已不算年轻。我不知道会不会安排有守灵仪式，没人告诉过我。在海地，守灵仪式都是极度奢华的，这些守灵仪式会严格按照特定的程序来进行：那些前来悼念的人，大部分都素不相识，手在空中挥舞，头在地上磕得砰砰作响，异口同声地发出像狗一样低沉的叹息声。有时这声音会在晚上听见，有时这情景会在乡间小路上撞见，它们给人的感觉是如此怪诞，以至于令人心中颤抖，后来我才明白其实这些在本质上都只是哑剧表演。

希波莱特是海地最受欢迎的原始派画家，本可以买得起一幢有自来水的房子，睡在真材实料的床上，也能够用得起电；而实际上，他的住处点着灯，伴着烛光，左邻右舍——无论是老气横秋、头似椰果的老妇人，外表帅气的年轻水手，还是驼背的鞋匠——都能够窥见他的私生活，正如他也同样可以了解他们。前段时间，有一次他的一个朋友自告奋勇地给希波莱特租了一幢新房，地面和墙壁都是水泥砌成的，十分牢靠，墙的后面还可以藏身，当然，他在那儿住得并不开心，因为他并没有什么隐私和舒适的需求。正是出于这个原因，我才发现希波莱特的可敬之处，因为他的艺术作品中没有什么是矫揉造作的，他的取材就是来源于自身，这便是他的国度的精神史，它的歌唱与崇拜仪式。

在他作画的房间，摆放着一个巨型海螺，显得格外抢眼。海螺的形状像个喇叭；粉红色，曲线很精致，宛如海洋里的花朵，一朵水下的玫瑰，若是你吹起它，会发出嘶哑的嗥叫声，一种海风般孤寂的声音：对于水手来说，这是一个能够呼风唤雨的魔力号角，而希波莱特正打算驾驶他自己的那艘红色大船环游世界，所以反复练习如何吹响。他大部分精力和财力都投入到建造这艘船当中；他的这种投入，和你经常看到有些人规划自己的葬礼、建造自己的坟墓相比，就本质而言其实是一样的。一旦他出海远航，消失于陆地的视野之外，我在想人们会不会就再也见不到他了。

早晨，我时常在阳台上读书或是写作，从这里，我能够看到群山一点一点向港湾滑落，越变越蓝。山下是整个太子港①，这座城镇经过几个世纪阳光的曝晒，色彩已经变得黯淡，像是旧时的彩绘褪去了颜色：灰蓝色的大教堂，风信子般紫蓝色的喷泉，绿褐色的围栏。左边坐落着一片偌大的巴洛克风格石园，仿佛一座城中之城；就是在这里，在单调的金属光泽与鸟笼般的纪念碑

---

① 太子港，海地首都，是海地的最大港口，西印度群岛著名良港之一。

间，他们会把希波莱特的女儿带来：他们要把她送上山去，他们当中有十来个人穿着丧服，头戴草帽，空气中弥漫着浓郁的豆香。

1. 告诉我，这里为什么会有这么多狗？它们都是哪些人养的，又为什么要去养它们呢？它们外表污秽，目露凶光，沿着街道缓缓行进，成群结队，像是一群受到戕害的基督徒，白天倒还无伤大雅，可到了夜里，它们的存在和声音居然能够如此夸张！先是一只狗开始叫，而后另一只跟着叫，最后是全部的狗一起叫，一连数小时，你能够听见它们狂怒而愤懑的对天哀号。S说这就像是颠倒过来的闹钟，因为只要这些狗开始发作，那就说明时间一定还早，也就该去睡觉了。你不妨一试；这个城镇在十点前都会放下窗帘，除非是喧嚣的周末，那时的鼓声和醉汉的鼾声会把狗的叫声淹没。不过我倒是喜欢早晨一大群鸡叫声；有一种意想不到的混响效果。另一方面，还有什么声音比小汽车的喇叭声更让人心生厌恶呢？这里有车的海地人看上去热衷于鸣笛；你会开始怀疑这种行为是否带有政治意义或者性别意义，抑或二者兼而有之。

2. 若是有可能，我很想在这里拍部电影；除了偶有音乐穿插其中，应该会是部无声电影吧，唯有摄像机的镜头能够将这里的建筑和景物如此这般完美地捕捉下来。天上风筝飞舞，风筝上是蜡笔描绘的眼睛，这眼睛无拘无束，在空中浮动，它忽然挂在了栅栏上，而我们、这眼睛、这摄像机，看见了一座房子(像是M·里高家的)。这幢建筑看起来高大却并不坚固，某种程度上还有些滑稽，并无特别的时代印记，但却更像是一种无限混合的血统传承：有法国的影响，也有英格兰维多利亚时期的庄重风格；还带有一些东方的元素，质感很像是皱纸灯笼。这是一幢有雕花的房子，房子的角楼、塔楼以及门廊都刻有天使头像、雪花的形状和恋人的心形：随着摄像机追寻这里的每个地方，我们听到有急促的竹棍敲击声传来，带有音乐的节奏感。只见有扇窗子，十分突兀；蛋白糖饼颜色的窗帘，接着是一双浮肿的眼睛，然后是一张脸，一个女人，像一支年代久远的干花，咽喉处一块黑玉，头发中一把黑玉梳子；我们从她的身边走过，到了屋里，两条绿色的蜥蜴在衣橱柜的镜子上爬行，镜中投射出她的身影。如同钢琴上不和谐的音符，摄像机猛然将镜头一转，我们才意识到我们的眼睛从未注意到的东西：一片玫瑰花的叶子落了下来，一幅倾斜的画已弯曲。现在我们已经开始了。

3. 相对而言，几乎没有什么游客来海地，而其中相当一部分人，尤其是普通的美国夫妇，在他们下榻的酒店里围坐一团，怒气冲冲。这很不幸，因为在所有的西印度群岛中，海地是最有意思的一处；而且，你只需一想这些游客到此的原因，他们的这种反应也就不无道理了：距离最近的海滩都要三四个小时车程才能到达，夜生活平淡无奇，没有一家餐馆的菜单写得清楚明了。酒店的旁边，只有少数几家公共场所能够在稍晚一些的时候喝到朗姆汽水；要说令人感到愉悦的，莫过于贝纳通沿途树丛里的那些妓院。所有这些妓院都有店名，都给自己取了个很响亮的名字，譬如说“天堂”。而这些妓院，分毫不失体面，保持着极好的客房礼仪：这些女子，大都来自多米尼加共和国，坐在走廊入口的摇椅上摇来摇去，用印着耶稣画像的硬纸板扇着扇子，闲言碎语，谈笑风生；这就像美国任何一处的夏夜场景。啤酒，而非威士忌或者香槟，被看作是合乎礼仪的饮品，如果你要想给人留下好印象，点它就行。我认识的一个女孩可以喝下三十瓶；她比其他女孩年纪都要大，涂着淡紫色的唇膏，长着跳伦巴的那种臀部，巧舌如簧，这些都让她成了不折不扣的万人迷，而她自己则说她从不觉得自己算得上成功，除非她能够有条件把自己的每一颗牙齿都换成纯金的。

4. 伊斯蒂梅政府通过了一项法令，不得赤脚在大街散步：这有点难，这法令让人既不省钱，又不舒服，尤其是对于那些徒步运送货物的农民而言。但是当地政府如今急于将本国变得更像是旅游胜地，他们觉得不穿鞋的海地人会影响其潜在的贸易，故而人民贫困的一面便不应公开展现了。总体而言，海地人的确是很贫困，但这种贫困不像另一种需要死撑门面的贫穷，在它周围找不到那种恶毒卑鄙的氛围。每当有某句陈词滥调应验时，我的感觉总是糟透了；但我想这句话的确是没错：我们当中最慷慨的人，都是那些最不具备慷慨资本的人。几乎任何一个前来拜访的海地人都会送你一件礼物，为访问画上一个句号，礼物虽小，却通常很奇特：一罐沙丁鱼啊，一卷丝线啊；但是这些礼物给出去都显得体面而亲切，啊！沙丁鱼把珍珠吞进了肚子里，而丝线是最纯的银色。

5. 这是关于R的故事。几天前，他到这个国家画素描；突然之间，他来到一座小山的脚下，看见了一个女孩，个子高挑，眼睛斜视，衣衫褴褛。她被绑在一棵大树的树干上，绑住她的是电线和绳索。起初，她冲着他大笑，所以他还以为只是个恶作剧罢了，然而当他尽力去替她松绑的时候，几个小孩儿一下子出现了，并且用树枝戳他；他问这些小孩儿为什么要把她绑在树上，他们一个劲儿地咯咯直笑，大喊大叫，可就是不作答。这时一位老人也加入到他们的行列；他带着一个装满水的葫芦。R又问了一遍这个女孩到底是怎么回事，这个时候，那位老人泪水已经模糊了双眼，他说，“她是个坏人，先生，已经坏到无可救药，”而后摇了摇头。R开始往山上走；然后，转过头，看见这个人让她喝着葫芦里的水，当她喝到最后一口时，她冲他脸上吐了一口唾沫；那位老人只是擦了一下脸，心平气和地走开了。

6. 我喜欢埃斯特尔，我承认我对S关心得少了，因为他不喜欢埃斯特尔：最令人厌烦的不宽容莫过于谴责那些在你自己身上也有影子的个性了：在S看来，埃斯特尔精力旺盛，行为粗俗，还招摇撞骗；当然，这些秉性，除了刚提到的第一条，在S身上也并不是没有。在任何情况下，无意识的粗鄙比有意识的正直要更能展现人性美好的一面。不过S当然和这里的美国侨民很合得来，他们的观点，除了偶有的例外，经常是消极而严肃的。埃斯特尔不受任何人群的欣赏。“谁他妈又在乎呢？”她说。“听着，书呆子，我根本没有错，事实就是我长得太好看了，像我这样长得好看的女的，是不会让那些小喽罗们四处拍马屁的，就这样，没门儿，懂了吗？”

埃斯特尔是我所见过的个子最高的女孩之一，随便那么一站，就有六英尺高；她的脸颊结实而骨感，属于瑞典人的风格，头发是玫红色的，眼睛绿得像猫眼一样：她身上总有一种光环，仿佛她是在飓风中被吹过来的一样。事实上，她是多个自我的复合体。其中一个“她”是一本不怎么精彩的小说里的女主角：今天还在——明天就不见了，你好，你这个怪人，让整个世界头疼。

另一个“她”是一个傻乎乎的大姑娘，被爱情冲昏头脑：她总是深信，最没希望的人有着最可敬的想法。第三个埃斯特尔与其说可疑，不如说神秘：埃斯特尔是谁？她在这儿干什么？她打算在这儿待多久？是什么让她早上起床？有些时候，这个E小姐复合体的第三个元素会提到她的“工作”。但是她工作的本质却从未贴上标签。大多数时候，她都是坐在战神广场的酒馆里，一次花上十美分，喝着朗姆混合酒。酒吧的招待总是酣睡，但凡她需要什么的时候，她总是大摇大摆地走过去，拍他的脑袋，仿佛是个熟了的大西瓜。她走到哪里，总会有只小狗跟到哪里，耷拉着耳朵，习性乖张，通常还有一些人类朋友也会陪伴着她。她最喜欢的一个是面色苍白、一本正经的家伙，像是个卖《圣经》的；但事实上，他是一个云游四方的卖艺人，拎着手提箱，装着满满一箱子木偶和没用的家当，穿梭于岛屿与岛屿之间。每逢晴朗的傍晚，埃斯特尔就在酒馆外人行道上的桌子旁安营扎寨；许多当地的少女把她们感情上遇到的问题拿到桌边倾诉：对于他人的爱情，她感到凝重而悲切。她自己曾经结过婚，什么时候，跟谁结的，我都无从知晓，她也同样迷茫，然而，即便她只有二十五岁，想必也一定是陈年往事了。昨天晚上我经过这家酒馆，和往常一样，她依然坐在人行道上的桌旁。但有些不同。她化了妆，而她平时几乎是从不化妆的，穿着一件整洁而传统的衣服；两朵粉色的康乃馨在她的发间如火一般地燃烧，这样的饰物我想并不适合她。而且，我此前从未见过她喝醉的样子。“书呆子，你好啊，是你吗？是的是的是的，”她拍着我的胸脯说道，“听着，小子，我要证明给你看，我要给你看看这就是事实，一旦你爱上一个人，那个人就能让你吃下任何该死的东西，这就是事实。看好了”——她从头发里猛然拔出一支康乃馨——“他对我痴情着呢，”话音未落，她把那朵花猛地塞进趴在她脚边的小狗嘴里，“我让他吃，他就吃，他要是不吃，就给我去死。”

但是这只狗只是喘了喘气而已。

在这里，过去的几周都花在狂欢节的彩排中了，而昨天开始的狂欢节一直要持续三天。彩排只不过是狂欢节本身的一种微型预演；礼拜六的午后，鼓声渐渐响了起来，开始是分散的，山头有一处，离城较近的地方有一处，这鼓声来回涌动，似乎在暗示什么，不绝于耳，到最后构成了一种四处弥漫的震颤，这震颤，令安静的地面发着微光，像一股热浪泛起的涟漪。而我就在此地，独自一人，在这砒霜色的屋子里，一切行动似乎都是因这些声响而起：咚哒咚。就在那里，看吧：罐里的水泛起亮光，水晶般的泡泡在移动，沿着桌子滚落下来，砸碎在地面上，风吹拂着窗帘，翻动着《圣经》的书页。那声音：咚哒咚。黄昏之前，这个小岛的鼓声已经逐渐声势浩大。一些小型乐队在街头痛饮作乐；这些人都是以家庭为班底，或者是什么秘密协会的，唱着不一样的曲目，听上去却都差不多；每个乐队的领唱头发里面都插着羽毛，身上穿着带有小亮片的衣服，活像是披着一床古怪的被子，每个人都戴着一副廉价的墨镜；其他人唱着歌，跺着脚，他则在原地打着转扭着臀，头向两边转来转去，像是一只邪恶的鹦鹉：每个人都在大笑，还有一些夫妇也加入其中，边跳边向后甩着脑袋，半张着嘴，咚哒咚，腰部伴着鼓点扭动，眼睛睁得好似满月，咚哒咚。

昨天夜里 R 带我去了这次狂欢节的中心。我们打算去看看一个年轻邦甘，也就是伏都教[1]神父的仪式，这是个非同寻常的小男孩，名字我从未听过。仪式安排在离城市较远的地方，于是我们只好乘坐公共汽车，车很小，只勉强装得下十名乘客；但车上的人足有近两倍之多，有些穿着戏服，有一个戴着铃铛帽子的侏儒，还有一个老人戴着像乌鸦翅膀一样的面具；R 就坐在这个老人旁边，那人一下子问道，"你知道天吗？对，我想你是知道的，天就是我造的。"

对于这个问题，R 回答说，"我想月亮也是您老人家造的吧？"

那人点了点头。"还有星星呢，他们都是我的孙子。"

一个吵闹的女人拍着巴掌，声称这个老头子简直是个疯子。"可我说亲爱的女士，"他回答说，"我要是个疯子的话，又怎么能够造出这些宝贝呢？"

行程十分缓慢；车停了，车内的人蜂拥而出，藏在面具背后的面孔在黑暗中摇晃，烛形火把发出古老的亮光浇在他们身上，如同怪异的黄色雨水。

我们到了城外邦甘的住处，那是一块安静的地方，只有夜间的昆虫发出沙沙的声响，仪式早已开始，不过邦甘本人还没有露面。寺庙的周围，有一间狭长的棚子，茅草屋顶，祭坛室位于两端（两间祭坛室都是大门紧闭，因为至少有一间是等待邦甘出门的），大概有上百个海地人，安静而肃穆。在屋子中间的空地上，

---

① 伏都教，又称"巫毒教"，源于非洲西部，是糅合祖先崇拜、万物有灵论、通灵术的原始宗教，有些像萨满教。伏都教流行于西起加纳东讫尼日利亚的西非诸国，信仰的民族有芳族、约努巴族等，也盛行于海地与加勒比海，美国南部路易斯安那州及南美洲。

有七八个打着赤脚的小女孩，全都身着一袭白衣，头上也扎着白色的印花布，像盘蛇一样扭动，拍着自己的两侧，唱着歌谣，还有两个打鼓的人在附和。一盏煤油灯下，舞者和击鼓人那烟雾般的、水平的影子在墙上摇曳，他们全都聚精会神，身形如蛙。忽然，鼓声停了下来，女孩们组成一条通道，延伸到祭坛室的门口。这个时刻是那般安静，你都能够分辨出有哪些昆虫在奏着小夜曲。R想要一根香烟，可我不想给他：谁在教堂抽烟呢？而且伏都教毕竟是个实实在在的组织庞大的宗教，尽管海地的中产阶级对此不屑一顾，因为后者全都是些天主教徒，这就是为什么——你可以认为这是一种相互妥协——天主教渗透到了伏都教当中：譬如说一幅圣母马利亚的图片，还有圣婴耶稣的形象——有时代表他的是一个手工娃娃——都随处可见，都几乎可以用作任何一个邦甘神龛的装饰。而伏都教最主要的功能，在我看来，与其他那些宗教并无二致：虔敬某位尊神，缓解邪恶的压力，人是孱弱的，但有神在保护着你，有一种外在的魔力，那是神灵拥有的魔力，他们可以让男人的妻子怀孕，也可以让阳光灼烧你的庄稼，将肉体的呼吸带走，而同时赐予他灵魂。然而，在伏都教当中，生者与死者的国度并没有界限；死者可以复生，游走于生者之间。

这时鼓声再度响起，女孩们的歌声就穿插在一声声缓慢的巨响中间，而后祭坛室的门终于开了：三个小男孩走了出来，每人拿着一个盘子，上面盛满了各种各样的东西——香灰、玉米粉和黑火药——还有蜡烛，像是生日蛋糕上点着的那种，在这些东西的中间燃烧；这些男孩把盘子放在一个磨圆的石头上，朝门跪下。鼓声渐弱，慢慢变成了急促而有节奏的敲打声，这声音是摇动着装在葫芦里的蛇椎骨发出来的，然后，邦甘从女孩们排成的过道中敏捷地滑行出来，像鸟儿一般轻盈，像一个灵魂不经意间固化了一样，屋子的周围，他的腿上和脚踝上戴着的银质镯子发出丁零的响声，好像丝毫都没有接触到地面，他宽松的丝质红袍像鸟翼一样沙沙作响。他头上裹着红色的天鹅绒，耳朵上戴着的珍珠熠熠生辉。他随处停停，像一只蜂鸟，然后紧紧握住一名朝圣者的双手：他抓住了我的手，我则洞察着他的脸，雌雄莫辨，美貌绝伦，实在是不可思议，那深蓝色的皮肤又混合着高加索人的特征；他应该没到二十岁，却有一种无以名状的老态，睡眼惺忪，灵魂出窍。

最后，他抓了一大把玉米粉和香灰，在地上画出一张巫网；在伏都教里面，有上百张巫网，错综复杂，属于某种超现实主义的图案，每处细节都有其寓意，要全部完成需要的不仅是钢琴师所具备的那种记谱能力，就好比是弹奏一整部巴赫的作品，而且还需要超常敏捷的艺术技巧。随着鼓声爆炸般地变得越来越快，他俯下身来，沉湎于他的法术之中，就像一只红蜘蛛，不是在吐丝，而是把香灰撒在地上，织成一张凶险的网，有皇冠，有十字架，有毒蛇，像是生殖器的形状，还有眼睛和鱼尾。而后，巫网完成了，他又重新回到了祭坛室，等他再度出现的时候，他身着绿衣，手中拿着一个巨大的铁球；他站在那儿，球被点上了火，圣洁的蓝色环绕着火球，仿佛是地球的大气层；他接着把球托在手上，跪倒在地，匍匐前行，吟诵声与呼喊声为其喝彩，火焰渐渐熄灭，他方才起身，向上摊开掌心，那手掌竟然没有被灼伤，一阵战栗掠过他的身体，好像一阵莫名的风拂过，他的眼睛滚入头颅，神灵（上帝和恶魔）像一粒种子在他的肉体中发芽，开花：没有性别，也无从辨认，他将男人与女人揽在怀里。无论是谁，他们都在巫网的蛇和眼睛的图案上转动，灵异的是图案却几乎没有被扰乱，而当他换到另一个人那里时，先前的那个人就如猛然投入无限之中一般，撕扯胸膛，高声尖叫。而这个年轻的邦甘，汗珠闪着光亮，珍珠耳饰散落在地，奔跑着猛撞向最远端那扇紧闭的大门：他口中念念有词，双手击门，直到在门上留下血印。他就好似一只飞蛾，而那扇门就是最明亮的电灯泡，因为一旦超越了这层阻碍，顷刻间就会有魔力出现：真理是秘密，是纯粹的宁静。要是大门真的打开，他会找到想要的东西吗，这个永不可及的东西？当然大门是永远不会打开的。重要的是，他相信他会找到的。

欧陆之行

(1948)

静静伫立，你可以听到竖琴的声音。我们爬上墙去，城堡花园里，被雨水浇灌的花儿开得正艳，火红的花丛中间，坐着四个神秘人物，其中一个年轻人正在拨弄琴弦，还有三位身着黑衣的老者，那黑衣全是由一块块碎布拼接而成：在暴风雨过后清新的空气中，他们显得格外突出。他们正吃着无花果，这些产自意大利的无花果果肉多汁，那汁液从他们的嘴边流出。花园濒临嘎尔达湖[①]的一片大理石湖岸，微风吹拂下，湖水融汇在了一起，而后我便明白了在那样的水域游泳，恐怕会时常心生忌惮，因为，正如常春藤美艳之外的扭曲，怪诞的生物一定在深水区活动，那里的水清得令人感到不祥。其中一位老人把无花果的皮扔得老远，聚在一起的三只天鹅，由于受到惊吓，把水中的芦苇惊扰得沙沙作响。

D从墙上跳了下去，又给我打了个手势，让我也跳；可我不能这么做，至少在那个时候不能这么做：因为在那一瞬间，一切都是那般真实，我希望让这种真实能够持续得长久一些——我再也不会有如此透彻的真实感受了，即便是一片树叶的移动，都会让这种真实荡然无存，说得更确切一些，哪怕是一声咳嗽，都会永远地毁掉图雷尔[②]的高音。而这种真实究竟又是什么呢？这里只存在一种无瑕的真实：城堡、天鹅，还有弹奏竖琴的小男孩，整个世界仿佛从儿时的故事书中浮现出来——在王子进驻或是女巫施咒之前。

若仅仅是因为我可以带着惊叹再度观赏一番的话，我去欧洲也算得上是明智之举。过了特定的年龄，或者没有了特殊的智慧，是很难带着惊叹去观赏的；这事儿最好当你还是孩子的时候完成；在那以后，要是你足够幸运，你会找到童年的那座桥，然后走过去。去欧洲正是如此。它就是童年的那座桥，那座带我漂洋过海，穿越森林，直奔我想象中最原始的那片风景。不管怎样，我去过许多地方，从墨西哥到缅因州——而眼下，想想看吧，我就要一路奔赴欧洲，重归我的故里，重拾我的热情，重回我的住所了，那里的故事与传奇，似乎总能超越我们城镇的局限。而那正是传奇之所在：在琴弦间，在城堡里，在天鹅的喧闹中。

那天，一辆近乎疯狂的公共汽车把我们从威尼斯带到西勒米奥奈，那是一座充满魔力、小得不能再小的村庄，位于嘎尔达湖半岛一角，那片湖是全意大利湖泊中最蔚蓝、最悲凉、最幽静，也是最美丽的一个。要不是因为露琪亚让我们感到恐惧，我怀疑我们都应该不会离开这里前往威尼斯了。我在这里其乐融融，不过就是太过喧闹：那喧闹不是一般的城市噪音，而是人群无休止的争吵声，船桨的摩擦声以及匆匆的脚步声。曾经有人建议奥斯卡·王尔德到此隐居。“然后成为一座丰碑供游人瞻仰？”他

---

① 嘎尔达湖，意大利最大的内陆湖，面积为370平方公里，最深处达346米，位于意大利布雷西亚省。

② 图雷尔(1900—1973)，美国女中音歌唱家，出生于俄罗斯，从小学习长笛，然后又学习钢琴，十月革命后离开俄罗斯，后移居巴黎，纳粹占领巴黎后步行逃亡到葡萄牙里斯本，并最终移居美国，任教于纽约茱莉亚音乐学院和科罗拉多州的阿斯彭音乐学院。

问道。

这个建议倒是挺好，不过，采纳这个建议的是其他人，而非奥斯卡：沿着大运河，有一些宫殿，里面是某些人的领地，这些人在过去的几十年里从未在公众场合露面。他们当中，最神秘的莫过于一位来自瑞典的伯爵夫人，她的侍从用一只黑色的平底小船为她运送水果，船边装饰着银铃；银铃的声响构成了一种气氛强烈却阴森恐怖的音乐。而且，露琪亚令我们倍感压抑，迫使我们不得不从此处逃离。她是个又高又壮的女孩，对意大利人来说，简直高得离谱，身上的调味油总是散发出令人可憎的气味，她是一帮不良青年的头目，这帮青年游民在北方聚集，准备暂时去往威尼斯。他们当中的一些人，即便是卖给你的烟里所含的干草多于烟草，即便是在兑换货币的时候让你摸不着头脑，也还算讨人喜欢。露琪亚的那件事儿始于某天的圣马可广场。

她走上前来，找我们要根烟抽；于是D给了她一整包切斯特菲尔德香烟，全然不知我们已经脱离金本位了。从来没有两个人如此这般情投意合。起初非常美好；露琪亚如影随形，我们走到哪里，她就跟到哪里，她的智慧与庇护让我们从中充分受益。然而时有难堪之事；譬如说，我们总是被一些格外精致的店铺拒之门外，因为她总是跟老板没完没了地讨价还价；然后呢，对我们来说不可能与这儿的其他任何人接触，因为但凡如此，她也总会分外嫉妒：我们有一次在广场上碰到一个和我们一块儿从米兰坐车到此的少妇，她并无恶意，也受人尊重。“当心！”露琪亚声音沙哑地说。“当心！”然后一直就向我们灌输这个女人声名狼藉的过去，还有恬不知耻的将来。还有一次，D给了露琪亚的一个同伴一块一美元表，那个同伴对此倾慕已久。露琪亚火冒三丈；

下次我们见到她的时候，那块表已经穿上了线，挂在了她的脖子上，据说那个男同伴已经连夜离开这里，去了的里雅斯特[①]。

露琪亚有个习惯，就是她高兴的时候，就会随时出现在我们下榻的酒店(她住的地方我们不得而知)；她看着一点也不像是个十六岁的女孩，总是一屁股坐下来，一整瓶斯特雷加便咚咚下肚，抽光所有她能拿到手的香烟，然后便倒头熟睡；只有在她睡觉的时候，她的脸颊才像个孩子。可是在那可怕的一天，酒店经理在大厅拦住了她，并告诫她不允许再到我们的房间里找我们。他说，这种丑事让人无法容忍。于是露琪亚纠集了十几个同伴，都是些更为彪悍的家伙，将酒店团团围住，这下子真得把门口的铁防护栏放下来，再去找宪兵求援才行了。在那以后我们尽可能地躲开她。

在威尼斯要是不想见到一个人，简直跟在一所单间公寓玩儿捉迷藏一样，因为再也没有哪个城市的布局比这里更加紧凑了。这里就像是一座伴着欢乐和音的博物馆，一个没有门的巨大宫殿，所有东西都连在一起，一个接着一个。白天里，相同的面孔一次又一次地出现，如同一个长句里的介词：转个弯，露琪亚就站在那里，一美元表在她的胸前晃来晃去。她深深地爱着D。然而眼前的她，面对我们的时候，是一种受到强烈伤害的感觉；或许是我们自作自受吧，但这却让人承受不了：她的那帮同伙，就像一片黑压压的昆虫穿越广场，向我们袭来，恶语谩骂；倘若我们坐下来喝杯酒的话，他们便会聚集在桌子后面，讲着低俗的笑

① 的里雅斯特，意大利东北部边境港口城市。位于亚得里亚海东北岸、伊斯特拉半岛的西北侧、的里雅斯特湾的顶端，西距威尼斯113公里，历史上是日耳曼、拉丁和斯拉夫文化的交汇点。

话。有一半的时间我们不明白他们在说什么，不过很显然别人是明白的。露琪亚本人并没有正面参与到这次骚扰当中；她一直都是一副漠不关心的样子，在远处操控着这次行动。于是我们最终决定离开威尼斯。露琪亚知道了这件事。因为她的耳目无处不在。我们离开的那个早晨，天空下着雨；正当我们的小船缓缓划入水中时，过来了一个小男孩，眼里透着疯狂，冲我们扔了一团用报纸包裹的东西。D将报纸打开。里面是一具小黄猫的尸体，脖子上挂着那块一美元表。这让你有种跌入无底深渊的感觉。然后我们猛然间看到了她，露琪亚；她一个人站在一座小运河的桥上，她俯在桥的栏杆旁，身体极度前倾，仿佛瞬间要从桥上坠落。“Perdonami，”她喊道，“ma t'amo.”（原谅我吧，亲爱的，我爱你。）

在伦敦，一个年轻的艺术家对我说，“一个美国人头一次来欧洲旅行，感觉一定是非常奇妙的；你永远也不会成为这里的一部分，所以你们也就不会有任何的伤痛，你们也不需要去忍受这种伤痛——没错，对你们而言，这里只有美景。”

我开始没明白他的意思，所以这话令我气恼；但到了后来，在法国和意大利待了几个月以后，我方才明白过来他说得果然没错：我不是欧洲的一部分，我也永远不会成为欧洲的一部分。我想走就可以走，万无一失，对我而言，这里只有甜蜜而神圣的美丽氛围。但是这里也并非如同这个年轻人所想象的那般奇妙；如果一个人永远不能成为这激动人心的瞬间中的一部分，那么这个人总不免脱离于这里的风景和人物，这样的感觉，是很令人绝望的；后来我逐渐意识到我并没有必要非得成为其中的一部分，相反，这里会成为我的一部分。突兀的花园，戏剧之夜，无拘无束的孩童采摘着鲜花，在渐渐暗下来的街道上奔跑，献给逝者的花环，正午阳光下的修女，广场上传来的音乐，盛大之夜的一架帕里斯自动钢琴和焰火，让人怦然心动、叹为观止的高山美景，还有水的景致（湖水像绿色的美酒盛放在火山形状的酒杯中，地中海拍打着悬崖底部，溅起一阵阵浪花），远方孤寂的灯塔在暮色中渐渐消逝，蜡烛在维罗纳的圣泽诺那镶着宝石的遗体上燃烧——这一切都属于我的一部分，构成我自身视野的元素。

当我们离开西勒米奥奈时，D回到了罗马，而我回到了巴黎。我对此番旅行充满了好奇。首先，我是通过一个不靠谱的意大利票务代理订的票，订的是"东方快车"的卧铺车，可当我到了米兰的时候，我发现这安排完全就是场骗局，这里没有什么可以供我入睡的地方；事实上，要是我没有踩着好几个人的脚趾的话，我怀疑我压根儿就挤不上火车了，因为一切都如同节假日那般拥挤。可以说，我尽力挤进了一个车厢隔间，那里令人窒息，如同酷暑般炎热，我和六个人挤在一块儿。这辆"东方快车"的名字唤起了我最为刻骨铭心的期待：想想在这辆车上发生过的那些非同寻常的事情吧，至少要是你相信阿加莎·克里斯蒂[①]女士和格雷厄姆·格林[②]先生的话。可实际上对于要发生的事，我倒是一点也没准备好。

---

① 阿加莎·克里斯蒂（1890—1976），英国著名女侦探小说家、剧作家，三大推理文学宗师之一。代表作品有《东方快车谋杀案》和《尼罗河谋杀案》等。1961年被埃克塞特大学授予荣誉文学博士学位，1971年被册封为女爵士。

② 格雷厄姆·格林（1904—1991），英国作家、剧作家、文学评论家。他的作品探讨了当今世界充满矛盾的政治和道德问题，他信奉天主教，第二次世界大战期间作为军情六处的官员被派往非洲，战后创作了大量的间谍小说。

车厢隔间里有两个看上去闷闷不乐的瑞士商人、一个从伊斯坦布尔来的商人带着几分异国情调、一个美国教师，还有两位意大利老妇人，气质优雅，白发苍苍，目光桀骜，身板看上去像鱼刺一样孱弱。从穿着上看，她俩像是一对孪生姐妹，两位女士脖子上都裹着带花边的黑丝巾，挂着镶有珍珠的紫水晶。她们一直就这样坐着，戴着手套的双手紧紧相扣，一言不发，只是在交换一盒价格不菲的巧克力的时候，才会说上几句。她们唯一的行李看上去只有一个巨大的鸟笼；尽管有一部分被一块丝巾遮住了，你还是可以从鸟笼的小窗口看到鸟笼的里面有一只长霉的绿鹦鹉。这只鹦鹉还会时不时地迸发出一阵痴傻的笑声；每当出现这种情况，这两位老妇人就会相视一笑。那个美国教师问她们这只鹦鹉会不会说话，其中一个老妇人微微点了点头，作出了肯定的回答，不过这只鹦鹉的语法功底着实差劲。当我们驶近意大利和瑞士的边界时，海关和护照办理的工作人员又开始了他们令人生厌的例行检查。我们以为我们这个车厢已经检查完了，但是这时他们又回来了，其中的几个人站在玻璃门的外面，仔细地盘查这两位贵妇人。看起来向她俩很是盘问了一阵子。车厢里的每个人都一动不动，除了那只鹦鹉，发出的笑声令人胆战心惊。老妇人对此全然没有在意。其他几个穿制服的人也加入到这些站在通道上的人群中来。于是其中一个老妇人拨弄了一下她紫水晶的胸针，扭头冲着我们说，“我们没有做错什么。”她先是用的意大利语，而后是德语，继而又用的英语。

可就是那个时候，车门徐徐打开，上来了两名官员。他们看都没看这两位老妇人，而是径直走向了鸟笼，一把将盖在鸟笼上的丝布扯了下来。“混蛋，混蛋，”那只鹦鹉尖叫起来。

由于路途颠簸，火车到了山的阴面突然刹车急停了下来。这突然的一把刹车将鸟笼晃翻在地，那只鹦鹉，一下子从鸟笼中逃逸而出，在车厢内四处飞来飞去，一副得意洋洋的样子，而那两位老妇人，一阵手忙脚乱，蹦着脚去抓那只鹦鹉。海关的工作人员接下来把笼子拆开一看：在饲料槽里面藏着一百包左右的海洛因，都是头痛药粉的那种包装，在鸟笼顶部的铜球里还藏有更多。事情的败露丝毫没让两位老妇人乱了方寸；反倒是跑掉了鹦鹉让她们神情沮丧。那只鹦鹉一下子就从窗口的下面飞了出去，心急如焚的两位老妇人站起来叫唤着它的名字，“东京，你会冻着的，小东京，快回来呀！回来呀！”

他正躲在黑暗中的某个角落里哈哈大笑。一轮北方的冷月，那一瞬间，我们看见他在月光的映衬下俯冲。她们转过头来，面朝门口；这时已经挤满了围观的人。这两个名声扫地的老妇人泰然自若地往前走着，面对那些她们仿佛视而不见的面孔，还有那些她们确实已然听不见的声音。

伊斯基亚

(1949)

我忘了我们为什么要来这个地方：伊斯基亚。对于这里，要说的可多着呢，尽管实际上几乎没什么人见识过这里——也许只有在它家喻户晓的邻居卡普里[1]的高地上，才能瞥见海的那边有一片参差不齐的蓝色阴影，那就是伊斯基亚。有些人建议不要去伊斯基亚，我记得他们给出的理由挺让人胆寒的：你知道那儿有一座活火山吗？你了解那架飞机的事吗？那架飞机，在一次从开罗飞往罗马的定期航班中，正是在伊斯基亚的山顶坠毁的；倒是有三名幸存者，可从来没有人见过他们活着的样子，因为他们全都被那些想在这次空难中趁火打劫的牧羊人用石头给砸死了。

结果，我们在一种五味杂陈的期待中，看着那不勒斯刷着石灰的建筑一点点地隐去。这是经典的一天，对于三月的意大利南部来说，略微带着些寒意，但又像风筝般轻盈而高傲，普林西比萨号沿着海湾上下起伏，像一只漂亮的海豚。那是一艘文明的小船，细细的栏杆，搭载着举止略显怪异的乘客：这些是乘船驶向普罗奇达岛上监狱的囚犯，抑或是另一个极端——准备去往伊斯基亚修道院的年轻人。当然，还有一些不那么引人注目的乘客：去那不勒斯购物的岛民；偶尔也会见到一个外国人——但几乎是凤毛麟角：卡普里才是最吸引游客的地方。

海岛就像是永不起锚的轮船。驻足海岛的感觉如同踏上跳板：悬在半空的感觉令人着迷，你一下子就能置身其中——看起来任何不友善和猥琐的事都不可能在你身上发生；普林西比萨号缓缓地驶入伊斯基亚的波尔多港，这时你看着海滨的那片苍白，渐渐剥落的冰激凌色时，会觉得这里如同自己的心跳一般亲昵而舒心。在船靠岸的摩擦中，我的手表掉了下来，摔坏了——这种象征手法真是有点粗暴，也太过直白：只需一眼你就明白，伊斯基亚不是争分夺秒的地方，海岛从来都不是那样的地方。

我想你或许会说，波尔多是伊斯基亚的首府；无论从任何方面而言，它都是这里最大的城镇，甚至还有些时尚。大部分到这个海岛游玩的人都不会偏离这里，因为这儿有几家顶级酒店，美丽的海滩，还有文艺复兴时期的维多利亚 · 科罗纳城堡，像一只巨鹰栖息在海面。而其他的三处还算有点规模的小镇就相形见绌了。它们分别是：拉科阿梅诺、卡萨米西奥拉，还有坐落在海岛最远端的福里奥。我们正是打算在福里奥安营扎寨。

我们乘着马车穿过一片绿色的暮光，繁星很早就在天空中探出了头。道路高高地凌驾于海面之上，海上的渔船燃着火把，像水纺蛛一样匍匐而行。毛茸茸的小蝙蝠划过薄暮；夜色真美，夜色真美[②]，在这样的傍晚，沿途可以听到微弱的声音，羊群在山上慢跑，咩咩的叫声像是生锈的笛子发出的声响；马车疾驰穿过一个村庄的广场——那里没有电，酒馆里，烛光变着戏法，煤油灯熏着孔武有力的男人们的脸。两个小孩在后面追着我们，一直追到村外的一片黑暗处。我们开始攀爬一个陡峭的斜坡，这时他们

---

① 卡普里，位于意大利那不勒斯湾南部人海口附近，属意大利坎帕尼亚区，与索伦托半岛相望，面积 10 平方公里，是最著名的蜜月之乡。

② 此处原文为意大利语 buena séra。

紧紧抱着马车，喘着粗气，我们的马在快到达山顶的时候，在冰冷的空气中呼出了一团雾气。马车夫挥舞着鞭子，马儿晃悠了一下，孩子们指着：看啊。它就在那儿，遥远的福里奥，像月光一般皎洁，海水浸润着陆地的边缘，依稀传来的晚钟声，像是一群鸟儿的啼鸣。很美吧[①]？马车夫说。很美吧？孩子们问道。

当你重读一篇日志的时候，通常不会那么耗时，不经意间的偶然几笔，重温的时候，都会在你的记忆中刻下烙印。例如："今天吉奥孔达把一些彩纸放在屋里。是礼物吗？因为我给她了一瓶古龙香水？用这些可以做成缤纷的书签。"这不禁令人浮想联翩。首先，吉奥孔达。她是个漂亮的女子，不过她的美貌得随着她的心情来的：她闷闷不乐的时候，看上去就像是一碗冰凉的燕麦粥，似乎多数时候她都是这个样子；你很可能会忘掉她浓密的秀发和她有如地中海般深邃的眼神中散发出的柔情。苍天在上，她确实是操劳过度了：她在这儿的一家小旅馆工作，既干着打扫房间的活，还得做女招待，不等天亮就得起床，有时到了半夜还在忙活。说真的，她能够得到这份工作已经算是幸运的了，因为就业问题是这个岛上的主要问题；这里的大多数女孩都眼巴巴地想要取代她的工作，再也没有什么比这更让她们求之不得了。这里没有自来水（我们都知道这意味着什么），在这种情况下，吉奥孔达依然给了我们格外舒心的招待。这是福里奥最舒适的小旅馆，价钱也挺划算：我们住的是两间大房，花砖地板面积很大，高高的百叶窗外是个小巧的铁阳台，可以俯瞰海景；吃的东西也

① 此处原文为意大利语 Multo bella。

挺不错，甚至可以说有些太过丰盛——午餐和晚餐都会奉上五道主菜和酒。满打满算，我们每人每月花费大概一百美元。吉奥孔达不会讲英语，而我的意大利语呢——哎，别提了。尽管如此，我们还是成了知己。借助于手势和双语词典的大量使用，我们能够设法实现不可思议的交流——这就是为什么蛋糕总是没有做好的缘故：在那些阴霾的日子里，我们无所事事，便坐在露天厨房里，试着按照一些菜谱来烹饪美式糕点（“收费处，是什么？”），可这些从来就没有做成过，因为我们总是忙着去查字典，而无暇顾及我们的糕点了。吉奥孔达说：“去年，就在你们现在住的这间房，住了一个罗马人。罗马真的像他说的那样好吗？他说我应该去罗马找他，没有问题，因为他是历经三场战事的沙场老将了。一战，二战，还有埃塞俄比亚战争。你可以想见他有多老了。的确，我从未见过罗马是个什么样子。我有朋友曾经去过那儿，也给我寄过明信片。你知道那个在邮政局工作的女人吗？你们应该相信邪眼①吧？她就有。对，大家都知道。这就是为什么我从来就没有收到从阿根廷寄来的信。”

没有收到从阿根廷寄来的信是吉奥孔达悲惨生活的真正原因。是背信弃义的情人？我不知道；她拒绝谈论此事。众多年轻的意大利人移民去南美找工作；有的妻子苦等五年，等着丈夫给她们寄信。每天，我带着信件回来的时候，吉奥孔达都会跑过来迎接我。

收集信件是件自找的麻烦事。这天我头一次在白天见到其他

① 意大利人以及世界上其他许多国家的人都相信某些人的凶恶眼神能够给其他人带来厄运，除非采取某些措施来防范。

几个住在这里的美国人：眼下有四位，我们来到广场上的玛利亚酒馆聚会（引自日志："我们都知道玛利亚往饮品里掺水。可她掺的是不是水呢？天啊，我想着就恶心！"）。和煦的阳光洒在身上，玛利亚的竹帘被微风轻抚作响，再也没有比这儿更适合等邮递员的地方了。玛利亚是个身材短小的女人，长着一张吉卜赛人的面孔，生性就是玩世不恭，无所畏惧；如果在这附近你有什么想要的东西，大到房子，小到一包美国香烟，她都能弄到手；有些人说她是福里奥首富。她的酒馆从来就没有女性光顾；我猜她也不会让女人进来的。随着正午临近，村子里的人都聚集在了广场上：学生们像乌鸫会聚在此，披着斗篷，穿着木质凉鞋，在小巷里唱着歌，成群的无业游民慵懒地倚靠在树下，肆意地放声大笑——从他们旁边经过的女人都会低下头去，眼睛瞥向一边。邮递员到了以后，把我们旅馆的信件给了我；之后我就要下山去见吉奥孔达了。有时候她望着我，仿佛这信老是不来全都是我的错，好像那邪眼是长在我身上似的。有一天她告诫我说再不要空手而归；于是我就给她买了一瓶古龙香水。

然而我在房间里发现的这几张花哨的彩纸并不如我起初所想的那样是回赠的礼物。按照计划，我们应当将彩纸撒在一尊圣母像上面，这尊雕像刚刚运抵海岛，正在各个村庄巡回展出。圣母像行将抵达的那天，家家户户的阳台上都挂起了漂亮的花边，还有更漂亮的亚麻布——如果哪一家没有什么更好的可以挂出来，那就挂床单吧；编织的假花装点着狭窄的街道，老妪穿着她们最长的披肩，男士则把大胡子打理得顺顺溜溜，有人给镇上的傻子也套上了一件干净的衬衣，还有一群孩子，一身白衣，肩膀上绑着金色硬纸板制成的天使之翼。巡游的队伍进城后，预计四点钟左右会从我们阳台下面经过。在吉奥孔达的提醒下，我们也准时到位，准备抛撒这些漂亮的彩纸，同时按照之前教过我们的口号高喊，“圣母万岁[①]。”一场恼人的细雨不期而至；到了六点，天渐渐黑了下来，但是同街头熙熙攘攘、翘首以待的人群一样，我们也没有放弃。一个牧师，脸上挂着一副愁眉不展的痛苦表情，骑在摩托车上呼啸而过，黑色的法袍被吹得呼呼作响——派他来是为了让巡游队伍前行的速度更快一些。此时已经到了晚上，油灯照亮的道路被参加巡游的队伍挤得人满为患。突然，一个军乐队开始奏乐，乐曲的喧扰声与当时的气氛并不相称，随着一声吓人的噼啪声，火光照亮的道路一下子变得活跃起来，就像是向即将驾临的圣母雕像致敬：雕像在一个铺满鲜花的展台上左右晃动，后面簇拥着岛上一半的居民，圣母的面庞裹着黑纱，身上挂满了金表和银表，在她经过的时候，她的身边被寂静所包裹，只听见那些供品——那一块块手表——发出着了魔一样超乎现实的声音：滴答滴答滴答。后来，吉奥孔达发现我们手上还攥着那些彩纸片，光顾着兴奋而忘记了扔，这令她非常恼怒。

“4 月 5 日。漫长而危险的一次远足。我们发现了一个新海滩。”伊斯基亚是个岩石众多而又贫瘠的小岛，让人想起希腊或是非洲的海岸。这里有橘树、柠檬树，大山的梯田上还有银绿色的葡萄树：伊斯基亚的酒是备受推崇的，而“耶稣的眼泪”[②]正是产自这里。当你行走于城外时，你很快就会邂逅那些分叉的小径，小径穿过一片葡萄园，园内的蜜蜂像暴风雪一样飞舞，蜥蜴

---

① 此处原文为意大利语 Viva la Vergenie Immocalata。
② 此处原文为意大利语 Lachrimae Christi。

在萌发新芽的绿叶上闪着绿光。农民深棕色的皮肤是陶器的颜色，双眼眯成一条缝，像水手一样，因为大海总是与之相伴。海边的小径随着垂直而陡峭的火山延伸；在有些关口，你最好闭上眼睛：倘若掉下去，也许会摔得很惨，山下的岩石就像是酣眠的恐龙。一天，我们在悬崖上行走时，发现了一只小狗，后来又发现了一只；它们在昏暗的岩石间无依无靠地生长，那些石块像是中国大钟挂在一根紧绷的绳子上。这时，跟随小狗的脚印，我们沿着一条小路来到了一片奇异而隐秘的海滩。海滩的四周被悬崖包围，海水十分清澈，你可以看到海葵和快速游动的鱼儿；在离海滩不远的地方，平整而裸露的岩石像是漂流的木筏，而我们就像是划着桨，从一只划到另一只：我们奋力向前，走进一片阳光，这时回头望去，视线越过悬崖，我们看到那片种着绿葡萄的梯田，还有那座云雾缭绕的山峰。有一块岩石被海水冲蚀成了扶手椅的形状，置身其中，任凭海浪拍打在你的身上，天伦之乐莫过如此。

然而，在伊斯基亚找到一块私人海滩并非什么难事。我知道至少有三处从未有人涉足的地方。福里奥镇的海滩上点缀着渔网和翻转过来的渔船。正是在这片海滩上，我第一次遇见了墨索里尼的家人。末代独裁者的遗孀和三个子女住在这里，我猜测他们应当是自愿流放到这个静谧的小岛的。关于他们的有些事还是挺令人感伤和怜悯的。女儿年幼，金发碧眼，走路不稳，小家伙看上去挺机灵：当地的小男孩在和她交谈的时候似乎总在大笑。和岛上任何一个普通的妇女一样，你所见到的西格诺拉·墨索里尼也经常是穿着破旧的黑衣，艰难地跋涉上山，身上还背着重重的购物袋，压得身子向一边倾斜。她脸上没什么表情，不过有一次我见她露出了微笑。那时有个男的从小镇经过，带着一只鹦鹉，它能够从一个玻璃罐里叼出打印好的签，西格诺拉·墨索里尼停下来向他求签，当她读到自己的未来时，嘴角露出了不易察觉的达芬奇式的微笑。

“6 月 5 日。这个午后就是个白色的午夜。”因为这儿的天气热，下午都像是白色的午夜；窗帘紧闭，满大街充斥着倦意。五点钟的时候，店铺会再度开门营业，一群人会聚集在港口，欢迎普林西比萨号的到来，稍晚，每个人都会到广场散步，广场上会有人弹奏班卓琴、吹口琴、弹吉他。不过现在是午休时分，只有一片蓝天，万里无云，还有公鸡的鸣叫声。镇上有两个傻子，这两人是朋友。其中一个总是拿着一束花，每当见到他那个朋友时，他总会把花平均分成两份。在这个不见人影的寂静午后，他俩是唯一还在街头的人。他们手拉着手，拿着花，大摇大摆地穿过海滩，沿着石头砌成的墙走啊走啊，一直走进水里。我在阳台上能够看见他们坐在渔网之间慢慢地摇着船，眼里一片茫然，剃得光秃秃的脑袋瓜儿在阳光的照射下显得格外锃亮。这个白色的午夜就是为他俩留着的；只有在这个时候，小岛才属于他们。

我们一直待到春天过完。我们在这儿度过的四个月里，夜晚变暖了，海水变柔了，三月里还带着冬日寒意的绿色海水已变成了六月的蓝色，还有那葡萄树，曾经灰暗枯萎的藤蔓如今挂满了一串串头茬的青涩葡萄。还有蝴蝶在产卵，山上大片鲜花的蜜露等待着蜜蜂采撷；园子里，大雨过后，你可以依稀——没错——依稀听到花开的声音。我们醒得更早了，这是夏天的标志，傍晚时我们在外逗留到更晚，这同样也是个标志。但是在这样的夜晚很难让自己置身室内：月亮靠得更近了，在水面上眨着眼，发出惊艳的亮光；渔民们的教堂像船头一样指向海面，在那里的矮墙上，年轻人轻语呢喃，来回漫步，他们穿过广场，走入黑暗中某处隐匿的去处。吉奥孔达说，这是她记忆中最长的春天：最长的，便是最可爱的。

丹吉尔

（1950）

丹吉尔？从马赛乘船到此只需两天光景，这是一趟迷人的旅程，能够让你一路领略西班牙海岸。如果你正在逃脱警察的追捕，或者仅仅就是一个逃遁者，那么一定要来这里：群山围绕，面朝大海，它看上去像是一件白色斗篷披在非洲海岸上；这是一座国际化的城市，一年中有八个月气候怡人（大致是三月到十一月）。那里有迷人的海滩，一路延伸、像白糖一样松软的沙滩和浪花，实在是妙不可言；如果你对那种事情有兴致的话，这里的夜生活尽管既不特别简单质朴也不那般花样繁多，但却能从天黑玩到天亮；这儿的大多数人整个下午都在午睡，几乎没人会在十点到十一点前用餐，你琢磨一下，这其实也就再正常不过了。不过在丹吉尔，几乎其他所有事情都不正常。你来这儿之前，得做三件事：接种伤寒疫苗，到银行取出你的积蓄，和朋友道别——你可能再也见不到他们了，苍天在上。这个建议可不是闹着玩的，因为许多来此度短假的游客后来都定居于此了，任凭岁月流转，他们的数量让人触目惊心。因为丹吉尔就像一个盆子把你罩在里面，这里是一个没有时间概念的地方；时光的荏苒比瀑布溅起的白色浪花更让人不知不觉；我想修道院里的时间就是以这种方式溜走的，在不经意间，在穿着拖鞋行走间；就这一点而言，修道院与丹吉尔这两处地方还有一点共同之处：自我封闭。譬如说一个普通的阿拉伯人会认为欧洲和美国说的就是一回事儿，指的都是同一个地方，不管那地方是在哪里——无论如何，都与他无关；而欧洲人也总是像被乌得琴和身边喧闹的戏剧施了催眠术一样，同样对这个观点表示赞同。

你会花上很长的时间坐在“小索科”里，那里是一个酒馆遍布的广场，位于卡斯巴脚下。打个不恰当的比方，它看起来就像是缩微版的那不勒斯的加雷利亚，但进一步了解以后，它会呈现出一种奇异的个性特质，你几乎无法将其与世界上其他的任何地方作比较。从早到晚，小索科无时无刻不处在人流涌动当中；百老汇，皮卡迪利大街，所有这些地方都有其消停的时候，然而小索科却是全天候地处在高度亢奋中。身处二十步之外，你就会被卡斯巴的迷雾所吞没；幽灵在迷雾中游荡漂浮，飘向索科那绞弦琴般的喧嚣声中，呈现一出生动的表演：这是妓女们展示的舞台，毒贩子的活动场所，密探的聚集之处；它同样也是一些更加质朴的平民喝着晚间开胃酒的地方。

索科有它本土的名人，不过这是个不牢靠的名头，你随时有可能从神坛跌落，瞬间失宠，因为索科的观众在见识过几乎所有的场面之后，都格外地反复无常。眼下，他们正追捧着埃斯特拉这颗明星，她人长得挺漂亮，走起路来像一根松开的绳子。她有一半的华裔血统和一半的黑人血统，目前在一家叫做黑猫的妓院。有传闻说她原本是巴黎的一个模特，是乘坐私人游艇到这儿来的，当然她原计划是以同样的方式离开的；不过看起来，这艘游艇的男主人已经在一个晴朗的早晨驶离了这里，把埃斯特拉滞留在此。有一阵子，毛米对她构成了强有力的竞争；索科人欣赏毛米的才华，他既会跳弗拉门戈舞，又善于交际：无论他坐在哪里，总会迸发出一阵大笑。唉，可怜的毛米，这个爱用一把花边扇子拂面纳凉的年轻外乡人，他有天晚上在酒吧被人捅了一刀，现在已经出局了。沃班克斯夫人跟她的两个随从虽没有那般为人知晓，却令我倍感神秘，这是个古怪的三人组，每天早晨都会在人行道旁的某张桌子前吃早餐：早餐也总是雷打不动——一碗炸章鱼和一瓶法国绿茴香酒。有知情人士说，如今已是万分落魄的沃班克斯夫人曾经被视作伦敦的头号美女；大概这是真的吧，她的容貌很精致，尽管把自己塞在一袭紧身的水手套装里，她还是具有一种独有的与生俱来的气质。不过她的品行却不尽然，她的随从也是如此。说说这两人吧：其中一个年轻人相貌英俊，忙忙碌碌，舌头像一个汤勺在丑闻的大锅里搅个不停——此人无所不知；另一个干练的西班牙女孩，一头油光可鉴的短发，一双皮革色的眼睛。她名叫桑妮，有人告诉我说，她得到沃班克斯夫人的资助，打算成为摩洛哥有组织的走私团伙中唯一的女性：在这个地方，走私是一个强有力的产业，雇用人数上百，而桑妮呢，似乎拥有一只小船和一伙船员，夜间穿行海峡前往西班牙。这三人彼此之间的确切关系并不完全明了；我们只需说，他们携起手来便囊括了所有已知的罪行。不过索科人对此并不感兴趣，因为他们关心的是另一码事：沃班克斯夫人还有多久才会被谋杀，这两人当中谁会这么做，是这个年轻人还是桑妮？这个英国妇人很有钱，倘若是贪欲（显然就是贪欲）让她制约着她的同伙，那么潜在的谋杀也就显而易见了。所有人都在等待。而与此同时，沃班克斯夫人正无忧无虑地细嚼慢咽她的章鱼，一小口一小口地品尝着她的晨间绿茴香酒。

索科还带着一些时尚中心的气息，最新的潮流时尚均能在此地得到试炼。有一项革新迅速流行开来，那便是款式花哨的鞋，带着丝带花边，丝带向上一直缠到膝盖。它们看上去不怎么合脚，但还不及另一件东西更加让人遗憾，那就是在阿拉伯妇女当中兴起了一股戴墨镜的风潮，她们瞥人的时候，目光刚好越过面纱上沿，这模样总是带着一丝挑逗。如今，我们所能看见的就是这两大块黑色镜片镶嵌在里面，就像是两大块煤嵌在白布裹成的雪球里。

到了傍晚七点，索科迎来了高潮。这是人声鼎沸的开胃酒时刻，约有来自二十个国家的人在这片狭小的广场上摩肩接踵，他们发出的嗡嗡声就像是巨型蚊子一般嘈杂。有一次，我们坐在那里的时候，突然间就沉寂了下来：一个阿拉伯乐队欢快地吹着喇叭，沿着街道前行，路过喧闹的酒馆——这是我所听过的唯一欢快的摩尔式音乐，其他所有的听上去都是那种悲伤而破碎的哭号。但是死亡，对于阿拉伯人来说，似乎算不上什么不愉快的事，因为这个乐队后经证实是一支送葬队伍的先行部队，随后到来的大部队都是兴高采烈地蜿蜒穿过人群。现在看到的这具尸体是一个打着赤膊的男子，躺在一个平台上，晃晃悠悠地被抬了过去，而一个戴着人造钻石的女士，靠在桌边，黯然神伤地举着一杯干雪利向他致意：过了一会儿，她就开怀大笑起来，露出一嘴金牙，讲着故事，聊着未来。小小的索科正是如此。

“如果你打算写点关于丹吉尔的什么东西的话，”我向一个人询问信息的时候，他这样说道，“那请你不要提及那帮乌合之众；我们这里的好人可多着呢，我们可受不了这个镇子遭受这等骂名。”

好吧，尽管我一点也不确定我们对于好人的定义是否吻合，但在我看来，这里至少有三个顶着光环的好人。譬如约翰妮·温纳。她是个温柔又可爱的女孩。她年纪很小，属于典型的美国人，看她那张乌云密布的惆怅脸庞，你永远也不会相信她能够自己照顾好自己：说真的，我不相信她能做到。尽管如此，她在这儿已经生活了两年，独自穿越摩洛哥和撒哈拉。约翰妮·温纳为何打算余生都在丹吉尔度过，这当然是她自己的事；显然她是爱着这里的："可你不也喜欢这儿吗？醒来后知道你就在这里，也知道你永远都是你自己，永远也不会变成不是你自己的那个人——永远拥有鲜花，永远看着窗外，看着小山变暗，看着港口的灯亮起来——你不也喜欢这儿吗？"另一方面，她和这个小镇总是格格不入；你不管什么时候见到她，她都正在经历一场新的危机："你听说了吗？真是糟得不能再糟了：卡斯巴有个傻子把他家的房子刷成黄色的了，现在大家都这么做——我正准备看看能不能将此事打住。"

卡斯巴按照传统是蓝白相间的颜色，像是暮色中的雪，漆成黄色定会面目可憎，我希望约翰妮能得偿所愿——尽管我肯定她在另一场运动中没能成功地阻止当局清理大索科，这件令人心碎的事情害得她含泪在街头徘徊。大索科是一个雄伟的阿拉伯集市广场：柏柏尔人[①]带着他们的山羊皮和篮子下山，在树下蹲坐成一圈又一圈，听着别人讲故事，吹笛子，看着别人变魔术；篮子里装满了鲜花和水果；大麻发出的烟味和阿拉伯茶的薄荷香弥漫在

① 柏柏尔人是西北非洲的一个说闪含语系柏柏尔语族的民族，实际上柏柏尔人并不是一个单一的民族，它是众多文化、政治和经济生活相似的部落族人的统称，主要集中在摩洛哥和阿尔及利亚。

空气中，浓烈的香料在阳光中烤炙。所有这一切都会移至别处，大概是为了给建公园腾地方吧，约翰妮双手扭在一块："我为什么不该为此感到难过呢？我觉得丹吉尔就是我的家，如果有人闯进你的家里，把家具搬来搬去，你会怎么想？"

于是她走上街头，用四种语言来拯救索科——法语、西班牙语、英语和阿拉伯语；尽管她这几种语言都说得相当不错，她得到的最接近官方的同情来自于荷兰领事馆的门卫，她唯一真正意义上得到的情感支持来自于一个计程车司机，那人认定她一点也没疯，就免费送她到处游说。几天前的一个下午，接近傍晚，我们看到约翰妮正疲惫地在她挚爱却行将拆除的大索科广场上行走；她看上去真的是累坏了，还带着一只脏兮兮的小猫，皮肤也溃烂了。约翰妮有办法敞开心扉直接将她想说的话表达出来，她说道，"我刚才感觉我都活不下去了，然后我找到了曼罗。这就是曼罗"——她轻轻地拍了拍那只小猫——"是他让我觉得自惭形秽：他抱有对生活的兴趣，连他都能这样的话，我为什么就不能呢？"

看着他们——约翰妮和那只小猫——都是那样凌乱不堪和伤痕累累，你就明白了总有一样东西会帮助他们渡过难关的：如果不是常识，那便是他们对生活的兴趣。

弗里达 · 格琳就有着丰富的常识。当约翰妮跟她讲述大索科广场的现状时，格琳小姐说，"哦，亲爱的，你犯不着发愁。他们总说要拆索科，但从未真正成行；我记得 1906 年的时候，他们想把这里变成一个捕鲸加工中心：想想那恶臭吧！"

弗里达是丹吉尔著名的格琳三姐妹之一，另外两个是她的表姐杰西小姐和她的嫂子阿达 · 格琳夫人；很多时候她们两人总是千方百计地想让自己说了算。三个人都已年过古稀：阿达·格琳夫人以高雅入时闻名，杰西小姐以风趣著称，而最年长的弗里达则长于睿智。她已经有五十多年没回出生地英格兰了；即便如此，仔细观察一下她固定在头发上的草帽和拖在夹鼻眼镜后面的黑丝带，你便知道她会迎着正午的阳光出门，而且绝不会放弃五点钟的下午茶。在她生命中的每个礼拜五，都会举行一个叫做“面粉早晨”的仪式。她坐在自家花园的桌前，逐一审查那些前来申领面粉的阿拉伯人，然后将面粉定量配给给她们；这些人通常都是些年迈的妇女，属于领不到面粉就会饿死的那种：她们将面粉做成面糊，非得依靠这些面糊撑到下周五才行。很多人都拿这件事打趣说笑，因为这些阿拉伯人挺敬重弗里达女士的，这些老年妇女于我们其他人而言就像洗衣店里无人认领的衣服，而对弗里达女士来说，却是朋友，她在一个很大的记录本上分门别类地写下她们的性格特点。“法斯玛脾气虽坏，人却不坏，”她如此评述其中一个，然后又记录下另一个，“哈里玛这女孩儿不错，你一眼就能看得出来。”

而这，我猜想，正是你对弗里达女士想说的话吧。

· · ·

凡是在丹吉尔待的时间超过一整夜的人，一定都听说过奈萨：听说过她快到十二岁那年是如何被一个澳大利亚人从街头带走的，这个澳大利亚人完全是按照卖花女的方式，把这个衣衫褴褛的阿拉伯孩童变成了一个优雅超凡的名人形象。据我所知，奈萨是丹吉尔唯一欧化的阿拉伯女子，奇怪的是，因为这件事没人会完全原谅她，欧洲人不会，阿拉伯人也不会，他们对她公然挖苦，由于她住在卡斯巴，所以这些人总有机会来对她发泄怨气：女人们让孩子在她的门上写一通污言秽语，男人们则是毫不犹豫地在街头对着她啐口水——因为在他们的眼中，她犯下了最可怕的滔天大罪——成为基督教徒。这种境遇一定会催生苦涩的忿恨，可是奈萨，至少在表面看来，绝没有半点在意。她是一个平静而充满魅力的女孩，二十三岁；你只需安静地坐下，欣赏她的美貌、上翘的眼睛和如花的双手，便已乐在其中了。她见过的人并不是很多；如同故事书中的公主，她在墙的后面，在院子的阴凉处，读读书，和小猫嬉戏，还有一只白色的大美冠鹦鹉，无论她说什么，它都跟着学：有时这只鹦鹉会扑上前来亲亲她的嘴唇。那个澳大利亚人就和她住在一块儿；她还是个孩子的时候他就找到了她，从那以后他俩就一刻也没有分开过；如果他有什么不测的话，那奈萨简直就是穷途末路了：她不可能再变回阿拉伯人，也不太可能完全融入到欧洲人的世界里。而这个澳大利亚人眼下已经年迈。那天我按下奈萨家的门铃；没人应声。门的上方有花格形的镂空图案；我凑过去瞟了一眼，透过帷幔一样的葡萄藤，看见她就站在院子的阴凉处。我又按了一遍门铃，她依然像雕像一样站在那里一动不动，神情没落。后来我才听说，前一天晚上，那个澳大利亚人中风了。

六月底，伴随着一轮新月，斋月拉开了帷幕。对阿拉伯人来说，斋月就是斋戒的一个月。夜幕降临，一条彩线划破长空，而当这条彩线变得无影无踪的时候，又响起了螺号声，那是阿拉伯人开始进食进水的信号，要知道，这些东西在白天的时候，他们是连碰都不能碰的。这种深夜的盛宴，洋溢着节日的气氛，这种气氛会一直持续到天亮。远处的塔楼里传来了双簧管的声音，那是在祈祷开始前演奏的小夜曲；鼓声，虽然看不见，却能听得到，在紧闭的门后发出咚咚的响声，还有男子的声音，用一种声调念着《古兰经》，从清真寺里传到明月普照的狭窄街道上。即便是在耸现于丹吉尔城上方的高山上，你都能听到双簧管在深邃的夜色中发出的哀号，一段庄严肃穆的旋律悠然穿过非洲，从这里飘向麦加，再从麦加返回。

西迪卡塞姆是一片如同撒哈拉沙漠一般广袤无垠的海滩，周围是橄榄树林；在斋月接近尾声的时候，整个摩洛哥的阿拉伯人便会聚集在此，有的乘坐卡车，有的骑驴，还有的徒步行走：三天的时间，这里就出现了一座城市，一座精巧的梦幻之城，构成这座城的就是一盏盏彩灯和灯笼高挂的树下那一间间小酒馆。我们大约半夜的时候驾车来到这里；第一眼见到这座城市，就像是看到点着烛光的生日蛋糕在熄了灯的房间里闪闪发亮，而且它使你心中充满了那种同样令人兴奋的敬畏感：你知道你是没法把所有的蜡烛都吹灭的。不一会儿，我们就与同行的人走散了，在大股的人群中挤过来挤过去，要走在一起几乎不可能，在起初几次令人慌张的失散之后，我们干脆就不去找他们了；黑夜将我们攥在手中，我们无能为力，唯一能做的就是变成另一张戴着面具、欣喜若狂的面孔，在火炬的光焰下闪烁。到处都是小型乐队在演奏。甜美销魂的歌声，如同吸食毒品后的飘飘欲仙，伴着鼓声吟唱。在某处，我们穿过仿佛在银光下浮动的大树，蹒跚而行，在一群跳舞的人群中间几乎喘不过气：蓄着大胡子的老人围作一圈，打着拍子，中间那些舞者紧紧地挨在一起，密不容针，人群如涟漪一般起伏着，仿佛是风在吹动他们。按照阿拉伯的纪年方式，今年是1370年；看着丝质帐篷的影子，望着一家人在静静的篝火上烤着甜饼，随着跳舞的人群一起舞动，听着海滩上孤寂的笛子传来的颤音，这些不知不觉地让你相信你就生活在1370年，时光永远不会前行。

偶尔，我们要休息一番；橄榄树下有草席，如果你坐在其中一张上面，有人会给你递上一杯热薄荷茶。正是在喝茶的时候，我们看见一路纵队正匆匆忙忙从我们这边经过。他们身着漂亮的长袍，走在前面的那个人老得就像一根象牙，他端着一碗玫瑰花露，伴随着风笛声将露水洒向两边。我们起身跟着他们，他们带我们走出小树林，来到一片海滩。海滩上的沙月亮一般冰冷；沙丘朝水的方向缓缓移动，灯光的闪烁像流星一样在黑暗中迸发出光亮。最后，牧师和他的随从走进一座庙宇，而我们是不允许进入的，于是我们就沿着海滩漫步。J说，“看啊，有颗流星”；于是我们就开始数那些流星，许许多多的流星。风儿在沙滩上低吟，仿佛是大海的声音；橙色的月亮跪下了，一些凶狠的人影向着月光显形；海滩像雪地一样冰冷，可J却说道，“噢，我眼睛再也睁不开了。”

蓝色晨曦中，我们一觉醒来，发现我们正躺在一个高高的沙丘上，沙丘的下面所有的庆祝者们沿着海岸一字铺开，他们鲜艳的服装在清晨的微风中飘舞。太阳刚刚从地平线探出头来，突然传来了一声大吼，两个马夫骑在马背上，马背上并没有马鞍，他们沿着海滩疾驰而过，浪花四溅。就像是缓缓卷起的窗帘，太阳沿着沙滩向我们徐徐临近，我们震颤于它的到来，因为我们知道，当太阳的光芒照射到我们身上的时候，我们就得回到自己的世纪中去了。

穿越西班牙之旅

(1950)

这辆列车的确是太过陈旧了。座位上的垫子凹陷下去，活像斗牛犬的面颊，窗子破了，全靠黏合剂将余下的部分粘在一起；走道当中，一只潜行的猫似乎是在捉老鼠，我们可以合情合理地推断它的这次搜捕行动想必会有所斩获。

仿佛车头是套在一群上了年纪的苦力身上一般，慢慢地，我们终于爬出了格拉纳达。南方的天空像沙漠一样茫茫一片，热浪灼人；只有一片云彩，恍若移动的绿洲在空中飘浮。

我们要前往的地方是阿尔赫西拉斯①，这是一座西班牙海港城市，面朝非洲海岸。我们所在的那节车厢里面有一个中年澳大利亚人，穿着一件脏兮兮的亚麻色衣服，牙齿像烟草的颜色，指甲也不干净。没过多久他就告诉我们，他在一艘轮船上当医生。在这片天气干燥、岩石嶙峋的西班牙平原上，见到与大海有关联的人似乎的确是一件稀奇事。坐在他旁边的是两个女的，一对母女。母亲是一个圆滚滚的、看上去灰头土脸的女人，一副无精打采、暗含不满的眼神，唇边还有薄薄的一层绒毛。她表达不满的对象总在变化；起初，她恶狠狠地瞪着我看——由于阳光愈加强烈，热浪透过破损的车窗滚滚袭来，所以我就把外套脱了——在她眼里，这是件失礼的事，她也许是对的。后来，她又将鄙夷的眼神投向一个年轻的士兵，他跟我们坐同一节车厢。这个当兵的和她有失检点的女儿看上去是在调情，彼此心照不宣。她的女儿体态丰满，脸长得像职业拳击手般好斗。每当那只游荡的小猫出现在我们门口的时候，她的女儿就会装出一副受惊吓的样子，而那个当兵的则会殷勤地将小猫嘘进过道：这样的一唱一和让他们经常有机会触碰到彼此的身体。

这个年轻的士兵是车上众多士兵当中的一个。他们神气地歪戴着穗边帽子在过道上闲逛，抽着润口的黑香烟，心照不宣地大笑。他们看起来是在自娱自乐，显然他们不该这么做，因为只要军官一出现，这些当兵的就会目不转睛地盯着窗外，仿佛是看着泥石流、橄榄园和顽石山看得入神。他们的长官穿得像是要参加阅兵仪式的样子，满身的勋带，满身的徽章；有些还在肋下挂着明晃晃的、样式夸张的佩剑。他们并没有和士兵们混在一起，而是集体坐在头等车厢，看起来无所事事，更像是失业了的演员。随后发生的一件事情终于让他们有机会拔出佩剑了，我想这算得上是件好事儿。

就在我们前面的那节车厢被一家人给包了：一个瘦弱单薄却无比优雅的男子，袖子上缝着一道黑纱，和他一道的是六个热情似火的苗条女孩，大概是他的女儿吧。他们都很漂亮，这位父亲和他的孩子们，全是一种风格：头发乌黑亮泽，嘴唇像甜辣椒的颜色，眼睛像是雪利酒。那些当兵的会往这节车厢瞟上一眼，然后又转向别处，仿佛是眼睛直视了太阳一般。

---

① 阿尔赫西拉斯，西班牙南部的一个港口城市，位于安达鲁西亚自治区加的斯省，邻近英国海外领地直布罗陀，是直布罗陀湾最大的城市。

每次列车停下来的时候，那男人最小的两个女儿就会走出她们所在的那节车厢，撑着太阳伞散一会儿步。她们喜欢看长长的人流，因为这趟列车在我们旅途的绝大多数时间里都是静止不动的。除了我以外，好像没人为此动怒。有些旅客似乎在每站都能遇见朋友，他们围坐在喷泉的周围，家长里短。一个老太太在十几个小镇的站台上都遇到了三五成群的熟人，每次遇到的人也都不同——每次相见过后，她都会泪如雨下，哭得那个澳大利亚医生不由得紧张起来：噢，别担心，老太太说，他也帮不上忙，她只是因为见到了所有的亲戚，所以高兴坏了。

每到一站，打着赤脚的妇女和几乎光着身子的孩子就会如旋风般在列车旁奔跑，把陶器里的水溅得到处都是，然后发出令人毛骨悚然的喊叫声：水！水！[①]你只需两个比塞塔就能买到一整篮子的深色无花果，果皮上还沾着水珠，还有一盘盘奇特的糖果炸面圈，外面裹着一层白色的糖，看上去像是只有穿着圣服的年轻女子才能品尝一样。到了正午，我们弄到了一壶酒、一条面包、一根香肠和一块奶酪，准备吃午餐。跟我们一节车厢的同伴们也饿了。包装纸打开了，酒瓶也开盖了，不一会儿，车厢里就呈现出一派惬意、近乎于优雅的节日气氛。那个当兵的和那个女孩分吃着石榴，那个澳大利亚人讲着好笑的故事，那个眼睛像女巫的母亲把鱼从她的胸脯中间的包裹纸里取了出来，吃的时候闷闷不乐，却也有滋有味。

后来大家都困了；那个医生睡得太沉，张着大嘴，连在他面前盘旋的苍蝇都没有惊扰到他。寂静一下子就让整节列车失去了

① 此处原文为西班牙语 Agua。

知觉；邻近的那节车厢里，那些可爱的女孩慵懒地倚靠着，就像六株疲倦的天竺葵；即便是那只猫也停止了觅食，趴在过道里，做着美梦。我们爬到了更高的地方，火车徐徐驶过一片黄色麦浪中的高原，然后又在花岗岩的深谷间穿行，大风从谷中吹来，在一片奇异的荆棘树丛中发出瑟瑟的声音。曾经一度，透过树丛的空隙，我看到了我一直想要看的东西：一座山上的城堡，高踞在那里像是一顶皇冠。

这是一片属于强盗的风景。就在这个初夏，我认识的一个英国人(倒不如说是听说过的)驱车穿越西班牙的这片土地，就在这时，在人烟稀少的那面山坡上，他的车被一帮皮肤黝黑的匪徒给包围了。他们先是抢了他的东西，然后又将他绑在树上，用刀刃在他的喉咙上撩拨。我正陷入一片遐思之中，这时，在没有任何征兆的情况下，一排猛烈的子弹向这片令人昏昏欲睡的沉寂扫射过来。

那是机关枪的声音。子弹如疾风暴雨般射向树林，就像是响板发出哒哒哒的声音，这列火车就像是受了伤发出嘎吱嘎吱的声音，缓缓地停了下来。一时间，除了机关枪的咆哮声，就再没了别的声音。然后，“有强盗！”我扯着令人恐惧的大嗓门喊道。

“有强盗！”那个女孩也尖叫了起来。

“有强盗！”母亲同样喊道，这个可怕的字眼席卷了整列火车，就像是有东西敲击着手鼓。结果却是虚惊一场。我们瘫倒在地，手脚都在瑟瑟发抖。只有那个母亲看上去还头脑清醒；她站了起来，有条不紊地把她的宝贝一件件藏起来。她把一枚戒指塞进圆发髻里，还掀起裙子，把镶有珍珠的梳子塞进她的灯笼裤里，丝毫不觉得有什么难为情。旁边的那节车厢里那群迷人的女孩们发出轻盈的唧啾声，犹如暮色中鸟儿的啼鸣。过道里的军官们趺趺撞撞地四处发号施令，结果互相撞作一团。

突然间，一片沉寂。车窗外传来了风吹树叶的低吟。压在我身上的医生全身的重量对我来说已经不堪重负，正在这时，我们车厢的门突然开了，有个年轻人站在那里。他看起来不像强盗那么精明。

“喂，车上有医生吗？[①]”他微笑着说。

那个澳大利亚人把他的胳膊肘从我的肚子上面拿开，站了起来。“我就是医生，”他坦言，一边掸去身上的尘土。“有人受伤了吗？”

“有啊，长官。有个老人头部受了伤，”那个西班牙人说道。他不是什么强盗：哎，只不过是又一个乘客。我们又坐回到位子上，听着刚才发生的一切，因为尴尬而显得面无表情。貌似就在刚过去的几个小时里，有个老人一直攀在火车的尾部搭乘顺风车。方才他的手松了，一个当兵的看见他摔了下去，于是就用机枪扫射，权当是信号，好让火车司机停车。

我唯一希望的，就是没人记得是谁第一个喊的“有强盗”。看起来他们的确是不记得了。那个医生找我要了一件干净衬衫，用作绷带，然后下车走到那个受伤的人跟前，而那个母亲转过身去，一副假正经的酸腐模样，把那把珍珠梳子掏了出来。她女儿还有那个当兵的跟着我们一起下车到树下散步，还有许多的乘客也聚集在那里，谈论着刚才那起突如其来的意外。

两名士兵架着这个老人出现了。我的衬衣绑在他的头上。他

---

① 此处原文为西班牙语 Hay un médico en el tren。

们把老人架到树下，所有的女人都聚集在一起，争先恐后地为他念玫瑰经；有人带了一瓶酒，这比玫瑰经更让他高兴。他看起来很开心，哼哼个不停。那几个先前还在火车上的孩子围着他咯咯笑。

我们来到一片散发着橘子香味的小树林。有一条小径，通往一片阴凉的海岬；在这里，你可以纵览整个山谷：灼热的阳光下，一片金色的草地泛起微澜，仿佛地球都在颤抖。那姐妹六人正在欣赏山谷的美景，还有群山上光与影的变化，陪着她们的是那个优雅的父亲，她们坐在遮阳伞下，就像（十八世纪法国盛行的）田园宴会上的宾客。那些当兵的就在她们周围转悠，那架势既躲躲闪闪，又心有不甘；他们不敢靠得太近，不过还是有个胆大的冒失鬼凑到遮阳伞的边上喊了一声，“我好爱你[①]。”清晰的回声从山谷传来，像空灵的音乐一般，那群姐妹面露羞涩，朝着山谷更为深邃的地方望去。

一团云，像山岩一样阴沉，在天空中聚拢，而下面的草地就像暴风雨将至的大海一样波澜起伏。有人说估计会下雨。但是没人想离开这里：那个受伤的人正悠然自得地喝着第二瓶酒，他不想离开，而孩子们也不想离开，他们发现了回声的奥秘，正站在山谷前欢快地唱着歌。这就像是场聚会，大家都慢吞吞地回到了火车上，似乎都希望自己是最后一个离开这里的人。而那个老人，头上缠着我的衬衫，看着就像个穆斯林；他被安置去了头等车厢，还安排了几个殷勤的女士来伺候他。

就在我们那节车厢里，那个皮肤黝黑、灰头土脸的母亲依然

---

① 此处原文为西班牙语 Yo te quiero mucho。

坐着，坐姿同我们刚才离开她时一模一样。她看来是不适合加入到这场聚会当中的。她长时间地盯着我看。“强盗，”她用暴躁且中气十足的口吻说道，语势强得毫无必要。

列车开动了，开得是那样的慢——蝴蝶从窗户里飞进飞出。

丰塔纳维奇亚

（1951）

丰塔纳维奇亚，意即古老的喷泉。这就是这座房子的名字。Pace，意为宁静：这个字就刻在门口的石阶上。这里并没有喷泉；而有过的，我想，是一种类似宁静的东西。那是一间玫瑰色的房子，在一个低于海平面的山谷里格外显眼，山谷中长满了杏树和橄榄树。穿过这片水域，在晴朗的日子里，你可以远眺意大利卡拉布里亚半岛的边缘一角。我们的背面是一条碎石路，大多数时候，走在路上的都是些农民，还有他们的驴子和山羊，这条路一直从山的一侧延伸到陶尔米纳镇。住在这里颇有一种坐在飞机上的感觉，又仿佛是轮船在风口浪尖上摇摆：每次放眼窗外，踏上梯田，总会有一种肃穆的感觉，一种悬浮的感觉，就像盘旋于群山之间与海面之上的白鸽。这种广袤无垠将这片景观的细节压缩成为令人倍感亲切的大小——柏树小得如同笔上的羽毛；每一艘由此经过的轮船都能盛放在掌心之上。

破晓之前，慵懒的星星慢吞吞地挪向卧室的窗前 ，像是一只肥胖的猫头鹰；山间蜿蜒而下的山路上响起了喧闹声，这些小径十分陡峭，时而险峻。那是一户农家正在前往陶尔米纳的集市。不堪重负的驴子跌跌撞撞，驴蹄把路上的岩石踢得四处散落；一路上笑声越来越响，灯笼在摇摆：这些灯笼仿佛是为远方夜间捕鱼的渔夫点亮信号，那些渔夫刚刚还在收网。不久，集市上那些农民和渔民碰面了：他们个子都很小，与日本人差不多，但却很壮实；的确，这种胡桃木般的坚实精壮几乎给人一种生命力旺盛的感觉。如果你问这里的鱼新不新鲜，无花果熟了没有，他们都很善于表演。是的，好极了[①]：他会把你的头按下去闻闻鱼的气味；还会告诉你，这鱼有多么新鲜，眼神里带着一种狂喜和胁迫。我时常被吓得败下阵来；村民可不是这个样子，他们冷冰冰地在那些珠宝大小的番茄中间戳戳点点，闻鱼的气味或是弄伤甜瓜时也从不会犹豫。采购物资、准备餐食走到哪里都是个问题，对此我有所了解；可是在西西里过了几个月，哪怕是最熟练的管家人也会考虑是否该上吊算了——其实也并非如此，是我夸大其词了：那些水果，至少是在它们刚刚成熟的时候，可谓美味无比；鱼的味道也挺不错，当然还有披萨。别人告诉我说，你可以找些能够下肚的肉；我却从没有这么好的运气。同样，蔬菜的可选范围也很小；在冬季，鸡蛋也是件稀罕物。但是当然，真正棘手的事情是我们不会做饭；而且，我恐怕得说，我们的厨子也不会。她是个精力充沛的女孩，长得非常迷人，却有点不合常理：譬如说我们的煤气账单，有时就是个天文数字，那是因为她热衷于将巨大的铅罐用火炉熔化，然后再把熔化了的铅扭成雕刻图案。只要她坚守本行，只做那些简单的西西里菜肴——真的非常简单，非常西西里的菜肴——哎，至少我们就有东西吃了。

不过我还是来说说鸡的事儿吧。不久以前，在西西里度假的塞西尔·比顿到我们家来住。几天以后，他看起来变得有些消瘦：我们明白，要把他调养好，得找出个更合适的办法来。我们

① 此处原文为意大利语 Si，buono。

就送了一只鸡给他；那只鸡看起来活蹦乱跳的样子，送鸡的是一个农村妇女，有点狡黠，住在山的高处。这是一只巨大的黑色禽类——要我说它一定是很老了。不对，那个女人说，不是老，就是大而已。先把鸡的脖子拧断，然后我们的厨子 G 就把它放在水里煮。大约十二点钟的样子，她跑过来说，那只鸡还是煮不烂[①]——换句话说，硬得像钉子。我们建议她再试试，然后就坐在阳台上，摆开几个酒杯，准备就在那儿等候。几个小时过去了，几杯酒过后，我跑去厨房，发现 G 的情况非常危急：她把鸡煮过以后，先是烤，继而是炸，现在呢，绝望之中她正在煮第二遍。尽管没什么别的东西可吃，我们原本也绝不应该把这样的东西端上台面的，因为当它被摆放在我们面前时，我们不得不把视线移至别处：这堆热气腾腾的东西，点睛之笔当属这只可怜的大鸟被拧断的脑袋，它干枯的眼睛瞪着我们，变黑的鸡冠尚未分离。来我们家之前，塞西尔一直跟他的几个朋友待在岛上，那天傍晚，他迫不及待地告知我们，他是非回那帮朋友那儿去不可了。

我们第一次租下丰塔纳维奇亚时——那是在春天，四月——山谷很高，周围有绿色的大麦，蜥蜴在麦秸上竞相爬行。西西里的春天始于一月，此后逐渐汇聚成一捧国王的花束，一座巫师的花园，里面的一切都在竞相绽放：溪水浇灌的薄荷萌发出嫩芽；野玫瑰爬上了枯木枝头；纵然是无情的仙人掌也开出了娇嫩的鲜花。艾略特笔下的四月是气候最恶劣的时节：可这里不是这样。这里就像是埃特纳山顶上的积雪那般明亮。孩子们沿着山坡攀爬，将花瓣装进一个个大袋子里，为圣徒纪念日做着准备；渔民

① 此处原文为意大利语 troppo duro。

们从这里经过，鱼篓里装着珍珠色的鱼，耳朵后面塞着天竺葵。五月，转眼到了暮春：日照变得更加强烈；你不会忘了非洲离这里只有区区八十英里之遥；秋日的色彩落在整片土地上，宛若古铜色的影子。六月之前，大麦丰收的时节到了。我们怀着一种惆怅的心情聆听镰刀在这片金色的田地里挥舞的声音。等到活干完的时候，我们的房东，也是这片麦田的所有者，为刈麦人举行了一个聚会。这里面只有两个女人——一个是年轻的女孩，坐着在带孩子，另一个是老妇人，是这个女孩的祖母。那个老妇人喜爱跳舞；她打着赤脚，跟一群男人一起舞步旋转——没人能够让她停下来歇息，她在舞曲的中段会冲上前去，一把给自己抓个舞伴。那些轮流拉着手风琴的人，也全都加入到了跳舞的行列，这是西西里乡村的风俗。这是最好的聚会：有跳不完的舞，更有喝不完的酒。后来，我精疲力竭地上床睡觉，这时忽然想起了那个老妇人。在一整天的劳作与一整夜的狂舞以后，她现在就得动身，爬过五英里的山，回到山上的住所。

那是一段通往一片或数片海滩的徒步旅程；这里的海滩有好几处，全都是卵石众多，而其中只有一处——马萨罗——居住的人较多。最引人入胜的是美丽岛，那是一个有人看护的小海湾，里面的海水就像桶里的雨水一样清澈；你只需一路向前，走上一英里半的路程便可以到达；想要再次靠近需要一点技巧。有几次我们是先走到陶尔米纳，再搭乘汽车或者计程车。但大多数时候，我们都是步行。你在三月到圣诞节期间还可以游过去(反正一些壮汉是这么说的)，但我坦承，我起初对此并不怎么热衷，直到后来我们买了潜水面罩。面罩有个玻璃透视圆盘，还有呼吸管，可以在你潜水的时候关闭。在岩石间静静地游，你仿佛发现了一个新的视角：在水下的暮色之中，一条发着磷光的鱼向你迫近，近到让你不由一惊；你的影子飘过一片貂皮色的海草；蓝色和银色的水泡从某种长腿沉睡物中升起，那东西躺在一片吹着气泡的海葵丛中，就像是一阵音乐的风在将它们拂动；那些海葵——紫色凝胶长成的爪哇蔓。当我爬上海滩时，感觉上面的世界是那般静止、臃肿。

如果我们不去海滩，那离开住所只有一条别的理由：到陶尔米纳购物，然后在广场上享受一顿美餐。陶尔米纳实际上是纳克索斯岛延伸出来的部分，纳克索斯岛是西西里最早建立的希腊城市，自公元前 336 年起存在至今。歌德于 1787 年到此探险，曾经如此描述这里："我现在就坐在剧院最高处的观众曾经坐过的位置，必须得承认没有任何一位观众在任何一家剧院欣赏过如此令人叹为观止的景致。右手边一侧，在高高的岩石上，城堡直入云霄；往远处看，整座城市就坐落在你的脚下，尽管所有的建筑都建于晚近的年代，而且看上去也很相像，但毋庸置疑，它们代表了一种传统。再往远处，我的目光落在埃特纳火山那一整条长长的山脉之上；接下来在左手边，我一眼可以望到卡塔尼亚的海滩，乃至锡拉库扎[①]，而后宽阔的视野被火山冒出的浓烟所阻挡，但那却并不可怖，因为那种气氛带着一种柔化的效果，使它看上去比实际上更加悠远和温和。"据我所知，歌德描述的制高点就在希腊式剧院——时至今日，这座悬崖顶上令人叹为观止的遗迹偶尔还会上演戏剧和音乐会。

陶尔米纳的景致在歌德的描述中可能有些被夸大了；不过这的确是一座奇异的城镇。战争期间，这里曾是德军统帅凯塞林的

① 锡拉库扎，意大利西西里岛东部港口城市。

司令部，因此这里也遭受过同盟国的轰炸，但破坏程度不大。尽管如此，这场战争还是给这座城镇带来了创伤。直到1940年前，除了卡普里以外，这里一直都是法国里维埃拉[1]以南的地中海旅游胜地中最成功的。尽管美国人从不来此地，或者至少不成规模，不过这个地方在英国人和德国人当中还是享有相对不错的口碑。（一个英国人在其1905年出版的《西西里旅行指南》一书中写道："陶尔米纳充斥着德国人。有些酒店里面有几桌专门就是为德国人开辟的，因为其他国家的人不喜欢和德国人坐在一起。"）如今，德国人根本不可能去旅游；由于外汇管制，英国人也不可能去。去年，圣多梅尼科的入住率从未超过四分之一。这里原本是一所古老的女修道院，十九世纪末期被改建成了一座奢华无比的酒店。大战以前，你必须提前一年预定。今年冬天，或许是为了吸引国际游客，这个城镇使出了最后疯狂的杀手锏——他们开了一家赌场。我祝他们好运：总得有人来买那些堆积在科尔索沿路商店里的手工编织帽、手提包，以及诸如此类的蹩脚货。于我而言，陶尔米纳只要依照它原本的样子就挺适合我的；它具备旅游中心的舒适（有自来水，有提供国外报纸的商店，有能够买到优质马提尼酒的酒吧），但没有游客。

这座城镇不大，夹在两扇城门中间；在第一扇城门——墨西拿港——附近有一座小广场，绿树成荫，还有喷泉和石墙，村子里一些游手好闲的人沿着石墙列成一排，好似电话线上休憩的小鸟。我曾数次步行穿越陶尔米纳，第一次走过这里时，我惊呆

---

① 里维埃拉，地中海沿岸区域，包括意大利的波嫩泰、勒万特和法国的蓝岸地区。

了：只见一位老者靠在墙边，穿着一条天鹅绒长裤，裹着一席黑色披风；他的帽子是橄榄色的浅顶软呢帽，折成了一个三角形的冠状，帽子边缘的阴影投在他的脸上，那张脸宽阔、蜡黄，有些像蒙古人。这简直是令人吃惊的戏剧人物造型，真的就是这样，后来仔细一看，我方才意识到，他就是安德烈·纪德①。整个春天和初夏，我经常在这里见到他，不是坐在无人察觉的角落，与普通的老人并无二致，就是随意看着那些喷泉，那身披风恰似莎士比亚笔下的那种风格，他看起来是在观察自己在水中的倒影：青年无心，老人无力。②

在这些过多的装点之下，陶尔米纳其实就是一座普通的城镇，而这里的人们也有着普通的理想和职业。然而，他们当中的许多人，尤其是年轻人，具有一种在我看来是酒店服务生的心态，他们将生命奉献在酒店里，他们知道所有的东西都是过眼云烟，所以一定不能太过投入，因为友谊是只有几天光景。这些年轻人可以说是住在“城外”的；他们对外国人很感兴趣，主要倒不是因为有利可图，更多的是因为有机会结识英国人和美国人，他们认为这样能够使他们与众不同；他们当中大多数人天生都有说几种语言的天赋，他们整日在披萨酒馆里和那些游客聊天，彬彬有礼，装腔作势。

这是一个美丽的广场，以一个海岬为中心，从这里可以看到埃特纳火山和大海。托伊撒丁岛上的驴，拖着精心雕刻的货车，

---

① 安德烈·纪德(1869—1951)，法国著名作家，保护同性恋权益代表，主要作品有小说《田园交响曲》、《伪币制造者》等和散文诗集《人间食粮》等，曾于1947年获诺贝尔文学奖。

② 此处原文为法语 si jeunesse savait， si vieillesse pouvait。

正昂首阔步地经过这里，它们的铃铛一路响个不停，货车里面装满了香蕉和橙子。每逢礼拜天的下午，镇里的乐队都会举行音乐会，有些古怪却令人印象深刻，还有摩肩接踵的散步人群；如果我在那里，总是会留心那个屠夫的女儿，她身材健壮，肌肉结实，整个礼拜都在挥舞着杀猪刀，还有另外两个男的，挺凶残的样子；而到了礼拜天，她戴上头饰，抹上香水，穿着两英寸高的高跟鞋，身旁陪伴的是她的未婚夫，一个纤细的男孩，个子还不及她的肩膀，她的身上有一种浪漫，一种得胜的气质，怔得那些搬弄是非的舌头不敢出声：她带着一种傲慢与自信，那正是散步时应有的心态。偶尔，云游到此的艺人会出现在广场上：像山羊一样从大山里来的男孩，演奏着覆盖着皮毛的风笛，旋律就像是高低变换的唱腔，不绝于耳；或者是在春天，会有一个儿童歌手来表演，他每年靠家人的帮助在小岛上巡回演出，他们一家就以此谋生：他的舞台就是树枝，在那里，他的头向后甩着，嗓子发出颤音，唱着让人心碎的高音，他就一直这么唱着，直到声音嘶哑，变成最悲切的低吟。

说到购物，烟草店是我动身去这个国度之前的最后一站。在西西里，所有的烟草商都是些暴躁易怒的家伙。他们的店面通常都是人满为患，但是几乎没有顾客会购买超过三到四包的散装烟：带着一种拮据的庄重，这些饱经沧桑的男人放下几个可怜的里拉，然后仔细地端详着那几根派发给他们的香烟或是细雪茄——烟草店之行看上去是他们一天当中最重要的时刻；或许这就是为什么他们那么不愿意放弃他们在队列中的位置。这里大概有二十种不同的西西里报纸；这些报纸当中，比较好的那些就挂在烟草店的门前。一天下午，我刚刚进城就开始下雨了。严格意义上讲，这场雨并不算大；不过，街道上依旧是空寂无人，直到我差不多走到一家烟草店的时候——人群聚集在此，高声惊呼着报纸头条，报纸在雨中舞动。一些小男孩，光着头，一副三心二意的样子，正站在一起，头凑在一块儿，而一个年长一点的男孩，手指着一张巨幅照片，大声地念着，照片里面的人四肢伸开，倒在一摊血泊中：朱利亚诺，死于卡斯特尔韦特拉诺。可悲啊，可悲啊，可惜啊，遗憾啊，年长者这样说道；年轻人则一言不发，而两个女孩到了店里，出来的时候，手里拿着几份《西西里报》，报纸的头版是一张毙命的绑匪巨幅肖像；这几个女孩把报纸护好，以免淋湿，她们手拉着手，一步一滑地在泛着光的大街上走着。

转眼到了八月；太阳还没升起，我们就已感受到了它的存在。很奇怪，在这个空旷的山头上，白天比晚上还要凉爽，因为通常情况下，不期而至的微风会把海水吹走；而太阳下山的时候，风又调转了方向，朝着海水的方向吹去，那是吹往南边希腊和非洲的方向。这个季节，属于无声的绿叶，属于流星，属于红月，也是大蛾出没和蜥蜴夏眠的季节。无花果裂开了，李子丰满了，杏仁也变硬了。一天早晨，我醒来后，在杏树林里听见了竹竿击物的声音。山谷中，山脚下，上百名农民，以家庭为单位劳作，正把杏仁敲落树下，再从地上拾起，收在一块儿；他们还对着歌，一人领唱，众人附和，歌声像是摩尔音乐和弗拉门戈舞曲，他们的歌没有起始也没有终结，然而却包含着劳作、热情与丰收的元素。这一周以来，他们一直在忙着收获，每天的放歌都会达到一种有失理性的程度。我没法去想它；我的心中感受到这样一种压倒一切的过盛的生命力。最终，在最后这段疯狂的日子里，这炽热而美好的歌声仿佛是从海上传来，从杏树的根里传来；你就好像迷失在回音阵阵的洞穴里，而当夜幕降临，万籁俱寂，即便此刻，我也能够在沉睡的边缘听到那些歌声，纵然你竭力想把它拒之门外，但它似乎依然想要讲述一个令人怜悯而痛苦的故事，想要把一些可怕的事情向你告知。

在丰塔纳维奇亚，并没有太多人造访我们；对于那些临时访客来说，这段路未免太远，日子就这么一天天地过去，没人敲我们的门，除了那个卖冰激凌的小男孩。小男孩一头金发，头脑机灵，虽然只有十一岁，却有着一副学者风范。他的姑姑年轻貌美，肯定可以算得上是我认识的最具吸引力的女孩之一，我也经常和这个小男孩聊起她的事。我想知道，为什么他的姑姑A就没人追求呢？为什么她老是单独行动，从不参加舞会或者周日的散步呢？那个卖冰激凌的小男孩说，那是因为他的姑姑瞧不上本地男人，所以她总是闷闷不乐，一心只想着去美国。或许是吧。但是我自己倒是觉得这可能是因为她自家的男人寸步不离地看护着她，以至于没人敢和她接近。西西里的男人对于他们的女人能做或是不能做什么有着很大的话语权；苍天在上，女人们自己也似乎喜欢这样。譬如说我们的厨子G，她今年十九岁，有个不比她大多少的哥哥。一天早上，她看起来嘴唇裂了，眼圈也黑了，胳膊上有被刀划伤的疤痕，从头到脚，都有瘀伤。这简直是太不可思议了；她早该进医院了。G露出不太自然的微笑说道，好吧，是她的哥哥打了她；他们吵架了，因为他觉得她去海滩去得太频繁了。当然，我们认为这个反对的理由有点奇怪；她是什么时候去的海滩——夜里吗？我劝她不要在意她哥哥的话，他的行为太过野蛮，太过龌龊。而她的回答是，事实上，我应该管好自己的事；她说她哥哥是个好人。“他人长得好看，交了很多朋友——只是对我野蛮。”即便如此，我还是到我们的房东那里告状，说应当告诫她的哥哥，我们不能容忍他的妹妹回来工作的时候是这副模样。他看上去有些不解：我为什么要责怪她的哥哥？话说回来，哥哥有权管教妹妹。当我跟那个卖冰激凌的小男孩说到这件事的时候，他也赞同房东的说法，而且一本正经地说，如果他也有个妹妹不听他的话，他也同样会教训她一顿的。八月的一个傍晚，此时的月亮大得出奇，我和那个卖冰激凌的男孩进行了一次短暂却惊悚的对话。他问，你对狼人怎么看？你天黑了害怕出门吗？事实上，我那天刚刚听过一个关于狼人的恐怖故事：一个深夜走路回家的男孩，自称是被一个嚎叫的动物袭击了，那是个四脚着地的人。可我笑了起来。你不相信有狼人，对吧？哦，我相信。“陶尔米纳曾经有过许多的狼人，”他说着，灰色的眼睛镇定地望着我；然后，轻蔑地耸了耸肩，“现在只剩下两三只了。”

就这样，秋天来了，就在这样的时刻到来，手鼓似的风，幽灵般的烟雾在黄色的树林里穿梭。这是葡萄丰收的好年景；空气中弥漫着芳香，那是葡萄的味道，它们落在满地落叶的松软土地上——新酒的原料。六点钟，星星探出了头；此刻坐在露台上喝一杯鸡尾酒，还不算太冷，明亮的星光下，我望着羊群从牧场下山，绵羊们个个长着一张巴斯特·基顿[①]的脸，山羊们成群移动时发出拉拽干柴的声音。昨天有人给我们带来了一货车的木头。所以我也不用担心冬天来临：还有什么比坐在火堆前静候春天的到来更让人值得期盼的呢？

---

① 巴斯特·基顿(1895—1966)，美国导演、演员、编剧，“AFI 百年百大明星”之一。

品味：以及日本人

（1955）

在我的家庭范围以外，第一个打动过我的人是一位上了年纪的日本绅士，名叫弗雷德里克·麻里子先生。麻里子先生在新奥尔良经营一家花店。我大概是六岁那年遇见的他，你可以说，我就是闲逛进了他的店里，我们保持了十年的友谊，或者说直到他在乘汽船去圣路易斯的途中猝然离世为止，其间，他亲手为我做过二十几件玩具——提在线上摇曳的飞鱼；花园的模型，花园里面满是袖珍鲜花和长着羽毛的中世纪动物；一个跳舞的人偶，上满发条，可以翩翩起舞三分钟。这些玩具太过精致，并不适合玩，可它们带给我的是最初的审美体验——它们构建了一个世界，设定了品味的标准。说起麻里子先生，简直就是个谜，倒不是在于这个人（他很平凡，孤身一人，听觉也有障碍，这也使得他愈发孤僻），而是因为你看他在摆弄那些家当的时候，根本无法判断是什么让他在棕色树叶和绿色藤蔓之间作出选择，从而达到一种微妙而精确的境界。多年过后，当我读到紫夫人的小说，或是《清少纳言枕草子》，欣赏到歌舞伎和三部令人叹为观止的电影（《罗生门》，《雨月》还有《地狱之门》）时，对于麻里子先生的记忆就会浮上心头，但是他那些闪亮的玩具和袖珍花束的神秘感在某种程度上却消退了，因为我意识到了他的天赋是整个民族感悟的一种延伸：日本人就像视觉乐师，他们似乎在形状和色彩领域有着极高的造诣。

完美：当歌舞伎演出的大幕徐徐升起时，在色彩斑斓的图案中，在舞者们身着长袍如瓷像般跪地的富有异国情调的庄重姿态中，一种预感——对于这场表演，以及对它最终将要达到的心灵的震颤——就已经存在了。然后，出自《罗生门》的某一幕无声桥段再度上演：年轻的新娘，坐着轿子，轿子外面套着布帘，还有她的丈夫，慢慢悠悠地穿过树林，摄像机通过树叶、阳光，还有窥视的强盗迷离而淫荡的眼神，营造出一种极度的险象。当然，《罗生门》是部黑白电影；直到拍摄《地狱之门》，完整的色调才得以呈现，那些色彩就像是新发明的一样：它们是苦艾酒，还有像雪利酒一样透亮的褐色。这完全是一个格调的仪式：一个奇观，貌似以脱离于情感内容的方式，仅仅围绕绝对的格调旋转。

这种高雅格调从来就不是西方剧院的强项；总而言之，我们从未发展出任何东西，其成分能够如此纯净，如此缜密。我们可以粗略地拿一部王政复辟时代的喜剧来做类比：至少那样一部作品对于人工雕琢的东西同样欣赏；另外，黑帮惊悚片和美国西部片的确也产生了一种经典格式化的准则与行为模式。然而这些只不过是碎片的简单迸发；而日本的格调感是长期严肃的唯美美学思潮积累的产物。尽管正如阿瑟·韦利[①]所言，这种思想的主要根基是恐惧——对于直言与断然的恐惧——因此简单的一叶小草刻画的是整个夏天，眼睛微微向下，便是预示着最深邃的激情。

在九世纪的日本，甚至是更早以前，大多数信件都是以诗歌

① 阿瑟·韦利，1889 年 8 月 18 日出生于英国，有部分德国血统。自幼聪颖过人，酷爱语言和文学，他坚持不懈地研究东方学与中国学，并致力于把中国古典名著翻译成英文。

的形式写成的：一个有涵养的日本人通晓上百首诗和经书，他们可以从中引用几行适合用来表情和状物的诗句——如果行不通，那他就会自己创作，因为诗歌就是一天当中的娱乐消遣。从我们近期看到的日式娱乐作品——他们的舞蹈与电影——来看，这种风俗依然盛行；毫无疑问，我们接收到的是交流的诗歌。

缪斯入耳

(1956)

第一部分

1955年，十二月十七日，星期六，浓雾弥漫在阴冷潮湿的西柏林，美国作品《波吉与贝丝》的剧组以及与该剧组有关的其他人员共计九十四人接到通知，要求他们到剧团的排练大厅集结，参加一个“信息通报会”。本次通报会由小沃尔特·N·沃姆斯利和罗伊·L·劳瑞牵头举办，二人分别是美国驻莫斯科大使馆的参赞和第二秘书。沃姆斯利和劳瑞先生此番特地从莫斯科赶来，他们将提出一些建议，回答剧组成员可能关心的一切问题，这些问题与他们即将在列宁格勒和莫斯科举行的演出有关。

本次俄国之行是美国戏剧团体对此类演出进行的首次尝试，这次演出将作为《波吉与贝丝》为期四年全球巡演的高潮。此番演出得以成行，需归功于苏联方面与格什温歌剧团监制罗伯特·布林和布莱文斯·戴维斯之间长达数月的冗长谈判（谈判的某些细节至今不为人知）；此事剧团监制方面是以“人人歌剧团”股份有限公司的名义操作的。

尽管俄国人还没有给他们发放真正的签证，但这个阵容庞大的演出团体已经准备就绪，随时可以在接下来的四十八小时内动身。这个演出团体由五十八名演员、七名后台工作人员、两名指挥、随行人员的妻子与办公室职员、六名孩子和他们的老师、三名记者、两条狗，还有一名心理咨询师组成。他们打算乘坐火车，从东德取道华沙和莫斯科抵达列宁格勒，行程大约一千一百英里，显然，这需要花上三天三夜的时间。

在我去往这次外交信息通报会的途中，我与艾拉·格什温太太还有一个叫做杰瑞·劳斯的人一起坐的计程车。杰瑞·劳斯身材有型，肌肉发达，曾经是名拳击手，现在则是一名歌手。不用说，艾拉·格什温太太是剧团词作者的妻子，她丈夫还是曲作者的兄弟，同时也是《波吉与贝丝》的合著者。在过去的四年中，艾拉·格什温太太定期会让她的丈夫留在比弗利山庄的家中，而自己则陪同剧团参加全球巡回演出："艾拉就是个墨守成规的人。他甚至连从这间房走到那间房都不乐意。可我是个吉卜赛人，亲爱的。我喜欢车。"她的朋友们都称她为李，李诺的简称，她是个身材娇小的女人，热衷于钻石，并且在早餐和正餐的时候也会戴上它们，有好几颗呢。她的头发带着金黄色的条纹，脸长得像心形。她言谈中那些思绪紊乱的只言片语用并不私密的悄悄话和一种小女孩儿般的声音传递出来，与含情脉脉的话语黏合在了一起。

"噢，亲爱的，"她说，当时我们在绵绵细雨中穿过黑暗的选帝侯大街，"你听说过圣诞树吗？那些俄国人要送给我们圣诞树。就在列宁格勒。我觉得他们真是太好了。因为他们不相信圣诞。他们不相信——是吧，亲爱的？不管怎样，他们的圣诞节来得要晚许多。因为他们的纪年方式不同。亲爱的，你觉得这是不是真的？"

"你的意思是他们是否相信圣诞节？"杰瑞·劳斯说。

“才不是呢，亲爱的，”格什温太太不耐烦地说。“我说的是电话听筒，还有那些照片。”

一连几天，关于在俄国的个人隐私这一问题，剧团内部一直猜测不断。这源于一个流言，说信件必须经过审查，他们那儿的酒店房间都会被监听，四面墙壁上都装有隐匿的摄像头。

认真思考了一会儿后，劳斯说，“我相信。”

“噢，亲爱的，你不信！”艾拉·格什温太太反驳道。“这不可能！那样的话我们该在哪儿聊天呢？除非我们就只站在浴室里，一直冲着水。至于那些摄像头嘛——”

“我也相信，”劳斯说。

格什温太太陷入了一阵沉思，直到我们抵达排练厅所在的那条街。然后，她满怀渴望地说道，“我还是觉得圣诞树那件事儿挺不错的。”

我们迟到了五分钟，所以在折叠椅中找座位时遇到了些麻烦。这些椅子在一个镜面排练厅的一端。听众数量众多，大厅内温度颇高；虽说如此，但是到场的许多人似乎早就感受到了来自大草原的寒风，一身的行头——围巾，羊毛外套——把自己裹得严严实实，这些都是他们特地为这趟俄国之旅采购的。在购买装备这件事情上蔓延着一种攀比的思想，这样一来，好些人看上去都是爱斯基摩人的打扮。

罗伯特·布林宣布开会。他除了是《波吉与贝丝》的合作监制外，同时还兼任导演。在他介绍完来自莫斯科大使馆的代表沃姆斯利和劳瑞先生之后，沃姆斯利便开始了讲话。二人在正对着我们的那张桌子后面就座。沃姆斯利先生是一个长得很敦实的中年人，留着门肯式的发型，一副不动声色、慢条斯理的样子。他说这次计划中的演出是“罕见的良机”，并预祝剧团演出取得“巨大成功”，他也确信在铁幕之下的演出一定会取得成功。

“在苏联，没有什么不是按计划进行的，而且你们的演出成功也是计划之中的，因此我觉得现在就祝贺你们应当是毫无问题的。”

劳瑞先生似乎是觉察到了同事用假定语气说出的贺词里面带着点瑕疵——他年纪轻轻，外表严肃，长得颇像中小学校长——于是插了一句，说沃姆斯利先生的话千真万确，同样不假的是，“俄国对于你们的到来真心实意地感到兴奋。他们知道格什温的音乐。事实上，我的一位俄国熟人告诉我说他有天晚上参加一个聚会，聚会上他的三个朋友从头到尾唱着‘贝丝，如今我已拥有你’。”

剧组人员微笑着表示感谢，沃姆斯利先生接着往下说。“的确，有些俄国人还是挺不错的。非常不错。但是他们的政府很糟糕，”他说这话的时候恨不得把每个字都说得字正腔圆。“你们时刻要记住，他们的政府体制跟我们本国的那套是水火不容的。这个体制下的规章制度和条条框框是你们此前从未经历过的。无疑在我的经历当中——那是段漫长的经历——我从未碰到过那样的制度。”

剧组成员之一的约翰·麦卡利举手提问。麦卡利在剧中饰演一个代表王室的坏蛋，他本人长得就身高体壮，有些令人生畏，仿佛就是为这个角色量身定做的。他想知道，“假如这些人当中有人邀请我们到他们家做客呢？你懂我的意思吧，在我们去的大多数地方，人们都会这样做的。那么，我们要是去的话行不行呢？”

两个外交家相视一笑。“你可以想象，”沃姆斯利先生说，“我们在大使馆中从未受到这个问题的困扰。除了官方的邀请之外，我们从未应邀到任何地方去过。我不敢说不会有人邀请你。如果是那样的话，那一定要尽全力把握好这次机遇。按照我的理解。”他接着说，“主办方安排了数量众多的娱乐项目。每分钟都有。多得让你够呛。”

听到这个安排，有些年轻人咂着嘴，有一个人则抱怨道，“我滴酒不沾。所以要是他们都给我敬酒，就是我们之前听说过的那种敬法，我怎么样才能过关而又不丢面子呢？”

沃姆斯利先生耸了耸肩。“如果你不想喝，也不是非喝不可。”

“没错，伙计，”一个朋友给这个忧心忡忡的人支招，“你不想喝，没人说非喝不可。要是你不想喝，尽管递给我好了。”

这时问题接二连三地来了。譬如那些父母就在担心他们的孩子。那儿有消毒过的牛奶吗？有。而劳瑞先生觉得，还是带一点“小明星奶”的好，他就是用的这个喂养自己的两个孩子。还有水，能喝吗？绝对安全。沃姆斯利先生经常从水龙头里直饮。我们怎么称呼苏联公民？“这个嘛，”沃姆斯利先生说，“我不会管他们叫同志。叫先生或者太太就行了。”那购物情况如何，东西卖得贵吗？“贵得离谱，”但这完全不是问题，因为没有太多东西好买。那儿有多冷呢？哦，偶尔会降到零下三十二度。要是那样的话，酒店房间里面暖和吗？是的，没错，事实上，热得有点过头了。

回答完这些基本问题后，从后面传来了一个声音，“这里有好多的神秘传闻，说有人会一直跟踪我们。”

“跟踪你们？”沃姆斯利先生微微一笑。“也许吧。不过不是你想的那种。要是他们指派某个人跟着你，那是为了保护你。要知道，你一定会面对非同寻常的关注，你走到哪里，人群就会跟到哪里。这和在柏林街头走路可不一样。这么来看的话，没错，你可能是会被人跟着。”

“话说回来，”劳瑞先生说，“文化部万分期盼你们到他们那儿去，你很有可能会受到热忱的接待，不会有孤零零的外国游客通常会碰到的那种烦心琐事。”

先前从后面传来的那个声音还没消停，并且还带着些许失望的口吻，“我们听说他们会跟踪我们，而且还会拆我们的信件。”

“啊，”沃姆斯利先生说，“那是另外一码事了。他们理所当然会这么做的。我永远是预先假定我的信已经被他们给拆封了。”

他的听众在座位上面面相觑，眼神中交换着一种“我早告诉过你”的信息。罗伯特·布林的秘书南希·莱恩站了起来。莱恩小姐（拉德克利夫学院[①]，52 届）在这个剧团已经有三个月了，因其对戏剧的兴趣而从事了这份工作。她是纽约人，金发碧眼，身材高挑，事实上差不多快六英尺高了，和她妈妈看上去相当地像；她的妈妈，威廉·莱茵兰德·斯图尔特太太可是个照片经常上报、家喻户晓的美人。莱恩小姐想提个建议，“沃姆斯利先生，要是我们的信件真的要接受审查的话，那是不是用明信片通信会

---

① 拉德克利夫学院曾是位于美国马萨诸塞州剑桥的一个女子文理学院，创建于 1879 年，为美国七姐妹学院之一。1963 年始授予其毕业生哈佛-拉德克利夫联合文凭；1977 年与哈佛签署正式合并协议；1999 年全面整合到哈佛大学。

好一些呢？我的意思是，如果他们不需要打开信封后再去读信的话，那这样做岂不是更节省寄信的时间？”

沃姆斯利先生看起来没怎么觉得莱恩小姐的建议作为一种节省时间和减少麻烦的手段有多大的价值。与此同时，格什温太太一直在催促着杰瑞·劳斯赶紧问话。“赶紧啊，亲爱的。快问问他电话听筒的问题。”

劳斯的问题引起了这个外交家的注意。“我们当中许多人，”他说，“我们一直都在担心房间里有没有可能装有窃听电话。”

沃姆斯利先生点了点头。“不止是有可能装了的问题。我再说一遍，这种事你们应当早有预料。当然，没人真正知道有或没有。”

一阵无声的停顿，此时，格什温太太摘下她的钻石胸针，似乎是要等杰瑞·劳斯提出隐匿摄像头的问题，但是他还没提出来，就被麦卡利抢了先。

麦卡利身体前倾，耸了耸那副宽厚的肩膀。他说他认为这些无关紧要、细枝末节的问题差不多可以适可而止了，现在应当转入正题，好好讨论一下“大问题了。这个大问题就是，他们要是问我们一些政治方面的问题，我们该说些什么呢？我说的是黑人问题”。

麦卡利低沉的嗓音让这个问题像一片海浪席卷了整个排练厅，一下子把全体听众的关注点都给完全聚集了起来。沃姆斯利先生犹豫不决，似乎不知道是该从上面穿过去，还是从下面游过去；对于这些个问题，他似乎还没准备好怎么去迎头面对。

“你不必非得回答政治问题，正如他们也不会回答你向他们提出的那种问题。”沃姆斯利先生清了清嗓子，又补充道，“那里可是一片危险区域，如履薄冰啊。”

听众席上的窃窃私语暗示着他们觉得这个外交家在回答中提出的建议不够充分。劳瑞在沃姆斯利的耳旁低语，麦卡利则问着他的妻子，她是个忧郁的女人，坐在他旁边，腿上坐的是他们三岁的女儿。随后麦卡利说，“可是他们一定会问我们有关黑人的问题。他们一贯如此。去年我们在南斯拉夫的时候，在我们的整个逗留期间——”

“是的，我明白，”沃姆斯利不由分说。“这就是整件事情所牵扯到的。这就是重点所在，对吧？”

沃姆斯利的言论——或者也许是他表达这番言论的方式——似乎惹恼了好些人，把他们推到他的对立面上；而杰瑞·劳斯，这个剧团里能够平息怒火的传奇人物，一下子站了起来，身体因为紧张而显得过度僵硬。“那我们该如何应对呢？难不成要有一说一？实话实说？还是说我们去遮遮掩掩，含糊其辞？”

沃姆斯利眨了眨眼。他取下一副角质架眼镜，然后用一块手帕去擦拭镜片。“实话实说又怎么啦，”他说道。“先生，恕我直言，那帮俄国人对于黑人问题的了解根本不比你少。他们根本就不在乎事情究竟是怎样的，除了那些声明、宣传——一切能够被他们利用的东西。我觉得你应当牢牢记住，你接受的任何一次采访都会被美国的媒体抓个正着，然后在你家乡的报纸上再给你登出来。”

有个女的，她也是第一个发言的女人，从前排的座位上站了起来。“我们都知道本国的歧视问题，”她的声音里带着些许的腼腆，每个人都是怀着敬意在听她说。“但是在过去的八年里，黑人问题还是取得了不少进展的。我们已经一路走过，这分明就是事实嘛。我们可以骄傲地介绍我们的科学家、艺术家。如果我们[在俄国]这么做的话，或许会产生许多正面效果呢。”

其他人同意她的看法，并且以相似的方式当众发言。维勒姆·范·鲁恩是一个已故历史学家的儿子，他会讲俄语，也是为“人人歌剧团”做宣传工作的一分子，他宣称自己“非常非常高兴看到这个问题得到了如此深入的探讨。有一天，我让几名剧组成员接受美国驻德电台的磁带录音采访，然后就涉及到了这个问题——种族问题，我知道我们得非常非常谨慎，因为离东德太近，而且有可能我们会被监控——”

“那是当然，”沃姆斯利轻声地打断。“我想你也意识到了我们这个时候正受着监控呢。”

显然范·鲁恩并没有意识到这一点，其他人也没有，因为大家都一脸错愕地四处张望，想要找出让沃姆斯利口出此言的那个人。但是人们并没有发现任何明显的迹象，至少没能找到某个神秘的陌生人。而范·鲁恩并没有把他要讲的话讲完。他的声音越来越小，直至消失，正如这会议本身行将在闲聊中结束一样。当剧团以掌声向这两位外交家致谢时，他们的脸都红了。

“谢谢大家，”沃姆斯利说。“跟大家交流很愉快。劳瑞先生和我不是经常接触这种化妆油彩的气息。”

罗伯特·布林导演随后召集剧组成员开始排练，但是在开始之前，关于这次“信息通报会”还有很多困惑的讨论与意见的交流。杰瑞·劳斯总结为一句话，“毫无信息可言。”格什温太太则正好相反，她似乎认为这次通报会透露了太多信息。“我震惊了，亲爱的。想想像这样生活的样子！永远都在假定，却从不知情。说真的，亲爱的，我们打算在哪儿聊天？”

楼下，华纳·沃森先生给我安排了回酒店的车，他是布林先生的监制助理。他把我介绍给了与我坐同一辆车的法比安·舒帕博士。舒帕博士是德国心理分析研究所的一名美国学者。别人告诉我说他这次应邀参加俄国巡演，是来消除剧团成员可能经受的任何“压力”的。到了最后一刻，令舒帕博士格外失望的是，他竟无法成行，因为管理层觉得心理咨询师或许并不真的必要；但是事实上，心理分析师和心理从业人员在苏联不受欢迎，或许这才是这件事的主要原因吧。但是眼下，在计程车里，他建议华纳·沃森要“放松”。

沃森点了支烟，点烟的那只手明显在发抖，他说，“放松了，就不会有这样的作品能够在俄国巡演了。”

沃森年届不惑。他的板寸头有些斑白，棕色的眼睛里带着胆怯与逆来顺受。他的那张脸，还有他的行为举止都显露出一种迷离的温和，一种超越他年龄的疲倦。他一度当过演员，自1952年“人人歌剧团”创办以来，一直供职在此。他的工作职责，用他的话来说，主要就是“搞定东西”。在柏林过去的两周时间里，他几乎是住在苏联大使馆里的，试图搞定几样东西。尽管他十分努力，但还是有许多事情没有了结。其中之一就是剧团的护照问题，到了这个时候，他们的护照还是被俄国方面把持在手里以待备签。此外，沃森在剧组前往列宁格勒的火车一事上遇到了麻烦。制片组要求四节卧铺车厢。俄国人的答复非常直截了当，他们只能提供三节二等“软卧”(这是俄语对卧铺的表达法)车厢。这些，连同一节装行李的车厢，以及一节装舞台布景的车厢，都隶属于“蓝色特快”列车，这趟车按时刻表定时往返于东柏林与莫斯科之间。令沃森为难的是，他没法从俄国人那里得到“软卧”车厢的布局图，因此也就不能用图示标出卧铺分配方案了。

因此他在预想，火车上面可能会上演一出巫婆之夜的闹剧：“人多铺少。”无论是在列宁格勒还是在莫斯科，剧组会下榻在什么酒店，还有那些酒店的详细信息，他也同样无从知晓。“对于任何事情，他们是绝对不会对你和盘托出的。不会立马就告诉你。如果他们告诉了你甲事情，那他们也许会告诉你乙事情，但在这两件事之间，将会是漫长的等待。”

不过显然，俄国人并未亲身实践他们要求别人具备的那种耐性。几个小时以前，一条电报已经从莫斯科发到了这里，这正是沃森列举的几条让他的手发抖的原因之一。**管弦乐谱今夜须送达柏林大使馆否则推迟列宁格勒首演开销削减。**几个星期以来，苏联方面一直要求拿到管弦乐谱，因为他们希望本国的音乐家在剧团到来之前能够提前排练。布林担心他唯一的一份管弦乐谱会在交接过程中弄丢，拒绝照此执行。但是这份最后通牒式的电报和那最后几个凝重的字眼似乎让他改变了主意，眼下沃森正在赶往苏联大使馆递交乐谱的途中。

“别担心，”沃森擦去上嘴唇上方的几滴汗珠后说道。“我不担心。我们会把这件事搞定的。”

“放松些，”舒帕博士说。

我回到了入住的凯宾斯基酒店，剧团许多成员都在此下榻，我顺路去了趟布林夫妇的套间，去拜访他的妻子维尔瓦。她之前搭乘了一趟飞往布鲁塞尔的通宵航班，此时刚赶回来。她去布鲁塞尔是为了看病。阑尾炎的阵痛已经困扰了她好一阵子了，就在前一天，在她飞往布鲁塞尔的时候，她知道自己可能会经历一场刻不容缓的手术，那样的话她就不得不取消这次俄国之行了。去年的十月，她在莫斯科度过了十天的时间，和文化部商谈这次演出的安排事宜，正是这次“妙不可言的”经历让她急着回来。

“没事的，医生说了我可以去。直到我前两天以为我去不成了的时候，我才意识到自己有多么想去，”她说这话的时候，脸上带着微笑，这微笑与其说是一种表情，倒不如说更像是她热切、急于取悦的个性。布林夫人脸上有酒窝，一双棕色的大眼睛。她的头发是枫叶一样的颜色，朝头顶后部的方向梳着，用一根大发簪定型，那发簪简直可以当武器来使了。此时，她穿着一件紫色羊毛外衣，她的衣橱里全是这种颜色的衣服：“罗伯特简直就是痴迷于紫色。”她和布林在明尼苏达大学相遇，二人当时都是戏剧系的本科生。他们结婚已经十八年了。尽管布林夫人有过专业演出的经历——她曾饰演莎翁笔下的朱丽叶——但她真正倾心的，用她一位同伴的话来说，是“罗伯特和罗伯特的事业”。如果她能够找到足够大的纸，她会把整个世界都包起来送给他的。

表面上看，布林太太似乎是不会缺纸用的，因为她住的地方信件、剪报和文件堆积如山。负责“人人歌剧团”的国际函电就是她的主要任务之一；除此以外，她还力求让整个歌剧团“保持愉悦的状态”。为完成刚才说到的第二项主要任务，她此番从布鲁塞尔带回了一袋玩具，这样在列宁格勒过圣诞节的时候，就可以分给剧组的小朋友们了。“要是我可以让罗伯特放下它们，让我有时间把它们重新打包就好了，”她指着浴室说道。浴室里一整支机械舰队漂浮在装满水的浴缸里。“罗伯特爱极了玩具。确实如此，”她叹了口气，“一想到要把所有这些玩具都装进箱子里，我就觉得害怕。”其中几件摆放在卧室和起居室（同时也是办公室）里的东西显然不好打包，尤其是一个巨大的跷跷板形状的玩具，叫做“休闲板”。“为什么不能把这个也带到俄国呢。去所有其他地方的时候我都带上了它。它帮了我天大的忙呢。”

布林太太问我是不是盼望着登上蓝色特快，听到我有这个愿望，她高兴得甚至有些夸张。“噢，就是给我们一座金山，罗伯特和我也绝不愿错过这趟列车的！剧组的每个成员都是那么可爱。我知道这趟旅行的开心事会说也说不完的。但是，”她声音里突然有一丝伤感，听起来不那么真切，“罗伯特和我已经决定坐飞机去了。当然，我们会在这里的车站送别你们的——到时你们到了列宁格勒，我们会去火车站台的。至少我希望我们可以去。我只是不敢相信这件事。可它真的要实现了。”她停顿了一会儿；在那一瞬间，蹙额破坏了纯洁的热情。“有朝一日，我会告诉你这背后的真实故事。那些不想让这件事实现的人！噢，我们受到了这样的打击。”她拍了拍胸脯。“真正意义上肉体的打击。而且这种打击还会持续。一直要到最后一刻，”说着，她瞟了一眼桌上的一捆电报。

布林夫妇的烦心事，其中有些已经是尽人皆知了。譬如说，围绕这次前往苏联的冒险之旅，不论是通过小道消息还是公众宣传，人们似乎都普遍认为是俄国人出于自愿以及日内瓦精神的感召主动邀请了《波吉与贝丝》来他们的国家巡演。而这件事情的真相是，“人人歌剧团”这次是不请自来。布林一直把这次俄国之旅视作他旗下歌剧团“友好”之行的一个合理拓展，他坐下来给苏联总理布尔加宁元帅[①]写了一封信，信中的大意为，《波吉与

① 尼古拉·亚历山德罗维奇·布尔加宁（1895—1975），苏联军事及政治领导人，1955 年担任部长会议主席，1958 年因“反党”活动被尼基塔·克拉斯契夫驱逐。

贝丝》很乐意踏上此次行程，如果苏联愿意接纳他们的话。这个申请一定令布尔加宁大为欢喜，因为他将这封信转寄到了文化部，那里是在尼古莱·米哈伊洛夫领导下的政府垄断机构，其总部设在莫斯科，控制着苏联国内艺术生活的方方面面。戏剧、音乐、电影、出版、绘画，这些活动中没有哪项不是在这个专门的、通常情况下并不宽松的文化部监督之下。因此，这件善举在布尔加宁的暗示下，由文化部与“人人歌剧团”开始磋商，然而这件事不是随随便便就能做决定的。不可能像，比如说，上次法国喜剧团那件事那么随便——那家剧团一年前来过莫斯科——或者说像英国作品《哈姆雷特》一样，该作品曾于1955年秋在莫斯科首映。那两家剧团都获得了饮誉全国的成功。但是无论从那些来访的艺术家们还是从其东道主的角度来看，他们涉及到的风险都仅仅是美学层面的。莫里哀和莎士比亚没有任何涉足现代政治宣传的企图。

《波吉与贝丝》就不能这么说了。对于这部作品，铁幕的两边——美国和苏联——都有许多要担心的事情，因为格什温歌剧团一旦被放到那个辩证的显微镜之下，就会显形为一个充满细菌的试管，而且是苏联当局最为敏感的那种细菌。这部剧充斥着过分的色情，在这个有着严格法令的国家，这个你在大庭广众下接吻都有可能被逮捕的国家，这是一个令人不安的严肃理由。这部剧还对上帝充满敬畏；它反复强调要信仰那个在星空之上而非星空之下的世界，在歌唱与对白中，展现源自宗教信仰的慰藉（“人民的鸦片”）。而且，它以一种不加批判的方式讨论迷信话题，譬如“秃鹰之歌”。好像对它的诅咒还不够似的，它还大肆歌颂人们若是一无所有，就能获得快乐，这种思想在苏联的确是不受欢迎。

文化部当然考虑到了所有这些糟粕因素，然后他们经过深思熟虑后认定，尽管这毫无疑问是粒苦药，但至少它还是裹着糖衣的。毕竟，尽管《波吉与贝丝》的重点落在普通民众的趣味上，但是剧中刻画的美国黑人是一个备受剥削的种族，他们任凭美国南北白人的使唤，备受贫困所迫，隔离在鲶鱼街的贫民窟里，如果是文化部指派他们自己的某个作家来写剧本的话，这些都是再好不过的素材了。于是，1955 年的仲夏，文化部通知“人人歌剧团”，他们已经准备铺好红地毯，静候他们的到来。

在确定抵达俄国会受到欢迎之后，布林要面对的是如何去那里的问题，还有必需的资金，预计需要 15 000 美元。报纸上头几则关于俄方“邀请”《波吉与贝丝》赴俄演出的声明或多或少地透露出美国国务院不仅是在精神层面支持这次“盛况空前的演出”（布林偶尔也会用上这个说法），而且还会提供财务方面的大力支持。布林相信这一点，而且他的理由很充分。在过去的几年里，国务院因其在道义上和金钱上资助《波吉与贝丝》而获得了众口一词的好评，另外一些媒体，譬如说《纽约时报》，还屡次将其称为国务院派驻海外的“最佳使者”。但是在几度奔赴华盛顿一番请求之后，布林很快就发现，他再也无法指望这帮波托马可河的朋友们提供资助了。显然，他们觉得这次演出过于地缺乏先例，或者，用他们自己的话说，“在政治上还不够成熟。”换句话说，一个子儿的赞助也没有。

在纽约，戏剧圈中有一种说法：国务院撤销了资助，其原因是他们担心这部歌剧太容易受到苏联宣传机器的利用了。支持歌剧团的人则认为，这种观点站不住脚。在他们看来，这部歌剧所包含的那种社会批判层面的东西在美国的剧院可以任意上演，这一事实本身就已经抵消了利用这些内容进行有效宣传的可能性。再者说，在俄国，黑人剧组一出场，他们饱满的形象、他们那显然不受压迫的快言快语、他们那受过教育，甚至可以说是练达老成的风格仪态（“哎呀，”布林夫人说，“我们剧组里有些人能讲三四种语言。而且讲得棒极了”）会给俄国人民留下对美国黑人的崭新印象，不同于作家哈里特·毕彻·斯托刻画的那种刻板形象，那样的人物刻画使得哈里特依然是苏联的畅销书作家之一。

戏剧界的报纸《综艺》报道了一则传闻，对于美国国务院的态度转变给出了一个更为直接的解释。据他们称，“国际交流项目”——美国国家戏剧研究院（国戏院）的一个分支机构——对于戏剧事务的意见在华盛顿分量很重，该机构提出了反对意见，理由是这次国务院已经在《波吉与贝丝》上投入了大笔资金，他们应当将手中的资金分散用于更多的文化交流项目。

说归说，国戏院和国务院还是希望“人人歌剧团”能够交好运。他们也并非和剧团断绝了亲子关系，只是剥夺了它的继承权。但是那些表达良好祝愿的人几乎没往布林的银行账户上注入多少资金，正当他寻思着通过个人捐助来募集所需资金的可能性时，事情有了出人意料的进展。俄国人站了出来，主动提出由他们来付账。哪怕是最差劲的语言学家也能够解读这一举动所透露的信息，这可以说是蓄意让美国国务院难堪，支持布林进行此次冒险的美国同党们恰恰因为这点对此表示欢迎。他们觉得这会让美国政府感到羞耻，这样美国政府就不会那么吝啬了。他们错了。

后来，随着日子的迫近，布林得作出选择：是放弃自己的原定计划，还是接受苏联的资金援助。1955年12月3日，双方在莫斯科草拟了一项合同，签订双方为苏联文化部(以下简称为“文化部”)与“人人歌剧团”股份有限公司(以下简称为“剧团”)。这项合同密密麻麻共有三页半，而且包括一些稀奇古怪的条款——文化部同意给剧组提供一名俄籍成员，也就是，“一只家养的母山羊”。但是这件事的代价是在第五条中展开的。在这则长长的条款中混乱的语言难以厘清，它写的是剧团在苏联逗留期间，将收到每周16 000美元的报酬，这远低于依照惯例支付的酬劳，尤其是酬金有一半准备“用纽约的一张美元银行支票来支付，剩下的部分按官方汇率以卢布现金形式支付”。(众所周知，官方汇率随意性很大，通常情况下是四卢布兑换一美元。对于公平的汇率应当是多少众说纷纭，但是在莫斯科黑市，十卢布兑一美元都有可能，而如果有人愿意冒险一试，将外汇偷带到国外的话，他可以在瑞士拿到一美元兑换十五卢布，这风险就是被扣押在西伯利亚。)除了这些货币方面的条约，第五条还作出承诺，文化部将提供给剧团：“头等酒店的免费食宿，或在旅途中提供就寝铺位以及在餐车提供用餐。此外，文化部支付剧团所有成员一切旅途费用，负责布景道具运输、进驻和穿越苏联，以及跨越苏联边界返回欧洲，双方就此表示理解并达成协议。”

总共算下来，俄国人要投入大约150 000美元。这不应当理解为一种文化慈善事业。事实上，对于他们而言，这是一项不折不扣的商业行为。如果每一场演出门票均能售罄，当然这似乎是板上钉钉的事情，文化部将会获得两倍于投资的回报，也就是说，票房总收入大约能达到300 000美元。然而，基于文化部与公司签署的这项合同，按照收入与运营成本比法则计算，“人人歌剧团”每周将损失 4 000 美元。估计布林早已想出了一个补救上述损失的方案。“但是不要问我方案是什么，亲爱的，”格什温夫人说。“这是个天大的秘密。”

正当布林夫人还停留在“肉体上的打击”这个话题的时候，她的丈夫从排练室回来了，外交信息通报会结束以后，他就一直在那里组织剧组排练。她问他想不想喝点什么。他说他很想。拜托来一份纯浓白兰地。

布林的年龄在四十五岁上下，中等个子，身材很匀称，你可以从他的衣服合身程度上注意到这一点，因为他钟情于艾森豪威尔外套，还有那些剪裁紧密、瘦身修腿的长裤，我们称之为前线裤。他身着定制的衬衫，倾向于黑色与紫色的搭配。他有一头稀疏的金发，无论是在室内还是外出，基本没有不戴黑色贝雷帽的时候。他的脸苍白而瘦削，凭借脸上的表情——一脸严肃或是面露微笑——他的脸能够显露出两种完全相反的个性。严肃的时候，他的脸能够持续几个小时表现出一种陷入沉思的淡定，仿佛是在摄影师面前摆出造型，并被告知不要调动任何一块肌肉。不可避免的是，你一定会想到布林和他妻子一样，都演过莎剧——他扮演的是哈姆雷特的角色，他出演的这个版本在战后不久便在欧洲巡演，甚至登上过埃尔西诺当地的舞台。但是当布林松弛下来的时候，或者是有些东西成功地勾起他兴趣的时候，他仿佛是彻头彻尾变了一个人似的，变得格外活跃，带着孩子气，咧着嘴笑，幽默得很，没有了先前那种看起来拒人千里之外的自恃，取而代之的是一种羞涩、脆弱、容易上当的表情。布林表现出的双重性格也许能够说明为什么“人人歌剧团”的成员会同时抱怨两件事情，“你永远都不会知道你和布林的关系是怎样的，”然后马上又会说，“谁都可以利用他。他真的是太好了。”

布林猛地喝了一口白兰地，然后喊我到他的浴室，他是想展示一下其中某只玩具船是如何行驶的。这是一只铁皮独木舟，舟上有个上了发条的印第安人在划桨。“这难道不神奇吗？”他问道，那个印第安人正划着船在浴缸内来来回回地穿梭。“你之前见过类似的东西吗？”他的声音是演员经过训练的那种，“定在”一个很深的音域内，使得声音有一种自然的华丽，他说话的时候，剪过指甲的双手随着语言的内容挥动，并非是一种亢奋的拉丁式风格，而是一种主持仪式的方式，优雅而舒缓。的确，布林最初的梦想正是进入教会。在他的兴趣转向舞台剧之前，他花了一年的时间训练成为一名牧师。

我问他排练的进展如何。“嗯，演出阵容很强大，”他说。“但是他们有点被宠着了，太过于想当然。谢幕时的掌声啊，如潮的好评啊。我一直跟他们讲我希望他们要明白，去俄国不是一次约会那么简单。我们得发挥出迄今为止最好的水平。”

如果布林想要最后那个心愿实现的话，那么，在某些观察员看来，他将面临非常艰巨的工作。1952 年，那时的布林和他的合作监制布莱文斯 · 戴维斯复兴了格什温的这部歌剧，该剧最初由行会剧院上演时(1935)票房惨淡，而且遭受了一定程度的负面评论。1952 年的版本由威廉 · 沃菲尔德饰演波吉，莱昂蒂妮 · 普莱斯饰演贝丝，卡布 · 卡洛韦扮演斯波廷 · 赖夫。从那以后，这些主演全都被替换了，甚至是替换他们的人也被替换了，而接替他们的艺术家并不总是具备同样水平的艺术素养。任何一部长期上演的作品要保持一种表演的高水准都是很困难的，尤其是巡演。通宵达旦地跳舞造成的紧张情绪，梦游一般不停地更换房间和餐馆，笼罩剧组的紧张气氛，这些因素累积起来，对于一直在一起工作和生活的他们来说，就造成了演出所暴露出的疲惫状态。霍斯特·库格勒是柏林剧院的一名评论家，他在三年前评论《波吉与贝丝》时（那个时候该剧作为柏林音乐节的一个环节，正在德国上演），对于这部剧非常着迷，甚至去看了五遍，如今当他再次欣赏到这部歌剧时，他感到演出“仍旧充满了激情与魅力，尽管制作水平已经大不如前”。过去的一周，布林组织排练的次数已经达到了演员协会所规定的上限；但是对于这场演出能否达到最佳状态，对于列宁格勒的首演能否被认可，布林并未感到不安。这部剧将会是一枚“重磅炸弹”！到时俄国人会“叹为观止”！还有一件预料之中、无可争议的事情：“他们此前一定没有看过像这样的演出！”

布林的白兰地已经喝得差不多了，他的妻子在隔壁房间喊他，“你最好做好准备，罗伯特。他们六点钟就会来，我已经预订好了一个私人餐室。”

“大使馆来了四个俄国人，”布林带我到了门口，解释道。“他们要过来用餐。你知道，要对他们友好。友好为重。”

我回到了凯宾斯基的房间，发现床上放着一个用平装牛皮纸包装的大包裹，上面写有我的名字、酒店的名字以及我的房间号，但却看不出来寄件人是谁。包裹里面有六本厚厚的反共宣传册，还有一张手写的卡片，没有签名，上面写的是，亲爱的先生——你能得救。得救，也许是从随附的这些文学作品所描述的命运中得救吧，这些故事大部分都号称是真人真事，大都讲的是出于自愿或强迫而被拦在铁幕之后的德国人，这些人从此音信全无。这些故事非常引人入胜，只有真人真事才能有如此的吸引力，要不是因为电话铃响，我应该会一口气把它们读完的。

电话是布林的秘书南希·莱恩打来的。“听着，”她说，“你和我睡一块儿如何？我是说，在火车上。只有这么办，因为四人一节车厢，所以恐怕我们只能按照俄国人的做法来办了。他们经常把男孩儿和女孩儿安排在一块。”反正，我在协助分配铺位，那些感情好的，有摩擦的，那些想睡在一起的，还有那些铁定不想睡在一起的，好吧，说真的，够吓人的。所以如果你我二人与那对情侣共一节车厢，事情就会变得简单许多。

那对所谓的“情侣”是厄尔·布鲁斯·杰克逊——饰演斯波廷·赖夫的三个演员其中之一，还有海伦·西格彭——饰演塞丽娜的女高音。杰克逊和西格彭小姐好几个月前就订婚了。按照“人人歌剧团”发布的消息，二人计划在莫斯科完婚。

我告诉莱恩小姐，这安排听上去挺好的。“好极了，”她说。“嗯，到时火车上见。如果我们的签证能够办妥的话……”

十二月十九日，星期一，护照和签证的办理仍然处于停摆状态。不管怎样，那天下午三点左右，三辆专车已经开始在柏林市内穿梭，将“人人歌剧团”的成员从他们下榻的各个酒店和膳宿公寓接上车，送往东柏林的火车站；在那里，苏联列车蓝色特快号计划于四点或者是六点或者是半夜出发，似乎没人知道准确安排。

一小群人聚集在凯宾斯基酒店的大厅里等候专车。用华纳·沃森的话说，这些人是“我们尊贵的客人”。这些贵客和《波吉与贝丝》剧组并没有直接关联，而是应管理层之邀与剧团共赴俄国。这些人包括：纽约金融家赫尔曼·赛多利斯，他同时也是布林的密友；报纸专栏作家莱昂纳德·莱昂斯，“人人歌剧团”在递交给苏联的官方档案中将他描述为“剧团的史学家”，只字不提他准备把他的历史著作寄给《纽约邮报》；还有一位新闻工作者——艾拉·沃尔弗特，他曾获过普利策奖，他的妻子海伦随行。沃尔弗特先生是《读者文摘》编委会的成员，而布林夫妇一直有大量剪报的习惯，他们希望他能够就本次俄国之行写一篇文章发表。沃尔弗特太太也是一个作家和诗人。“现代诗人，”她强调。

莱昂斯先生在大厅里踱来踱去，焦急地等着专车的到来。“我很兴奋。睡不着觉。就在我离开纽约之前，艾贝·伯罗斯给我打了个电话。我们住在一栋楼里。他说你知道莫斯科有多冷吗？他在收音机里听说冷到零下四十度。那是前天的时候。你带上长袖内衣了吗？”他往上提了提裤腿，露出一截红色的羊绒。莱昂斯一头短发，中等身材，对于寒冷的天气严阵以待，戴着一顶皮帽子，套着大衣，戴着手套，穿着鞋子，全是衬毛皮的，看上去很雍容华贵，他这身臃肿的行头活像是到商店行窃的扒手。“我的妻子西尔维娅给我买了三件。都是从萨克斯买的。穿着不让人觉着痒。”

那个金融家赫尔曼·赛多利斯则身着一件风格保守的外套和一身西服，俨然一副准备前往华尔街的派头，没错，他没穿长袖内衣。“我没时间买任何东西，除了地图。你有没有去买张俄国地图？好吧，这是件最烦心的事情。要找到一处卖俄国地图的地方，我非得把纽约翻个底朝天不可。在火车上备一幅有好处，可以知道我们身处何处。”

莱昂斯表示赞同。“不过嘛，”他压低了嗓门，那双警觉的黑色眼睛往两旁扫视，说道，“最好别让他们看到，他们可能不喜欢地图这个东西。”

“嗯，”赛多利斯说，他似乎没怎么跟上莱昂斯的思绪。“没错，嗯，我会记住你的建议的。”赛多利斯头发灰白，他的身高、他的体重、他绅士般的保守性格能够激发你对这样一位金融家的信任。

“有个朋友给我寄了封信，”莱昂斯继续说道。“杜鲁门总统。他在信中说，我在俄国应当小心为妙，因为他再也无权保释我了。俄国！真是个日界线啊！”话音未落，他迅速环顾四周，似乎是要捕捉一些线索，看看旁人是否对他的激动情绪有所共鸣。

沃尔弗特太太说，“我饿了。”

她的丈夫拍了拍她的肩。沃尔弗特夫妇膝下的子女均已成年，二人有些方面很像，比如都长着粉色的面颊和银白的头发，都有着一种结婚多年的安定与平静。“没关系，海伦，”他趁着吐烟的间隙说道。“我们一上火车，马上就去餐车。”

“那还用说吗，”莱昂斯说。“鱼子酱加伏特加。”

南希·莱恩急速跑步穿过大厅，一头金发十分飘逸，外套左右摇摆。“别挡住我！有急事！”当然，她还是被挡住了；然后，她对大家说：“现在他们才跟我们说！我们还有十分钟就要出发了！他们说火车上也没有餐车。而且一直都不会有，直到我们抵达俄国边界。三十个小时啊！”她的语气就像是她很喜欢发布坏消息似的。

“我饿了，”沃尔弗特太太唉声叹气地说。

莱恩小姐急急忙忙地向前跑着。“我们正在尽力而为。”她这话的意思是，“人人歌剧团”的管理层正四下搜刮柏林的各种熟食。

天色渐渐暗了下来，专车到达的时候，一阵大雨像水被筛子过滤一样噼噼啪啪地落在大街上，车上载着满满一车乘客，有的开着玩笑，有的大声喊叫，车轮隆隆驶过西柏林，直奔勃兰登堡门而去，共产主义世界就从这里开始。

在车上，我坐在一对夫妇的后面，一个是年轻漂亮的剧组成员，另一个是瘦弱的年轻人，应该是一名西德记者。他们在柏林的爵士酒窖里邂逅，想必他一定是在那个时候坠入的爱河。不管怎样，他正送她出发，沉浸在喃喃细语、泪眼朦胧与淡淡笑声之中。随着我们离勃兰登堡门越来越近，他也必须得下车了，对此他表示抗议。“我要是进入东德的领地，那是很危险的。”这句话事后看来的确是非常有意思。因为几周以后，同样是这个年轻人出现在了俄国，哈哈大笑，招摇过市，究竟他是怎么去的，他没有给出太具说服力的解释，不过这个年轻人和以前一样，仍旧自称是西德人，是新闻记者，正谈着恋爱。

在经过勃兰登堡门之后，我们坐了四十分钟的车，穿过被轰炸得满目疮痍的东柏林某地。另外两辆载着剧团其他人员的包车在我们之前到达了车站。我们在站台与其他人会合，蓝色特快就停靠在那里。格什温太太也在那里，监督工人将她的行李装车。她穿着一件海狸皮外套，手上挎着一个塑料袋，里面装着一件水貂皮大衣。“哦，这件水貂皮大衣是准备在俄国穿的，亲爱的。亲爱的，”她说，“他们为什么管这辆车叫蓝色特快呢？可它根本就不是蓝色的啊？”

列车是绿色的，一节节深绿色的车厢连在一起，挂在内燃机车头后面，看上去很气派。每节车厢的侧面都印有黄色的CCCP字样，这些文字的下面用不同的语言写着这趟列车行驶的目的地：柏林—华沙—莫斯科。在场的那些苏联列车员，戴着波斯羔羊皮帽，穿着公主方形的喇叭状大衣，举止优雅地驻守在每节车厢的入口处。穿着更为朴素的卧铺车乘务员就站在他们旁边。列车员和乘务员都在抽烟，香烟装在长长的鞋面式烟嘴里。他们注视着周围的混乱场面，只见剧团的成员亢奋得乱作一团，这时他们努力地保持一种铁石般的漠然，尽管那些走过来的美国人盯着他们看，露出一副似乎很惊讶的样子，而且还有些不高兴，他们发现俄国人居然也长着两只眼睛，而且居然也长在正确的部位。

一个剧组人员朝其中一个列车员走了过来。“跟我说说吧，小子，”他指着车厢侧面的那行字说，“CCCP是个什么意思？”

那个俄国人用他的烟嘴指着这个人，皱了皱眉头，说道，“你是德国人吗？”①

那个演员笑了起来。“我要扮演一个看上去很滑稽的德国人，看来我真能演好。”

第二个俄国人——那个车厢乘务员——开了腔。“你不是德国人吗？”②

“天啊，”那个演员说，“让我们结束这种折磨吧。”他朝月台那边扫了一眼，把罗宾·乔基姆召唤了过来，乔基姆是一个来自纽约的年轻人，会讲俄语，“人人歌剧团”聘请他随行担任翻

---

① 此处原文为德语 Sie sind Deutsch。
② 此处原文为德语 Sind sie nicht Deutsch。

译工作。

乔基姆用他们的语言跟他们对话，这两个俄国人都乐了；可他们的愉悦很快就被惊诧所取代，因为他跟他们解释了那些准备上车的乘客并非德国人，而是“美国人”，准备到列宁格勒和莫斯科表演歌剧。

“你们说这怪不怪？”乔基姆转过头来对一群听他们讲话的人说，其中也包括莱昂纳德·莱昂斯。“没人告诉过他们我们要坐火车的事儿。他们从未听说过《波吉与贝丝》。”

莱昂斯是那群美国人当中第一个从这个惊人的消息中平复过来的，他迅速地拿出一本笔记本和一支铅笔。“好吧，他们有何想法？反应如何？”

“噢，”乔基姆说，“他们高兴还来不及呢。他们大喜过望，都有点儿神经错乱了。”

没错，俄国人的确是在点头，在大笑。那个列车员在乘务员的后背上重重地拍了一下，大喝了一声，发出指示。

“他说的是什么？”莱昂斯问道，手里的笔随时准备做记录。

乔基姆说，“他跟他说往茶壶里加点茶叶。”

火车站时钟显示的时间是六点过五分。列车的鸣笛声、关车门的哐当声响成一片，似乎已经有了出发的迹象。在列车的过道处，高音喇叭开始播放军乐，整个剧团的所有人员已经全部上了车，他们把头伸到车窗外，向那些无精打采的负责搬运行李的德国人挥手，他们当中没有一个人受到了“资本主义的羞辱”①，此前有人曾告诫我们，人民民主共和国就是如此看待这件事的。突

---

① 这里的“羞辱”指的就是给搬运工小费。

然，每扇车窗后都发出了欢呼声。这是献给布林夫妇、罗伯特和维尔瓦的，他们正沿着站台飞奔，后面跟着满满一车的食品供给，整箱的啤酒和葡萄酒、法兰克福熏肠、面包卷、甜点、什锦冷切、苹果和橙子。广播里传来的军号齐鸣，渐渐达到高潮，这时只剩下了搬运箱子上车的时间，而布林夫妇呢，带着慈父慈母般的微笑，纵情地望着列车，目睹他们“史无前例的事业”从这里徐徐消失在茫茫夜色之中。

我被安排在 2 号车厢的 6 号隔间。这里看上去比普通的卧铺间要大一些，也很漂亮，尽管这儿的高音广播喇叭不能完全关掉，蓝色的天花板上还有一只蓝色的灯泡永远不会熄灭。车厢的内壁也是蓝色的，车窗的外框同样用的是蓝色长绒棉窗帘，与座椅上装饰面料的颜色很相配。座位中间有一张小桌，上面放着一盏灯，罩着玫红色的丝质灯罩。

莱恩小姐向同住 6 号隔间的厄尔 · 布鲁斯 · 杰克逊与他的未婚妻海伦 · 西格彭介绍我的情况，之前两人从未与我谋面。

杰克逊是个瘦高个子，精力充沛，眼睛倾斜，面色阴郁。他下颌留着山羊胡子，手上的戒指熠熠生辉，有钻石的、蓝宝石的，还有红宝石的。我们握了握手。“和平，兄弟，和平。这是关键词，”他说，然后继续剥他的橘子，橘子皮落到了地上。

“不对，厄尔，”莱恩小姐说，“关键词可不是这个。应该是，保持整洁。快把橘子皮扔到烟灰缸里去吧，”说着，她看了看车窗外，东德最后的孤寂灯光正渐渐远去，“接下来很长的一段时间里，这里就是我们的家了。”

“没错，厄尔。我们的家，”西格彭小姐说。

“和平，兄弟，和平。这才是关键。回纽约告诉那些孩子们，”杰克逊说着，嘴里吐出一些橘子核。

莱恩开始分发布林夫妇在最后时刻提供的餐点。西格彭小姐叹了一口气，谢绝了一瓶啤酒和一块意大利腊肠三明治。“我不知道该吃什么。我完全没有胃口。自打我遇见厄尔，我就一直在减肥，减了有五十六磅的体重。五汤匙的鱼子酱加起来可就是一百卡路里啊。”

“拜托，这不是鱼子酱，”莱恩小姐说，嘴里塞满了意大利腊肠三明治。

“我是在为将来考虑，”西格彭小姐闷闷不乐地说。她打了个呵欠。“我要换上晨衣了，有人反对吗？我们不妨都自在点儿。”

四年前，在加盟《波吉与贝丝》以前，西格彭小姐是一名音乐会艺术家，身形娇小丰腴，浓妆艳抹。她穿的是最高的高跟鞋，戴的是最高的帽子，身上喷满了卓越香水（“全球最昂贵的香水”）。

“你好啊，我的美人儿，”对于未婚妻自在放松的举动，杰克逊大加赞赏。“和平才是关键词。嘿嘿哈囉！”

西格彭小姐并未理睬这番溢美之词。“厄尔，”她说，“是圣保罗吧，亲爱的？”

“是什么？”

“我们订婚的地方啊。”

“对啊。巴西圣保罗。”

西格彭小姐看上去轻松了许多。“我就是这么跟莱昂斯先生说的，他想知道这事儿。他就是那个给报社写文章的伙计。你见过他吗？”

“见过啊，”杰克逊说。“我还和这只老猫碰过爪呢。”

“莫非你也听说过？”西格彭小姐望着我说。“关于我俩在莫斯科结婚的事儿。那是厄尔的主意。我甚至都不知道我们已经订婚了。我减了五十六磅的体重，可直到厄尔想出这个在莫斯科结婚的点子前，我都还不知道我俩已经订婚了。”

“一定会是条爆炸性新闻，”杰克逊说着用那只珠光宝气的手打了一个响指，但是他的声音还是有些严肃与缓慢，俨然一副深思熟虑的样子。“第一对在莫斯科结婚的美国黑人。这可是报纸头版新闻，是电视的头条新闻。”他转过头来对西格彭小姐说。“我可不希望你告诉那只老猫莱昂斯任何相关的情况。在我们百分百确定爱情共振完美无缺前，什么也不能说。像这样的大事，你得找到合适的振频。”

西格彭小姐说，“你该去看看厄尔的结婚礼服。他在慕尼黑找人定做的。”

“不可思议啊，伙计，不可思议啊，”杰克逊说。“棕色的燕尾加上香槟色缎面翻领。鞋子当然是很合脚的，上身是崭新的大衣，上面有——叫做什么来着——波斯羊绒领。不过伙计，这些现在统统看不到，要等到大喜的那天才行。”

我问他大喜那天是什么时候，杰克逊坦言，具体日期还没有确定。“这些事情全都是布林先生在一手操办，他在和俄国人交涉，这对他们来说同样是件大事儿。”

“这还用说，”莱恩小姐说着，把橘子核一颗颗从地上捡起来。“让俄国出现在地图上。”

西格彭小姐穿着她的晨衣伸了伸腰，准备研读一首乐谱；不过这看起来有点困难，因为她无法集中注意力。“让我心烦的是，这事儿不合法。在我们那儿，好几个州都认为在俄国结婚这事儿不合法。”

“哪些州不合法？”杰克逊说，似乎是要帮她把这个无趣的话题给延伸下去。

西格彭小姐思索片刻。“好几个州呢，”她最后说。

“在华盛顿特区就是合法的，”他告诉她。“那是你的家乡。如果在你的家乡都已经认定是合法的，那你还有什么可担心的？”

“厄尔，”西格彭小姐不耐烦地说，“你怎么不去找你的那些个朋友玩玩栋格游戏？”

栋格游戏在剧团里面有些人喜欢玩，这是一种五张牌的拉米纸牌游戏。杰克逊时常抱怨，他根本凑不起来一局牌。“我们没地方玩这个游戏。所有的黑桃[赌博的人]都跟一堆方片[不赌博的人]混住在一起。”

我们隔间的门开了，达吉·詹姆斯从旁边经过，用他那伦敦口音通知大家，“有人要喝酒吗，我们在我们那块弄了个酒吧。马提尼……曼哈顿……苏格兰威士忌……”詹姆斯是个年轻的英国人，一头金发，在剧组里负责道具工作。

“那个达吉！”西格彭小姐说。“他可真是走运！他给我们派发酒水，这我觉得没有什么好奇怪的。你知道他碰上什么事儿吗？就在我们上车之前，来了一条电报。他的婶婶去世了。留给他 90 000 英镑的遗产。”

杰克逊吹了一声口哨。“那折算成现金有多少钱？”

“大约 270 000 美元，”西格彭小姐说。然后，他的未婚夫起身要离开隔间，“你去哪儿啊，厄尔？”

“我想搞清楚达吉玩不玩栋格游戏。”

这时，特沃普跑到我们这儿来了，那是一只全白的拳师狗，欢快地一路小跑到了我们的隔间，它马上就证明自己并非不速之客。玛丽莲·帕特南是剧团服装部的主管，是一名来自布鲁克林的年轻女子。帕特南小姐一边走过来，一边喊着，“特沃普！特沃普！哦，原来你在这儿啊，你个小狗崽子。她是小狗崽子吧？”

“没错，”莱恩小姐说，手撑着地，膝盖跪在地毯上，垫着皱巴巴的报纸。“我们得住在这儿啊，拜托。”

“俄国人不介意，”帕特南小姐辩白道，她一把抱起她的小狗，亲吻它的前额。“特沃普一直就是这么淘气，在走道里跑来跑去——是不是啊，小天使？俄国人只会一笑了之。他们明白她只是个小宝贝。”她转身要走，差点儿撞到了门口的一个女孩，那个女孩一直站在那儿哭。“怎么啦，疯丫头，”她对那女孩说，“亲爱的，出什么事儿啦——你生病了吗？”

那个女孩摇了摇头。她的下颌抽搐，大大的眼睛闪烁着刚流出来的晶莹泪珠。

“疯丫头，亲爱的，别往心里去，”西格彭小姐说。“坐下来把。说说到底是怎么啦。”

那个小女孩坐了下来。她的名字叫多洛雷斯·斯旺；但和剧组里许多人一样，别人还给她取了个昵称，一个描述性的外号——“疯丫头”。她是合唱团的一个歌手，红红的头发像是卷毛小狗。她苍白的金色圆脸和她的眼睛一样圆，她具备做年轻女演员那种天真无瑕的特质。她哽咽着，抽泣着，“我的两件大衣都不见了，全都不见了。我的那件毛皮大衣，还有那件蓝色大衣，我把它们忘在车站了，也没给它们买过保险什么的。”

西格彭小姐咯咯地笑了起来。“也只有你才会干出这种事儿来，疯丫头。”

“可这怨不着我呀，”斯旺小姐说。“我当时吓坏了，你也知道，我那时落在后面，错过了大巴。糟糕透顶啊，我当时到处跑，一心想找个计程车带我去车站。因为没人愿意去东柏林。好吧，最后这个人说了句英语，他很同情我，说他愿意载我去。唉，真是糟透了。因为一路上警察总把我们拦下来问话，要看我们的证件，还有，哦——我当时以为我一定会被落在那里的，那个漆黑一团的地方，有警察，有共产主义分子，还有形形色色的人。那时我都已经确信再也见不着大家了。”

经历这番磨难之后，那种劫后余生的感觉让她哭得更厉害了。莱恩小姐给她倒了一杯白兰地，西格彭小姐也握住她的手说，“没事儿了，亲爱的。”

“可你们可以想象我当时的心情，我到达车站后那种如释重负的心情——大家都没走。大家都没丢下我一个人，所以我当时想和每个人都拥抱一下。于是我就把大衣放下来，先是和达吉拥抱，之后我就忘了拿大衣了，刚刚才想起来。”

“你这么想想吧，疯丫头，”西格彭小姐像是在找一句安慰的话语，“别忘了，你是去俄国的人里面唯一一个没穿大衣的。”

“我知道我们所有人都能做出一项比这更特别的声明，”莱恩小姐说。“不仅是特别，而且是犯傻。我说，瞧瞧我们——没有护照就急匆匆地直奔俄国。没有护照，没有签证，什么都没有。”

半小时过后，莱恩小姐先前提出的那个声明不再那么真实了，因为当列车停靠在象征德国和波兰交界处奥得河畔的法兰克福时，一队官方代表上了我们的火车，直奔主题地把剧团长期没有办下来的护照突然倒在华纳·沃森的面前。

“我弄不明白，”沃森先生说，沿着车厢过道一路把护照分发给各自的主人。“就是在今天早上，俄国大使馆还跟我说，这些护照都送到莫斯科去了，可现在它们却出现在波兰边界。”

莱恩小姐很快就在众多护照中找到了她的，却发现那些本该由俄国签证办理处盖章的几页仍旧是一片空白。“不会吧，华纳。这些地方什么都没有啊。”

“他们发放了一份集体签证。他们已经这么做了，或者打算这么做，不要问我细节，”沃森说道，他的声音有些底气不足，这引起了一片哗然。他皮肤没有血色，由于疲劳造成的眼睛下面紫色的淤血十分明显，像是画上去的一样。

“可是，华纳……”

沃森举着一只手，意思是就此打住。“我也不是万能的，”他说。“我得睡觉了。我要去睡觉了，一直睡到我们抵达列宁格勒。”

“好吧，真可惜，”莱恩小姐说这话的时候，沃森正准备离开这里，“真是太可惜了，我们不能在护照上留签章了。我喜欢留作纪念。”

按照既定日程，列车会在边界停留四十分钟。我决定下车四处看看。在车厢的最后面，我发现出口处的门是开着的，从小铁台阶一直延伸到铁路。往前更远的地方，我可以看见火车站的灯光，还有一只红色灯笼在雾色中左右摇摆。而我站的地方很黑，只看得见火车车窗投射出的黄色方格。我沿着铁轨往前走，喜欢这种寒冷带来的清新感觉，脑子里在琢磨究竟是身处德国还是波兰。突然，我看见有几个人影冲我跑了过来，当这一排人影迫近时，我才发现是三个士兵，面色苍白，身上的大衣没过了脚踝，很是难看，肩上挎着带刺刀的步枪。他们一声不吭地凝视着我。这时他们当中有个人指了指那辆列车，冲我嘟哝了一声，示意要我回到车上。我们四个人就这样一起走啊走啊，我用英语说我很抱歉，我没有意识到乘客是不允许下车的。他们并没有回答，只是又一声嘟哝，催促我继续往前走。我登上列车台阶，冲他们招手。而他们并没有理睬我的意思。

“亲爱的，你真不该出去啊，”格什温太太说，我回来的时候经过她的隔间。“嗯，你不该下车，下面不安全啊。”格什温太太是拥有单独隔间的两个人之一。（另一个是莱昂纳德·莱昂斯，他之所以取得独居的特权，是因为之前他以要离开这趟列车为威胁，让先前和他住一块儿的赫尔曼·赛多利斯和华纳·沃森搬走了。这倒不是什么个人恩怨，他说，“因为我得工作嘛，我一天必须得写出一千个单词；旁边坐太多人的话，我根本就写不出来。”因此赛多利斯和华纳不得不搬去和艾拉·沃尔弗特夫妇住在一起。至于格什温太太呢，她能分配到单间是因为按照管理层的意思，“她理应住单间。因为她是格什温家的人啊。”）格什温太太换上了宽松裤和毛衣，并没有取下手上的钻戒；她用丝带扎起了头发，穿上了绒毛拖鞋。“外面一定冷得快结冰了，我都看见地上的积雪了，你最好喝点热茶，嗯，不错嘛，”说着，她抿了一小口高脚杯里的茶，茶水颜色很深，跟红茶差不多，那高脚杯放在一个银器皿里，那器皿的手柄也是银的。“那个可爱的小个子正在往茶壶里沏茶呢。”

我前去找寻那个沏茶的人，他是第二节车厢的乘务员；可当我在过道的尽头找到他时，他正忙得不可开交，不光是在沏着手中那壶热茶。那只拳师狗——特沃普——正在他的两腿之间汪汪叫唤，还狠狠咬住他的裤腿。而且，他正在接受高强度的采访，莱昂斯在问他问题，罗宾·乔基姆当翻译。这个俄国人身材矮小，形容枯槁，脸上刻着哈巴狗一样深深的皱纹，这使他看上去给人一种与他实际年龄不符的营养不良的感觉。他的嘴里镶着钢制假牙，眼袋耷拉下来，似乎已经困得不能再困。除了将茶分好，还有驱赶特沃普之外，他还要面对莱昂斯连珠炮式的提问，而他回答起来就像是一个无精打采的主妇在和审查员交谈。他说他是斯摩棱斯克[①]人，他说他的脚很疼，背很疼，过度的工作令他头也很疼，他说他一个月只挣两百卢布(折合五十美元，但实际购买力要比这个数目小得多)，他觉得自己挣得太少了。他说，的确，他十分渴望得到小费。

莱昂斯突然停下了手中的笔记说，“我不知道上头是否允许他们这样抱怨。听他说话的方式，我能够感受到这个人的不满情绪。”

这个乘务员给我端上一杯茶，同时从他那皱巴巴的烟盒里拿出一根烟递给我，那是他自己的烟。这烟三分之二都是过滤嘴，而只有三分之一的烟草，充其量能猛吸个七八口的样子，不过我倒是享用不了那么多，因为正当我回到我所在的那个隔间时，列

① 斯摩棱斯克，位于东欧平原中部。西南、西部和西北部与白俄罗斯接壤，北部与普斯科夫州、特维尔州交界，东北与莫斯科州毗邻，东部与卡卢加州交界，东南与布良斯克州交界。

车猛然向前颠簸了一下，茶水给晃翻了，烟头也飞了出去。

玛丽莲·帕特南把头伸向过道。“我的个天哪，”她望着那一片狼藉说，“是特沃普干的吗？”

6号隔间，夜间的卧铺已经整理齐备了，实际上这些是为全程准备的，因为之后便不会再整理了。干净的粗亚麻布，一只嘎吱嘎吱响的枕头散发着干草的气息，还有一床薄薄的毛毯。莱恩小姐和西格彭小姐已经躺在床上看书了，她们早已把广播的音量调到了最低，然后把窗户打开了一个手指宽的缝隙。

西格彭小姐打了个呵欠，然后问我，“你看到厄尔了吗，亲爱的？”

我告诉她我看到过。“他正在教达吉玩栋格纸牌。”

“哦，”西格彭小姐带着倦意笑了笑，“这就是说厄尔不到天亮是不会回来的了。”

我脱了鞋，躺在我自己的那张卧铺上面，忽然想起来要把衣服给脱了。在我的正上方，可以听到睡在上铺的莱恩小姐口中念念有词，似乎是在朗读什么。后来弄清楚了，原来她是在学习俄语，用的是一本旧的英俄词汇书，这书是此前美国军队在战争期间出版发行的，当时的考虑是，便于美军与俄国人可能会有的联络。

“南希，”西格彭小姐说，语气就像个孩子赖着大人讲睡前故事似的，“南希，给我们讲两句俄语听听吧。”

“我学会的唯一一个表达是 Awr-ga-nih-ya raneen……”莱恩小姐结结巴巴地说。她深吸了一口气“……V-pa-lavih-yee。哇！我只希望学会字母表。好让我读懂街头的路牌标识就成。”

“可你说得挺好的呀，南希。这句话是什么意思呀？”

“这句话意思是，‘我的私处受伤了。’”

“是吗，南希，”西格彭小姐一头雾水地说道，“你到底是为什么刻意要记住这种话啊？”

“快睡吧，”莱恩小姐说道，她关掉了读书用的灯。

西格彭小姐又打了个呵欠。她把被子一直拽到下巴那里。“我是准备睡了。”

不一会儿，我躺在那里，就感到了寂静穿越了整列火车，正如蓝色灯泡冰冷的色调渗透到了每一节车厢。冰霜在车窗的四角蔓延，像是在背面织网。音量调小了的广播里俄罗斯三角琴乐队正在演奏振颤的音乐；和着三角琴声的是某人在附近的某个地方奏出的手风琴声，就像一种奇异而孤寂的对位协奏。

“你听，”西格彭小姐轻声地说，她也觉察到了手风琴的声音。“那是朱尼尔，”她说道。她说的那个朱尼尔是朱尼尔·米格奈特，剧组成员之一，只有十几岁。“你知不知道这个孩子很孤独？他来自巴拿马。此前从未见过雪。”

“睡吧，”莱恩小姐说。车窗边呼啸的北风似乎应和着她的要求。列车尖叫着穿过隧道。于我而言，当我和衣入睡以后，感觉仿佛整晚都身处隧道之中。

我被冻醒了。雪花从打开的车窗缝隙中飘了进来。我的卧铺下面已经有了积雪，足够捏成雪球了。我起身去关车窗，庆幸自己是穿着衣服睡觉。冰雪模糊了车窗，我擦出一块清晰的区域，朝车窗外望去。天际有日出的迹象，然而依旧是一片黑暗，晨曦的色彩留下的痕迹如同金鱼在墨水中游动。我们正处在城郊。废弃的水泥地两旁是一些农舍，在路灯的灯光下看起来像是住宅区。列车隆隆驶过一座横跨街道的铁路桥；桥的下面是一辆老态龙钟的有轨电车，里面满是上班的人，电车歪歪斜斜地拐过一个弯，像一个快要散架的长雪橇。过了一会儿，我们到了站，我方才意识到这里一定是华沙了。在一个满是积雪的昏暗站台，人们成群结队地簇拥在一起，不停地跺着脚，拍着耳朵。我注意到我们的乘务员——那个泡茶的家伙——也加入到了他们的行列当中。他的手冲着列车比划，嘴里还说着些什么令他们捧腹的话，口中呼出的白气在空气中弥漫。笑声还在延续，人群当中，有几个人朝列车的方向径直走去，我又回到了床上，因为显然他们想透过车窗往里看。他们的脸接二连三地往玻璃上贴，全都挤得变了形。这时我听到了一声短促的尖叫声。这声音来自于离我们较远的一节车厢，听上去像是多洛雷斯 · 斯旺。要是她醒来之后看到这番景象，看到某张结了霜的面孔，这尖叫声倒是情有可原。尽管这声音还未惊扰到我那些同伴们，但我还在等待着车厢内响起一阵喧闹，然而沉寂依旧，只是特沃普开始用一个固定的节奏汪汪地叫唤，那声音将我再度送入了梦乡。

十点钟的时候，我睁开眼睛，发现我们已经到了一个荒无人烟、冰天雪地的世界，河流与原野全都结了冰。四下里，一排排的杉树阻隔了这茫茫一片的雪白，像是白纸上打印出来的一行行铅字。乌鸦在天空中飞行，如同是在冰块一样坚硬而晶莹的空中溜冰。

“天啊，”厄尔 · 布鲁斯 · 杰克逊看着车窗外说，他刚刚醒来，还睡眼惺忪地挠着痒。“我告诉你啊，他们这儿不种橘子。”

位于2号车厢的洗漱间没有供热装置，十分阴冷。洗脸池已经生锈了，照例装着两个水龙头，一冷一热。糟糕的是，两个水龙头滴出来的全是冰水。第一天早上，洗漱间门口就排起了长龙，男人们一手握着牙刷，一手拿着刮胡刀。乘务员正给沏茶的小火加燃料，忙得不可开交，达吉·詹姆斯想要把他喊过来，将他沏茶的热水匀一些过来，可以“让我们这帮人好好刮刮胡子”。大伙儿都觉得这点子不错，只有那个俄国人不这么想。因为翻译把这个要求说给他听以后，他看着茶壶，仿佛那咕噜咕噜冒着气泡的水里是熔化了的钻石。于是他做了一件奇怪的事情。

他走到每个人面前，用指尖刮着他们的脸，仔细检查他们的胡茬是不是又短又硬。这一温情举动令人难以忘怀。“伙计，”达吉·詹姆斯说，“他可真是体贴入微啊。”

但是这个乘务员摇摇头，结束了这次检查。绝对不行，不，他不肯把热水贡献出来。因为像那些绅士们的胡茬长得还不足以让他作出这样的牺牲，况且，出门在外，“现实”一点的人都没指望去刮什么胡子。“我的水是泡茶用的，”他说。“热茶香甜又醒脑哟。”

我带着一块沾满雾气的镜子去了洗漱间，准备刷牙的时候用，随后，我又加了肥皂，弄出一些剃须膏来。黏糊糊的，却也能凑合着用。

后来，我把自己收拾干净了，便开始到处转悠。住在1号隔间的莱昂纳德·莱昂斯正和厄尔·布鲁斯·杰克逊进行专业的会谈。显然杰克逊已经克服了对莱昂斯的“爱情共振”可能“不完美”的恐慌，因为他正在跟莱昂斯描述接下来在俄国举办的婚礼情况。

“好极了。确实是好极了，厄尔，”莱昂斯一边说，一边潦草地做着记录。“棕色燕尾。香槟色缎面翻领。那——谁当伴郎呢？”

杰克逊告诉他，自己已经邀请了华纳·沃森担此重任。莱昂斯虽说认可了这一决定，不过似乎有些勉强。“听着，”他拍着杰克逊的膝盖说，“你有没有想过请某个有分量一些的人物？”

“你的意思是，比如像你这样的？”

“比如赫鲁晓夫，”莱昂斯说。“比如布尔加宁。”

杰克逊双眉紧锁，似乎是弄不清莱昂斯这番建议究竟是说真的还是一句戏言而已。“可我已经跟华纳说了。不过也许，在这种情况下……”

“没错，”莱昂斯说，“华纳会表示理解的。”

杰克逊还有最后一丝疑虑。“你觉得布林先生可以安排，帮我请到其中某个巨头吗？”

“他会尝试的，”莱昂斯说。“仅仅是尝试——你等着瞧——就可以让你有机会登上头版呢。”

“那敢情好，”杰克逊说道，带着一种完美的崇敬之情深深凝望着莱昂斯。“太绝了，老兄。我看就这么定了。”

· · ·

沿着过道再往前走，我顺路拜访了沃尔弗特夫妇，他们与赫尔曼·赛多利斯以及华纳·沃森同处一个隔间，那两人是被莱昂斯撵走的，而沃森被夺去的还不仅仅是他的隔间。不过沃森还在睡觉，对于杰克逊有可能不让他当伴郎这件事儿全然不知。赛多利斯和艾拉·沃尔弗特正坐在一块儿，两人的大腿上摊着一张大地图，沃尔弗特太太身上裹着件毛皮大衣，弓身趴在一本手稿前。我问她是不是有写日志的习惯。

“有啊。只不过写的是诗罢了。我从去年的一月开始就一直在写。我先前还在想兴许能够在火车上写完呢。但是我现在感觉真的是……”她神情沮丧地说。“我昨晚一宿没合眼。手冻得厉害。脑子里一直在想事情。我都不知道人在哪里。”

赛多利斯的手对着那张地图指指点点。“我来告诉你我们在哪儿。我们已经过了利迪泽①。我们还要在波兰行进大约五个小时的样子，之后才会到布雷斯特立托夫斯克②。”

布雷斯特立托夫斯克是俄国的第一站。到时会有大量的交接工作。列车的车轮会更换，以适应俄国的宽轨距；餐车也会加上；还有，最重要的一点是，来自文化部的代表会接见剧团，也会陪同大家前往列宁格勒。

“你知道吧，这让我联想起，”艾拉·沃尔弗特拿着一根笛子指着那片贫瘠的土地说，“美国的某处。西部。”

赛多利斯点了点头。“冬季的怀俄明。”

我又回到了过道，碰见了莱恩小姐，她还穿着睡衣，那是一件红色的天鹅绒男士睡袍。她一只脚在蹦，因为另一只脚接触到了特沃普干过坏事儿后留下的罪证。

我向她问好，“早上好啊。”

---

① 利迪泽，位于捷克布拉格西北部科拉迪诺地区的一个矿山小村庄，曾在二战期间爆发过利迪泽大屠杀。

② 布雷斯特立托夫斯克，苏联地名，即今白俄罗斯不列斯特。以一战布雷斯特立托夫斯克条约闻名。

她回答道，“别和我说话，”然后朝洗漱间径直蹦了过去。

接下来，我又去了3号车厢，家庭团体还有孩子们及其父母就住在这节车厢。这是刚刚放学；换句话说，孩子们刚刚完成了上午的功课，因而正在尽情嬉闹。纸飞机在空中滑翔。孩子们用手指在沾满雾气的玻璃窗上正画着漫画。那个俄国乘务员看上去比他2号车厢里的同事还要沮丧和疲惫，此刻他正忙不迭地保护着苏联的财产，因而没有注意到他的茶壶有什么异样。两个小男孩已经把它拿去烤热狗去了。其中一个叫做戴维·贝的让我也尝一口。“味道不错，对吧？”我告诉他，确实不错。嗯，他说，要是我特别喜欢吃，我可以把剩下的全吃了；他已经吃了十五块了。

“你看见狼群没有？”他问我。

另一个年长一点的孩子——盖尔·巴恩斯——告诉他，“别胡说了，戴维。它们不是狼群，只是普通的狗罢了。”

“它们就是狼，”戴维说，他长着一只又短又翘的鼻子，一双斜眼睛看着挺凶。“大家都看到了，就在窗外。它们看上去像狗。就是那种警犬，只是体型小一些罢了。它们正干着坏事儿，在雪地里相互追逐。好像闹得挺欢的。我可以打一只的。狼——嗷嗷嗷嗷嗷。”他大喊一声，并且拿着一支西部牛仔的手枪抵住我的肚子。

盖尔说她希望我能够理解。“戴维只是个孩子。”盖尔的父亲埃尔文·巴恩斯是饰演波吉的演员之一，她自己只有十一岁，却是剧团的六个孩子里面最年长的一个，这些孩子在剧中都是扮演一些小角色。因为她最年长，她培养了一种在这群孩子中做大姐姐的责任感，对待他们也是采取一种成熟而友善的方式，一种严厉中带着礼貌的方式，这足以成为任何女家庭教师的楷模。“不好意思，”她说着，顺着过道看了一眼，那边有好几个由她照看的孩子设法把车窗打开了，北冰洋的阵阵寒风正灌进车厢。“我恐怕得让他们住手。”

然而还没等她关上窗子，盖尔自己一下子就又回归了孩子的本性。“哎，看啊，”她大叫一声，从她正准备关上的那个车窗探出头去。“看啊，孩子们……有人！”

有两个小孩沿着一块狭长的带状池塘在溜冰，池塘位于一片白雪皑皑的森林旁边。他们竭尽全力滑快一些，想赶上我们的列车，随着列车把他们甩在了后边，他们伸出双臂，似乎是要赶上列车上传来的高声问候，还有盖尔和她朋友们的飞吻。

这个时候，那个俄国乘务员发现了从他的茶壶里面冒出了滚滚浓烟。他一把将烧焦了的热狗从火里抢了出来，扔在地上。然后，一边吮吸着被灼伤的手指，一边骂骂咧咧，骂的什么，从他的声调便可判断，使用的词汇也可想而知，他跑上去把孩子们从车窗前赶开，一把关上了窗子。

“哎呀，别生气啦，”戴维对他说。“我们只是玩得很开心而已啦。”

奶酪和水果午餐的残留物散落在 6 号车厢的桌面(还有地毯上)。午后两三点的阳光在莱恩小姐手中把玩的基安蒂红葡萄酒杯里熠熠生辉。“我特别喜欢喝酒，”她热切地说。“我十二岁那年就开始喝了，而且还喝得挺多。我没有变成酒鬼已经是个奇迹了。”她抿了一口酒，又叹了一口气，其间那种知足的感觉大致反映了此刻的心情。西格彭小姐和她的未婚夫两人共饮一杯基安蒂红葡萄酒，他们正依偎在自己座位的一角，她的头靠在他的肩上。这种令人昏昏欲睡、催人入梦的咒语被一阵敲门声所打破，有人说了句，“我们到了。俄国。”

“拜托，借过，”莱恩小姐说。“把窗帘拉起来。”

我们正在向边境线靠近，首先映入眼帘的景象证明了这一点：光秃秃的木制警戒塔，与美国南部关押犯人的农场不无相似。警戒塔分布距离相隔很开，沿着这块荒芜的土地延伸，像是巨型电线杆。其间离我最近的一个，我可以看见里面一个人正在透过望远镜观测行进中的列车。我们的列车在绕弯处减了速，缓缓停了下来。我们到了一个换轨的地方，四周被迷宫似的铁轨和停靠的货车厢所包围。这里便是苏联的边界线了，离布雷斯特立托夫斯克尚有四十分钟的车程。

铁路沿线，一群群裹着头巾的妇女正挥舞着铁锹铲雪，头巾就像是羊毛质地的面纱；她们只有在用那未戴手套、冻得通红的手来擤鼻涕时才会停下活计。如果个别人瞟了一眼蓝色特快，还会遭遇几个游荡的民兵严厉的目光，而这些民兵自己却把双手塞在大衣口袋里。

“这难道不叫羞耻么，”西格彭小姐说。“女士全在那儿辛勤劳作，男的却在一旁优哉游哉，真不害臊！”

“这儿就是这样，亲爱的，”杰克逊说道，他朝着手上的一枚戒指哈了口气，然后在衣襟上擦了一下。“男人过的都是斯波廷的日子。”

“我倒要瞧瞧有没有人也那样对我，”西格彭小姐带着一种警告的语气回答道。

“不过我得说，”莱恩小姐说，“这些男人棒极了。”她的注意力放在火车外两个军官的身上，他们在车窗外踱来踱去，高大健壮又沉默寡言的那种类型，嘴唇很薄，面庞刚毅，历经风霜。其中一个抬头望去，目光正好对上了莱恩小姐那双碧蓝的眼眸和那头金色的长发，脚步较之同伴慢了下来。莱恩小姐呜咽着说，“噢，不会这么可怕吧！”

“可怕什么啊，亲爱的？”西格彭小姐问道。

“如果我爱上了一个俄国人，”莱恩小姐说。“那会不会是条彻头彻尾的不归路？实际上，我母亲担心我会这样。她说要是我跟任何一个俄国人谈恋爱，我就用不着回家了。但是，”她又接着说，她的目光再一次转向那个军官，“如果他们都像这个样子……”

有件事来得十分突然，还没等到莱恩小姐的仰慕者向她暗送秋波，他就加入到了一小队俄国军队的行列，在月台追捕罗宾·乔基姆。乔基姆这个摄影师真是太过积极了，本来他下车就已经违反了规定，现在又尝试着拍照，更是错上加错。眼下他正在铁轨间以之字形迂回穿梭，勉强躲过了一名女工向他挥过去的愤怒的铁锹，也侥幸逃过了一名卫兵的擒拿。

“我倒希望他们抓住这个家伙，”莱恩小姐冷冰冰地说。“抓住他，还有他那该死的照相机。我就知道他会给我们惹麻烦的。”

而乔基姆确实是个足智多谋的年轻人。他从追捕他的那帮人身边擦肩而过，纵身跃上火车，挤进一节车厢，把他的大衣、照相机和帽子都藏到了座位下面，而为了进一步伪装自己，他还偷偷摘下了那副角质架眼镜。几秒钟过后，等到那群愤怒的苏联人冲上列车时，他镇定自若地佯装自己是剧团的翻译，帮他们追捕那个肇事者，顺着每节车厢挨个搜查。华纳 · 沃森从睡梦中惊醒，面对这番情形，他是最笑不起来的一个。他发话说要好好训斥一番乔基姆。“这个嘛，”他说，“可真不是开始文化交流的方式。”

这个小插曲使得火车晚点了四十五分钟，还导致了其他一些不良的后果，其中之一便是连累了特沃普，因为那些俄国人在搜寻的过程中，对于2号车厢因为养狗造成的某些状况大为震惊。特沃普的主人——玛丽莲 · 帕特南事后说，“我跟他们直话直说。我说，既然不让我们下车，你们说还能怎么着？这下他们闭嘴了。”

我们在落日的余晖中抵达了布雷斯特立托夫斯克。政治英雄们的雕像外面刷着一层劣质的银色，颇像那些在伍尔沃斯兜售的人像纪念品，在通往车站的最后一英里沿途向我们挥手致意。车站位于一块高地上，从这里我们能够看到这个城市的一部分：昏暗、忧郁，主导这幅画面的是远处的一座一座东正教堂，尽管暮色渐浓，但那洋葱式的屋顶和马赛克的塔楼仍旧投射着它们的东方色彩。

剧团里有小道消息说应该会允许我们在此下车，也许在换轨和加餐车的时候，还会允许我们游览一下这座城市。莱昂纳德 · 莱昂斯是最期盼能够如此的人。“光坐在火车上，我根本完成不了一天写一千个单词的任务。我需要出去活动活动。”莱昂斯甚至还跟剧组商量他想怎么个活动法。他希望他们能够在布雷斯特立托夫斯克闲逛的时候唱黑人灵歌。“这是个很好的故事，而且很能展现演技。我奇怪布林怎么就没想到。”列车停下来的时候，车门大开，但是在莫斯科文化部五名代表上车之后，立刻又关上了。

在这些外交特使当中有一位中年妇女，稀疏的头发像洗碗水一样的颜色，除了她的眼睛之外，整个脸长得很慈祥。而那双眼睛是暗灰色的，还带着乳白色的斑点，有着一种上了防腐药似的釉色，和她表情中呈现的欢快并不协调。她穿着一件黑色的布料大衣，还有一件褪了色的黑色外套，外套的胸部向下凹陷，那是象牙玫瑰太重给压塌的。在介绍她自己和同事的时候，她一口气念出所有人的名字，这样一来，听上去像是一首节奏欢快的歌。“你们将与萨沙梅娜莎迪奥姆肯克林斯基埃沃斯伊万诺夫斯基尼古莱萨夫琴科普利希茨基亚格鲁琴科里基索曼连科……幸会。”

很快，美国人就把这些名字分类简化，这些姓名的主人也就成为了他们所熟悉的莉迪亚小姐、亨利、萨沙和伊格尔；后面这几位来自文化部的年轻人和中年的莉迪亚小姐一样，是被指派给剧团当翻译的。但是五人组的第五位成员：尼古莱·萨夫琴科，你就不能管他叫尼克。萨夫琴科是文化部一位举足轻重的人物，负责这次《波吉与贝丝》的巡演工作。

他的下颌稍稍短了一截，眼睛略微有些凸出，有发福的趋势，尽管如此，他看起来形象依然很伟岸——超过六英尺的身高，一本正经、不苟言笑的样子，握起手来像是碾碎坚果的粉碎机一样有力。站在他旁边的两位年轻的助手看起来就像是体弱多病的孩童，尽管这俩人——萨沙和伊格尔——也都是身材魁梧的大男孩，肩膀十分宽厚，和他们身上的皮领大衣并不协调；而亨利则长着蜘蛛一样的细长腿，大耳朵冻得通红，红到发紫，他用性格上的活跃来弥补身材方面的缺陷。

莉迪亚小姐和那些年轻人对这个场面的反应很窘迫，这是很自然的，这是他们第一次与西方人碰面；他们在使用英语时的犹豫也是完全能够理解的，因为他们此前在莫斯科外国语学院枯燥地学习这门语言，但却从未有机会在真正的外国人面前练习过；他们瞪着那些美国人，仿佛把他们当做是象棋迷局中的一兵一卒，这同样情有可原。但是萨夫琴科同样给人留下了局促不安的印象，仿佛他宁肯在卢比扬卡[①]走一遭，也不愿意面对现在的苦差事。这同样情有可原；不过你一想战争期间的那两年，他一直在苏联驻华盛顿大使馆里做参赞，这就有些奇怪了。即便如此，他见到这些美国人的样子就像是见了外星人一样，一时间竟令他张口结舌，于是他装作不说英语的样子，用生硬的俄语致了一个简短的欢迎辞，然后让莉迪亚小姐来翻译。“我们希望诸位都能旅途愉快。你们在冬天见到我们，可真不是时候。冬天并非一年中的好时节。但是我们有个说法，现在来总比不来好。你们的到来对于推进和平之旅又向前迈进了一步。如果听到炮声，缪斯便会沉默；如果炮声沉默，就能听到缪斯的声音。”

这个缪斯与大炮的比喻事后证明是萨夫琴科的最爱，在接下来的所有演讲中都是他的主打句，但此刻这句话瞬间便在听众当中引起了轰动（“美妙的语言。”“萨夫琴科先生，真是了不起。”“老兄，这话说得真酷。”），而萨夫琴科的不安被成功的开场白所缓和，也逐渐放松了下来，他觉得没有理由把剧团人员关在火车里了。为什么不走上站台，看看变轨呢？

---

① 卢比扬卡广场是克格勃的所在地，经常用来代指克格勃。

外面，莱昂斯游说小组人员张罗一场演出。可是这零下十度的低温让人全然没有奏乐的心情。而且，大多数此前对于允许他们逃离蓝色特快表示感谢的人在经历了短得不能再短的透气之后，彼此推搡着要赶紧回去。留在外面的伙计们则望着那些精力旺盛的男男女女在暮色中劳作，他们将车厢分离，用千斤顶顶到了一人高。原先的车轮火星四溅地从火车下面滚了出来，而新的宽轨距车轮则从相反的方向安装到位。艾拉·沃尔弗特将这次操作评价为“十分高效”；赫尔曼·赛多利斯则认为“令人印象深刻”；但莱恩小姐却觉得真是“无聊透顶”，并且说，如果我愿意跟她到车站，她就给我买一瓶伏特加。

没人拦住我们。我们顺着铁轨的方向走了一百码，沿着一条土路前行，路的两旁都是仓库，我们到了一个地方，看上去像是停车场与集市的结合体，四周是灯火通明的售货亭，如同蛋糕上燃烧的蜡烛。可我们发现每个售货亭卖的都是同样的东西，这着实令人不解：红星三文鱼，红星沙丁鱼，克里姆林香水，克里姆林糖果，瓶身上、盒子上，满是灰尘，还有腌制番茄，大块生咸猪肉，上面还带着毛，夹在大片的面包之间，那面包色泽污秽；还有奇异的烈性酒，十字架圣糕(没有十字架)，你甚至会觉得这蛋糕是今年七月烤出来的。而尽管这些售货亭看上去都是生意兴隆，销路最好的商品他们却全都不卖。那东西在一个私人小贩的手中，那是一位上了年纪的中国人，手里拿着一盘苹果。那些苹果缩水成皱巴巴的样子，仿佛就是他自己的缩影，但是排队等候的顾客在看到最后一个苹果也卖完之后，一副失落的神情。在这块地方的最远端，车站的主入口处有几级台阶，那个中国人把先前装苹果的盘子装了起来，朝那边的台阶溜达过去，跟一个朋友坐在一块儿。他那个朋友是个乞丐，身上裹着一件旧军大衣，还拄着一副拐杖，像受伤的小鸟的翅膀。在路过的每三四个人当中，有一个会扔给他一枚硬币。这个中国人也给了他一些东西。一个苹果。他给那个乞丐和他自己各留了一个。这两个老友在刺骨的寒风中，啃着苹果，相互倚靠取暖。

列车汽笛持续地哀鸣，仿佛这悲怆的声音将那些吃苹果的人、那些售货亭，还有那些脸上裹着毛皮衣物、像蝙蝠般穿行的路人化作青烟一般孤寂的意象。“我还从来没想过家。此生从未想过。”莱恩小姐告诉我。“可有的时候会，好吧，有的时候，”她说着，登上台阶，把火车站的门推开，“你真的会感到离家如此遥远。”

由于布雷斯特立托夫斯克是俄国最具战略意义的铁路中心之一，所以这儿的车站也是这个国家最大的车站之一。我们想找个地方买点喝的，我们在华丽的走廊和一些候车室里沿途找寻，那个主候车室装有橡木长凳，许多旅客都坐在上面，很少有人带旅行箱。他们的腿上坐着小孩和纸包裹。石头地面被黑色的泥浆浸湿，变得很滑，难于行走，空气中蔓延的气味极度饱和，闻起来与其说是一种气味，倒不如说是一种压力。去威尼斯的游客经常对于那座城市的迷人气息品头论足。而俄国的公共场所——终点站或是百货商店，餐馆或是剧院——都有一种你能瞬间辨识的气味。而莱恩小姐刚一闻到这气味便说，“天啊，我可一刻也受不了这气味。旧袜子和数不清的呵欠。”

为了找到酒吧，我们随机地推开店门。莱恩小姐跑进其中一间，又出来了。那是一间男洗手间。随后，她指着两个喝得不省人事的家伙，他们从一个小红门背后探出身子的时候，她肯定地说，“这就是我们要找的地方了。”小红门通向一家特别的餐馆。这间餐馆有一个体操馆那么大，看起来像是某个具有维多利亚审美品味的装修委员会为举办校园舞会设计的。豪华的深红色布料沿着墙面悬挂。其他年代的烛台发出炽热的光，照在沾着罗宋汤污渍的桌布和皱缩的橡皮植物上面。餐馆的主人看上去与这种富丽堂皇十分相称。他少说也有八十岁，一副白胡子族长模样，目露凶光，朝我们瞥过来，透过一片香烟的迷雾，似乎是要质疑我们凭什么出现在这里。

莱恩小姐笑眯眯地对他说，“劳驾①上一瓶伏特加。”那个老人并没有听懂她的话，反倒是带着更强烈的敌意瞪着她。她尝试着用不同的发音，“沃特加……法特加……乌特加，”甚至还用手势做出干杯的架势。“这个可怜虫真是聋了，”她说，然后大吼一声，“伏特加，拜托。”

尽管那个老人脸上依旧是一副云里雾里的表情，但他还是招呼我们往前走，然后按照俄国的习俗让陌生人坐在一块儿，让我们和两个人坐在一张桌上。他俩都在喝啤酒，那个老人指着啤酒，似乎是在问我们想要的是不是就是这个。莱恩小姐妥协地点了点头。

和我们坐在一块儿的两个人迥然不同。一个是肌肉发达的男孩儿，光头，穿着一件褪色的制服，喝得酩酊大醉，这种情况跟酒馆里多得惊人的顾客没什么区别，这些人大部分都是男的，许多人要么是亢奋异常，要么是喝得钻桌子，喃喃自语，

---

① 此处原文为以拉丁文拼写的俄语 pjolista。

不省人事。另一个人很神秘。从外表上看，他简直就像是赫尔曼·赛多利斯在华尔街上的商业伙伴，那种在人们的想象中应该在奢华餐厅里用餐的人，而不是在布雷斯特立托夫斯克抿着啤酒。他的西装是熨过的，你可以看得出来这衣服并不是他自己做的。衬衫的金色袖链扣露了出来，而他也是这个屋子里唯一一个打领带的。

过了一会儿，那个当兵的光头对莱恩小姐说话了。“恐怕我讲不了俄语，”她对他说道。“我们是美国人，美国人。”她的这番声明某种程度上起到了醒酒的作用。他布满血丝的双眼渐渐变得有些专注。他转过头去，对着那个穿着正装的男子长篇大论了一番，在讲述的末尾，那个人回答他的是一些字句分明、冷冰冰的话。随后二人之间又是一番唇枪舌剑，而那个当兵的拿着啤酒，大步走到另一张桌子跟前坐了下来，怒目而视。“看来，”莱恩小姐也用怒视回敬了他后说道，“并非所有的男士都那么迷人，的确没错。”然而，她觉得明显为我们辩护的那个人，那个穿着正经的男的：“非常迷人。跟奥托·克鲁格一个类型。有意思，我一般都喜欢成熟一点的男士。别盯着看了。他会发现我们在说他的。听着，”她的注意力转向那人的衬衫，那人的袖链扣，那人干净的指甲，然后问道，“你觉得他会不会是一个俄国的百万富翁？”

啤酒送到了。一夸脱的酒瓶和两个玻璃杯。餐馆老板往我的杯子里倒了一英寸高的啤酒，然后充满期待地等待着。莱恩小姐先于我觉察到了这一点。“他希望你能先品尝一下，像品红酒一样。”我端起酒杯，心想是不是喝啤酒前先要尝一口在苏联是司空见惯的事儿，或者这是某种仪式吧，一些对于沙皇时代礼仪的混乱记忆，这个老人特地将它从沉睡中唤醒以打动我们。我抿了一口，点了点头，那个老人得意地将我们的酒杯斟满，酒里并未泛起泡沫。但是莱恩小姐突然说道，“别碰。糟透了！”我告诉她说我觉得也不至于那么糟。“我是说，我们的处境糟透了，”她说，“我想说的是，天啊，我们付不了钱。我把这事儿完全忘了。我们身上可没有带卢布呀。”

“拜托，算我请你们的可以吗？”这请求是用标准的英语口音提出的，轻言细语。方才说话的那个穿着得体的男子尽管脸很长，但他的眼睛却有着北欧人那种有神的蓝色，蹙眉中带着一种慷慨，充分考虑到了我们的窘境。“我可不是什么俄国的百万富翁。不过他们确实是存在的——我认识好几个呢——就让我荣幸地为你们付酒钱吧。不用了，拜托，没有什么理由去道歉，”他回应着莱恩小姐吞吞吐吐的话语，然后微笑起来，“这真是求之不得的高兴事儿啊。真是件稀罕事儿。在这个世界的这个角落，能够跟几个美国人萍水相逢，的确是件稀罕事儿。你们是共产党吗？”

在帮他打消了这个想法以后，莱恩小姐告诉他我们的来意及原因。“你们先去列宁格勒，真是挺幸运的。那可是一个迷人的城市，”他说，“非常安静，非常具有欧洲的特质，那是我唯一想在俄国居住的地方，不过嘛，我现在不住那里……没错，我喜欢列宁格勒，那儿一点也不像莫斯科。我是在去华沙的途中，不过在莫斯科待了两个星期。那感觉，就像是在别的地方待了两个月。”他告诉我们他是挪威人，做木材生意的，由于生意上的需要，他自1931年以来，每年当中有好几个星期都要来苏联一趟，当然二战期间不算。“我的俄语说得还不错，在我朋友当中，我并不介意成为俄语方面的权威。但说句实话，我不敢说我现在对它的了解就一定胜过我在1931年的那个时候。无论什么时候我去你们的国家——我去过，哦，我想想，大概有六次吧——似乎美国人是唯一让我想起俄国人的，这令我很是震惊。我这么说你们不反对吧？美国人总是很大方。激情四射。而在这些自吹自擂的掩盖之下，却是这样一个希望能够得到关爱的心愿，他们想要得到宠爱，就像小狗和小孩儿一样，想要听到别人说，他们跟其他人相比毫不逊色，甚至更优秀。好吧，欧洲人倒是有意赞同，可他们就是不相信。他们依然觉得低人一等，远在天涯海角。孤零零的。就像俄国人一样。一点不假。”

莱恩小姐想知道他刚才与那个已经离开酒桌的士兵之间的对话大意。“哦，都是些胡说八道罢了，”他说。“酒后的一种虚张声势。出于一些莫名其妙的原因，他以为你们侮辱了他。我告诉他，他没教养[①]。记住这个词：没教养。你们会发现这句话特别管用，因为当这些家伙粗鲁无礼而你又不得不反唇相讥的时候，你骂他们杂种，或者狗娘养的，统统都不奏效，倒不如告诉他，他没教养，这会正中他的要害。”

莱恩小姐担心时间不早了，变得有些焦虑。我们跟那位先生握手，感谢他请我们喝啤酒。“您真是有涵养，”她说。“顺便说一句，我觉得您比奥托·克鲁格更有魅力。”

“我一定会把这话告诉我太太的，”他笑着说。“再见了[②]。祝你们好运。”

---

① 此处原文为用拉丁字母拼写的俄语 nye kulturni。
② 此处原文为用拉丁字母拼写的俄语 Dazvedanya。

· · ·

离开布雷斯特立托夫斯克已经一个小时了，到餐车就餐的铃声响过了第一声。这是剧团成员一直盼望着的一件事情，胃口一下子就吊起来了，既是因为真的饿了，又是因为大家坚信我们的苏联东道主一定会把剧团的第一顿俄国大餐办成“一次真正意义上的盛宴”；或者，用剧组另一个成员的快言快语来讲，是“让我们吃爆肚子”。

西格彭小姐的愿望最朴素。“五汤匙的鱼子酱，外加一片干面包，这加起来可就是一百三十卡路里了。”格什温夫人则是最不担心卡路里的人。“不要以为我不会去吃那豚鼠，亲爱的，这在比弗利山可要花上三十五美元才能买一磅啊。”莱昂纳德·莱昂斯梦寐以求的食物是罗宋汤和酸奶油。厄尔·布鲁斯·杰克逊打算用伏特加把自己“灌晕”，再用烤羊肉串“毁灭”自己。玛丽莲·帕特南则希望大家能够稍稍留上一点美食给特沃普。

头一批用餐的五十名成员走进餐车，在铺着亚麻布的餐桌前就座，每桌四人，在过道的两侧一字排开。餐桌上摆放有洁白的陶器，还有磨旧了的银质餐具。而这餐车看上去就跟这银质餐具一样老旧，菜肴的气味像是半个世纪前的，悬浮在空气中仿佛看得见的蒸汽。萨夫琴科没有在场，但是莉迪亚小姐和文化部的三个年轻人在不同的桌上做东招待。那几个年轻人不停地四下张望，似乎是从各自所处的流放与不幸的小岛上默默地向彼此召唤。

莉迪亚小姐与莱昂斯、莱恩小姐和我坐在一桌。据她自述，她的生活平淡无奇，就是翻译翻译文章，宅在莫斯科的一间屋子里；你可以感觉得到，对于这个中年妇女来说，这段让她满面红光的特别经历不是她跟外国人交谈，而是她坐在列车餐车里。这些银质餐具、干净的桌布，以及一小篮带着褶子的苹果(就跟那个中国人卖的那些差不多)不知怎的让她忙不迭地摆弄起她的象牙玫瑰来，还整理了几缕乱发，“啊，我们开始吃吧！”她说着，眼睛望着四个敦实的女招待，她们正沿着过道蹒跚而行，手上端着盘子，上面盛有第一道主菜。

有些人原以为盘子里会是冰冻鱼子酱和瓶装的冷冻伏特加，结果有些令人失望，因为他们看到放在他们面前的是酸奶外加几瓶山莓汽水。坐在我后面的西格彭小姐是唯一一个对此表达喜爱之情的人：“我都准备去亲上一口了！跟牛排相比，蛋白质更多了，卡路里却只有一半。”但是沿着过道，格什温夫人告诫帕特南小姐，不要去吃这个，以免搅了她的胃口。“别，亲爱的，我确信，豚鼠一会儿就会上的。”可下一道菜，是硬邦邦的面条横在那里，像是一根根圆木在湿漉漉的肉汤中下沉。接下来上的正餐是裹了面包屑的小牛排，煮土豆，还有在碟子上嘎嘣作响的豌豆，像是子弹射击的声音；这些东西要想下咽，还需要再上一些山莓汽水。帕特南小姐对格什温太太说，“我担心的不是我的肚子饿与不饿，我担心的是特沃普的肚子，”而格什温太太则看着她的小牛排说，“你觉得他们会不会把豚鼠留作最后甜点呢？比如说，和薄饼一块儿上？”

莉迪亚小姐的腮帮撑得鼓鼓的，双目圆睁，下颌一上一下，像是活塞做功，一滴汗珠顺着她的脖子流了下来。“吃啊，吃啊，”她不停催促，“味道不错，可不是吗？”莱恩小姐告诉她，味道是还不错，随后莉迪亚小姐用四分之一片黑面包将碟子擦干净，带着一种强烈的赞同感点了点头："你在莫斯科可吃不到比这更好的东西了。"

在正餐和餐后甜点之间的空隙，莉迪亚小姐开始吃那一篮子的苹果；随着苹果核越堆越高，她时不时停下来回答一些问题。莱昂斯迫切想知道剧团人员会在列宁格勒的哪家酒店下榻。得知莱昂斯居然不知此事，莉迪亚小姐大为震惊。"在阿斯托里亚啊。我们的房间都已经订了好几个星期了，"说完，她接着讲述阿斯托里亚的情况，它"古朴而典雅"。"好吧，"莱昂斯先生说道，"那列宁格勒的夜生活情况如何，有没有什么活动？"莉迪亚小姐先回答说，她的英语或许还不足以表达其本来的意思，然后接着又说，以她这个莫斯科人的视角来看，谈论列宁格勒就如同一个纽约人谈论费城；这个城市很"老式"，很"守旧"，它"和莫斯科不一样"。在听过这一番讲述后，莱昂斯先生沮丧地说，"听上去对我来说就是个只待两天的小镇。"莱恩小姐想着问问莉迪亚小姐最后一次去列宁格勒是什么时候。莉迪亚小姐眨了眨眼。"最后一次？没有最后一次。因为我从来就没去过那儿。去那儿看看还是挺有意思的，对吧？"

眼下，她自己倒是有个问题要问。"我想请您跟我解释一下。为什么保罗·罗伯逊不在随行演员名单之列呢？他是有色人种，对吧？"

"是的，"莱恩小姐回答道；和他一样的，她补充道，还有一千六百万的美国人呢。莉迪亚小姐当然不会认为《波吉与贝丝》剧组可以把他们都录用吧？

莉迪亚小姐靠在座椅上，露出一副狡黠的"别把我当傻子"的表情。"是因为你的原因，"她对着莱恩微笑着说，"你不让他办护照。”

餐后甜点到了。上的是香草冰激凌，味道相当不错。在我身后的西格彭小姐对她的未婚夫说道，“厄尔，亲爱的，我不想碰这个。或许牛奶都没做过巴氏消毒呢。”沿着过道，格什温太太注视着帕特南小姐，“按我说的理论，他们把豚鼠肉都送到加利福尼亚了。在比弗利山，这个可得三十五美元一磅呢。”

接下来上的是咖啡，随之而来的是一阵争吵。杰克逊和他的几个朋友已经占住了一张桌子，玩起了栋格游戏。文化部的两个最魁梧的年轻人——萨沙和伊格尔——双双走到这群打牌的人跟前，努力用一种坚决的口吻告知他们，“赌博”在苏联是非法的。“我说老兄，”其中的一个打牌的人说道，“这儿没人赌博。我们总得干点什么。要是我们不能友好地玩上一局的话，那我们可就要吹胡子瞪眼了。”“这不合法。不行。”萨沙坚持道。那群人扔下了手中的纸牌，而杰克逊一边把牌塞进箱子，一边说道，“老古董。死猫待的地方。完全不许娱乐，回去告诉纽约的那些小子们。”

“他们不高兴啊。我们也很遗憾。”莉迪亚小姐说。“可我们一定不能忘了我们的餐厅工作人员。”她的手指短而粗，优雅地指着那些女招待，她们视线模糊，僵硬的面庞闪烁着晶莹的汗珠，正沿着过道蹒跚而行，还得拿稳手上一百磅重的脏盘子。“你知道，要是她们见到有人践踏法律，会不太好的。”她又拾起最后的几个苹果，塞进一个布手提袋里。“现在，”她兴高采烈地说，“我们就可以美梦一场了。我们解开烦恼的袖口。”

十二月二十一日的早晨，蓝色特快距离列宁格勒还有二十四小时的行程，又是一天一夜，不过随着列车逐渐深入俄国内陆，日与夜的区别看上去真的是不甚明显了；太阳不过是个在十点钟时隐隐浮现，又在三点回到坟墓的灰色幽灵，在区分日夜方面它的帮助真的很有限。日光很昏暗，日照时间也很短，这也愈加显现出冬季最无法征服的严酷：白桦林的树枝被重重的积雪压断；一间由圆木搭建的小屋，放眼望去，不见人烟，屋顶上结成的冰柱如同象牙一般坚硬。这里曾是村庄里的公墓所在地，冷冰冰的木质十字架被大风吹得弯折，几乎被埋进了大雪里。但是随处可见一些干草堆，伫立在荒凉的田野里，似乎是一种证明，证明即便是在这片贫瘠的土地，在遥远的春天，也会绿草重生。

车厢内，乘客们情感的钟摆在那个涅槃的时刻停在了离别的重压与到达的紧张之间。没有时间的限制，不知身处何方，就一直这么下去，也许是到永远，对此你已坦然接受。终于，即便是华纳·沃森也放松了下来。“好吧，”他用近乎没有发抖的手点了一支烟，说道，“我终于把紧张给搞定了。”特沃普在过道打着盹，粉红色的肚子朝上，爪子四下张开。这个时候的6号隔间，卧铺上被子没有叠，地上是橘子皮，还有打翻的扑面粉，烟头漂浮在冷冰冰的茶水里，一片狼藉。杰克逊在练习洗牌，而他的未婚妻正在涂着指甲，还有莱恩小姐仍然孜孜不倦地在学习俄语，从那本军事题材的旧课本里又学了几个新表达法。“SLOO-sha eess-ya ee-lee ya BOO-doo streel-YAHT！不服从命令的话，我就开枪了！”莱昂斯一个人老老实实地承受来自日常工作的压力。“像我这样的收入水平可不是看风景看来的，”他说着，又敲下了一则最新专栏的标题：“演出专列奔赴列宁格勒。”

傍晚七点，其他人已经开始了第三轮的酸奶加山莓汽水，而我却还待在隔间里，吃着好时公司生产的巧克力棒。我在想，我和特沃普还可以独享这节车厢呢，不过后来我发现文化部的一个翻译亨利从我门口经过，而后回来的时候又打这里经过，每次他都会往我们的隔间里瞟上一眼，带着一丝好奇。亨利的个子像个小孩，耳朵硕大。看上去他有什么话要对我们说，但是出于谨慎和羞怯，并未启齿。终于，在另一番侦察过后，他终于进了我们的隔间，精心设计了一种打着官腔的问话方式。

“把你的护照给我看看，”他说道，带着一种脸皮很薄的人固有的率直。

他坐在西格彭小姐的床铺上，透过一副眼镜端详着护照，那眼镜几乎要滑到他的鼻尖了；如同他身上穿戴的任何东西一样，从带着光泽的黑色外衣和喇叭裤到磨秃了的棕色皮鞋，这副眼镜对他来说也显得过于宽松了。我问他能否告诉我要找什么，说不定我还能帮上忙。“这是必要的环节，”他有些含糊其辞，红红的耳朵烧得像是红通通的炭。在他摆弄护照的那段时间里，列车想必已经行进了几英里。他摆弄护照的架势，就像一个小男孩端详着一本邮票集；尽管他已经仔仔细细地检查了移民局留下的纪念页，他的目光还是在个人职业、身高、肤色和生日等信息上徘徊的时间最长。

“这个准确的是吗？”他指着我的出生日期问道。我告诉他是准确的。“我们的年龄相隔三岁，”他说。“我比你最小——还是小一些？——我小一些，谢谢。不过你见多识广啊。嗯，我去莫斯科看过。”我问他喜不喜欢旅行。他开始用肢体动作表达愤懑——一连串奇怪的耸肩抖身子，似乎是在说是、不、也许，可这些动作在那身肥大的衣服里面都缩了水。他往上推了推眼镜，说道，“我没时间啊。我跟他和他一样，都得工作啊。三年，我的护照获得许多特批，倒是也有可能。但是我对‘风景的’还是挺满意的——不，是风景——脑海中的风景。整个世界都如出一辙，可是这里，”他拍了拍自己的前额，准确地说是敲了敲前额，“这个地方，”他伸出一只手放在胸口，“是充满变数的。哪个对？变化还是变数？”我说两个都行；在使用过程中，两个词都能表达这层意思。

构思这些句子的努力以及过度的斟酌已经让他喘不过气来了。他的头趴在胳膊上，休息了一会儿，突然来了一句，“你长得很像肖斯塔科维奇[1]，对吧？”我告诉他，我觉得不像，至少从我见过的肖斯塔科维奇的照片上看不出来。“我们已经讨论过。萨夫琴科先生也觉得挺像的，”他说，似乎这就是一种定论，因为我们俩——无论是谁——哪个敢质疑萨夫琴科的话呢？说到肖斯塔科维奇这个名字，就不得不提奥伊斯特拉赫，苏联伟大的小提琴演奏家，最近刚刚在纽约和费城举行过音乐会。他听我讲述奥伊斯特拉赫在美国演出大获成功的事情时，就好像我是在赞扬他亨利本人；他弓着的背也伸直了，一下子似乎把那件松松垮垮的外衣撑得满满当当，他的鞋跟在床铺边上晃来晃去，碰在一起，发出咔咔的响声，一时晃，一时响，如同是在跳着快步舞。我问他有没有想过《波吉与贝丝》在俄国的演出也会取得比肩于奥伊斯特拉赫在美国演出那样的成功。“我没法下结论，不过我们文化部的人对本剧获得成功的希望是有过之而无不及。这个波吉-贝丝嘛，我们要认认真真地完成这项任务。”他跟我说，尽管他已

① 肖斯塔科维奇(1906—1975)，苏联时期杰出的作曲家、钢琴家。

经在文化部工作了五年的时间，然而这是他所从事的工作中唯一允许他离开莫斯科的一次。他说，通常情况下，他在文化部工作的时候，一周当中有六天都是在办公桌前（“我有单独的电话”），而礼拜天呢，就待在家里看书（你们这些作家当中，A·J·克罗宁算是强大的一个。不过肖里科夫更强大些，对吧？）。他的家在莫斯科郊外的一幢楼里，他和家人住在一块儿，不过并没有结婚（“我的俸禄还与我的志向不对等”），和他的兄弟共一间卧房。

这番谈话渐渐变得缓和起来；他吃了一根好时巧克力棒，笑了起来，脚后跟咔咔作响；然后我递给他几本书。这些书就堆在桌上，他的眼睛不停地盯着它们：一套花里胡哨的二十五美分惊悚故事合集，和埃德蒙德·威尔逊的《去往芬兰车站》、一本讲述社会主义如何兴起的历史书，还有南希·米特福德的自传《蓬帕杜夫人》①混在一起。我告诉他，要是他喜欢的话，就送给他了。

起初，他很高兴。而后，等他去拿这些书的时候，手却有些犹豫，便收了回来，他身上又开始抽搐；又是一番耸肩，蜷缩，直到最后他再次被松松垮垮的衣服所吞没。“我没有时间啊，”他遗憾地说。之后，似乎就再无话可说了。他告知我，我的护照一切合格，然后就离开了这里。

在半夜与凌晨两点之间的那段时间里，蓝色特快静静停靠在莫斯科附近的一条铁路上。寒气已经悄然潜入车厢，车窗玻璃的

① 蓬帕杜夫人（1721—1764），又译蓬巴杜夫人，法国皇帝路易十五的著名情妇、社交名媛，是一个引起争议的历史人物，她曾经是一位拥有铁腕的女强人，凭借自己的才色，影响到路易十五的统治和法国的艺术。

内侧表面已结了一层薄冰；放眼窗外，你只能看见鬼魅的雾气弥漫，仿佛你的视野因白内障而扭曲。列车一离开莫斯科，一种焦躁不安的情绪就如涟漪般传遍了每一节车厢；那些刚才还身处睡梦中的人们此刻已经醒了过来，到处乱跑，像小鸡被黎明的假象唤醒一样。那些还没睡的人又倒了一杯酒，再度打起了精神。钟摆已经向到达的紧张情绪那端偏移了。

西格彭小姐从睡梦中惊醒，喊着，“厄尔！厄尔！”仿佛刚刚经历一场梦魇。

“他不在这儿，”莱恩小姐说道，她正蜷缩在床上，抱着一瓶白兰地，读着米基·斯皮兰的书。“他出去干违法的事儿去了。有人在旁边的一节车厢里偷偷玩起栋格来了。”

“这可不成。厄尔得好好休息，”西格彭小姐发起了牢骚。

“给他点颜色瞧瞧，”莱恩小姐帮她出主意。“反正他非你不娶了。”

“南希，几点了[①]？”

“四点差二十。”四点钟的时候，西格彭小姐又问了一遍时间；十分钟过后，她又问了一遍。“行行好吧，海伦。你要么就拿块表在手里，要么就吃一片健忘药。”

西格彭小姐踢开被子。“这么做没用，我还是穿好衣服吧。”她花了一个小时二十五分钟来挑选服装，分配好化妆品和香水的比例。五点三十五分的时候，她戴上一顶羽毛礼帽，前面还有面纱，坐在卧铺上，除了长袜和鞋，其他所有身上的行头都已配齐了。“我正发愁呢，脚上该穿什么好。我可不想中毒哩，”

---

① 此处原文为法语 quelle heure est-il。

她说道。之所以有这番恐惧，是源于俄国人发给剧团女性成员的那份备忘录，讨论的主题是尼龙长袜。在严寒的天气条件下，他们宣称，尼龙有可能会分解，从而引发尼龙中毒。西格彭小姐搓了搓裸露着的双腿，口中直哼哼。“我们这是去的哪门子地方嘛？这个地方，女士的长筒袜居然会在大街上分解成碎片，然后还会把她毒死？”

“别去想这个了，”莱恩小姐说。

“可是那些俄国人……”

“他们究竟是怎么知道的呢？他们又没有尼龙。所以他们才要这么说。”

杰克逊玩完了栋格纸牌游戏，回来的时候已经是上午八点了。“厄尔，”西格彭小姐问道，“你是不是打算在我们结婚之后，天天就干这事儿啊？”

“亲爱的，”他拖着疲惫的身躯爬上卧铺，说道，“老猫我的最后一口气也叫完了。他现在一点力气也没有了。彻底熄火了。”

西格彭小姐丝毫没有可怜他的意思。“厄尔，难道你敢现在睡吗。我们都快到了。现在睡一小会儿，到起床的时候你会衣冠不整的。”

杰克逊嘟囔了一声，把毯子盖在了头上。

“厄尔，”西格彭小姐轻言细语，“我想你知道他们会在车站拍摄新闻短片的吧？”

没过多久，杰克逊就刮了胡子，换了衬衣，穿上了一件焦糖色的毛皮大衣。他还有一顶同样皮毛材质的帽子，是他“定做”的浅顶软呢帽样式。他一边戴上手套——手套上面有洞，好让手上的戒指露出来——一边告诉他的未婚妻等会儿在镜头前如何应对："知道吗，亲爱的，我们可不想跟那些拍照的搅和在一起。他们摆弄那些镁光灯的时候，简直就是浪费时间。"他用那只戴着戒指的手擦了一下车窗，眯着眼睛朝外面瞄了一下；已经是九点过五分了，可还是一团漆黑，这可不是拍照的理想色调。但是半小时过后，黑色变成了钢灰色的薄暮，你可以看见天空中下着小雪的蓝色。

文化部的代表之一萨沙经过这节车厢，挨个敲着各个隔间的门。"女士们，先生们，二十分钟以后，我们就要抵达列宁格勒了。"

我穿好了衣服，挤进人群拥堵的走道，走道中，一种兴奋之情一刻接着一刻在不断提速，正如火车的滚轮。即便是裹在围巾中被帕特南小姐拥在怀里的特沃普也正翘首盼望着下车。比起特沃普，格什温夫人更是有备而来。她披着貂皮，镶满了零零星星的钻石，她的卷发从一顶毛茸茸、软绵绵的紫貂皮帽子里伸出，翘得老高，十分迷人。"这顶帽子，亲爱的？是我在加州买的。我一直放着没戴，就是为了到时来个惊喜。你喜欢它，亲爱的？你可真好啊，亲爱的。*亲爱的*……"她突然沉寂了一会，声音又大了起来，"我们到了！"

先是一瞬间的难以置信，随后大家一窝蜂地推搡着进了列车车厢末端的连廊。那个眼神凄楚的乘务员，原本站在那里等着有人给他小费，结果却发现自己不仅成了视而不见的对象，而且被挤到了墙上。警觉如在起跑门栅蓄势待发的马儿，杰克逊和约翰·麦卡利你推我挤地抢占着有利位置。麦卡利的身型在两人中是较为魁梧的一个，因此开门之后，他第一个下了车。

他径直走向黑压压的人群，镁光灯扑面而来。这时，一位妇女捷足先得，将一束鲜花塞进他的手里，“上帝保佑啊，”麦卡利说道，“保佑你们这些小尖脑袋。”

“我们到达这里的时候，有许多鸟儿飞来飞去——有黑色的，也有白色的，”华纳·沃森写道，他后来将这番景象写进了日记里。“那些白色的鸟儿是用作通讯工具的。我把这个记下来，可以给我那些观鸟的朋友。我们受到了许多友好的俄国人的问候。（剧团里的）男男女女也纷纷接受了赠送的花束。我很好奇他们在一年当中的这个时候是从哪里弄来这么多的花。这些小得可怜的花束像是出自一个小孩之手。”

莱恩小姐同样也在记着日记，她写道：“官方的欢迎宴会，大个子男士和穿着寒碜的女士，那行头，看起来更像是接棺材，而不是演出团体（黑色的装束，阴沉的面孔），但是也许他们刚才就是去送葬的呢。我那不中用的橡胶套鞋一个劲儿地往下滑，让我没法挤出一条路来快速穿过媒体的麦克风、照相机和那些争先恐后想靠近他们的人群。布林夫妇已经出现在现场，罗伯特还处在半梦半醒之间，而维尔瓦则是笑逐颜开的样子。在站台的顶端，失去光泽的黄铜字母拼出列宁格勒的字样——这时我才知道这一切都是真的。”

沃尔夫特，那个诗人，正在给他的新闻创作长篇大论。以下为节选：“正当我们沿着站台往出口方向行进时，两行人群左右两侧一字排开，站立着为我们鼓掌。我们到了街头，一群旁观者向我们靠近。警察把人群推开，好让我们通行，而人群又反过头来用同样大的力气将警察推开。演员们也回应了这种洋溢的热情，在拥挤的人海和欢迎声中穿行，带着高贵、优雅、夸张与浮华。如果俄国人民爱上了他们，那俄国人民并不孤独。我自己都已经爱上他们了。”

或许应当为这些文字加上一些注脚。那些被莱恩小姐描述为“大个子男士和穿着寒碜的女士”有一百多人的规模，由列宁格勒首屈一指的剧院表演艺术家组成，是专门组织过来接车的。尤为奇怪的是，他们当中没人事先知道《波吉与贝丝》是一个黑人剧组，而在委员会将他们不解的面孔转为热忱的欢迎之前，剧团人员出站都已经出了一半了。沃尔夫特太太注意到的那些“记者观众们”都是些普通市民，他们出现在此是源于当地媒体头一天的《消息报》。“一支来自美国的歌剧巡回表演剧团将于明日乘火车抵达列宁格勒。预计他们将会在当地表演。”顺便说一句，这两行字是苏联媒体对布林的团队赴俄之旅的第一份宣传；尽管缺乏细节信息，这个宣传还是具有足够的吸引力，能够让列宁格勒至少一千市民在车站排成长龙，从台阶上如潮水般倾泻而下，蜂拥在街头巷尾。我没太注意到令沃尔夫特太太印象深刻的“热情与喧嚣”。除了些许掌声，整个人群——在我看来——是以一种无比的沉寂注视着出站的剧组，那是一种几近令人紧张症发作的举动，从中几乎看不出来他们对这群美国人作何感想——格什温太太捧着的花束比新娘还多；小个子戴维·贝正即兴跳着苏西·Q的舞步；杰克逊正如王室般挥手；而约翰·麦卡利走路的时候紧握双拳，置于面前，像是一个职业拳击手。

与俄国人让人捉摸不透的反应相比，莱昂纳德·莱昂斯——这个剧团的官方史学家——有着他自己十分明确的态度。面对这番情景做着专业记录时，他摇了摇头。“这么安排可不妥当。表现力不够。为什么这么说呢，如果由布林来安排的话，”他穿过火车站的门时说，“我们八成会唱着歌出来！”

第二部分

带着收获国际知名度的目标，《波吉与贝丝》的列宁格勒首演计划定于12月26日周一的晚上举行，留给剧团准备和彩排的时间有五天，考虑到该剧已经在全球巡回演出了近四年，这个时间应当是绰绰有余的。然而本剧导演罗伯特·布林一心要让列宁格勒观看首演的观众领略这出黑人歌剧最为完美的演绎。布林和他精力充沛的妻子维尔瓦以及他们的助手——和蔼却高度紧张的华纳·沃森——认为俄国人准会对这出民间传说音乐剧“叹为观止”，他们此前“从未看过这样的演出”，对此他很有信心。几个观察员虽说对此表示赞同，心中却也没底。无论怎么看，无论是美国人还是举办方俄国人，开演那晚的演出将会是剧院本年度最令人提心吊胆的演出之一。不过此刻——也就是抵达的那天早晨——距这一幕还有一百多个小时；当剧团坐上包车从列宁格勒火车站前往阿斯托里亚酒店的时候，他们心中的悬念都集中在住宿条件上。

阿斯托里亚酒店位于著名的圣艾萨克广场，是一家苏联国际旅行社酒店，也就是说，它是由苏联旅行社经营的，该社掌管所有允许外国人入住的酒店。阿斯托里亚酒店当属列宁格勒最好的酒店。有些人认为这里是整个俄国的里兹大饭店[①]。不过这座饭店

① 里兹大饭店，是世界最著名和最豪华的宾馆之一。

对于西方人心目中的豪华只做了很少的几个妥协。其中之一便是大厅外的一间房子，上面写着“美容中心”的字样，游客可以在这里修脚，也可做女士专用美发[①]。这间美容中心的白墙上带着一些斑点，那是一种令人不快的污点，很像是一间慈善诊所，由不太讲究卫生的护士打理，而女士们在这里接受的美发，倒更像是把头发变成了一种极其适合擦拭平底锅的质地。一楼还有三间餐馆，彼此互通，这些空荡荡的屋子就像飞机库一样让人舒心。当中的一间是列宁格勒最时髦的一家餐馆，到了晚上，从八点到半夜，一支乐队会专为当地的上流社会人士演奏俄国的爵士乐，这些听众极少跳舞，而是郁郁寡欢地坐着，数着格鲁吉亚香槟酒在糖浆色的玻璃杯中泛起的泡泡。酒店的旅行社办事处位于主大厅较矮的一个柜台后面；里面的十几张桌子排列得整齐有序，店员因而视线开阔，这简化了他们的工作，也就是密切注视来来往往的客人。另一项措施让他们工作变得更简单，甚至是万无一失了，那就是在各层住宿楼安排集体宿舍的女管理员，这些义务治安员们从当天黎明到第二天黎明全天候值班，任何人要想离开房间，必须把钥匙交给她们，否则绝不放行，与此同时她们就像人工打卡机一样，在一本厚重的簿子上记下进进出出的人员。或许霍迪尼[②]可以逃过她们的法眼，但我想不出他会用何手段，因为她们坐在桌旁，正对着楼梯和电梯，那电梯如同一个古老的鸟笼，在缆索上嘎吱作响。

其实，在后面有一个楼梯是无人看管的，将较高的几层与一

① 原文的“美容中心”、“修脚”和“女士专用美发”都是法语。

② 霍迪尼，是美国魔术界著名人物，也是逃生术表演的代名词，被誉为“现代魔术之父”。

个较偏的小厅连接起来；对于那些暗访者，或者想要在无人察觉的情况下离开这里的访客来说，这会是一条理想的线路。确实如此，只是自上而下都设置了路障，这些路障由木栅栏建成，用长沙发和衣橱加固。给人的感觉像是再别无他处来安放这些家当了。房间里确实没有位置。因为阿斯托里亚普通的客房就像维多利亚时代的阁楼偏室，一些穷亲戚就住在主人家堆放的弃置家什中间：浪漫主义风格的大理石雕像散发出一股霉味；灯光微弱的台灯外面罩着一层薄纱灯罩，宛若芭蕾舞女演员的裙子；桌子——好几张——上面铺着东方风格的毛毯；众多的椅子、圆滚滚的长沙发、衣橱大得都能放下蒸汽卡车了；用花纸装饰的墙壁如同万花筒一般；镶金相框的绘画，画的是水果和田园生活；阴冷的天鹅绒窗帘背后，床铺隐匿在洞穴一样的凹室里。所有这一切都充斥在一片暗如墓穴、密不透风的区域（在冬天是不能开窗的，就算可以打开，也不会有人这么去做），这片区域有火车隔间的四倍大小。当然，酒店也有相对宽敞一些的住处，都是些五六个房间组成的套间，但是装饰风格却别无二致，甚至是有过之而无不及。

即便如此，《波吉与贝丝》剧团的大多数人员还是认可了阿斯托里亚的居住条件，因为许多人此前都早有预料，他们所预想的比这里要“糟糕得多”，因此，他们反倒是觉得这些房间“挺惬意的”，“有那么一点氛围”，还有，作为制作方最在行的宣传人员，维勒姆·范·鲁恩称之为“充满了新艺术的魅力。真不赖”！然而等到整个剧团初次进入酒店大厅，和一群中国显贵还有穿着长筒靴的哥萨克骑兵挤作一团时，他们才意识到对于某些人来说，实际入住房间依然是一个遥远的未来，而且有待商榷。

阿斯托里亚在分配房间——尤其是套间——时似乎是遵照着某种特殊的礼仪规范——抑或是他们完全没有礼仪规范——无论怎样，这都让一些人觉得很是愤懑。南希 · 莱恩自告奋勇地提出了一个观点，俄国人的房间分配是根据“人人歌剧团”的薪酬状况而定的：“你得到的越少，他们给你的就越多。”无论原因如何，几个主要演员以及那几个大牌人物——也就是这次随团的几位——觉得这一做法“着实荒唐”，“不可思议，伙计，真的不可思议”，舞台助理和管理服装的女工作人员、木工和电工被径直带往贵宾套房，而那些“真正的大人物”，在酒店看来却应当知足地待在某个不起眼的角落里。“他们没开玩笑吧？”莱昂纳德 · 莱昂斯说道。剧团的另一个嘉宾——纽约金融家赫尔曼 · 赛多利斯，他的抱怨也合情合理；因为压根儿就没有给他安排房间。格什温太太也没有安排，她这会儿正剩在大厅里，坐在自己的行李箱上面，维尔瓦 · 布林和华纳 · 沃森二人正在宽慰她。

“别着急，宝贝儿，”布林夫人说，她是头天晚上坐飞机抵达这里的，和她的丈夫被安排在阿斯托里亚金碧辉煌的六居室里，真可谓惬意。“俄国人办事也许会磨叽一点儿，也许会把事情搞成一团乱麻，但是不管什么事情，最终还是会理顺的。你看看我去莫斯科那会儿的情形就知道了，”她又接着说，她说的是去年十月去莫斯科访问的事儿，那次访问跟这趟演出有关。“我足足花了九天的时间去做两个小时的事儿。但是好在最后什么事情都解决了。”

“放心吧，李，”华纳 · 沃森正用一只愤慨的手理着他灰白的短发。“放心吧，亲爱的，我们会解决住宿这一档子事儿的。”

“亲爱的，我很开心，亲爱的，”格什温太太宽慰着他俩。

“我就在想，能来这里可真好啊。”

“想想我们真的都挺过来了，”布林夫人在她边上说，一副容光焕发的样子。“还有那群和蔼、善良、可爱的人们，火车到站的时候，他们看起来不是挺可爱的吗？”

“可爱着呢，”格什温太太瞟了一眼她进站时收到的那些花，它们已经打了蔫儿。

“还有酒店也挺漂亮的，不是吗？”

“是啊，维尔瓦，”格什温太太面无表情地说，似乎她朋友的一番热忱开始令她感到了厌倦。

“他们一定会给你安排一间漂亮的房间的，李，”布林太太说道，华纳·沃森也接着她的话茬儿，“要是你不喜欢，你可以换啊，你想要什么样儿的都成，李，总之我们都会搞定的。”

“亲爱的，拜托了，这无足轻重，芝麻大的一点小事儿罢了。如果他们就把我安排在这个地方，我是不会指望挪位置的，”格什温太太说道，她已经下定决心，而她在接下来的几天当中注定要坚持换上三次住所。

文化部代表由尼古莱·萨夫琴科率领，这个人长着一副商人模样，身高六英尺，气宇轩昂，眼下他正在安抚大家、矫正过失，向每个人承诺他们能够得到理应得到的房间，忙得焦头烂额。“耐心，”他们当中有个人恳请各位，说话的是莉迪亚小姐，那个中年的俄国翻译。“别再添乱了。我们的房间数是够的。没人会露宿街头。”南希·莱恩说她倒是不会介意露宿街头，她提议我俩逃离大厅里这混乱的场面，出去走走的好。

圣艾萨克广场的一边是一条源自涅瓦河的运河，到了冬天，涅瓦河就像是冰冻的塞纳河一样，蜿蜒穿过这个城市，而广场的另一边是圣艾萨克大教堂，如今已经成为反宗教博物馆。我们朝运河的方向走去。灰蒙蒙的天空，不见了太阳，空中雪花漫舞，像尘土飞扬，翻滚飘浮，如同是水晶球玩具中的雪花。时至正午，广场上却不见车水马龙的喧嚣，偶有一两辆小轿车和公共汽车经过，打着车头的前灯。不过时而有一些马拉雪橇在布满积雪的人行道上滑行。一些滑雪的人正沿着涅瓦河两旁的路基悄无声息地经过，母亲们则是把她们的小孩儿放在小雪橇上，拖着雪橇前行。穿着黑色毛皮大衣的孩子们在人行道上溜着冰，像是乌鸦俯冲而过，他们的身影随处可见。其中有两个孩子停了下来，打量着我们。她俩是孪生姐妹，都是九十岁左右的年纪，穿着灰色的兔皮大衣，戴着蓝色的天鹅绒帽子，把一双溜冰鞋一分为二，各穿一只，然后手牵着手，一同滑行，虽然各自只穿了一只溜冰鞋，她们的平衡却掌握得很好。她们不解地望着我们，棕色的眼睛十分可爱，似乎是想弄清楚我们的不同之处是在哪里：是我们的着装？是莱恩小姐的口红？还是她散落一头的金色卷发？在俄国，大多数外国人很快就对此习以为常：路人微微皱着眉头，觉察到你的某个方面有所异样，却又一时不能准确说出究竟是什么地方存在不同，他们停下来，瞪眼看你，不停地回头瞥上一眼，甚至常常有一种跟踪你的冲动。这对孪生姐妹跟着我们来到了一座横跨涅瓦河的人行桥，注视着停下来看风景的我们。

这条运河俨然成了一条被大雪覆盖的沟渠，成了孩子们的游乐场，他们刺耳的大笑声夹杂着敲响的钟声，二者都搭乘着从芬兰湾吹来的凛冽寒风。光秃秃的大树被冰雪所覆盖，在宫殿正面建筑的肃穆背景下闪着银光，这些宫殿沿着河堤一字排开，一直延伸到远方的涅夫斯基大街。列宁格勒目前是一座有着四百万人口的城市，是苏联的第二大城市，也是最北端的大都市，这座城市依照沙皇的喜好而修建，而沙皇的喜好更偏向于法式和意大利式的建筑，不仅是体现在风格上，而且体现在涅瓦河沿岸以及其他一些旧街区的宫殿配色方面。巴黎式的那种黑色调与灰色调占主导，而不经意间，又随处可见一些奔放的意大利式的五颜六色穿插其中：一座绿色的宫殿，又带有鲜艳的赭石色、浅蓝色和橙色。有少数宫殿已经被改造成了公寓套房，多用作办公场所。彼得大帝获得了当局极高赞誉，因为他把这些科学引介到了俄国，或许他也会赞同将不计其数的电视天线如同一群金属昆虫一般安置在他昔日帝王之城的屋顶上吧。

我们走过大桥，闲庭信步地穿过敞开的铁门，走进一座蓝色宫殿外闲置的庭院。这是一座迷宫的始发点，也是一座极寒的城堡，一个接一个的庭院连成一片，连接它们的是拱形走道和地道。穿过狭长的街道，街道被大雪覆盖，万籁俱寂，只有拉雪橇的马儿踏雪的蹄声，飘荡的钟声，偶尔那对孪生姐妹的笑声还在我们的脑后回荡。

寒冷像是麻药；我渐渐开始感觉麻木，足以经历一次大手术了。而莱恩小姐却不肯回去。她说，“拜托，这里是圣彼得堡。这里可不是想来就来的。我想尽量多看一点。我最好把握机会。从现在开始，你知道，我会在哪儿呆着呢？锁在房间里，给布林夫妇打着无聊的长篇大论。”可我明白，她在这个地方也不可能待上太久，她的脸红得好似喝醉了酒，鼻尖上的冻疮已经发白。几分钟过后，她头一回感到有些疼痛，于是准备返回阿斯托里亚酒店了。

可麻烦来了，我们迷路了。那对孪生姐妹见我们在相同的街道和庭院里打转，可乐坏了。她俩高声尖叫，大笑着抱作一团，此时，我们找到了一位正在砍柴的老人，央求他为我们指路，我们不停挥舞着胳膊，就像是时钟的指针，大声说着，阿斯托里亚！阿斯托里亚！那个砍柴人并没有听懂我们的意思；他把斧子放在一旁，然后陪着我们一起到了街头的转角，在那里，他让我们当着他三个皮肤黝黑的朋友的面，将刚才的手势再比划一番，可三个人全都摸不着头脑。即便如此，他们还是示意我们到了另一条街。途中，出于好奇，一帮提着小提琴箱包的男孩子，还有一位妇女也加入到我们的行列，这个妇女一定是个屠户，因为她的大衣外面裹着的围裙上溅落着血迹。这群俄国人喋喋不休，争执不下；我们觉得他们会带我们去警察局，管它呢，只要是暖和的地方，我俩都不会介意。眼下，我鼻孔中的液体已经凝固，眼睛已经冷得无法聚光。不过，我依然能够看得很真切，我们忽然之间又回到了涅瓦河的人工桥上。我想一把拽起莱恩小姐的手，一路小跑。可她觉得那些与我们同行的人一直不离不弃，理应看到谜团解决。从那个砍柴人到小提琴手，整个行进队伍的最前头，是那对孪生姐妹，她们滑在最前面，就像穿花衣的吹笛人，护送着我们穿过广场，径直来到阿斯托里亚的入口处。国际旅行社的一辆豪华轿车正停在酒店门口，他们围住这辆轿车，然后向司机询问有关我们的情况，我们冲了进去，一屁股瘫在座椅上，大口呼吸着温暖的空气，犹如长时间待在水下的潜水员。

莱昂纳德·莱昂斯走了过来。“看来你们出去了一趟吧，”他说。莱恩小姐点了点头，而莱昂斯则压低了声音，问道，“有人跟踪你吗？”

“有啊，”莱恩小姐回答道，“成群结队的人。”

大厅里摆放了一个剧团的公告牌。上面贴的是剧团彩排的相关日程安排，以及苏联方面作为东道主提供给他们的娱乐项目列表，其中包括在首演前几天里的几场芭蕾舞和歌剧，参观新建成的列宁格勒地铁，访问冬宫博物馆，还有一个圣诞宴会。紧接着在“准点无误”的标题下面列出了用餐时间，考虑到俄国剧院的演出下午场在正午开始，而晚间场在八点开始，所以餐点时间安排如下：早餐，上午9:30；午餐，上午11:00；晚餐，下午5:00；夜宵，晚间11:30。

但是就在第一天晚上五点钟的样子，我正在浴缸里享受着热水澡，早已将晚餐事宜置之脑后。浴室隶属于分配给我的三楼房间，硫磺色的墙面已经剥落，冰冷的取暖器，破旧的抽水马桶，抽水的轰鸣声仿佛山涧的溪水。这只浴缸大约是1900年制造的，早已是锈迹斑驳，而从水管涌出的水跟碘一般棕黄；不过水很暖和，还有蒸汽，挺不赖的，我正沉浸其中，慵懒地遐想：楼下阴冷的饭厅之中，剧团人员是否最终能够得以享用鱼子酱和伏特加、烤肉串、俄式薄煎饼和酸奶油。（极为讽刺的是，我事后得知，招待他们的竟与在火车上吃到的每顿一模一样：酸奶和山莓汽水、肉汤、裹了面包屑的小牛排、萝卜和豌豆。）我的水中梦境被外间的一声电话铃所惊扰，我并未理会，而是任其响上一阵，若是你身处家中的浴室，或许也会这么做。后来我意识到这不是在家中，这时我想起，方才我看到这电话的时候，我还在想这东西对于身处俄国的我来说真是个没用的物件，同电话线被掐断别无二致。我光着身子，身上还滴着水就接了电话，听筒里传来的是译员莉迪亚小姐的声音，她告诉我说有人从莫斯科打电话找我。电话放在窗子旁边的桌上。楼下的街道上，一大队士兵正唱着军歌大步行进，而到达莫斯科以来，我几乎很难听到这般雄壮的声音。电话的另一端，找我的人我并不认识：亨利·夏皮罗，美国合众新闻社的通讯员。他问，“你们在那边境况如何？有没有什么值得报道的内容？”他告诉我说他早就打算来一趟列宁格勒挖掘“重大新闻”——《波吉与贝丝》的首演了，不过眼下他无法成行了，因为他得报道“另一个开幕式”——同一天晚间在莫斯科开幕的最高苏维埃[1]会议。他还问我，等首演结束后，周一他可否再打电话过来，让我告之“演出的进展情况，发生了哪些真实的事件”。我说行啊，我尽量吧。

这声电话，还有这番在寒室中的惊扰——独自站立，一丝不挂——让我又回到现实中来。根据安排剧团人员应当观看一场芭蕾舞表演，于是我便开始为此着装。但是有一个问题：布林夫妇明确要求男士须系黑色领带，女士则须着短款晚礼服。“这样会显得更有涵养，”布林夫人说，“再说，罗伯特和我喜欢凡事都弄得有参加晚会的派头。”有一小撮人持反对意见，他们觉得遵守布林夫妇的规定会让他们看起来“很滑稽”，因为在这样一个国家，没人会在任何场合穿得这般正统。我则是采取了一种折中的方式，穿上了一件灰色的法兰绒西装，并且打了一条黑色领带。在着装的过程中，我在房间里四下走动，把挂在墙上的一些水果和花卉画摆正。它们全都挂得歪歪扭扭的，因为莱昂纳德·莱昂斯进行过一番巡查，他坚信阿斯托里亚的房间里都安装了监听装置。剧团大部分人员都赞同莱昂斯的说法，这不足为奇，因为上次从莫斯科大使馆过来的两位美国外交官在柏林的信息通报会上

① 最高苏维埃，宪法上苏联的最高立法机构，对应中国的人民代表大会。

告诉过他们，在俄国访问期间，他们应当“假定”在他们居住的房间里会安上监听装置，他们写的信件也会被拆封。曾把这些外交官的建议称之为“废话连篇”的布林本人，也在不经意间加深了剧团人员怀疑：他公开表示，不管大家的个人想法如何，他希望他们在信件中就简单地写几句俄国是多么“妙趣横生”，他们在这里“过得挺好”；这个要求，有人指出，本身就是个矛盾，要是他不相信我们住在窃听话筒与蒸汽锅[1]的包围之中，那他为什么还会提出这样的要求呢？

出门的路上，我在楼层的服务台停了下来，把钥匙交给了保安。保安是一个丰腴的女人，皮肤浅白，笑起来像个丘比特娃娃，她在登记本上写下 224－1900 的字样：我的房间号和离开时间。

楼下，一行人已经做好了准备，剧团人员整装待发，准备去观看芭蕾舞表演。大伙儿都直挺挺地站在大厅里，像是舞台剧中尴尬的人物造型，这时剧组中的一员——体壮如牛的约翰·麦卡利——跺着脚开始大喊，“我真他妈的不想啊。我不想给他妈的那些讹人的家伙七块五去给我带孩子。”麦卡利抱怨的是俄国保姆的收费标准，他和妻子因为要去观看芭蕾舞表演，所以找了一个俄国的保姆照顾他四岁的女儿。一名保姆的雇用费是三十卢布，国际旅行社酒店给剧组中六个小孩的父母安排了一批保姆；他们甚至给剧组里服装女管理员的那只拳师狗特沃普也安排了一个。三十卢布，按照四比一的汇率，折合 7.5 美元，收费可是够狠的；而实际上，对那些俄国人来说，三十卢布的购买力只相当于

① 这里暗指用蒸汽锅产生的水蒸气使信封的封蜡软化，从而不留痕迹地打开信封。

1.7美元，他们心想这个收费标准已经是相当便宜了，自然是无法理解为什么麦卡利会如此大发雷霆。文化部的领导萨夫琴科气得脸色涨红，而莉迪亚小姐则是面色苍白。布林严厉地冲着麦卡利说话，而麦卡利的妻子——一个腼腆的女人，平日里眼睛都是向下看的——则对他说，能否冷静一点，她可以待在家里带孩子。华纳·沃森和莱恩小姐赶紧催促大厅中的所有人上了车，两辆车都是包车，专供他们在列宁格勒逗留期间使用。

事后，布林为剧团少数成员的"行径"向萨夫琴科道了歉。这次道歉不仅仅是为麦卡利这件事。在早先文化部和"人人歌剧团"签署的协议中，并未包括提供免费酒水的条款。令萨夫琴科大伤脑筋的是，有几个人点了一些饮料送到他们的房间，却拒绝付费，他们还殴打并侮辱了服务员。更有甚者，萨夫琴科注意到，许多美国人将他和他的团队称作是"间谍"。布林也同样感到这种行为"胆大妄为，无法无天"，而萨夫琴科接受了他的道歉，并且说道，"好了，像这么大规模的剧团，我们可以想见一定会有一些人拖后腿，这是免不了的。"

芭蕾舞表演是在马林斯基大剧院进行的，这个剧院已经更名为基洛夫剧院，这是以那位老一辈革命家和斯大林之友的名字命名的，不过没人管它这么叫。基洛夫于1934年被暗杀，据说因此引发了第一轮的莫斯科审判。莫斯科大剧院芭蕾舞剧的首席女演员加林娜·乌兰诺娃正是在这家剧院上演了自己的处女秀，列宁格勒歌剧团和芭蕾舞剧团目前也常驻在此进行汇报演出，所以这里也被苏联的评论家视为一流剧院。除了威尼斯的费尼切剧院外（马林斯基剧院与之有些相像，二者同样具有18世纪的剧院规模、风格以及供暖系统），我觉得这是我见过的最漂亮的剧院了。不太走运的是，原先的座椅已经换成了木质的，跟学校报告厅里面的那种差不多，它们惹眼的自然色跟马林斯基大剧院简洛可可风格的室内装潢所使用的那种柔和的灰色与银色形成了过于生硬的反差。

尽管剧院里寒风飕飕，但我们所有人——包括女士在内——全部被要求把大衣放在衣帽间内；即便是格什温太太，也被强制要求脱掉她的水貂皮，因为在俄国，这被视作不文明的行为，极其不文明。眼下，这条规定最大的受害者莫过于莱恩小姐，这个身材高挑、十分打眼的金发女郎穿着一件低胸无吊带的裙子，紧紧地包裹住身体，身材曲线显露无遗；她沿着走道扭着腰肢的时候，男性的目光纷纷偏移到她的方向，就像鲜花向着太阳。因为这件事，当整个剧团走进剧院时，熙熙攘攘的观众当中产生了一阵骚动。人们驻足观看， 好将这些美国人看得更加真切，当然还有他们的黑色领带、丝绸还有身上的珠光宝气。大部分目光都聚焦在厄尔·布鲁斯·杰克逊和她的未婚妻海伦·西格彭身上。他们坐在皇家包厢内，包厢里的皇家徽标已被铁锤镰刀所代替。杰克逊慵懒地将手搁在包厢的边缘，这样，他每根手指上都戴着的戒指就会为众人看得更加清楚，他微微地向左右两侧偏着脑袋，俨然一副维多利亚女王的派头。

“我都要冻僵了，真希望我刚才没有经历那样的难堪，”莱恩小姐在引座员带她入座的时候说道。“喏，他们觉得我不正经。”你不可否认，周围的俄国女性对莱恩小姐裸露的肩膀投去的那一瞥的确带着几许批评的意味。格什温太太开口了，一袭绿色的常礼服十分合身：“我跟维尔瓦·布林说过，我们就不该穿得那么一本正经。我就知道我们会看起来很滑稽的。好吧，亲爱的，下次可不要这么穿了。不过说句实在话，我们该穿什么呢？”

她问道，眼睛四处张望，似乎想从观众身上那令身形走样的蹩脚着装中搜寻什么时尚的线索。“我就没带不漂亮的衣服过来。”

有一个坐在前排的女孩，头发既没有梳起来，又没有用橡皮筋扎起来；她剪了一个假小子的发型，这倒是跟她调皮的面孔很相称。她穿着一件黑色的羊毛衫，戴着一串珍珠项链。我指着她，并朝莱恩小姐示意。

“哎呀，我认识她呢，”莱恩小姐兴奋地说。“她是从长岛来的，我们一块儿去的拉德克利夫！普丽西拉·约翰逊，”她喊道，而那个女孩，由于眼睛近视，只好眯着眼睛，转过头来。“不是吧，普丽西拉。你在这儿干吗呢？”

“天啊。哎呀妈呀，南希，”那个女孩摸着她那假小子的面孔说，“你在这儿干吗呀？”

莱恩小姐告诉她出现在这里的原因，那个女孩说她也住在阿斯托里亚酒店，她解释说，她获签了一个长期签证，可以住在苏联，学习它的法律，自打她在拉德克利夫的时候起，她就对这个领域着迷，她还在拉德克利夫学习了俄语。

“可是，亲爱的，”格什温夫人说道，“这俄国的法律可怎么学啊？它隔不了多久就会变动一次啊？”

“哎呀，哈哈，”约翰逊小姐说。“嗯，我在这里又不是只做这一件事情。我在写一个金赛报告①。哈哈，真是太有意思了。”

“我会认为，”莱恩小姐说道，“那是项研究。”

“噢，这有何难呢，”约翰逊小姐宽慰她说。“我就只管把交

---

① 金赛报告是由阿尔弗雷德·金赛及华地·帕姆洛依等人所写的关于人类性行为的两本书，分别是《男性性行为》(1948)及《女性性行为》(1953)。金赛是一个在印第安纳大学的动物学家以及性学研究中心的创立者。

谈导向‘性’那个方面；哈哈，你要知道俄国人对此怎么看，你准会大吃一惊的。知道吗，南希，有情妇的男人可真多！或者是希望自己有情妇的男人。我正往《时尚》与《时尚芭莎》投稿呢，我想他们可能会感兴趣的。”

“普丽西拉属于那方面的天才，”莱恩小姐轻声对我说，这时吊灯渐渐黯淡了下来，乐队指挥也举起了手中的指挥棒。

这场芭蕾舞表演共分三幕，有两次幕间休息，芭蕾舞的名字叫做《海盗》。一般的苏联芭蕾舞对舞蹈的关注远远小于他们对大制作的热情；而这部《海盗》尽管是他们的轮演剧目当中较为微不足道的一部作品，然而使用到的布景变换同样十分浩繁，有如在无线电城音乐厅或是牧羊女神剧院上演的那些让人眼花缭乱的歌舞杂耍表演。在这两座剧院里，《海盗》一定会有一种回家的感觉，只是有一点：在舞蹈设计和演奏技巧上它还没有达到无线电音乐城的高度，而牧羊女神是不会允许有一群被五花大绑的奴隶少女跳舞的场景出现的。《海盗》讲述的主题与《巴奇萨拉的喷泉》十分相似，后者原是普希金的一首诗，经大剧院芭蕾舞团选用，成为津津乐道的获奖作品之一。在《巴奇萨拉的喷泉》里面，一名贵族少女被一个凶残的鞑靼部落首领绑架，被强行掳至后宫，在长达三个小时的戏中，她经历了许多悲惨的遭遇。在《海盗船》里面，这个女孩的孪生姊妹也经历了差不多同样的煎熬；剧中，她不幸遇到海难(舞台上电闪雷鸣、惊涛骇浪冲刷船体等特效一一精彩呈现)，被一群海盗俘获，之后的三个小时所发生的事情同上。这两则故事，以及不计其数与之类似的故事，反映出当代苏联戏剧的一种趋势，那就是仰仗于幻想与传说；看起来那些希望在宣传工作者的乐园以外的领域里漫步的现代作者，他们所能发现的唯一安全出口就是可以带他们通往神话故事森林的小路。可是即便是幻想也需要现实的根基，使我们能够想起那些我们所能辨识的东西——人；没有这些，生活的力量便不复存在，艺术也不复存在，而这两者同时缺位的情况在苏联的戏剧中尤为寻常，奉行这套做法的人显然是相信依靠特技特效和科技手段便可以取代那些现实的东西。文化部总在鼓吹俄国是唯一一个产生的艺术文化能与其全体民众相匹配的国家。而那些观看《海盗》的观众，他们的反应便是对这种说法的最好诠释；每一个场景，每一次独舞，赢得的掌声足以让吊灯颤动。

那些美国人也同样是意兴盎然。“精彩绝伦啊，简直是梦境，”布林太太幕间休息的时候对格什温太太说，她们趁着这个空当在马林斯基的咖啡沙龙里茶歇。她的丈夫也赞同这一说法。然而在对这部芭蕾舞剧大加赞赏的同时，布林先生，这个衣冠楚楚的绅士，他的面部表情在孩子般容光焕发与巴斯特·基顿式的平静之间不停转换，他的目光中闪烁着一种矛盾心理，他似乎是将《海盗船》与《波吉与贝丝》在外在表现力方面进行一番比较，后者只有三个简单的布景转换；如果以舞台效果的绚丽程度为评判标准的话，那么苏联的观众铁定会对他的作品失望的。

“嗯，我不喜欢这部剧，”格什温太太唱起了反调，这时布林夫妇已经走到另一群人当中去了。“看得我真是昏昏欲睡啊。我要是不喜欢，我绝对说不出喜欢来。他们[布林夫妇]简直恨不得把‘喜欢’二字塞进你的嘴里。”这当然就是布林夫妇的处境艰难之处。正如家长带着孩子到邻居家做客，他们始终都提心吊胆，生怕孩子们会有什么失礼的行为，做出有损关系或是有所不当的举动。

马林斯基的咖啡沙龙里有茶点出售：啤酒啊，烈性酒啊，山莓汽水啊，三明治啊，糖果啊，还有冰激凌之类的。厄尔·布鲁斯·杰克逊说他饿了："不过，伙计，那只冰激凌要卖一美元。你猜怎么着，不超过你脚趾头大小的一小块碎巧克力要收多少钱？五美元五十美分。"苏联把冰激凌广而告之为他们自创的美食，自1939年起它在苏联成为了举国热衷的食品，因为那时美国生产冰激凌的机器进口到了苏联。大多数消费者在沙龙里扎堆，一勺接一勺地从纸杯里面舀着冰激凌，一边看着那些美国人摆出照相的造型，有的很随意，有的将啤酒瓶顶在脑门上，有的跳着摇摆舞，还有的在模仿路易斯·阿姆斯特朗。

第二次幕间休息的时候，我去找了莱恩小姐，结果在一个角落里发现她正旁若无人地吸着烟，烟嘴很长，一群体态臃肿的姑娘和面色铅灰的妇人聚在一起咯咯地笑，对她的紧身长裙和裸露的酥肩评头论足，而她则假装自己并不是她们评论的焦点。和她站在一块儿的莱昂纳德·莱昂斯说道，"看见没有，现在你知道玛丽莲·梦露是什么感受了吧。她在这儿该会引发怎样的轰动啊！她应该办个签证。我这就去跟她说去。"

"噢，"莱恩小姐抱怨了一声，"我只希望我能穿上我的大衣。"

一个年近不惑的男子走到莱恩小姐跟前，他胡子刮得干干净净，仪表堂堂，有着运动员般健壮的体魄和学者般的面容。"我真想和您握个手啊，"他毕恭毕敬地说。"我想让您知道我和我的那些朋友们是多么盼望《波吉与贝丝》啊。这对我们来说可是件举足轻重的大事，我可以向您担保。我们当中有些人已经弄到了首演的门票。我呢，"他笑着说，"就是那些幸运儿中的一个。"莱恩小姐说她能听到这番话，心里感到十分高兴，同时也留意到他的英语说得很棒，他解释说，在大战期间的好几年里，他都是在华盛顿度过的，作为俄国采购委员会成员之一。“不过你真的能够明白我的意思吗？我好久都没有机会说英语了——这次让我的心怦怦直跳呢。”你可以从他对待莱恩小姐的态度中感知到一种无比倾慕的感情，他那颗怦怦直跳的心也不完全是因为说英语的缘故。抖动的灯光意味着幕间休息的结束，他的笑容也渐渐地随之散去；如同被一种他无法抵御的冲动抽了一鞭似的，他突然急匆匆地说，“请您让我再见您一面吧。我乐意带您游览列宁格勒。”这个邀请是冲着莱恩小姐来的，但是出于礼貌的需要，也包含了莱昂斯和我自己。莱恩小姐对他说，请他打电话到阿斯托里亚酒店找我们，他把我们的姓名记在一张节目单上，然后写下了他自己的姓名，递给了莱恩小姐。

“斯蒂芬·奥尔洛夫，”莱恩小姐念着他的名字，这时我们回到了原座欣赏最后一幕。“他挺讨人喜欢的。”

“是啊，”莱昂斯说道。“但是他不会打电话过来的，考虑再三以后，他会知难而退的。”

根据安排，剧团成员要到后台与芭蕾舞表演艺术家们见面。《海盗》的最后一场戏有一部分是在一艘挂着绳索的帆船甲板上完成的，而在演出尾声，随着那些美国人来到了幕后，台上显得有些拥挤，一半的舞蹈演员只好站在甲板上，或者攀爬在绳索上，好看上一眼这些西方的同行。他们进场以后就博得一阵欢呼和长达四分钟的热烈掌声，直到后来布林致辞开始，现场才完全安静下来。布林致辞的开场白是这样的，“应该是我们为你们鼓掌。诸位令人震撼的艺术造诣令我们对这个夜晚永生难忘，我们希望周一晚上，我们的表演也能作为对诸位带给我们愉悦的微薄回报。”在布林结束致辞以后，马林斯基大剧院的主管也讲了几句，那些芭蕾舞女演员——汗水从她们的化过妆的面庞渗了出来——蹑手蹑脚地走近那些美国演员，她们化过妆的眼睛转动着，盯着这些人的鞋，嘴唇发出惊叹的声音，起初有些羞涩，随后便大大方方地摸着他们的衣服，在指间捋着丝绸与塔夫绸。其中一个伸手抱住了剧团一个女演员的腰，那个演员名叫乔治娅·伯克，是一个和蔼热情的女士。“怎么啦，小宝贝儿，”伯克小姐说，“要抱就尽管抱吧。知道有人喜欢你，这可真是不错啊。”

剧团准备发车返回阿斯托里亚酒店，这时已经过了午夜，将近凌晨一点了。这车活像滚动的冰箱，与在麦迪逊大街上的公车座位布局一模一样。我坐在最后一排的长条座椅上，两边坐的是莱恩小姐和翻译莉迪亚小姐。街灯将空旷大街上的积雪照得泛黄，灯光在窗边闪烁，就像冬日里的萤火虫，莱恩小姐看着车窗外说，“这些宫殿在灯光的映衬下看上去可真美啊。”

“没错，”莉迪亚小姐压制住了倦意绵绵的呵欠，“这些私宅的确是很漂亮。”然后，仿佛突然间惊醒一般，她又补充道，“曾经的私宅。”

第二天早上，我与莱昂斯和格什温太太去涅夫斯基大街购物。涅夫斯基大街是列宁格勒最重要的街道，论长度，涅夫斯基大街不及第五大街的三分之一，而论宽度，却是其两倍；横穿街面上一道道奔涌的车流不但非常危险，而且没有意义，因为街道两旁的店面都是国营百货商店，除了商品的分类摆放不同，所售商品全是一样的，其价位也一样。那些喜欢讨价还价的顾客或是试图寻求一些“特色商品”的买家会发现，在涅夫斯基大街购物着实是件令人沮丧的事情。

莱昂斯出发时带着零星的期许，希望能挑中“一件像样的法贝热[①]”，回家后带给妻子。革命之后，布尔什维克几乎把所有法贝热创造、专供皇室御用的宝石彩蛋和宝盒都卖给法国和英国的收藏家了；他留在俄国的一些鲜为人知的作品还在列宁格勒修道院博物馆和克里姆林兵工厂展出。如今，在国际市场上，一个小法贝热盒子的起价都在两千美元以上。然而这些信息全然没有影响莱昂斯，他满脑子想的是他一定能在委托行迅速找到法贝热并以极其便宜的价格买到。看来这是个明智的决定，因为如果有这样的物品出售，那么在这样的国营典当委托行，俄国的同志们可以将他们秘藏的传家之宝转换为当场交付的现金，或许这是你能找到法贝热的唯一一个地方了。我们去了几家冷风嗖嗖的店面，都带着拍卖大厅里“确认成交，下一件拍品”的忧伤。

在一家最大的店铺里，一个玻璃橱窗跟整个屋子的长度一样，里面摆放着各种物件，甚为壮观，多得令人眼花缭乱的物品混在一起，犹如达达主义[②]艺术家的实验。一排排的二手鞋，旧得已经不能再旧，连这些鞋原先的主人们脚的形状，你在心中都能够辨认出来。这些鞋如珍宝一般整洁地摆放在玻璃橱柜里，事实

① 法贝热，俄国著名金匠、珠宝首饰匠人、工艺美术设计家。在他人协助下，法贝热成为一个杰出的设计师，专门加工金、银、翠玉、宝石等珍贵材料。他大胆革新，创造不少光怪陆离的美术品；其作品具有法国路易十六时代的艺术风格；在莫斯科、基辅和伦敦都开设了由他指导的独立作坊，雇用了许多名工巧匠；其作坊所制的复活节彩蛋特别精巧，俄国和各国皇室皆视为珍品。

② 达达主义艺术运动是 1916 年至 1923 年间出现于法国、德国和瑞士的一种艺术流派。它是一种无政府主义的艺术运动，试图通过废除传统的文化和美学形式发现真正的现实。达达主义由一群年轻的艺术家和反战人士领导，他们通过反美学的作品和抗议活动表达了他们对资产阶级价值观和第一次世界大战的绝望。

上，每双鞋的标价在50美元到175美元之间；鞋的两旁摆放的是一排帽子，有钟形女帽和天鹅绒圆帽；在帽子的后面，橱柜中超现实主义物件的种类和价值呈螺旋上升：一部破损的电风扇(30美元)，一个弄脏了的粉扑(7美元)，一把用断牙制成的琥珀梳子(45美元)，失去光泽的网眼手提包(100美元以上)，一个银质的雨伞把(340美元)，一副极为普通的象牙国际象棋，其中的五个卒还不知去向(1 450美元)，一尊赛璐珞大象微雕(25美元)，一个已经破碎的粉色石膏玩具娃娃，像是被雨水淋过(25美元)。所有这些物件摆放得有好几码长，而且精心放置并贴上序号，这样良苦的用心看起来就像是在展示纪念品，比如某个你所深爱之人的遗物，而正是这一点——这种陈列方式中所流露出的敬意——才使其如此令人动容。莱昂斯说道，“你觉得谁会去买这些东西？”不过他只需向四下张望，就会看见有人抛开所有其他的展品，唯独发现裹满蜘蛛网的风扇和银质伞把仍旧迷人、仍旧合意、仍旧物有所值。按照俄国的历法，距圣诞节已经只有两周时间了，不过俄国人倒更喜欢在新年的时候赠送礼物，这些委托行与涅夫斯基大街沿路的店铺一样，里面也是人满为患。虽然莱昂斯没有淘得一件“法贝热”，但还是有一个典当商拿出了一件独一无二的十九世纪的鼻烟盒，它是用一块硕大的黄宝石将中间掏空后一分为二制成的。不过价钱嘛——8万美元，这个价位超出了这位买家的预想。

格什温太太打算给《波吉与贝丝》剧组的每名成员赠送一份“非常好的”圣诞礼物(“毕竟，亲爱的，这是剧团第四次在一块儿过圣诞节了，我衷心希望对亲爱的剧组成员们聊表寸心啊”)，为此她还有一些零零散散的物件要补齐，即便她已经从柏林运来了一箱子礼物。因此，我们在涅夫斯基大街的人山人海中奋勇前行（“你不可否认这里真的无处不活力四射”，莱昂斯如是说），走进了一家皮毛商店，那儿最便宜的紫貂皮短款夹克衫标价11 000美元，这价格与其说是待售，不如说不售。然后我们又到了一家古董店，据国际旅行社介绍，这里是列宁格勒最“雅致”的一家古董店。结果这些古董原来是些二手电视机、冰柜、老旧的美式电风扇、一些零碎磨损的彼得麦式家具和大量的油画，画的是一些不知名的历史事件。“你以为呢，亲爱的！”格什温太太问。“根本就没有所谓的俄式古董。就算有的话，也都是法式的。”我们又去了两家高档食品商店求购鱼子酱，这两家店就是当地的旺多姆广场[1]；里面出售非洲菠萝、以色列橘子、中国的新鲜荔枝；可就是没有鱼子酱。“我怎么、怎么会以为这就是工人们抹在面包上的黄油呢？”格什温太太神情沮丧，说她想去喝杯茶，怀着这个冲动，我们一下子就去了一家苏联版的施拉夫特[2]。这个茶馆位于地下室，像是个地牢，服务员穿着及膝的长筒靴，戴着用桌巾纸做的冠状头饰，端着一盘盘的冰激凌，还有不太像是糕点的糕点，蹚过沾满泥浆的地面，呈到一些神情阴郁的中年妇女跟前。不过格什温太太不得不接受喝不上茶的现实，因为根本就没有桌子，甚至连站的地方都没有。

到目前为止，还没人买过一件东西。格什温太太决定去一

---

① 旺多姆广场，巴黎的著名广场之一，位于巴黎老歌剧院与卢浮宫之间，呈切角长方形，长224米，宽213米。由于旺多姆公爵（1594—1665）的府邸坐落于此，广场因而冠此名。

② 施拉夫特是美国人弗兰克开的连锁餐馆及糖果店，提供一日三餐、饮品及甜点，价位中等。

家百货商店看看。途中，莱昂斯因为手上带着部相机，时不时地停下来照相，拍那些卖火柴的妇女和拖着圣诞树的桃腮少女，还有在冬季卖人造玫瑰的街角花店，用纸做成的郁金香插在花盆中，就好像它们是真花一样。他每到一处驻足摄影，都会引起行人的拥堵，这些观众们静静地朝他微笑，偶尔也会面露怒气，如果他把他们也拍进去的话。眼下，我注意到有个人总是在那群观望者中露面，却又不像是跟他们一伙的。他总是站在人群的后面，是个身材敦实的歪鼻梁。他穿着一件紧身的黑色大衣，戴着一顶阿斯特拉罕①帽，一副防风墨镜遮住了半边脸，那墨镜看上去就像是滑雪者戴的。在我们进入百货商店之前，我就再也找不到他了。

这个商店让人不禁联想起狂欢节的小巷，商店由柜台和凹室组成，里面的架子上看起来大都堆着一些射击场上的奖品：看着很眼熟的廉价玩具娃娃，丑陋的金属茶壶，石膏做的动物模型，还有一套梳妆用具，嵌在一团皱巴巴的棺材白绸里。格什温太太被这腐臭的胶味熏得忍无可忍，觉得我们应当马上逃离这个“皮革制品”区，随后她以更快的速度逃离了卖香水的柜台。

一群人跟着我们在商店穿行，我们到了一间卖帽子的凹室，我去试了一下仿波斯羊羔毛做的帽子，三十好几个俄国人笑得合不拢嘴，争先恐后地要我买这买那，他们把我当成是模特一样把各种帽子不停地在我头上戴上取下，并要售货员多拿些，再多拿

① 阿斯特拉罕，苏联欧洲部分东南部一城市，位于伏尔加河三角洲上，这个鞑靼人的城市曾于 1556 年被恶魔伊万征服。

些，直到最后帽子在柜台上堆得都塌了。有人弯腰从地上捡起一顶来；此人正是戴滑雪眼镜的那个家伙。我买的那顶帽子完全是胡乱选择的，事后证明大小并不适合。就这么一顶仿制的阿斯特拉罕帽花了我 45 美元；而拜苏联商店现行的复杂付款方式所赐，又花了我四十分钟才完成了这笔交易：无论是最不起眼的杂货店，还是莫斯科的国营百货商店，采用的都是这种付款方式。首先，售货员把收货单据给你，你得自己拿到收银台，在收银台的跟前，还得一番空等，因为这里的收银员是拿算盘在算账，这绝对是一种有效的方式，不过呢，某些聪明的苏联人应当发明点钞机；付钱以后，收银员会把收货单据盖上章，你再把这个带回给售货员，这时他们正忙着接待后面的五个人；不过最终，售货员还是会接过你的单据，然后去收银员那里核实，再回到柜台，把你买的东西交付给你，再告诉你去包装部，到了那儿你还得再排一条长龙。到了最后，我得到了装在绿盒子中的那顶帽子。莱昂斯这时有意给自己也买一顶帽子。“拜托，亲爱的，”格什温太太对他央求道，“别让我们再把这个流程走一趟了。”

我们离开商店时，那个戴滑雪眼镜的家伙已不见了踪影。不一会儿，他又出现在一群人的边上，这些人正看着莱昂斯在积雪覆盖的院子里给卖圣诞树的摊贩们拍照。正是在那个院子里，我把那个装帽子的盒子弄丢了；我当时一定是把它放在一旁，拍着已经快要冻僵的双手。直到走过好几个街区之后，我方才发现东西丢了。莱昂斯和格什温太太都自告奋勇地回去寻找。不过这全无必要。因为正当我们回头时，我们看见了那个戴滑雪眼镜的朝我们走了过来，手上拿着的正是那个装帽子的绿盒子。他微笑着递给我，歪鼻梁也抽搐了一下。还没等我说声谢谢，他就拂了一下帽子，径直走开了。

“啊，噻噻——这可以称得上是巧合么？”莱昂斯高声说道，精明的眼神中闪过一道兴奋。“噢，我认出他来了！”

“我也一样，”格什温太太坦言。“可我觉得这挺贴心的。他们这样悉心地照顾我们，真是让人好生欢喜。这给人一种受保护的感觉。啊，亲爱的，”她说道，语气像是决意要说服莱昂斯接受她的观点，“在俄国，你不会丢任何东西，想到这个，是不是种宽慰？”

阿斯托里亚酒店，我用完午餐，与艾拉·沃尔夫特乘电梯上行，她是前任战时通讯员，这次据说是打算写一篇关于“人人歌剧团”的文章，投稿给《读者文摘》。“不过我还在寻找新闻线索。现在这些情景，在我看来，全是千篇一律，”沃尔夫特告诉我。“在这儿你没法跟任何人说话。我说的是俄国人。这里给我一种幽闭恐怖的感觉，每次我谈到政治话题，得到的回答总是千篇一律。我那时跟萨夫琴科说话，他可是个聪明人，我对他说，鉴于这是一次私人谈话，你是否可以坦言：你真的相信你所说的这些有关美国的论断吗？你看啊，他当时一直在说华尔街是如何控制这个国家的。但是你不能跟他们说这些。在这个社会现实之下，是没有现实主义可言的。昨天我和一个俄国人谈话——我不明说他是谁，就是我们在这儿见过的一个人——他递给我一个便条。便条上托我给他在纽约的妹妹打个电话。他有个妹妹住在那儿。不久，我在街上碰到了这个人。我把他拽到路边，问他，‘到底出了什么事儿啊？’他说，‘一切都还好。只是小心一点为妙。’一切都还好，可他却要给我递便条！”沃尔夫特猛吸了一口烟斗，然后摇了摇头。“这里没有现实主义。我患上了幽闭恐惧症。”

楼上，我开门的时候能够听见我房间内电话铃的响声。电话正是我在那天芭蕾舞幕间休息时碰到的那个人打来的，就是莱恩小姐的仰慕者——斯蒂芬·奥尔洛夫。他说他给莱恩小姐打过电话，可她没有接。我建议他打电话到布林的套间，套间里有一间被莱恩小姐辟为办公室之用。“不行啊，”他惴惴不安的声音里带着一种愧疚，“我肯定不能再打过去了。不能这么快就再打过去。可我什么时候才能见到南希呢？还有你呢？”他得体地补充了一句。我问他想不想来酒店串门时喝上一杯。中间停顿了好一会儿，我都快以为是电话断线了。最后他才说了句，“这个嘛，有点不太方便。你能不能过来找我，呃，要不一个小时之内吧？”我答应了，在哪儿见面？他告诉我说，“绕着圣艾萨克大教堂走。我就可以看到你了。”他连再见也没说就把电话挂断了。

我到楼下布林住的套间把他的邀请告诉了莱恩小姐。她很是高兴，“我就知道他会给我打电话的，”但她又显得垂头丧气的样子，“我现在被六份急件给耗住了，”她说着说着，把几张纸和一些碳粉装进一部便携式打字机里。所谓的急件是罗伯特·布林撰写的信件，有两页纸，准备发给美国驻俄大使查尔斯·E·博伦。信的开头，是对博伦大使及其夫人即将前往列宁格勒观看《波吉与贝丝》首演这一举动表示感谢；而信的主体部分却是以一种哀怨的口吻来写的。尽管这部作品的苏联之行承载着美国国务院的美好祝福，可是与公众的想法相反，它却没有得到官方的赞助。事实上，此番能够成行，需归功于俄国自己的文化部提供的财政支持。尽管如此，博伦大使的使馆人员中竟没有一个长期派驻剧团观摩“每日每分每秒所发生的一切、个人之间的接触，以及自然而然的温情”，布林认为这是个“令人唏嘘的遗憾”；如果大使馆打算“准备一份完整且有益的报道——这样史无前例的演出理应得到如此重视”，那么，布林认为，派驻代表就是完全必要的。布林写道，“这份文献记录不仅事关本次友好巡演——尽管它的重要性毋庸置疑——而且事关文化交流的美好未来。没人可以想象得出我们为了保证这次演出顺利进行，花费了多少时日——或者考虑处理了多少无尽的细节，为的就是让这类交流能够结出它所承诺的果实。这份文献记录不仅要记录我们取得的成功，还要记录公共关系的方方面面，其中有的也许有待改善，有的也许还有失败的地方。”

在我准备离开去赴约的时候，莱恩小姐这样告知我，“给我捎去对斯蒂芬的问候吧。”“如果这事儿真的是自然而然的温情，一定得告诉我一声，我好把这个写进《波吉与贝丝》日志里，”她指的是那本由她的雇主们不断更新的官方日志。

从阿斯托里亚酒店到这个半哥特式的圣艾萨克大教堂只有一箭之遥。我是三点半准时离开酒店的，奥尔洛夫说就是这个时间跟他见面。然而当我走出大门的时候，我发现跟那个戴滑雪眼镜的家伙又遭遇了。一辆国际旅行社的齐夫车停在路边，那人就坐在车的前排座椅上，正和司机攀谈。我一度想过回到酒店；倘若奥尔洛夫担心他的这次会面会被记录，这么做似乎是明智之举。不过我决定从车的旁边绕行过去，去看个究竟；在我路过的时候，由于紧张，加上一种不太确定的礼节观念使然，我朝那人点了点头。他打了个呵欠，把脸转了过去。直到穿过广场，身处圣艾萨克大教堂的阴影下，我才扭过头来看了一眼。那个时候，车已经走了。我围着教堂缓步而行，假装是在欣赏这些建筑，尽管不需要什么理由去装腔作势，因为人行道上空无一人。可是，我依旧觉得自己有些打眼，而且不那么守法。夜幕降临，就像是黑压压的一群乌鸦从头顶席卷而过。当我走到第三圈的时候，我开始怀疑奥尔洛夫是不是改主意了。我数着自己走了多少步，以此忘却寒冷，当数到二百一十六步时，我转过一个弯，意外撞见了这样的一幕，我嘴里数着的那串数字戛然而止，就像摔落的手表指针一样。

事情是这样的：四个黑衣人将第五个人摁在教堂的墙壁上，他们用拳头连续猛击，将他往前一推，然后用整个身体的重量猛烈撞击，就像橄榄球运动员在对着假人训练一样。一名穿着体面的妇女手里夹着一个笔记本，站在一旁，仿佛正在若无其事地等着那些男性朋友们完成一次商业会谈。若非那群乌鸦的叫声，这番情景简直就像是一部无声电影里的一个片段；没有一个人出声，等到这四个人罢手，被打的那个人四脚朝天地躺在雪地里时，他们冷冷地望了我一眼，便和那个妇女一块走了，其间一句话都没说。我走到那人的跟前。他体形肥胖，我怎么都抱不起来，他呼出的酒气简直可以熏死蝎子。他既没有流血，也没有神志不清，可就是想说话却怎么也说不出来；他眼睛凝视着我，像是一个聋哑人试图借助眼神来交流。

一辆亮着头灯的汽车沿着路边移了过来。根据这辆车的车身上黑白相间的条纹，可以判断出这是辆计程车。车的后门开了，斯蒂芬·奥尔洛夫喊了一声我的名字。我靠在门上，试图跟他解释刚刚发生的一切，并请他帮一帮这个人，可他却是一副不耐烦的样子，也不想听，而是不停地说，“上车吧，”然后是，“请上车好吗”；直到最后，一声怒吼让我很是震惊，“你这个蠢货！”他说着猛地一下把我拽到座椅上。计程车晃荡着沿原路返回，前灯的亮光下，那个人正往人行道上爬，他举起手艰难地在空中挥舞，就像一只不小心翻过来的昆虫，腿脚不停地乱动。

“失礼了，”奥尔洛夫说，他的声音又恢复成很有教养的样子，听上去的确是带着悔意的真挚道歉。“可这是些他人的争端。你也知道，没多大意思。现在就想着怎么样让自己开心吧。我们要去东方地带。”他对于莱恩小姐不能来谈了自己的感想，对于她无法接受他的邀请“深表”遗憾。“在东方地带，你会想着带上像南希这样的女孩。食物十分美味。还有音乐。带着些许东方情调。”在经历了我们神秘的会面之后，我感到十分奇怪，因为我们竟然要去某个如他描述的这般快乐的地方；我把我的想法如实说了。他很受伤。“我没什么可担心的，可我也不是傻子。阿斯托里亚是个是非之地。你知道吗？去那儿是件麻烦事情。如果我明明想见你们，那为什么不行动呢？”他问着自己这个问题。“你是个歌唱演员，我又对音乐感兴趣。”在他印象中，我和莱恩小姐都是《波吉与贝丝》剧组中的歌唱演员。当我纠正了他的说法，表示我是个作家以后，他看上去有些不安。他点起了一根香烟，刚要吹灭火柴的嘴唇噘起又绷紧。“你是记者吗？”他问道，任由火柴继续烧着。我说我不是，不是他说的那种记者。他吹灭了火柴。“因为我痛恨记者，”他说这话的时候，像是带着一种告诫的口吻，似乎是要告诫我最好不要说谎。“他们都是些龌龊的家伙。而美国记者，说起来真是难以启齿啊，他们是最差劲、最龌龊的。”既然他知道了我是个作家，我想他看待当前形势的视角也许也起了变化，变得不那么和谐了。于是我建议计程车可否将我带到步行就能回到阿斯托里亚酒店的地方，我们可以随时随地友好分别。他把这话理解为是对他先前对美国记者的看法的一种抗议。“请您别误会。我对美国人民还是非常崇敬的，”说完，他告诉我，他在华盛顿度过的那些年“是他永生难忘的快乐时光。那些住在纽约的俄国人对住在华盛顿的俄国人总是带着一种势利眼；他们说，‘噢，亲爱的，华盛顿真是让人厌倦，也太过迂腐’”。他笑着模仿贵妇人的样子。“不过对我来说，我喜欢那里的生活。夏日里炎热的街道。波旁威士忌酒。我非常喜欢我住的地方。我打开窗户，给自己倒上一杯波旁威士忌，”他说着，仿佛是在脑海中重温这些动作。“我就只穿着内衣，喝着波旁威士忌，放着维克，想放多响就多响。我认识一个女孩。应该是两个女孩。其中的一个总是过来玩。”

所谓的东方地带是隶属于欧罗巴酒店的一家餐厅，就在涅夫斯基大街旁边。要不是少许干枯的盆栽棕榈代表着东方元素，我是无法解释奥尔洛夫力荐的这地方是如何带着一种东方气息的。至于气氛嘛，如果硬要说的话，让人觉得挺失望的，黄色的墙壁十分单调，桌子没有几张坐满的。奥尔洛夫这时有些不自然；他拽了一下领带，捋顺了一头黑发。我们经过一座空空的舞池时，一个四人乐队正费劲地演奏着华尔兹乐曲，这几个人站在棕榈树中间，长得和那些树一样细溜溜的。我们登上几级楼梯，那是通往阳台的方向。阳台上有一些私密的用餐台位。“我敢肯定你觉得阿斯托里亚更加有情调，”说着，我们坐了下来。“但是那里是面向外国人和有地位的势利鬼的。这里是面向一些没什么地位的势利鬼的。我就是那个最没地位的势利鬼。”

令我感到忧虑的是，或许他根本就承受不了东方地带的消费标准。他的大衣有一条紫貂皮毛领，头上的一顶海豹皮帽子也是很有光彩。然而，他的西服却是单薄蹩脚的格子布面料，刚刚洗过的白衬衣某种程度上让磨损的袖口和领口愈加打眼。但他却对服务员发号施令，俨然一副贵族的派头，服务员给我们送上了一瓶400克瓶装伏特加，还有一大份鱼子酱，盛在一个银质的冰激凌餐碟里，餐碟的两旁是吐司和柠檬片。这时，格什温太太的形象忽然在我脑海中一闪而过，我很快就把每一粒未经腌制、灰色珍珠般的鱼子酱颗粒都吃了个干净。奥尔洛夫对我这么快就吃完了感到十分惊诧，他问我需不需要再来一份。我说不必了，我也消受不起，但是他看得出来我还是可以消受的，于是让服务员又上了一份。

在服务员去端菜的时候，奥尔洛夫为莱恩小姐敬酒。“这杯敬给南希，”说完，他一饮而尽，然后又斟了一杯，“敬给南希。她是个漂亮的女孩儿。”然后，又是一杯下肚，“漂亮的南希。美貌的女子。真是漂亮。”

接连喝下几杯伏特加，他苍白而颇为帅气的脸颊开始泛红。他对我说，他可以“千杯”不醉，然而他蔚蓝眼睛中的灵光开始逐渐黯淡，足见他是在夸海口。他想知道我是否觉得莱恩小姐对他有意思。“因为，”他身体前倾，信心满满地说，“她是个漂亮女孩儿，我喜欢她。”我说没错，我看出来她在他的心中地位很高。“但是你觉得我是不是犯傻呢？因为我已经快四十的人了，而且婚也结了五年。”他伸开手，搁在桌上，给我看一枚普通的金戒指。“我是绝不会破坏我的婚姻的，”他信誓旦旦地说。“我们有两个小孩，都是小女孩。”他说他的妻子“不算漂亮，却是他的挚友”，他还告诉我说，除了孩子这一纽带之外，他俩的共同利益使得这桩婚姻成为“严肃的结合”。在俄国的专业阶层中，你可以发现几乎没人和自己工作圈子以外的人结为伴侣。医生跟医生结婚；律师找律师。奥尔洛夫两口子看上去都是列宁格勒同一所学校里的数学老师。听音乐、看戏剧成了他们主要的娱乐方式；他们曾轮流排队买《波吉与贝丝》的首夜演出票，但是最后却只买到了一张票。“现在我的妻子假装她不想去的样子。这样就可以让我去了。”结婚的头几年，他们买了一台电视机，作为彼此的新年礼物，但如今他们后悔了，觉得花钱买了个“无趣而幼稚”的玩意儿。谈到苏联电影，他同样是言辞激烈。不过他的妻子却钟情于去电影院，至于他自己，只有当他们有朝一日再次放映美国电影时，他才会感兴趣。（“我十分想知道，那个漂亮的女孩儿后来怎么了，那个琼·班尼特？还有一个，叫英格丽·褒曼的？还有那个乔治·拉夫特？真是个好演员啊！他还健在吗？”）除了在看电影的益处这一问题上同他意见相左，他妻子的品味在方方面面都与他高度一致；他说，他们甚至连对体育运动的爱好都一样——“划船”；多年以来，他们一直攒钱准备买一艘小帆船，他们打算把它停靠在列宁格勒附近的一个渔村，每个夏天他们都可以花两个月的时间在那儿度假。“这就是我生存的意义——一叶扁舟，穿越诗情画意般的极昼。等到下次这里是极昼的时候，你一定得回来。对于九个月的黑暗而言，它们真的是一种奖赏。”

伏特加全都喝光了，奥尔洛夫又叫了一些酒上来，他发着牢骚，说我的酒喝得没他快，他说我“品酒”的样子看着就“烦”，要我“喝酒就要喝出个爷们儿的样子，要么就不喝走人”。一口气一杯酒就这么轻易下肚了，而且这么惬意，我对此很是惊讶，而且这么喝似乎也没有对我造成多大的影响，除了感到一股挠痒痒般的暖流，还有我的批判性思维能力好像正在消失。我开始在想，奥尔洛夫终究还是说对了，这个餐馆的确是具有一种东方的氛围，一种摩尔式的安逸，还有乐队演奏的音乐，就像棕榈树间的蝉鸣掠过，如同一种思乡的怡人小调。

此时的奥尔洛夫口中不停地念叨，“我是个好人，我有个好妻子，”他重复说了三遍，才说出了下一句，“可我有着强健的肌肉。”他伸出胳膊做了个展示肌肉的姿势。“我激情四射。我跳舞跳得可带劲呢。那些炎热的夜晚，窗户大开，我们的维克音乐想开多大就开多大……维克音乐想开多大就开多大。她们当中总会有人过来串门。我们就像那样跳啊跳啊。炎热的夜晚，窗户大开。我要的就是这个。跟南希一起跳舞。真漂亮啊。这女孩儿真漂亮啊。你知道吗？就这么跳啊。就这么……她人呢？”他的手一把将桌上的东西扒开，银具哐当散落一地。“为什么南希没来？为什么她不给我们唱歌？”他脑子里一边回忆着歌词，一边唱道，“密苏里的女人啊，系着围裙，在那密西西比，密苏里的女人啊，取下钻戒，在那糟透的密苏里，在那忧伤的密西西比……”他的声音越唱越大，接着又用俄语演唱，吼出来的调子还是隐隐地有些像“圣路易斯蓝调”。

我看了看表。我感到很是惊讶，已经九点钟了。我们已经在东方地带呆了将近五个小时，也就是说，我不可能像自己以为的那般清醒。我意识到了这一点，同时也证明了这一点，那种意识与那种证明就像两个潜伏中伺机而动的刺客，同时出击刺中了我。桌子似乎滑动起来，灯光摇曳，整个餐馆仿佛是在惊涛骇浪中行驶的轮船。在我的执意要求之下，奥尔洛夫要来了账单，可他在数钱的时候还在唱着，下楼的时候也是沿路在唱，一个人跳着华尔兹，穿过舞池，全然不顾乐队的伴奏，而是按着自己的节拍来，“密苏里的女人啊，你是个密西西比的坏女人……”

东方地带的前面，有人在兜售橡胶动物玩偶。奥尔洛夫买了一个兔子递给我。“告诉南希这个是斯蒂芬送她的。”然后他拖着我沿着一条路走，离开涅夫斯基大街。我们走的是泥泞的小道，而不是人行道，显然，我们的目的地不是阿斯托里亚酒店，因为这里不是宫殿区。相反，我倒是觉得仿佛又走进了新奥尔良的贫民窟，这片区域，大街小巷都是脏东西和破损的栅栏，还有风雨飘摇的木屋。我们经过一座废弃的教堂，风儿绕着穹顶嚎叫，正如寡妇在坟前哀号。离教堂不远的地方，人行道重新出现了，一同回归的还有这座城市的帝王之相。奥尔洛夫朝窗户里闪着亮光的酒馆径直走了过去。一番寒意让他平静了下来，酒也醒了不少。他在门口说，“这儿要强多了。劳动者的宫殿。”

这种感觉就像是掉进了捕熊的陷阱里。一百个怒吼着，争吵着，推搡着的食客，他们身体的热量、呼出的酒气，还有受潮的皮毛发出的气味充斥着这间酒馆。十到十二个人挤作一团，围着每间房的六张桌子坐着。

在场的只有三个女招待，看上去差不多的模样，她们都是大块头，身材魁梧、膀阔腰圆，脸长得又圆又平，看上去像盘子一样。除了招待客人，她们还肩负保镖的使命。她们镇定而专业，以一种不愠不恼的奇特方式，不费吹灰之力就能一拳将两倍于自身体重的男子打得吐血。上帝保佑那个胆敢还手的男人吧。这时这三个女孩就会分进合击，将他打得双膝跪地，毫不夸张地把他的皮囊拖在地上，直拖到门口，然后扔进黑夜。有几个人显然是不受欢迎的对象，他们从来进不到酒馆里面去，因为一旦这些不受待见的家伙出现在门口，店家的几位女士就会排成楔式队形，一顿胖揍把他赶走。不过她们也懂礼貌。至少她们还对着奥尔洛夫微笑，我想，应该是他紫貂皮衣领和价钱不菲的帽子给她们留下了好印象。其中的一个姑娘把我们带到一张桌子跟前，那张桌子旁坐着两个年轻人，下颌骨突出，都是彪形大汉，穿着皮大衣，她让那两人起身，让我们坐下。一个人答应了，另一个则喋喋不休。她一把揪住他的头发，拧着他的耳朵，把这个唱反调的家伙给制住了。

大多数情况下，只有上流社会的酒馆才有出售伏特加的许可证，因为这家酒馆不在其列，所以奥尔洛夫点的是俄国柯纳克酒，这种酒略带咸味，盛在大茶杯里，溢过了茶杯的边缘。如同一口饮尽啤酒沫般轻快，奥尔洛夫把三分之一杯酒倒下了肚子，他问我这家酒馆是不是令我“满意”，还是说让我觉得“粗俗”。我回答说是啊，是啊。“粗俗，但不下流，”他将两者划清界限。“海滨的酒馆，才叫下流。这里就是很平常的那种。劳工之家。没有那些势利眼。”我们那桌一块儿喝酒的有八个人，他们对我很感兴趣，像喜鹊一样把我拖来拽去，从我手里掏出打火机，从我脖子上扯下围巾，还有一些物件他们传来传去，瞪眼望着，咧嘴笑着，所有人全都一口烂牙，还有与年龄不相符的皱纹，哪怕是最年轻的那个也是这样。离我最近的那个人心里有些不平衡，希望引起我的注意。我没法猜出他有多大年纪，从四十岁到七十岁都有可能。他是个独眼龙，这种情况下，他倒是有办法让我盯着他看了。他的把戏是对十字架上耶稣的一种滑稽模仿。每喝一大口啤酒，他都会伸开双臂，耷拉着头。不一会儿，一行酒就会从他那只瞎眼的眼眶中滴出来。他在座的各位朋友都觉得这是个令人捧腹的特技表演。

酒馆里另一个很受欢迎的节目是一个背着吉他溜达的男孩。你要是给他买杯酒喝，他就给你唱首歌听。他给奥尔洛夫也唱了一首，奥尔洛夫给我翻译歌词，说这首歌“我们”都喜欢。这是一首挽歌，水手思念他年轻时生活的村庄，还有失去的爱人，名叫尼娜。“碧绿的海水就是她碧绿的眼。”这个男孩唱得挺动听的，声音中带着一种哀婉的弗拉明戈的颤音。不过我可以感觉到，他的注意力并没有放在歌词上。他的思绪和眼神都在我这边。他白色的脸庞有种悲切，那种白就像是用颜料画上去的，就像小丑的那种。但是我真正感到为之触动的是他的眼睛。后来我得知了缘由。那是因为那双眼睛让我想起一种表情，那种聋哑人的哀求，就是那个躺在大教堂路边的男人眼中的神情。唱完以后，奥尔洛夫让他再唱一首。而这个男孩试着跟我说话。

“我……你……母亲……男的。”他大概就认识十个英文单词，他努力地把这些词拼读出来。我让奥尔洛夫帮我翻译一下，因为他们俩用俄语在交流，仿佛这男孩又唱了一首歌。他的声音交织着某种悲伤的散文旋律，手指拨弄着吉他的琴弦。眼泪夺眶而出，他用手掌拭去眼泪，脸上留下脏兮兮的痕迹，像个孩子一样。我问奥尔洛夫他在说什么。“没什么有意思的。我对政治不感兴趣。”要说这个小男孩在谈论政治，这真是令人难以置信。而我执意要听，这时奥尔洛夫有点恼怒。“没什么。讨人嫌。他希望你帮他一把。”

“帮”这个词这个男孩倒是听懂了。“帮帮我，”他一个劲儿地点着头说。“帮帮我吧。”

“他是不是很讨人嫌？”奥尔洛夫说道。“他说他父亲是个英国人，母亲是波兰人，正是这个原因，他在这个国家受到的待遇很差。他想让你给英国大使写封信。反正就是这个意思吧。他想去英格兰。”

“英国人，”这个男孩自豪地指着自己说。“帮帮我吧。”我不知道该怎么帮他，他朝我望着，那种绝望让他湿润的眼睛中充满希望的光芒黯淡了下来。“帮帮我，”他不停地说，带着一种责备。“帮帮我。帮帮我吧。”

奥尔洛夫给了他一枚硬币，跟他说了要听的那首歌的名字。这是逗笑歌曲，副歌部分唱个没完。尽管这个男孩唱得有些倦怠，然而连那几个女招待都乐了，还跟着大声和了几句关键的歌词，这几句人人都知道。那个独眼龙很是气愤，因为这里除了他的特技表演之外，不应该再有什么表演能够博得如此大笑了。他爬上椅子，站着的样子就像是稻草人扎的耶稣像，啤酒从他的眼眶里涌出，顺着他的脸颊往下淌。离午夜还有五分钟的时间，到了打烊的时候，女招待开始关灯，带着一种警示的意思。但是客人们还在不停地唱，紧抓住这最后的几分钟，似乎不乐意放弃酒馆里同志间的友谊，踏上寒冷的街头和严寒孤独的归家路。奥尔洛夫说他陪我一起走到圣艾萨克广场。但走之前，还要最后再喝上一杯。他敬酒的时候说，“长命百岁，生活幸福。他们是这样说的吧？”是的，我告诉他，他们就是这么说的。

那个背着吉他的小男孩堵在我们去门口的路上。渐渐散去的客人们还在哼唱着他的歌；你可以听到他们的声音在街头回荡。而酒馆内，女招待正把那些赖着不走的人给轰走，一本正经地把灯熄灭。“帮帮我吧，”那个男孩拽着我的衣袖说。“帮帮我吧，”他的双眼坚毅地凝望着我，在奥尔洛夫的要求之下，一个女招待把这个男孩推到一边，好让我们离开这里。“帮帮我，帮帮我吧，”他在我身后央求着，我们中间已经隔了一扇门，他的声音渐渐地听不见了，就像夜里下的雪。

“我想他准是疯了，”奥尔洛夫说。

“纽约说不定都已经被轰炸了，谁知道呢，”莱昂纳德·莱昂斯对金融家赫尔曼·赛多利斯说，二人正在前往冬宫博物馆作晨间参观的车上，车上坐着剧团成员，赫尔曼就坐在莱昂斯的旁边。“我还没去过不能读报、不能了解世界动态的地方。我感觉就像是个囚犯。”赛多利斯这个高个子处事稳健、恪守小节，但他也坦言，他很想看看西方的报纸，也急切地想知道要是他找列宁格勒银行询问当前纽约股市交易行情，会不会是个“不大正确的决定”。

说来也巧，他俩后面就坐着一个人，可以给他们提供想打听的消息。他要做的本来就是了解铁幕那边发生的大事，尤其是美国的大事。这人是个俄国人，名叫乔瑟夫(“叫我乔好了”)·阿达莫夫，他此番到列宁格勒是受莫斯科电台派遣，来录制《波吉与贝丝》剧组采访。莫斯科电台专向苏联以外的国家发送播音信号。阿达莫夫将其才华倾注于这些专为美国，或者说专为英语国家播放的节目当中。这些节目包括新闻报道，包括音乐节目，还包括充斥着政治宣传泡沫的肥皂剧。听一次这样的节目真会让人大吃一惊：吃惊的不是节目内容——它们很粗糙——而是播音员的演技。那些假扮“普通”美国人的口音听上去简直分毫不差：

你绝对会相信那些自称是中西部农民、得克萨斯牛仔，或是底特律工人的家伙。哪怕是“孩童”的声音，你听起来都跟麦片的嘎吱声和棒球的噼啪声一样熟悉。阿达莫夫吹嘘说这些演员从未离开过俄国，他们的口音完全是在莫斯科练就的。阿达莫夫自己就经常在这些剧中扮演一些角色，他练就了一口十分纯正的美国某地方言，结果还把莱昂斯这个土生土长的当地人耍了一把，他说，“嘿，我惊呆了，我一直在想这家伙跑到离百老汇这么远的地方来干吗。”阿达莫夫看上去确实像是从百老汇和五十一街街角里出来的那种人，胳膊下面夹着一份《综艺》杂志。尽管他的俚语有些老旧了，但他还是能够从嘴边脱口而出，让人着实感到惊讶。“我嘛，博物馆可不是我的菜，”他说，这时我们已经快到冬宫了。“但是如果你喜欢这些让人发毛的东西，他们跟我说这个地方还是不错的，里面东西还是挺多的。”他皮肤黝黑，一张圆脸，三十五岁上下，是个坐立不安、爱咯咯笑的家伙，身上有一种咖啡因般的兴奋与活力。在我们的再三追问下，他那双狡黠的眼睛变得愈发难以捉摸了。最后他坦言他的英语的确是在纽约学的，在那里他跟随一个流亡美国的祖父，从八岁生活到十二岁。对于这段在美国的经历他选择了一带而过。“我只不过是个孩子嘛，”他这么说，似乎是想表达，“我那时不懂事啊。”

有个莫斯科的外国侨民十分了解阿达莫夫，这个人是这样跟我描述他的，他“可不是傻瓜。他是个脚踏两只船的机会主义者”。还有一个也是在莫斯科待过多年的意大利记者说道，“啊，没错，阿达莫夫先生，他可是个笑里藏刀的家伙。”简而言之，阿达莫夫是个成功人士，也就是说——这一点放在别的地方也一样，只不过在俄国更加明显一些——他可以享受普通百姓所不知的特权。他最看重的是一套两居室单身公寓，位于莫斯科的高尔基大街，听他的讲述，他的生活就跟身处后宫中的土耳其人差不多。“你要来莫斯科就跟我吱一声，你想见一些漂亮妞吧。”与此同时，他认为《波吉与贝丝》剧团的有些人员也算是“漂亮妞”，尤其是合唱团里那个眼睛圆圆的歌手，也就是多洛雷斯·斯旺（“疯丫头”）。在博物馆里，观光者分为十二人一组，阿达莫夫提出要加入到斯旺小姐那组，其他组员还包括沃尔夫特夫妇，格什温太太，南希·莱恩，华纳·沃森和我本人。

冬宫博物馆隶属冬宫的一部分，近几年又重新刷上了皇宫的颜色，一种冷黄绿色。从其延伸数英里的银色窗户里，你可以俯瞰公园以及涅瓦河的广阔流域。“冬宫始建于1764年，耗时七十八年完成，”导游是个女孩，像个假小子，说话很匆匆了事的样子。她介绍说，“你们可以看到，它由四座建筑组成，内有全球最大的博物馆。我们现在所处的地方就是大使上楼的地方，往昔大使们要参见沙皇，就得从这里登楼。”

跟随着这些大使们幽灵般的足迹，我们那一组跟着她踏上了这大理石楼梯，楼梯盘旋在白色和金色吊顶之下。我们穿过富丽堂皇的铺着孔雀石的大厅，仿佛置身水下走廊之中，随处可见落地长窗，我们几个人在窗前驻足，视线越过涅瓦河，在朦胧的大雾中眺望那座大名鼎鼎的审讯室——彼得·保罗要塞。“来呀，来呀，”导游催促道。“要看的东西还多着呢，我们要是在这些没什么价值的地方耽误太多时间，后面就看不完了。”

我们游览的下一处景观是地下金库。“这里是他们藏宝贝的地方，货真价实的东西，镶有珠宝的王冠，就是那些鬼东西，”阿达莫夫告诉斯旺小姐。一队矮小的女战士——其中的几个都身着制服，腰间的皮带上别着手枪——守卫着地下室上闩的门。阿达莫夫猛地朝那些卫兵举出大拇指，他对华纳·沃森说道，“我敢打赌美国是没有女警察的，对吧？”

“当然有，”沃森不好意思地说。“我们有女警察，当然有。”

“但是呢，”阿达莫夫被汗水浸润的圆脸笑得通红，说道，“没这么胖的，对吧？”

在地下室结构复杂的钢门开锁的时候，导游宣布，“请女士们把手提包交给看守代为保管。”然后，似乎是要刻意回避这句话昭然若揭的言外之意似的，她又补充道：“就是因为此前有女士把手提包掉落在这里，对展品造成了一定的损害。我们有过这样的教训。”

地下室由三个小房间组成，每个房间都点着烛光，头两间全都放满了博物馆内最特别的展品：西徐亚人[1]的金子、纽扣、手镯、冷兵器、纸一般薄的金属片以及花冠。“公元一世纪的物品，”阿达莫夫说。“公元前的，公元后的，各种乱糟糟的东西。”相形之下第三间房的学术光环比较暗淡，但视觉上却光彩夺目得多。一打玻璃橱柜（带有珠宝制作人的金属戳印：霍兰德及其子孙，伦敦格罗夫纳广场蒙特街23号）因这些贵族的遗物而熠熠生辉。缟玛瑙和象牙拐杖、伸出绿宝石舌头唱着歌的音乐鸟、珍珠做成的百合花束和一束红宝石玫瑰、戒指，还有匣子，释放

① 西徐亚人是具有伊朗血统的一支游牧民族，公元前8—前7世纪从中亚迁徙至俄罗斯南部，以现今克里米亚为中心建立了一个富裕而强大的帝国。这个帝国延续了500多年，至公元前4—前2世纪西徐亚人被萨尔马特人所征服才覆亡。

出热浪般的闪亮。

斯旺小姐唱起歌来，“钻石是女孩的好朋友，”这时有人大喊一声，“厄尔·杰克逊跑哪儿去了？”回答是，“噢，厄尔啊——你知道这个家伙这个时间肯定是还没起床的。不过他错过了这番美景，肯定要后悔的。他对这样的珠光宝气总是很有感觉。”

阿达莫夫驻足在一个橱柜的前面，里面有整套展品中屈指可数的几件法贝热珠宝，沙皇权力象征的缩影：皇冠，权杖和宝球。“太华丽了，”斯旺小姐赞叹道。“你不觉得很华丽吗，阿达莫夫先生？”阿达莫夫纵情地笑着。“你这么说那就是吧，小可爱。我个人认为这些东西都是些破铜烂铁。这些能给谁带来好处呢？”

艾拉·沃尔夫特叼着一个没点着的烟斗，他倒是赞同阿达莫夫的说法。不管怎么说，“我还是讨厌珠宝，”他一边说，一边怒视一盘闪闪发光的装饰品。“我不知道锆石和钻石之间有什么差别。不过我更喜欢锆石。它们更光亮一些。”他一把搂住他的妻子海伦。“我很庆幸娶了个不爱金银珠宝的女人。”

“噢，我喜欢金银珠宝啊，艾拉，”沃尔夫特太太说道。这个神情自若的女人正以一种试探性的口吻表达一种坚定的想法。“艺术品我都喜欢。但是这个嘛，都是带着假象和炫耀的东西罢了。这让我不舒服。”

“也让我不舒服，”莱恩小姐说。“只不过方式大为不同。我拿什么换那个戒指都行——那个虎眼石。”

“这让我不舒服，”沃尔夫特太太重申。“我才不会把这些东西叫做艺术品呢。这个，”她指着自己的墨西哥银质简约胸针说，“才是我所说的艺术品。”

格什温太太也加入到比较的行列中。“我倒是希望我压根儿就没来过这里，”她落寞地抚摸着自己的钻石说。“我感觉很不满，我要回家去敲我丈夫的脑袋。”莱恩小姐问她，“如果你可以拥有其中的一件，你想拿哪一件呢？”

“全都要，亲爱的，”格什温太太回答道。

莱恩小姐表示赞同。“我要是可以把这些带回家，我会把它们撒在地上，撕掉我穿的衣服，然后在上面打滚。”

沃尔夫特什么都不想拿，他就是想“离开这个该死的地方，去看点有意思的东西”，他向导游表达了这个想法，导游默认了他的建议，让大家在门口集中，离开之前点了点数。大约六公里过后，由于团体中有的人精疲力竭，队伍已变得稀稀拉拉，大家踉踉跄跄地到了最后一个展厅，参观了两个小时的埃及木乃伊和意大利圣母像，这时都已经步履蹒跚。他们伸着头颈看着那些挂得让人脖子酸的旧日统治精英，指着亚历山大·涅夫斯基的石棺，流连忘返于彼得大帝巨大的长筒靴。“这个，”导游说，“是这位进步分子用自己的双手做成的。”此时，在最后一个展厅里，导游督促我们“到窗户前去看看空中花园”。

“可在哪儿呢，”斯旺小姐小声地问，“花园在哪儿呢？”

“在积雪的下面，”导游说。“而这，”她边说边让大家的注意力转向参观日程安排的最后一个项目，“就是我们著名的孔雀。”

孔雀是一个奇异荒诞的机械装置，由十八世纪的钟表制造师詹姆斯·考克斯制作，作为送给凯瑟琳二世的礼物带到了俄国。它置于一个玻璃鸟笼之内，鸟笼有阳台大小。这个作品的亮点在于一只栖息在铜树上镀金树叶间的孔雀。栖息在另一个枝头上的有一只猫头鹰、一只雄鸡和一个啃着坚果的小松鼠。树的底部是零星的蘑菇，其中一个构成了钟面。“每逢整点报时，我们就会看到震撼的场面，”导游说道。“孔雀开屏，雄鸡打鸣。猫头鹰眨眼，小松鼠啃坚果。”

阿达莫夫嘟哝了一声。“我才不管它会怎样呢。太弱智了。”莱恩小姐责怪了他。她搞不懂为什么他会对如此这样一件“具有想象力的工艺品”嗤之以鼻。他耸了耸肩。“这玩意有什么想象力的？一群疯子忙瞎了眼，就为了那些贵妇人可以看见孔雀开屏。看看这些树叶吧。想想得花多少工夫去做。全都是毫无意义可言的东西。华而不实的东西。你在干吗，小妞？”莱恩小姐开始在笔记本上飞快地写着什么。“在干吗？把我说的那些屁话记下来吗？”实际上，正如莱恩小姐在慌乱中解释的那样，她正记录着这个钟的细节信息。“好啊，”他说，他的声音没有他的微笑那般友善，“你觉得我是个傻子，对吧？好呀，把这个记下来吧。我会告诉你我不喜欢这个东西的真正原因的。因为等我入土的时候，这个孔雀还会继续开屏。一生劳碌，终将入土。这就是博物馆的意义所在，提醒着人们死亡。死亡啊，”他又说了一遍，脸上紧张的冷笑转为悲情的狂笑。

另一个参观团体中的一帮士兵也走到了孔雀的跟前，此刻正好是整点报时。那些士兵都是些农村娃，头发剃光了，单调的军装像是尿布一样被椅子弄得皱皱巴巴，他们瞪圆了眼睛望着这群外国人，也望着猫头鹰的金眼一眨一眨，望着孔雀在冬宫惨白的光线之下展示青铜的羽毛，这对他们来说是双重的奇观。美国人和士兵们挤作一团，凑近些，好听清雄鸡的啼鸣。人与艺术一时间又鲜活了起来，免于旧日的死亡。

圣诞节前夜。文化部的译员在他们的领导萨夫琴科的监督之下，在阿斯托里亚酒店的餐厅亲自架起了一棵极细的冷杉树，并用手绘色的纸卡片和一绺绺的金箔来装饰。剧团成员们有感于这第四个即将一同欢度的圣诞节，不由得掀起了一股购物狂潮：绚丽的玻璃纸和丝带围着树延伸成一个及膝的二十英尺的圆圈。礼物到了半夜就要打开。距离那时已经过了很久，莱恩小姐却还在房间里忙着包装，找遍所有的箱子，从她的小装饰品中挑选一些出来，来代替她忘记买的小礼物。“或许我可以给某个孩子送个小兔，”她所说的小兔是斯蒂芬·奥尔洛夫送她的那个橡皮小兔，就放在她枕头边上。她可以用墨水给那只小兔的脸上涂上一点胡须，在两边印着“斯蒂芬”字样的地方写上“小兔”。“我想这可不成，”她最终决定。“如果我把这只兔子送出去了，没人会相信我俘获了一个俄国帅小伙的心。差不多算是俘获了吧。”因为奥尔洛夫没有给她再打过电话。

我帮莱恩小姐把礼物搬到楼下的餐厅，她刚好赶上分发礼物的尾声。孩子们被允许熬夜参加派对，眼下他们正紧紧地抱住刚刚拿到的玩具娃娃，喷射装满山莓汽水的水枪，一阵风似的踏过花花绿绿的包装纸屑。大人们伴着俄国爵士乐队的音乐跳着舞，在通向主餐厅的走道上可以听到演奏的音乐。布林太太舞步飞旋，假日的缎带在她的脖间飘浮。“这难道不是一种天伦之乐么？”她说。“你难道不觉得快乐吗？话说回来，我们可不是每个圣诞节都在列宁格勒度过啊！”女服务员都是些会讲英语的年轻学生，志愿为这个来自美国的剧团提供用餐服务，她们彬彬有礼地拒绝了跳舞的邀请。“哦，来呀，亲爱的，”有人强烈要求一个女服务员跳舞，“就让你我把隔阂消融吧。”伏特加也来为这个场合的气氛助兴，早已将文化部代表们的矜持交融。他们也都收到了剧团赠送的礼物，莉迪亚小姐收到一个小粉盒，她想给眼前的每个人献一个吻。“真是太好了，真好啊，”说着，她不厌其烦地在粉盒的镜子里照着自己的大圆脸。

即便是不苟言笑的萨夫琴科——这个面无表情、冷若冰霜的圣诞老人，或者叫冰雪老人，总之在俄国就是这么称呼圣诞老人的——看起来没过多久也将他的威严置之脑后。剧组里的一个年轻女子猛地一下子坐到他的大腿上，伸出胳膊揽住他的脖子，亲吻之余，还不时问一下他，“你明明就是个洋娃娃，为什么要让人看起来像一头生气的大狗熊呢？一个活生生的洋娃娃，你就是的，萨夫琴科先生。”这一举动至少并没有令他反感。布林也和这位文化部的高官说着动情的言语。“我们为这位先生喝一杯吧，感谢他举办了这场派对，”他举起一杯伏特加，“为我们在这个世界上拥有的最好的朋友之一，尼古莱·萨夫琴科干杯。”萨夫琴科擦去唇印，回敬了一杯酒。“为我们两国艺术家之间的自由文化交流干杯。如果听到炮声，缪斯便会沉默，”他接着引用他最爱的那句箴言。“如果炮声沉默，就能听到缪斯的声音。”

“乔”·阿达莫夫，这个来自莫斯科的播音员，正用一个便携式设备将派对的方方面面进行磁带录音，忙得不亦乐乎。八岁的戴维·贝请求讲两句，他对着阿达莫夫的麦克风说着，“大家好，圣诞快乐。爸爸让我上床睡觉，可我们玩得太开心了，我才不去呢。嗯，我得到了一把枪和一只船，只是我想要一架飞机，不要那么多衣服。随便哪个小朋友都会喜欢这里的，可他们为什么不过来和我们玩儿呢。我们有泡泡糖，我还知道一些捉迷藏的好地方。”阿达莫夫还录制了“平安夜，圣诞夜”，这首歌是剧组相聚在圣诞树的周围合唱的，声音足以淹没隔壁伴舞乐队的低重音。艾拉·沃尔夫特跟他的妻子也加入到合唱的行列。沃尔夫特夫妇因为膝下子女均已成年，于是预约了一个打往美国的电话。“我们所有的孩子们今晚都会团聚；明天就要各奔一方，”沃尔夫特太太在圣诞颂歌结束时说了这么一番话。“噢，艾拉，”她捏了一把她丈夫的手，“这是我唯一想要的礼物。希望我们的电话能够拨通。”可一直就没通。他们一直等到凌晨两点，只好睡了。

两点过后，这场圣诞派对渗入到了隔壁的房间，那里是阿斯托里亚的“夜总会”，允许周六的夜晚一直营业到十二点以后，而周六夜晚也是一周当中唯一一个顾客比员工还多的日子。苏联习惯把不认识的人安排到一块儿坐，这使得较为随性的交谈受到了约束，而且这个偌大的酒馆差不多被列宁格勒的精英阶层完全占据，气氛极为压抑，只有极少数的年轻陆军和海军军官带着他们的情人伴着乐队的雅韵起舞。而其余的人——艺术家和剧场名人，几组中国军人，还有那些双下巴的人民委员，身边是他们的妻子，镶着金牙，未穿紧身褡——都厌倦地坐在一旁，一副漠不关心的样子，像是太平洋珊瑚岛上的流放者。

厄尔·布鲁斯·杰克逊张望了一下说，“怎么样，老猫们，我们动起来吧，锅里加点火辣的料，剥了野兽的皮，把辣椒粉撒在他眼睛里。”于是剧团里五名成员强行将乐池据为己有。对于这种霸占，酒店的乐师丝毫没有反对的意思。因为他们都是美国爵士乐迷，其中一个还是迪兹·吉莱斯皮[①]的死忠，他听国外广播，把音乐录制在用老X光片做成的唱片上，以此搜集了大量的录音资料。朱尼尔·米格奈特负责吹小号，手指如香蕉一样粗的洛伦佐·福勒弹钢琴。摩西·拉马尔是个有砂纸一般双肺的大块头，他跺着脚，嘴巴张得大大的，活像一头短吻鳄。“脱下帽子，脱下大衣，烦恼抛到门口的阶梯……”似乎刚才那些流放者看到了得救的希望。他们笑容绽放，就像旗子展开，坐在桌边的人一走而空，全部涌入舞池。“……迈开你的脚吧……”一个中国军校生踏着地板，俄国人聚集在乐队的周围，深深地被拉马尔带有磁性的沙哑嗓音所吸引，身后是不停的鼓点。“……来到阳光灿烂，灿烂，**灿烂**……”那些成双入对的将对方搂在怀里，尽情摇摆。“……的街头！”

“看看他们，僵尸大暴动！”杰克逊冲着拉马尔大声说道，“他们都是被剥了皮的，伙计，剥了皮的。冲他们身上泼汽油，活烧。嚯嚯哈哈！”

布林太太就像一个牧羊人，望着她的羊群微笑；她转身对莱昂纳德·莱昂斯说：“你看，我们破冰了。罗伯特做了外交官做不到的事。”莱昂斯半信半疑地回答道，“我能说的只是‘这厢歌舞升平，哪管罗马遭焚，啊。”

在一张桌子前，我注意到了莱恩小姐的大学好友普丽西拉·约翰逊，她正在学习俄国法律和写作，并且在写——用她的话说——有关苏联爱情生活的文章。她和三个俄国人坐在一起，其

① 迪兹·吉莱斯皮，是Be-bop爵士乐风的宗师，是拉丁爵士的创始者，是位兼具号手、编曲、乐队经理及歌手等多重身份于一身的爵士乐界巨人。

中的一个看上去饱经风霜的样子，满脸胡茬，个子矮小，黑发蓬松，此人倒了一杯香槟酒，猛地一下递到我的面前。“他想让你坐下来，然后嘛，天啊，你最好照做，”约翰逊小姐建议我。“他是个狂野的人，算是吧。但挺可爱的。”他是个格鲁吉亚的雕塑家，负责列宁格勒新建地铁的英雄人物雕像，而他“狂野”的本性因为突然的草率言论而显露了出来。“你看到那个戴绿领带的家伙了吗？”他指着一个从屋里走过的人，用英语问我。“他是个龌龊的胆小鬼。是苏联内务部的人。他想找我的麻烦。”或者说，“我喜欢西方国家。我去过柏林，见过玛琳·黛德丽①。她那时还爱着我。”

桌边还坐着一对夫妇，妻子脸色惨白，深褐色的头发，颧骨像是蒙古人，绿色的杏仁眼。二人一言不发，直到约翰逊小姐和那个雕塑家起身跳舞之后，那个女的才对我说，“那个小个子真是差劲啊。真是龌龊。不用说，这是个格鲁吉亚人。这些南方人！”她说英语的时候，带着一种做作的优雅，一种莉莎·杜利特尔式的咬文嚼字。“我是内维斯基夫人。想必你一定认识我丈夫吧，那个低声唱歌的人，”她向我介绍那个绅士，年纪比她大一倍，有六十多岁了，曾经英俊潇洒，如今已成往事，大腹便便，下颌的赘肉松弛。他还上了妆——搽了粉，上了眉笔，还有一点唇膏。他不会说英语，而是用法语跟我说，“我是内维斯基，俄国的平·克劳斯贝②。”见我从未听说过他，他的妻子有些诧异。“没听说过他吗？内维斯基？就是那个著名的男低音歌手？”

---

① 玛琳·黛德丽(1901—1992)，德裔美国演员兼歌手。1999 年，她被美国电影学会选为百年来最伟大的女演员第 9 名。

② 平·克劳斯贝(1903—1977)，生于美国华盛顿的歌手、演员、制片人。

她感到诧异，倒也合情合理。在苏联，内维斯基可是个家喻户晓的大腕，是那些年轻女孩的偶像，她们倾倒于他对流行民谣的演绎。在二十岁到三十岁的那段时间里，他住在巴黎，作为夜总会歌舞表演者就已小有名气。后来，时运不济，他又去了远东，开始了低档酒吧之旅。尽管父母都是俄国人，他的妻子却出生在上海，他俩正是在上海相遇并结为夫妇的。1943 年，他们又搬到了莫斯科，在那里，他开始了一段不算太成功的电影演员生涯。“我其实是个画家。但我不会费尽心机地讨好别人。而要想让你的画能够展出，这个是必须的。如果你总在旅途奔波，画画是件难事儿。”内维斯基长年在俄国抛头露面。眼下，他已经和列宁格勒的一系列演唱会签过约。“内维斯基的演唱会门票要比黑人畅销，”他的妻子告诉我说。“我们准备去看看黑人的首演，”她说，然后又补充道，她确信那将会是一个“愉快的”夜晚，因为“那些黑人很能逗乐，而这里几乎没什么可乐的。除了工作，再工作，就没有什么了。我们已经累得乐不起来了。你难道没发现列宁格勒整个就是一座死气沉沉的城市吗？一具美丽的僵尸？莫斯科也是如此。莫斯科或许没这么死气沉沉，但却丑陋之极”。她耸了耸鼻子，打了个寒颤。“我想，你是从纽约来的，会觉得我们很破落吧？说实话。你觉得我破落吗？”我觉得并非如此，并非如此啊。她穿着一件简约的黑衣，戴着一些好珠宝，肩头披着一件水貂皮女式披肩。说实话，她是我在俄国见到的穿得最好、长得最棒的女人了。“啊，你是不好意思说吧。可我心里有数。我看你那些朋友，那些美国的女孩儿，我就觉得我很破落。除了我的皮肤以外，就没什么像样的东西了。这并不是说我很穷。我是有钱的……”她犹豫了一下。此时，约翰逊小姐和那个雕塑家回到了桌前。“拜托，”她说，“我想跟你私聊一下。跳支舞好吗？”

乐队演奏着《爱我的人》，跳舞的人群聆听着拉马尔低声吟唱的歌词，脸上露出了惊讶的神情。“……会是谁呢，哦，也许，亲爱的，也许就是你！”内维斯基夫人的舞跳得不错，但是身体不够放松，手也是冰凉的。“我喜欢黑人音乐[①]。听上去有种顽劣的感觉，”话音未落，她又凑到我的耳边，“你和你的朋友们一定觉得俄国的东西卖得挺贵的吧。听我一句，不要把手中的美元拿去兑换。卖身上的衣服。这是赚取卢布的法子。你只要卖，谁都会买的。只要是卖的时候提防着点儿就成。我就住这家酒店，520房间。跟你朋友们说，把鞋啊、袜子啊、贴身穿的衣物啊带给我，都行，”她把指甲伸进我的衣袖里，“跟他们说，我什么都会买下来的。真的，”她叹了一口气，又恢复了正常的声音大小，然后一声尖叫，比米格奈特吹的小号声音都大，“黑人可真够逗乐的哈。”

涅夫斯基大街的后面有一座拱形建筑物，和圣彼得大教堂异曲同工。这座建筑是卡津大教堂，全列宁格勒最大的反宗教博物馆。博物馆的里面，透过彩色玻璃，在晦暗的氛围中，博物馆管理方对教会的教义做出了一通恐怖剧般的控诉。沿着画廊，教皇的雕塑和凶神恶煞的肖像一件接着一件，像是女巫游行的队伍。四处都是神职人员淫邪的眼神和鬼脸，在配有说明文字的漫画中对着修女模样的女人作出放荡的暗示，纵欲狂欢，对穷人不理不睬，而对堕落的贵族万般谄媚。博物馆不断地展示出它最钟情的

---

① 此处原文为法语 J'adore le musique des Negres。

主题：教会——尤其是罗马天主教堂——之所以存在，其唯一目的是为了保护资本主义。在一幅巨大的讽刺油画上，洛克菲勒、克虏伯、海蒂·格林、摩根和福特将凶残的魔掌伸向堆积如山的钱币和战时被鲜血浸透的头盔。

卡津大教堂深受孩子们的喜爱。这倒可以理解，因为随处可见的展览品充斥着残暴与折磨的恐怖喜剧场面。那些平日里对成群的小学生严加管教的教师，每当经过这个地方，总是很难将孩子们从审讯室这样的景点强行拖走。审讯室里有四个真人大小的蜡像，正以异端者的痛苦为乐。受难者一丝不挂地被锁链绑在桌子上，两个戴着面具的施刑人员用烧得红通通的炭烫着他的身体。那些火炭的效果是通过电灯实现的。那些孩子们即便是被拽走，还是不忘鬼鬼祟祟地溜回来再看上一眼。

教堂的外面，在许多用来支撑拱形建筑的柱子上，还有另一番景象。粗糙的涂鸦粉笔画就跟男厕所里那种平常的乱涂乱画一样，简直不值一提，但是乍看之下，在这种地方能找到这样的涂鸦画似乎是意料之外的；再一想，这却是情理之中的。某种程度上说它们和这里很般配。

反宗教博物馆起初并不在东道主为《波吉与贝丝》剧组安排的观光景点之内。恰恰相反，礼拜天，也就是圣诞节，苏方提供了参加天主教弥散或者浸礼会仪式的选择。剧团的十一名成员——其中包括罗达·博格斯，这个女高音在剧中饰演卖草莓的女人——选择去了浸礼会福音教堂，该教堂在列宁格勒拥有两千名教民。随后，我又看到博格斯小姐独自一人坐在阿斯托里亚的餐厅里。她体型丰腴，蜜黄色的皮肤，一脸快活，通常把自己收拾得很干净，可现在她的礼拜盛装帽却戴得有些歪，她一直用手帕拭去眼中的泪花，手帕已经湿得像块抹布。

“我的心都被撕碎了，”她对我说，胸脯上下起伏。“自打我会走路起，我就去教堂，但我从未像今天这样感受到耶稣的存在。噢，孩子，他就在那儿。他就出现在眼前。他就那样清清楚楚地写在每个人的脸上。他与我们一同歌唱，你从未听过这般动听的歌声。大多数都是些上了年纪的人，要不是有上帝相助，那些人是绝不可能唱出这样动听的歌声的。那个牧师是个和蔼可亲的老人，他问我们这些有色人种是否可以唱一首灵歌，他们静静聆听着，那一排又一排苍老的面孔注视着我们，仿佛我们正告诉他们没有人会孤单，因为上帝无处不在，他们早已了解这个事实，但我感觉他们更希望能听到这个事实。如果有人怀疑我们的救世主是否存在，他就不会出现在这里了。后来，到了该说再见的时候了。你知道发生什么了吗？教堂里的所有人，他们全体起立。他们将自己的白色手帕掏出来，在空中挥舞。他们唱着，‘上帝与你同在，直到我们再度相见。’大伙儿泪如泉涌，他们和我们。噢，孩子，这件事让我心潮澎湃啊。肚子里有说不完的话。”

傍晚，离首演不到二十四小时了，天色已晚，阿斯托里亚的窗户里却灯火通明。夜晚的走廊传来了急匆匆的脚步声，关门声哐当作响，电话铃不绝于耳，就像要大难临头一样。

415 套间里，博伦大使和他的妻子正在招待一小群刚刚乘火车从列宁格勒赶来的助手和朋友们。这群人里面包括罗伊 · L · 劳瑞，他是大使馆的要务秘书，也是当时在柏林给剧团做过“信息通报”的两个人之一。所有人都出奇地缄默，因为博伦夫妇不想让他们抵达酒店的风声走漏出去，要等到最后一刻才好。他们的掩饰工作做得非常到位，结果第二天早上，华纳·沃森还以为这些外交家们正在飞机上呢，他动身前往列宁格勒机场时还带着一束花打算献给博伦夫人。在大使们住的那间套房的正下方——315套间里，布林太太正在健身器上健身，而她的丈夫正在润色他的开幕词。有人建议他强调一下，这部剧对美国黑人的描绘是基于很久以前的事情，而不是当下，以此避免共产党利用《波吉与贝丝》作政治宣传。于是他又加上了一句，“《波吉与贝丝》的故事背景是过去。它与现实的关系就如同与俄国在沙皇统治下的生活一样遥远。”223房间里，莱昂纳德·莱昂斯正在打字机前敲击着开幕之夜的专栏提纲，他打算给他所在的报社《纽约邮报》发电报。“舞台上挂着苏美两国的国旗，”他在展望演出场景时这样写道。“上次美国的旗帜飘扬在这里的时候，美国还只有四十五个州。一名文化部的代表致电询问美国现在有多少个州。昨天服装女管理员又在早先的国旗上面绣上了三颗星。”这些内容写满了整整一页。莱昂斯又加了一张纸和一些复写纸，他并未将用过的复写纸扔进废纸篓里，而是拿到洗手间，冲到不为人知的地方去了。他觉得要销毁用过的复写纸，这样会更稳妥一些，不然的话，苏联方面或者是竞争的同行记者会搜寻并破译他们写的是什么。此话不假，酒店里挤满了抢夺新闻的各位选手。《星期六晚报》的法人代表就是查尔斯·R·泰尔，博伦大使的姐夫。泰尔还有《纽约时报》的C·L·舒尔茨博格和博伦一行一起抵达了列宁格勒。《星期六评论》派来的是霍瑞斯·萨顿，《时代与生活》已经有一个摄影报道组到场，而美联社莫斯科分部的理查德·奥玛丽夫人正坐在直奔列宁格勒的红箭快车上，哥伦比亚广播公司的记者丹·斯科尔头天晚上也是搭乘这趟列车过来的。

眼下，二楼的3号房里，斯科尔——一个身材魁梧的单身汉，三十五岁上下——正忙着修改一篇手稿，口中叼着烟斗，一边对着电话那头在莫斯科的速记员念念有词，这三件事他同时完成。“好了。下面就是我的报道。你做好准备，我们开始了，”他大喊了一声，又开始念打印好的几页。“《波吉与贝丝》剧组逗号据称是首个赴俄国演出的美国剧团逗号将于明晚在两千两百名经过筛选的观众面前开启本次苏联之约——我重复一遍，是二二零零——演出地点是列宁格勒文化宫逗号但是在台下那些黑人演员和歌手已经大受欢迎句号剧组的六十名成员逗号以其本色出演逗号给这个苏联第二大城市逗号带来了巨大的影响……没说错，是吧？是第二大城市吧？”在接下来的二十多分钟里，斯科尔就这么乏味地讲述着一些轶事和真相。列宁格勒的市民排成长龙，在大雪中通宵达旦地等待，就是为了花六十卢布(15美元)买到头等票，黑市上这个票价要翻上两到三番。“嘿，有什么是黑市的近义词，好通过审查？好吧，换成场外交易价格。”快到收尾的时候，他说道，“他们给列宁格勒带来了一个或许不同于以往任何历史阶段的圣诞节句号一直到凌晨四点他们还聚集在圣诞树周围破折号那棵圣诞树是热情的苏联政府提供的破折号唱着圣诞颂歌和宗教歌曲句号好了，我知道我报道得有点多了。但是我很兴奋。真的很兴奋。显而易见嘛。一种文化对另一种文化的影响。再多啰嗦一句，听着，我在这里开心极了。他们真是一群好伙计，这些《波吉与贝丝》剧组的。就像和马戏团生活在一起。”

周一的早晨，首演当天，剧组在列宁格勒文化宫集合，准备进行最后一次有完整乐队伴奏的带妆彩排。苏联方面本打算将这次演出放在具有吸引力的马林斯基剧院，然而对于门票的需求量令他们改了主意，他们将演出换到了更大的文化宫，这样的话，盈利就能翻番了。文化宫落成于三十年代，是一排土黄色的混凝土建筑。从外观来看，它与好莱坞和瓦因沿途那些破败的超市建筑并无二致。而文化宫的内部，有几个因素使其变得像一个溜冰场。譬如说室内的温度。不过对戴维·贝和剧团里其他几个孩子而言，他们觉得“这个地方挺不错的”，尤其是后台又大又黑，非常适合玩捉迷藏，飞绳可以用来荡秋千，身强体壮的后台工作人员——女的比男的体格更强壮——还宠着他们，给他们条形糖果，管他们叫做“阿鲁奇卡”，这是个表示亲昵的词。

我驾车来到了彩排现场。同行的还有文化部的两名译员——莉迪亚小姐和那个面容英俊的高个子萨沙。莉迪亚小姐正吃着东西，兴高采烈的样子，仿佛要正儿八经地端坐下来好好享用一顿美食似的。“我们要去看节目了，没错吧？我们现在要去看《波吉-贝丝》，”她扭动着身体说。于是我回答说当然没错，莉迪亚小姐和她文化部的同事们终于可以亲眼看看“这部《波吉-贝丝》”了，这个长久地耗费了他们的时间和精力的神话。即便是萨夫琴科也将是头一次看到这出戏。沿途，莉迪亚小姐兴奋地指着大街上随处可见的有关本次演出的宣传广告。布林的名字屡次出现，而且是用的比格什温更大字号的粗体字呈现，而因故缺席的合作监制布莱文斯·戴维斯干脆完全省去了。之前的一天，格什温太太就对华纳·沃森讲，在俄国，格什温的名字好像“坐在了后座上”；对此，沃森是这样答复的，“瞧啊，李，这次是罗伯特的表演。他想要这样。这次他不达目的不罢休。”

“你怎么坐着一动不动啊？”莉迪亚小姐问萨沙。“我们马上就可以先于普通人看到演出了。”萨沙确实是一动不动。他的脸色看起来像是受到晕船之苦，这不无原因。那天早晨，萨夫琴科告诉了布林一个令他昏厥的消息，说是剧团演出节目单还在印制当中，几天之内不可能印好。这可不是闹着玩儿的，因为节目单上要交代这出歌剧的故事情节，布林担心，要是没有这份指南，观众会很难跟得上剧情的发展。萨夫琴科提出了一个解决方案。何不让文化部找一个翻译，在演出开始之前以及每一幕之前讲述一下故事梗概呢？萨沙就被选中去承担这一任务。“到时我的腿怎么站？”他说，他一怯场，就会头晕目眩。“我嘴里没词，该说什么好呢？”莉迪亚小姐安慰他说：“别的就不去想了，就想想这是项多么光荣的使命啊！许多重量级人物届时都会出席。大家会留意你的。如果你是我儿子，萨沙，我会觉得万般荣幸的。”

文化宫内的观众席灯光已经熄灭，萨沙和莉迪亚小姐找了第四排的两个位子坐了下来。我就坐在他们的后面，两边坐的是萨夫琴科和“乔”·阿达莫夫，两人正在用牙签剔牙。其他俄国人约有三十来号人，零星地坐在前面的几排，他们此前用尽各种旁门左道获得邀请，来观看这次彩排。他们当中有前来报道首演的莫斯科记者和摄像师。管弦乐队站成弧形，他们是从莫斯科斯坦尼斯拉夫斯基剧院引进的，正自信满满地演奏着序曲。乐队指挥亚历山大·斯马伦斯是个出生在俄国的美国人，毕生精力都奉献给了《波吉与贝丝》，这部歌剧的每一版制作呈现——包括1935年的原版——都是由他来指挥的；他说，斯坦尼斯拉夫斯基是他指挥过的第六十一个管弦乐队，也是最好的一个。“无与伦比的音乐家，和他们共事真是一种享受。他们喜欢谱曲，他们节奏感和韵律感都很强。现在，他们只需再多投入一点点感情。”

舞台上，布林戴着一顶贝雷帽，穿着一件防风夹克和一条西部边疆裤，指挥着剧组成员各就各位，准备第一幕。供彩排使用的单色高架灯照射着演员们的脸，投下的阴影让舞台多彩的布景略有失色，也让布景的褶皱变得愈加明显。布景简单而实用，展现的是鲶鱼街的一角，包括带有阳台的屋子以及百叶窗。此时，一名女高音对布林的手势作出回应，她倚靠在阳台上，开始演唱开场曲“夏日时光”。莉迪亚小姐听出了这段旋律。她轻轻地摇晃着头，跟着音乐哼唱，直到后来，萨夫琴科拍了拍她的肩，轻声责备她，这让她在座位上有些畏缩。演到一半的时候，阿达莫夫用胳膊肘轻轻撞了我一下说，“我英语说的不赖，对吧？可是我听不懂他们到底在吼些什么。都是些狗屁方言！我想……”但我再也听不到他想的是什么了，因为萨夫琴科扭过头来，看了他一眼，那一眼足以令他窒息。大多数俄国人都与萨夫琴科先前所希望的那般安静。一排排观众的身形轮廓在闪烁的舞台灯光下显现出来，表情始终如一，就跟钱币上的人头一样。演出最后以一曲咏叹调结束，人们安安静静地向衣帽间散去。萨夫琴科和莉迪亚、萨沙以及另外两个文化部的年轻人伊格尔和亨利一同等在那里，这时一个工作人员过来取他们的大衣。我走了过去，问莉迪亚小姐她的观后感。她咬了咬下嘴唇，眼睛飞快地向萨夫琴科瞟了一下，十分肯定地说道，“有意思。太有意思了。”莉迪亚小姐点了点头，但是不管是她，还是萨沙、伊格尔或是亨利，都不会贸然使用一个别的形容词。“没错，”他们口径一致，“有意思。太有意思了。”

《波吉与贝丝》的常规演出时间将近两个半小时，但是最后的这次排演，由于中间有多次纠正错误的暂停，从早上十点一直演到下午两点。剧组人员已是饥肠辘辘，急切盼望回到酒店，这时，等剧院清场完毕，俄国的观众全都离开以后，布林通知大家彩排并未结束，他要求将演员谢幕环节进行重新走台，这让剧组成员有些恼火。

按照目前的情况，尽管演员中只有波吉与贝丝两人单独鞠躬，然而已经定好的谢幕环节需要六分钟完成。不会有太多的作品能够期待观众持续六分钟的掌声。此时布林提议，通过设计一个类似“单独小节目”的环节，将这六分钟无限延长。他说，“类似一个即兴节目吧。就像加演那种。”具体环节如下：让一个鼓手敲一段小手鼓，与此同时，每次招手示意一名剧团成员跳着欢快的舞步出来，带动单独的掌声。哪怕是剧务，服装女管理员，灯光师，当然还有导演本人，都要一一接受观众的致敬。对此你可以下两种结论：要么是布林指望有雷鸣般的掌声，要么就是他担心会出现冷场，于是采取“即兴”加演谢幕这种稳妥的办法，来保证掌声能够经久不息。显然，在当时那种微妙的外交环境下，在演员还在进行某种意义上的表演时，观众是不会离场的。

剧中主要演员均安排有私人轿车。玛莎·弗劳尔斯与埃塞尔·埃勒轮换出演贝丝一角，根据安排首演当晚由弗劳尔斯小姐上阵，这时她表示要载我一同回阿斯托里亚酒店。我问她对首演是否感到紧张。“我吗？哈哈。我这两年一直在演这个剧。要说唯一能让我紧张的事儿，或许就是这么辛苦地工作，会把我的嗓子给毁了。”弗劳尔斯小姐是茱莉亚大学一名年轻的毕业生，志存高远，一心想成为一名响当当的独唱音乐会歌手。她身材娇小可爱。不管是笑的时候，还是不笑的时候，她的嘴唇总是向下，仿佛刚刚尝过青柿子一样。“不过我太累了。肯定就是这么回事儿。这种天气对歌手来说可不是什么好天气。你真得注意你的嗓子，”她揉着自己的喉咙说。“另外一个扮演贝丝的，你知道的——埃塞尔，得了重感冒，卧病在床。她发了烧，还有各种其他症状。所以我得演唱明天的午场，说不定还有夜场呢。嗯，要是持续作战的话，你的嗓子会永久性毁掉的。”她详细讲述了从现在到演出之前的日程安排。“我必须得吃点东西了。不过当务之急是要洗个澡。你的浴缸能用吗？我的浴缸太大了，我都可以在水上漂起来了。我还要睡个午觉。我们六点出发去剧院。大概六点半的样子我要溜进化妆间，把那朵用旧了的红花插进头发里。之后我想就要等上一段时间了。”

六点半的时候，弗劳尔斯小姐想必已经在化妆间插纸玫瑰了，布林太太和格什温太太在博伦的套间里，后者邀请她俩在动身前往文化宫前喝几杯。布林本人由于太忙，无暇接受大使的盛情，早已去了剧院。

博伦的助手罗伊 · L · 劳瑞和劳瑞太太端上了苏格兰威士忌和白开水。夫妇二人都属于那种保守稳健的风格，行为举止就像中学教师，在这些方面二人十分般配。玛丽娜 · 舒尔茨博格是博伦夫人的密友，也是《时代》杂志作家的妻子，她思维敏捷，也在场协助女主人答话。博伦夫人有点一反常态，平日的她宁静安详，口齿伶俐，有着牧场女工的肤色和察言观色的蓝眼睛，今天却让人觉得她无法维持任何一种形式的交谈，哪怕是最尴尬的交谈。不过在这次“人人歌剧团”与美国国务院双方代表的会面中，某种程度的尴尬本来就是先天存在的，如果你还记得布林数日前寄给博伦的那封带着过度苛责口吻的信的话。而大使先生呢，从他的和颜悦色中，你也许想象不到他曾经收到过这样一封来信。博伦从事外交官工作已经二十五载有余，大部分光阴是在莫斯科大使馆度过的，起初是担任要务秘书一职，这正是劳瑞现在的工作，最终于 1952 年被委任为大使，相比他在哈佛毕业那年(1927)所摄的一张照片上的样子，他的容颜依然与那时相仿。多年的经历磨平了他运动员般的英俊面庞，熬白了他的头发，冲淡了，或者说是砺尽了眼中梦幻般的纯真。然而乍看之下的年轻外表与雄健的体魄并未离他而去。他慵懒地倚靠在座椅上，小口品尝着苏格兰威士忌，和布林太太交谈，仿佛他们此刻身处一间农舍，身旁是温暖的壁炉，小狗正懒洋洋地趴在地上。

不过布林太太却悠闲不起来。她坐在椅子的边缘，就像是一个求职者。“您能来真好。真是难得，”她用一种小女孩的声音对博伦说，“这对剧组而言意义重大。”而某种程度上，这根本不是她自己的声音。

“您担心过我们有可能会错过演出吗？”博伦说道，同时，他的妻子补充说，“无论如何都不会错过的！这次演出是这个冬天的亮点。我们都没考虑过别的，对吧，奇普？”她叫着博伦的绰号。

布林太太谦恭地低下了眼，面颊泛起一点颜色。“这对剧组而言的确是意义重大。”

“这对我们来说才是意义重大呢，”博伦夫人说。“我们的生活不怎么有生趣，所以我们才绝不会错过这样的演出啊。怎么说呢，哪怕是全程都要步行，我们也会走过来的。双手双膝着地，爬也要爬过来。”

布林太太的眼睛向上翻了一下，很快地扫了大使夫人一眼，似乎是有些怀疑她这番言论是否带着讽刺的意味；接着，看着博伦夫人直率和不加掩饰的脸，她才放下心，又把眼睛低了下来。“你们能来真是难得，”她低声说道。“我们一定会为莫斯科的那场聚会兴奋不已的。”

“噢，没错……聚会，”博伦夫人说，明显带着一种无奈的语气。为了庆祝剧团莫斯科首演，两周以前，博伦夫妇就作出承诺，在他们的官邸斯帕索宅举行一场官方接待。

“我和罗伯特衷心希望布尔加林先生能够届时莅临。我们希望以个人名义感谢他对我们的盛情招待。文化部送了罗伯特一份厚礼。七头大象。”布林夫人说的是壁炉台上放着的一排塑料大象模型，都是萨夫琴科送给布林的礼物。

“真不错啊，”博伦夫人这话说得很模糊，似乎没有抓住这次谈话的主线。“嗯，当然了，我们无法确定谁将会参加宴会。我们向外界发放了两百份请柬，数量上会有点出入，不过因为俄国人对于‘请予回复’从不回复，所以哪些人会来，会来多少人，我们也无从知晓。”

“没错，”博伦大使说道。“只有等这些人走到了门口，你才能百分百确定。他们当中任何人都不例外。而他们自己举办宴会时，不到最后一分钟，他们是不会邀请你的。任何在外交部门的人，在得知克林姆林有重大事件的时候，都会把晚上的时间空出来。我们就闲坐待命，希望电话铃响。有时候他们邀请我们时，饭都吃到一半了。之后便是匆匆赶去。所幸的是，你从不用担心穿什么去，”他又回到了早先的那个话题，这个话题对布林太太来说可谓是件劳神费力的事。因为今天早些时候，布林太太很沮丧地得知博伦不愿意扎黑色领带出席首演。的确，她一心想“让一切看起来像一台晚会”，之前甚至还得陇望蜀地指望着让大使穿上晚礼服，系上白色领带，这正是她丈夫布林先生所预期的。然而，“我从未想过穿一件无尾礼服，”博伦指着一件他认为适合那个场合的深灰色西服说。“这里没人会穿无尾礼服。哪怕是首演。”

角落里，格什温太太和舒尔茨博格太太也在讨论这个有关着装的话题。“我们当然不能为了迎合某种需要去穿我们不想穿的服装。我跟维尔瓦一直就是这么说的。那天晚上我们去看芭蕾舞表演，简直穿得不能再滑稽了。哦，他们真是有些小题大作了。我不知道有什么值得大惊小怪的。毕竟，不就是场老《波吉》吗。”

“实际上呢，”舒尔茨博格太太开口道。她出生于希腊，机灵的眼睛中带着地中海式的顽皮。“让俄国人看到我们衣着体面，也许不是件坏事儿。他们平日穿成那样，真是太不应该了。我们刚到这里时，我就为他们感到难过，”她又补充说，她和她丈夫已经来苏联两个星期了，一直作为宾客待在博伦的家中。“我先前以为他们这样穿是因为贫困。而事实并非如此。他们之所以看上去这般模样，是因为他们想要如此。他们是有意为之。”

“没错，”格什温太太说，“我就是这么想的。”

“我很好奇，”舒尔茨博格太太自言自语道。“我很好奇啊。你觉得俄国人那么差劲，是因为他们老是吃败仗吗？还是说他们老是吃败仗，就是因为他们很差劲？”

“没错，”格什温夫人说，“我就是这么想的。”

劳瑞看着博伦大使的眼睛，意味深长地看了一眼他的手表。

酒店外豪华轿车的引擎正在发动，准备载着博伦夫妇前往剧院。其他的齐夫车停靠路边，整条街都是这些车亮起的车灯，等待的是布林太太、格什温太太、萨夫琴科、阿达莫夫和美联社、时代-生活还有哥伦比亚广播公司的工作人员。这些车不久就要发车，穿过广场，像是送葬队伍一样。

博伦将杯中的苏格兰威士忌一饮而尽，随后陪着客人们走到门口。“我觉得您没什么可担心的，”他对布林太太说。“俄国人都是很懂音乐的。你会在耳朵里听到卢布的声音。”

“挺可爱的一个人儿。太太也很有魅力。”格什温太太在二人下楼的时候这样对布林太太评论道。

“挺可爱的，不过嘛，”布林太太说着，她羞涩的小女孩般的声音忽然变得成熟起来。“罗伯特和我真的希望能办得像晚会。”

“哎呀，我说亲爱的，要是我们太过夺目，这是成不了晚会的，”格什温太太坚持着自己的观点，身上的钻石首饰让她看起来宛若在聚光灯下行走。“坦率地说，我个人认为，让俄国人看到体面的衣着，对他们是再好不过的了。他们平日穿成那样，真是太不应该了。我们刚到这里时，我曾为他们感到难过，可如今……”

在城区那一头的文化宫附近，浑身洒满雪花的人群簇拥在人行道上，围观着持票人士的到来。剧院内，观众人数已相当可观，他们在电视新闻弧光灯的强光下炙烤着，此刻早已就座。一篮篮的鲜花，有黄有白，在舞台侧面排开，星条旗和锤子镰刀旗交织在一起，悬挂在舞台上。在后台，管弦乐队的笛子和双簧管正在试音，宛如大森林里传来的声音，玛莎·弗劳尔斯已经穿好演出服，镇定自若，任凭相隔甚远的观众席发出山呼海啸般的声音，正如她此前预料的一样，她要“等上一段时间”了。

等的时间确实够长的。八点宣布演出开始，九点四十五分大幕才徐徐开启，十一点四十帷幕落下。半夜之前，我回到了阿斯托里亚酒店，等着亨利·夏皮罗的电话。他是合众社驻莫斯科的记者，说是等首演结束后会打电话给我，了解“演出进展。到底发生了些什么”。这些事情不存在绝对真相一说，只有个人观点而已，我一边试着构想自己的观点，努力定夺该和夏皮罗讲些什么，一边在床上伸展身体，把灯关了。我的眼睛一阵刺痛，那是拜先前镁光灯的强光所赐，我似乎还能听见新闻短片照相机咔嚓咔嚓的响声。确实如此，躺在黑暗之中，一幅幅凌乱的画面在我的头脑中横冲直撞，仿佛是一部匆匆闪过的电影：玛莎·弗劳尔斯轻快地跑到舞台的脚灯前，向观众献着飞吻，萨夫琴科大步走向大厅，倾听着评论，萨沙眼中的恐慌，莱恩双手捂脸。我在头脑中努力地让这部电影慢下来，好让它从头开始。

先从观众说起。伴着管弦乐队奏响的两国国歌，他们如一支军队般立正站好，庄严而隆重。萨夫琴科出于礼节考虑，早就坚持要先奏《星条旗》。随后登场的焦点人物分别是：博伦大使及其夫人、舒尔茨博格夫妇、劳瑞夫妇、莱恩和莱昂纳德·莱昂斯，他们均出现在前排。在他们附近，在一个从舞台一侧延伸出来的平台上，一排摄影师正在焦急等待，直至奏国歌仪式礼成；紧接着这个平台就变成了一个被围攻的城堡，摄像师连续按动着快门，助手则帮他们装好胶卷。有些摄像师，譬如哥伦比亚广播公司的丹·斯科尔，疯狂地在相机和磁带录音机之间切换，因为他们要对开演前的典礼进行记录。这般慌张其实全无必要。各种讲话以及翻译持续了一个小时。

俄国人还是非常言简意赅的。来自列宁格勒剧院的青年芭蕾舞艺术家康斯坦丁·塞尔吉夫与布林握手，随后，他对着话筒说道，“亲爱的各位艺术界的兄弟们，欢迎各位。在苏联，我们一直非常关注和称道美国艺术。我们了解并且珍视许多艺术家的作品，诸如马克·吐温，沃尔特·惠特曼，斯陀夫人，杰克·伦敦和保罗·罗伯逊。我们感谢乔治·格什温的各位明星，这就是为何本次相聚这般令人欢欣鼓舞。”随后，对于本段致辞，格什温夫人说：“当我听到格什温这个名字与所有的共产主义者混为一谈时，我还以为我会昏厥呢。”

布林向塞尔吉夫鞠了一躬，他走到话筒前，一副打理得干干净净、毫无瑕疵的形象，穿着整洁合身的无尾晚礼服，还有笔挺的衬衣。“他最后也打不起勇气了，”莱恩小姐解释着为什么到了最后一刻，她的老板放弃了打白领带、穿燕尾服的念头。不过此时，看着布林面对观众们报以敬意的掌声所作出的反应，你不会猜到他有什么紧张情绪。在强烈的灯光和镁光灯闪烁下，他看上去面色光滑白皙，带着一种向内凝望的距离感，仿佛他已在梦中渴求着眼前的这一幕太久太久，以至于这一切依然像在梦中一般；等到他开口时，他那有着演员功底的音色低沉而富有节奏，更加强化了一种印象：他正是觉得此刻正独自一人身处空荡荡的舞台上，对着一群想象中的观众讲话，仿佛正在为那终有一日梦想成真的自我实现的一刻作着排演。想象中的观众会十分配合；可文化宫里面的这群人在布林慢条斯理地讲话，俄国译员跟进翻译的时候，开始私下里喋喋不休。布林用大领主[1]的优雅手势介绍了博伦大使和博伦夫人，二人起立鼓掌表示感谢。按说应当有大使致辞的环节，但是苏联方面对外交礼仪甚为敏感，由于他们没有“同等级别的显要人物”代表俄方来致回应辞，于是他们提出干脆省去这个环节，这令博伦如释重负，却令布林感到遗憾。此外，布林还介绍了格什温太太，还有指挥亚历山大·斯马伦斯，当布林介绍到斯莫伦斯“正是出生在列宁格勒”时，他得到了雷鸣般的掌声。布林继续介绍当天晚上没有表演任务的剧组成员：埃塞尔·埃勒——饰演贝丝的演员之一，她已经完全从感冒中康复，走下病床，穿上了一件紧身无肩带礼服。还有饰演斯波廷·赖夫的演员之一洛伦佐·福勒。福勒有“几句”话要说，其中就有他背过的一个俄语表达，“Dobro poshlavat，druzya”，意思是“朋友们，欢迎前来”。观众们大声表达出认可。而随着时针缓缓地指向九点，即便是那些狂乱的摄影师也停下来看表。“天啊，”一个记者说，“他们应该在附近摆一个锣。就像梅杰·鲍斯[2]那样。”布林仿佛是听到了他们讲话，典礼环节随即草草收场。

剧院变得比日落时的鸡窝还要安静，观众们在座位上安稳地坐定，相信帷幕即将于此时拉开，他们花钱要看的《波吉与贝丝》也会浮出水面。而事实并非如此，此时萨沙出现了。他脚步僵硬，颤颤巍巍地走上舞台，就像踩在一块厚木板上，手上一摞打印好的文稿微微抖动。他面无血色，大汗淋漓。那一瞬间，观

① 此处原文为德语 grand seigneur。
② 梅杰·鲍斯，20 世纪 30—40 年代美国最知名的选秀节目主持人。

众嗅出了他出现在此的原因：为他们念出本部歌剧的故事梗概，鸡窝一下子变成了蜂窝。他们已经无法忍受又一个有关这场演出的环节了，哪怕多说一个字，他们只盼望着欣赏演出本身；“叛乱”在剧院楼座中爆发，人们发出粗鲁的喊声，随后波及到了乐队那边：观众又是拍巴掌，又是吹口哨，又是跺脚。“可怜的萨沙啊，噢，可怜的小伙子，”莱恩小姐双手捂着脸说。“真是糟糕透顶啊。我都看不下去了。”在莱恩小姐身后的几排，坐的是萨沙的两位朋友——伊格尔和亨利，他俩身子向后瘫倒在了靠背上，而莉迪亚小姐反应更加强烈，对着周围的观众怒目而视，仿佛要用手中的笔记本向那些人砸去。舞台上，萨沙继续硬着头皮往下念，嘴里叽里咕噜，似乎是顶着震耳欲聋的喧哗声在念着祷文；就像此前的布林一样，他看起来也身处梦境之中——一个赤身裸体流落街头、全身麻木的噩梦。斯马伦斯轻轻敲了两声指挥棒，序曲响起，此时的萨沙已经从舞台侧面退场。

很快，明显看出观众开始后悔没有注意萨沙对这部两幕剧的剧情介绍了。这部作品的故事梗概如下：波吉是一个瘸腿的乞丐，爱上了一个查尔斯顿的风尘女子贝丝。可是呢，这个焦虑的女子落入了两个凶神恶煞的绅士的魔爪。一个是恶魔般的毒贩斯波廷·赖夫，怂恿她染上了毒瘾，而另一个，是充满蛊惑、体格强壮的罪犯克劳朗，他掌控着女主角贝丝的性冲动。波吉杀掉了后者，而当他因此行径被送进监狱时，贝丝沉迷于吸毒，以此来缓解痛苦，在此期间，斯波廷·赖夫劝她忘掉波吉，同他私奔去纽约：“妹妹啊，这才是我们要去往的地方”；他唱着歌，两人朝哈莱姆[1]媚人的灯

---

① 哈莱姆，美国纽约黑人住宅区。

光迸发。在最后一场戏里，波吉洗清了谋杀克劳朗的罪名，他动身前往北方，坐在一架羊拉车里，他相信，同时也令观众相信他会找到贝丝并带她回家。尽管故事的脉络十分清晰，但讲述故事的声乐舞蹈语言却有些复杂，足以让任何有语言障碍的观众摸不着头脑，尤其是在配乐、舞蹈风格以及指导手法对于文化宫里绝大多数的观众来说都闻所未闻的情况下。

“夏日时光”结束时，掌声并没有响起。波吉在没有欢迎的情况下出场了。饰演波吉一角的莱斯利·斯科特唱完了一曲“女人有时就是一件财产”，然后停了一会儿，等待欢呼声，因为此处通常情况下都会有欢呼声。可这次没有，这造成了舞台上有那么一瞬间的冷场。回到正轨以后，剧组演员们进行了一场刺激的双骰儿赌博：观众窃窃私语，似乎是在向彼此询问这些兴奋的家伙掷骰子有何含义，窃窃私语声越来越大；而当贝丝首次登场，将裙子往上一提，摆弄吊袜带时，窃窃声变成了惊呼声——一阵惊骇的震颤。莱恩小姐对劳瑞太太说，“如果他们觉得这个动作很大胆，那就等着瞧吧。”话音未落，斯波廷·赖夫那俏皮又色情的旋转舞姿又引爆了惊诧的焰火。双骰儿赌博游戏中，克劳朗杀了波吉的一个邻居，随后便是葬礼的一场戏：被杀的那个人的妻子唱起了挽歌“我夫已去”，鲶鱼街前来悼念的居民在尸体周围如部落成员般围成了一圈。这个时候，一位苏联的重要人物对着一名记者用俄语说道，“啊，现在我看懂了！他们打算把他吃掉。”那些人并没有把他吃掉，而是渐渐地离开了他的坟墓，这场歌剧又过渡到波吉展现乐观的桥段“我有许多的一无所有”。斯科特这个音色厚重的男中音穿过舞台脚灯，满腔热情唱出这段的时候，本应是掌声雷动，甚至让表演中断，而此处却没有掌声。

观众持续沉默，似乎并不该归咎于其反应冷淡；相反，大多数情况下，看起来应当是观众过于专注了，他们迫切地想要去弄懂剧情；正是如此，他们唯恐漏掉关键的台词、重要的线索——那可能会帮助他们揭开这眼前奥秘的东西，他们像报告厅里的学生一样冥思苦想，全神贯注地观看与聆听。然而第一幕行将结束，剧院里才传来一种带着恍然大悟的热情。这种热情，是被“贝丝，如今我已拥有你”带动的，这是两名主演的二重唱：他们一下子就明白了波吉与贝丝相爱了，他们的歌是柔情中的欢欣，而观众欢欣的掌声也淹没了演员，这掌声虽简短，却有力，正如热带的暴雨。然而，随着音乐过渡到“我无法安坐”那欢快喧嚣的旋律——这也是第一幕的最后一场戏——干旱再度来袭。这场戏有民俗幽默穿插其间；偶尔会有一些零星的咯咯笑声和寥寥无几的大笑声表明至少有人能够品味其中的妙处。幕落。沉寂。剧院观众席照明灯亮起来了；观众眨了眨眼，似乎到了这个时候才回过神来，这一幕已经结束。他们长舒了一口气，就像是刚刚经历了过山车之旅的乘客，并鼓起了掌。掌声持续了三十二秒。

“他们惊呆了，”劳瑞鹦鹉学舌般重复着布林此前的预言，但不知怎的他似乎改变了这句话的本意。“他们此前一定没有看过像这样的演出。”

如果说俄国人惊呆了，那么与之为伍的还有其他人。那些美国记者也是挤作一团，对着笔记。“演出不怎么受欢迎，”百思不得其解的丹·斯科尔对着《时代生活》杂志的一名摄像师抱怨道，后者同样觉得莫名其妙。而博伦夫人看上去正处在凝重的沉思之中，跟着她的丈夫走出过道。后来她对我说了那个表情背后的思绪："我当时在想——嗯，我们下了一个蛋。现在我们该怎么处理这个蛋？"

喧闹的大厅内，布林太太面露笑容，表达着更加乐观的情绪；按照她所说的，这次演出进行得"十分美妙"。一位记者打断了她的话，并且问道，如果是那样的话，俄国人怎么还"这么吝惜鼓掌"呢。布林太太瞪了这名提问的记者一眼，似乎是觉得这人疯了。"但是他们原本就不应该鼓掌啊，"她说。"罗伯特计划如此。按计划不应该有人鼓掌。掌声会打断情绪。"

沃尔夫特夫妇赞同布林太太的观点；他们觉得首演行将大获成功。"这是我们第一次看这个表演，"沃尔夫特说。"我不喜欢音乐剧，对它们实在看不上眼。但是这部剧还真是相当不错。"

另一位美国人——讲俄语的普丽西拉·约翰逊——在幕间休息的时候，一直在偷听观众们的反馈。"他们大为震惊，"她如是报道。"他们觉得这绝对是伤风败俗。哎呀，他们不喜欢，你也不能责怪他们。制作真的很平庸。这就是让我伤心的地方。如果制作真的很棒，那你就有理由责怪他们了。太糟糕了，真是太糟糕了，"她抚弄着刘海，摇着头说。"整个组织安排：布林夫妇、宣传和其他工作——唉，这件事的目标是只许成功不许失败的。"

和约翰逊小姐一样，萨夫琴科和阿达莫夫也是四处转悠，搜集民意。萨夫琴科紧紧咬住一句话："这是个巨大的成功"；但是阿达莫夫在剧团的调教下，使用的俚语也日渐丰富，他说，"许多菜鸟都不买账。他们不懂行嘛。可那有什么大不了的呢？你们纽约也有菜鸟，对吧，伙计？"

内维斯基夫人和她丈夫——那个男低音——碰巧路过。"噢，我们真是看得目瞪口呆啊，"她对我说，手上挥舞着一个有剑那么长的烟斗。“内维斯基觉得太颓废了。可我不这么看。我喜欢里面所有的黑色元素。节奏，汗水。说真的，那些黑人太有意思了。他们的牙齿真不赖啊！”她走近了些，接着说，“你真的告诉你朋友了吗？住 520 房间的。别打电话，悄悄地去，带上所有东西。我会出个非常公道的价格的。”

斯蒂芬 · 奥尔洛夫正站在茶歇台跟前，手中拿着一杯矿泉水。“我的朋友，”他拍着我的肩膀说。“那天晚上我们真开心啊，对吧？第二天早上，我老婆抽着我的屁股才把我轰下床。给我系好鞋带，扎好领带。倒不是生气，你明白我的意思：她在嘲笑我。”他拿出了一副观剧望远镜，透过镜筒看了看。“我看到南希了。我在想是不是要跟她说句话。但我对自己说不行，南希和那些入时的人坐在一起。你能告诉她我看到她了吗？”我说我会的，并且问他喜不喜欢《波吉与贝丝》。“我真希望每天晚上都能有票啊。真是段不寻常的经历。太震撼了！就像杰克 · 伦敦。就像果戈理。我一定会永生难忘，”他把观剧望远镜放进口袋，额头上泛起一排皱纹，他刚要开口说话，又改变了主意，接着喝了一口水，又变了主意，最后决定还是告诉我。“问题不在于我会不会忘记。也不是我们这些老家伙怎么看。最重要的是年轻人啊。重要就重要在，他们心中种下了新的种子。就在今晚，”他说着，朝大厅四下张望了一番，“这些年轻人都会睡不着觉的。明天，他们的口哨就会吹起这里面的曲子，在教室里不守纪律地哼唱。到了夏天，你就会听到：年轻人沿着河边吹着口哨。他们不会忘记的。”

后台，一片沉寂，演员们正在为第二幕作准备。莱斯利 · 斯科特丝毫没有因为先前观众的冷淡反应而紧张，他笑着说，“没错，他们反应是慢一些。大部分观众都是直到那段二重唱[贝丝，如今我已拥有你]才进入状态的，后面就都还行吧。从这里开始，我们就会一帆风顺了。”玛莎·弗劳尔斯正在镜子前补妆，她说，“这里的观众，那里的观众——我可说不上来有什么区别。你也说不上来，如果你和我一样这两年一直在演出的话。”而萨沙则没有弗劳尔斯小姐那种职业演员的宠辱不惊，只见他在舞台侧面候场时神色紧张，不停重复他的旁白：他低着头，抓着舞蹈演员练功的压腿杠，就像一个倒在拳台护索上的拳师，一脸茫然地听着他的助手伊格尔和亨利对他轻声的鼓励。

令萨沙感到意外的是，他的返场却是一场凯旋。观众们迫切希望听到接下来的一幕会发生什么，而萨沙则心醉神迷地讲述了克劳朗被谋杀和波吉的入狱。他离开的时候，赢得了当晚最热烈的掌声之一，两周以后他申请了莫斯科艺术剧院戏剧学生奖学金；照明灯已经黯淡下来的时候，观众席上的莉迪亚小姐依然在为他鼓掌。

性爱是本出歌剧中最令苏联方面感到头疼的元素，在第二幕开场头二十分钟的时候到达顶点。一曲“我没有羞耻”（“为所欲为”）可谓实至名归，还有那标志性的摇摆舞伴舞动作同样过于生动，这些都超出了俄国人的心理接受程度。但是对于卫道士而言，接下来的一个场景才是真正的冒犯。这一幕是导演的最爱，也是他在彩排中一直在强化的一幕戏。这一幕始于克劳朗意欲强暴贝丝——他死死抓住贝丝不放，手在乱摸着她的臀部和胸部；而最终的结果是，贝丝占有了克劳朗——她撕去他的衬衣，双手紧紧拥着他，扭动翻滚，就像煎锅里的培根一样火热；灯光熄灭。部分观众的眼前也差不多要一片漆黑了。“天啊，”一名通讯员说道，他的声音在一片寂静中清晰可闻，“他们绝对不敢在百老汇这样！”对此，另外一名美国记者——是位女士——却回应道，“别说傻话了。这才是剧中最出彩的地方。”

莱斯利·斯科特先前曾预言，第二幕会“一帆风顺”；他的这番预言在这出歌剧剩下的四十分钟里基本得到了验证。卖草莓的妇女街头叫卖的歌声引来了一阵顺风。正如上一幕里的爱情二重唱，其旋律和故事情节——就是一个小贩卖着草莓——是俄国人能够看懂并为之陶醉的。此后的每一场戏对于观众似乎都尚能接受；尽管表演没能一帆风顺，或许是因为船里已经进了太多的海水，但至少它依然能够漂浮在海面，在不再那么冰冷的海浪中一路颠簸，一路前行。

随着帷幕落下，欢呼声响起，摄像师迅速跑进走道里，分别拍摄鼓掌的俄国人和致敬的演员们。“他们惊呆了，”劳瑞再一次发出感叹，他的妻子自然也免不了加上一句“他们此前一定没有看过像这样的演出”。借着观众的掌声剧团做了几番次数还算合理的谢幕，随后掌声很快就平息了下去。有经验的观众称这样的掌声“绝对比不上莫斯科大剧院开幕之夜”。就在这时，当观众已经纷纷离席时，布林抖出了他在下午排练多时的“即兴”加演谢幕，以寻求更加热情的观众表现。剧组成员一个个登台亮相，每个人都是伴着非洲小手鼓的鼓点欢快地出场。“哎呀，坏了，”莱恩小姐叹了口气，喃喃自语道。“他们真不该这么做，这是在向观众乞求掌声啊。”在随后对掌声持久度的这番测试中，观众还是采取了一种折中的做法，他们伴随鼓点用有节奏的拍手代替真正的掌声。三分钟过去了；四分钟，五分钟，六分钟，七分钟。最后，等弗劳尔斯小姐穿过舞台脚灯向观众致以飞吻，以及向灯光师等人致谢以后，布林最后鞠了一躬，方才让大幕徐徐落下。

博伦大使和博伦夫人以及各界苏联官员在工作人员的陪同下来到后台，和剧组成员一一握手。“我不知道有什么好大惊小怪的，”格什温夫人挤到后台的喧嚣人群中，欢快地高喊着。“不过就是场老波吉嘛。”萨夫琴科挤到布林太太面前，直挺挺地伸出手说，“祝贺您取得圆满成功。”布林夫人轻轻抹了一下眼睛，像是要拭去原本就不存在的眼泪一样。“这样热烈的掌声。多么荣耀啊！”她转眼盯着她的丈夫，布林正摆出造型，与博伦合影。“这是对罗伯特的致敬。”

剧院外面，我走了好长一段路才拦到了一辆计程车。有三个人，两男一女，走在我前面。我推测他们应该也是刚刚欣赏完《波吉与贝丝》的观众。他们的声音在影影绰绰、白雪覆盖的寂静大街上回荡。三人同时在说话，兴奋的声音含混不清，时而伴着哼唱：草莓贩子的街头叫卖、“夏日时光”里的一句词。然后，那个女孩似乎并没有真正理解原句中台词的含义，而是记住了它们的发音而已，她唱道，“有条船儿，即将驶向纽约，妹妹跟我走吧，那是我们要去往的地方……”她的朋友也加入进来一起唱，还吹着口哨。奥尔洛夫曾经说过，“到了夏天，你就会听到：年轻人沿着河边吹着口哨。他们不会忘记的。”

这个承诺——这些年轻人不会忘记，演出会在他们心中激发起新的梦想——我想，这一点就足以让我对亨利·夏皮罗说，首演成功了。它并非如“人人歌剧团”事先预料的那样是一场征服全场的“爆炸性事件”，而是一场意义更加玄妙的胜利，它将在未来逐渐成熟并结果。然而，当我躺在房间里左思右想时，突然有了一丝疑虑，这时电话铃响了。“情况如何啊？到底发生了哪些事儿？”对于新闻报道来说，回答这些问题是不能闪烁其词的。但凡我对诚实还有一丁点顾忌的话，我能够将观众对演出的反应描述得天花乱坠吗？我想要这么说；而且我怀疑这也正是他想听的，他有这样的倾向是很自然的。而我就让电话铃这样响着，脑中充盈着无数个如果：如果俄国观众能有一份印制好的节目单作参考，如果奏乐仪式和开幕环节能够精简一些，如果对观众的要求不那么高，如果……我不再拖延，一把拿起了听筒。但是电话那头却是莉迪亚小姐，她说她很抱歉，之前有人从莫斯科打来电话找我，却断线了。当天晚上，我再没接到过电话。

有关演出的评论文章在两家本市主流报社——《改变》和《列宁格勒晚报》——见诸报端。博伦大使认为，这几篇文章“总体而论，的确不错。考虑非常周到。这反映出他们对待此事的严谨态度”。

《列宁格勒晚报》的评论中写道，“《波吉与贝丝》是一部才华横溢、艺术水平精湛的作品……深深植入观众的心田。”接下来的一千五百字论述了上述观点。评论赞赏了作曲（“格什温的作曲旋律动人，感情真挚，有意融入了黑人民俗音乐。剧中有大量表现力强、反差鲜明的旋律”），赞赏了布林的编导（“本剧编导造诣深厚，活力四射，引人入胜”），赞赏了指挥（“表演的配乐部分水平甚高”），赞赏了全体演员（“……表演中配合的默契程度实属罕见……”）。而本剧的剧本却受到了温和的批评，因为我们注意到里面有“一些表现主义和情节剧的元素，以及犯罪调查中大量惯有的细节”。《列宁格勒晚报》也不会忘记镌刻上政治的印记：“我们苏联观众认识到了资本主义制度对于一个饱受贫穷压迫的民族在意识上、精神面貌上以及道德观上的腐蚀作用。这将使这部由格什温配乐、海沃德创作的戏剧提升到了社会戏剧的高度。”但是上述评论相比铺天盖地的政治宣传而言看起来只是气势最弱的一个乐章而已，而这样的宣传正是《波吉与贝丝》的反对者们事先预料到的。

第二篇评论系U·科瓦列夫所作，发表在《改变》上，文中提到了《列宁格勒晚报》忽视的一个因素：“有些舞蹈戏当中存在令人嗔目结舌的色情元素，令人十分不悦。将责任推向某个特定的民族舞蹈形式似乎有些牵强。这更像是导演的个人品味，或许是他从百老汇继承的某种‘传统’，一种由‘包含脱衣舞的滑稽剧’和‘歌舞讽刺剧’派生的传统。但整体而言，”科瓦列夫继续写道，“《波吉与贝丝》的上演是这个观赏戏剧的时节里最有意思的活动之一。本作品表演精彩，色彩缤纷，动感十足，音乐多样，体现了黑人卓越的艺术天赋。但几乎可以肯定的是，并非所有的音乐和舞台表演都为苏联观众所认可，也并非所有内容都能为他们所理解。我们还不习惯舞蹈中的自然主义元素以及交响配乐中过多的爵士乐等等。尽管如此，本次表演拓宽了我们对当代美国艺术的认知视野，也使我们熟悉了美国音乐和剧院生活中一些我们此前未知的层面。”

这两篇评论直至周四才见报，距离首演已过去了三天时间。此时发表这两篇文章就显得索然无味了，剧团对它们表现得缺乏兴致。“他们说了一些好话，固然是件好事，可谁又会去在乎这些呢？”剧组里一个演员这样评价，这也是一种有代表性的态度。“俄国人怎么想不重要。国内的民众听到有关我们的内容，那才是最要紧的。”

剧团早已得知美国听到的是些什么内容，因为周二下午晚些时候，也就是首演第二天，布林收到了一封“人人歌剧团”纽约办事处发来的电报。莱恩将电报内容打印了一些副本，我们在大厅碰面时，她正准备将其中的一份张贴到剧团的公告栏里。“你好，”她说。“你猜怎么着？那个送小兔子给我的斯蒂芬想带我出去跳舞。你觉得这事儿靠谱吗？我是说，他是不是真的就只想跳个舞而已呢？管他呢，我可不在乎。我可以和开膛手杰克跳舞，任何跟《波吉与贝丝》无关的事儿都行，”她说着，用图钉把打好的那份电报副本钉在了公告栏里。

LT 罗伯特·布林　苏联列宁格勒阿斯托里亚酒店

12 月 27 日的所有报刊一片叫好声句号均提到十分钟站立鼓掌句号

杂志头条——《列宁格勒为波吉与贝丝痴狂》句号

美联社实况报道中提到一票难求观众人数空前句号

论坛报强调观众反响热烈句号

电报头条——《波吉饮誉俄国》，基于美联社报道句号

镜报《心连心外交——剧组用歌声征服列宁格勒我们为他们自豪》句号

美联社在有些报纸上写道莫斯科电台称首演圆满成功句号

舒尔茨博格今日在《时代》撰写评论《波吉贝丝向西方新开一扇窗》

全国广播公司　哥伦比亚广播公司　新闻播报　精彩绝伦

祝贺您及剧团每名成员

“当然咯，”莱恩小姐读到这封电报时评论道，“这并非完全就是电报发来时的样子。布林夫妇稍稍做了一些内容添加和编辑工作。有一行是这么写的：‘《时报》的说法是演出还算成功。’不用说维尔瓦删去了这条！话说回来，”她微微一笑，又叹了一口气说，“锦上添花又有什么不对的呢？维尔瓦只是想让大家都能够开心嘛，我觉得这样也挺可爱的。”

整个下午，剧团全体成员路过公告栏的时候，都停下来阅读这封来自纽约的电报。这令他们开怀；他们轻手轻脚地离开了酒店。“他们说什么来着，老兄？”厄尔·布鲁斯·杰克逊见他们都驻足阅读电报时，这样问华纳·沃森。“我们正在创造历史哦！”而沃森则搓着双手回答道，“对啊，可不是嘛，我想我们已经搞定了历史。”

个人领地里的公爵

（1956）

大多数日本女孩都喜欢咯咯地笑。京都宫古酒店四楼的女仆也不例外。欢笑以及强压笑意的举动令她桃腮泛红（和中国人不同，日本人往往肤色变化较大），身姿摇曳，牡丹与紫罗兰相间的和服掩映着她丰腴的身段。这种欢笑似乎来得没有特别的缘由；日本人的笑动机不明。我应邀来到一间屋子里。“你是来找马容的吗？”她喘着气说道，和众多同胞一样，露出一排金牙。接着，她像溜冰一样走着内八字小碎步，身着和服时必须得这么走路。她带着我穿过一条迷宫般的走道，允诺我说，“我帮你敲马容的门。”日语里没有“l”这个音，这个女仆所说的“马容”其实指的就是马龙——美国演员马龙·白兰度，眼下他正在京都进行一部电影的外景拍摄工作，该影片由华纳兄弟公司和威廉·戈茨影业出品，根据詹姆斯·米切纳的小说《樱花恋》所改编。

我的向导轻敲白兰度的门，尖尖的嗓子唤了一声“马容”，然后就沿着走道一路小跑地逃开了，身上的和服衣袖飘动的样子活像长尾小鹦鹉扑腾着翅膀。门开了，开门的是宫古酒店的另外一个女仆，长得像玩具娃娃般可爱，她立刻也像抽了筋一样，奇怪地笑个不停。从里屋传来白兰度的声音，“什么事儿啊，亲爱的？”而那个女仆呢，眼睛笑得眯成一条线，将肥硕的小手塞进嘴里，像个啼哭的婴儿，根本说不出话来。“嘿，亲爱的，什么事儿啊？”白兰度又问了一遍，然后走到了门口。“噢，你好啊，”他见到我说。“七点了，对吧？”我们约好七点整见面用餐来着；我差不多晚了二十分钟。“好啦，脱鞋进屋吧。我这儿也忙得差不多了。嘿，亲爱的，”他对那个女仆说，“给我们拿些冰块来吧。”然后，望着那个女仆匆匆忙忙离开的背影，他把手搭在臀部，笑着说，“她们要我的命啊。她们真的会要我的命。还有那些孩子。难道你不觉得他们挺美的吗，难道你不爱他们吗——这些个日本小鬼？”

《樱花恋》剧组约有一半人员下榻在宫古酒店，这里是京都所谓的西式酒店里西式风格最典型的一家；大多数房间都配有坚固的欧式座椅与餐桌，床铺与沙发，尽管有些老旧和笨重。但是有些日本客人既喜爱本国的装饰风格，又对宫古酒店的盛名情有独钟，还有些外国游客渴望感受本地的真切氛围，却又不愿忍受真正日本酒馆的那种一本正经，为了他们方便起见，宫古酒店保留了一些以传统风格装饰的套间，而白兰度住的这间恰是其中之一。他的住所有两间房、一个洗澡间和一个由玻璃围住的阳台。若是不考虑白兰度在房间里堆得到处都是的个人物品，那么这些房间对于日本人所嗜好的简约风格而言，完全可以看作是教科书般的诠释。地板上全都铺有黄褐色的榻榻米草垫，上面放着一些真丝枕头，极为考究；壁龛上挂着一幅画卷，画的是金鱼在水中畅游，壁龛下面的台子上搁着一个花瓶，里面插着高高的百合花和红叶，摆放得井井有条。两间房中较大的一间——里面的那间——被这位房客辟作办公室，同时他也在此用餐和就寝，房间内有一张长长的漆面矮桌，还有一席草荐。在这些房间里，日式与西式截然不同的装饰理念——一个力图以简约的陈设与极少的物品展示给人留下印象，另一个则是彻头彻尾反其道而行之——都随处可见，因为白兰度似乎不愿使用这里藏匿在纸滑门背后的储物间。他所拥有的所有物品似乎一眼都能看到。准备拿去清洗的衬衣、袜子、鞋子、毛衣、外套、帽子还有领带到处乱放，仿佛是被撕碎了的稻草人；还有照相机、打字机、录音机，以及功效大得让人窒息的电暖气。到处都是咬了几口的水果；还有一箱著名品牌的日本草莓，每个草莓都有鸡蛋那么大。再就是书籍，它们汇成一股深邃思想的瀑布，你可以从中找到一本科林·威尔逊所著的《局外人》，还有关于佛教祷文、禅宗冥想、瑜伽呼吸法和印度神秘主义的书，不过就是没有小说，因为白兰度一本也不会去读。他承认，他自 1924 年 4 月 3 日起就没有翻开过一本小说，就在那天他出生在了内布拉斯加州的奥马哈。尽管他不想去阅读什么小说，不过他确是有心写上一本，那张漆面长桌上面放满了烟灰缸，里面全是烟头，还有一堆又一堆的手稿，那是他最新的创作成果，居然碰巧成了《迸发的朱砂》的电影剧本。

实际上，在我来这儿之前，白兰度就一直在潜心创作他的作品，这一点显而易见。我走进他房间里的时候，见到了一个男子，表情闷闷不乐，看上去还算年轻，我就管他叫莫雷吧，此前有人把他指给我看，说他是“那个帮马龙写作的家伙”；此刻他正蹲坐在草垫上笨拙地翻阅《迸发的朱砂》手稿。他手里拿着其中的几页说，“我说，老马，我到我房间里把这个过一遍，我们等会儿再碰头——嗯，大概十点半行吧？”

白兰度满脸嗔色，似乎是对晚些时候还要再碰头反应有些冷淡。我事后得知，他身体有些不适，已经在房里待了一整天，此时看上去有些焦躁不安。“这是什么？”他指着桌上剩下的手稿中摆放的几个长方形礼盒问道。

莫雷耸了耸肩。女仆送过来的；他也只知道这么多了。“大家总是给马龙送些礼物，”他告诉我说。“很多时候，我们都不知道礼物是谁送的。对吧，老马？”

“没错，”白兰度说着，将这些小礼物拆开，这些礼盒跟大多数日式礼盒一样，即便礼物本身是从很普通的商店买来的，却包装得格外精致。其中一个里面装着糖果，另一个装着白米糕，吃过才知道，尽管那些米糕看上去像一朵朵白云，吃起来却如同水泥一般坚硬。两个礼盒都没有附带的卡片写明是谁送的。“每次你一回头，一些日本人就给你送件礼物。他们简直对送礼到了疯狂的程度，”白兰度说道。他咯吱咯吱地用力嚼着一块米糕，然后把盒子递给了我和莫雷。

莫雷摇了摇头，他一心想着白兰度能够答应十点半再见他。“等快到的时候再给我打个电话吧，”白兰度最后说了一句。“到时我们再看。”

据我所知，莫雷只是《樱花恋》剧组所称的“白兰度帮”里面的一员。除了这个帮助整理文稿的人外，这帮人里还有老马龙·白兰度，他是儿子的业务经理；娇美的秘书莱文小姐，长着一头黑发；还有白兰度的私人化妆师。这次随行人员的路途开销以及在当地所有的生活费在与华纳兄弟公司签订的演员合同中都已考虑在内。与传说相反，电影工作室并非总是在开销方面出手阔绰。我事后跟华纳公司的一个工作人员聊天，聊到了白兰度享有特殊照顾的缘由，他解释说，“通常情况下，我们是不会接受这种要求的。他提的所有要求按说都不会接受。不过嘛——这个，这部电影理应有一个大牌明星压阵。大众欢迎的明星——这对票房来说才是真正的关键。”

剧组内部，有人觉得白兰度的小圈子在社交上对他保护过度，使他们无法按自己的心愿更好地“深入了解这个人”。白兰度来日本已经一个月有余，在此期间，他在拍摄现场总是以一副亲和力很强的年轻人的形象出现，慵懒却并不轻浮，通常乐于与同事们合作，甚至还给他们鼓励——尤其是演员们——但总体而言他并不容易结交，在等待场景变换的百无聊赖之中他更喜欢独自坐下读哲学书，或是在中学生用的那种笔记本上飞快地记些东西。一天工作下来，他并没有接受同事的邀请去喝上几杯，上餐馆吃一盘生鱼，然后信步在京都艺妓所在的老街区，而是独自回到酒店，闭门不出——他没有加入到在外景拍摄中通常会产生的那种大家庭式的温馨祥和之中。由于大多数最狂热的影迷本身就是电影界的业内人士，因而在《樱花恋》剧组内部，白兰度总是一个让人兴致盎然的话题；面对众人的那种好奇，以及因好奇心未能满足而产生的懊恼情绪，白兰度总是以朋友般的姿态待人，却始终保持着一种距离感，这反倒使得众人对他的兴趣变得愈发强烈。即便是电影导演约书亚·洛根，他在跟白兰度共事两周以后也不得不承认，“马龙是我自嘉宝以后遇见的最令人眼前一亮的人了。他是个天才。但我不知道他到底是个怎样的人。我对他一无所知。”

女仆再次来到这位明星的房里，而莫雷也正准备出来，险些被她和服的拖尾绊倒。她放下一碗冰块，一阵脸红，轻声笑着，她的小脚穿着脚趾分开的白袜，像是马蹄一般，欣悦之中一会儿抬起一会儿放下，就像一只扑腾的小马，她大声说道，“平锅派！今晚供应平锅派。”

白兰度应了一声。“苹果派。我要的就是这个。”他在地板上伸了个懒腰，松开皮带，皮带系得很紧，深深地勒进了突出的肚腩。“我在节食呢。但我唯一想吃的东西就是苹果派，或者类似的东西。”六周以前，在加利福尼亚，洛根对他说，要饰演《樱花恋》里的这个角色，他必须减掉十磅的重量，而来京都之前，他已经成功减掉了七磅。可自从到了日本以后，他不但没能抵挡住美式苹果派的诱惑，还迷上了日本美食，其美味就在于多糖、多淀粉，还有那些个油炸食品，于是他的体重又反弹了，只好加倍减肥。此时，虽说皮带已经一松再松，但还是很妥帖地勒住了他的腹部，他浏览了一下菜单，上面用英文写着种类繁多的西式餐点，他提醒自己“我得减肥啊”，于是便点了一碗汤，牛排配薯条，还点了三盘蔬菜，配菜是意大利面，黄油面包卷，一壶日本米酒，沙拉，奶酪和饼干。

“还有平锅派吧，马容？”

他叹了一口气。“那种带冰激凌口味的，亲爱的。”

尽管白兰度并不是一个禁酒主义者，但他对酒的胃口要小得多了。我们点的那些菜等会儿才会端到我们房间里来，于是在我们等待上餐的过程中，他给我倒了一大杯伏特加，满得几乎要从杯中溢出来，而只是礼节性地给自己倒了区区的一小口。他卧在地板上，保持着刚才的姿势，头懒洋洋地倚靠在枕头上，眼皮耷拉着，然后闭上了，仿佛是被打了一针麻药，进入到了不太甜美的梦乡；他的眼皮在跳，讲话的时候，他的声音——这声音十分冷静，说话的方式颇有涵养、彬彬有礼，听上去却出人意料地像个少年，带着孩子般探索与发问的精神——似乎是从遥远的梦境中传来的。

“过去的八、九年，我的生活是一团乱麻，”他说。“最近的两年或许稍稍好点儿。那种在波涛中翻滚起伏不定的体验要少一些了。你有没有找人作过精神分析？起初我非常担心。担心这会摧毁给我带来艺术创造力的冲动。一个敏感的人会在别人只产生了五种感受的情况下得到五十种感受。敏感的人更加脆弱；他们很容易变得粗暴，也很容易受到伤害，因为他们敏感。你越是敏感，就越会变得粗暴，心头结痂。永远不会进化。永远不会让自己去感知任何东西，因为你总是感知得太多。精神分析能起到帮助作用。它帮助过我，过去的八、九年，我简直就是一团糟，一团乱麻……”

· · ·

这声音还在继续，仿佛是自言自语自听，白兰度的演讲时常能达到这种效果，因为跟许多热衷于自己想法的人一样，他带着几分独白者的气质——他承认这是事实，对此他作出了自己的解释。“我身边的人总是一言不发，”他说。“他们似乎就想听听我要说什么。这就是为何总是我在讲。”

他双眼紧闭，脸在头顶上一盏灯的照射下看不到皱纹，看着他现在的这副样子，我初次见他的那一刻又恍若重新浮现在我眼前。我们初次见面是在 1947 年；那是纽约的一个冬日午后，我有幸参加田纳西 · 威廉斯的《欲望号街车》排演，白兰度在剧中饰演斯坦利 · 科瓦尔斯基一角。正是通过饰演科瓦尔斯基这一角色才令他广为人知，尽管当时在纽约戏剧界的行家圈子里，他已经引起了大家的关注：他与戏剧指导斯特拉 · 阿德勒合作演出自己学生时代的作品，还在百老汇露过几次脸——一次是在麦斯威尔·安德森的作品《卡车酒馆》里，还有一次是饰演马奇·班克斯，与凯瑟琳·康乃尔饰演的坎迪达出演对手戏，在这部作品中，他展现出的才华为人津津乐道、饱受赞誉。《欲望号街车》的导演伊利亚·卡赞当时就说过，最近又再次重申，“马龙就是世界上最出色的男演员。”但是十年前，在那个记忆犹新的下午，他依然是不太为人所知的；至少我没有听说过有关他的任何消息。我那天去排演现场去得太早，发现观众席上空无一人，只有一个体格健壮的年轻人正躺在舞台的桌子上，在工作灯昏暗的光线下睡得正酣。他当时穿着一件白色 T 恤衫和一条牛仔裤，身材敦实健壮——胳膊粗得就像是举重运动员，胸肌发达得像查尔斯·阿特拉斯(尽管上面还压着一本翻开的《西格蒙德·弗洛伊德主要作品集》)，出于这些原因——我以为他就是个剧务。我一直就是这么认为的，直到我凑近后，看到了他的脸。那仿佛是一个陌生人的头被安在了这个肌肉发达的身体上，就像是伪造照片中的人物一样。因为这张脸一点也不够刚毅，像是将一种天使般的精致与温柔叠加在了下颌坚毅的英俊五官之上：他皮肤紧绷，额头宽阔，发际线高，眼距很开，鼻梁高挺，饱满的嘴唇带着一种性感的慵懒表情。这一点也不像是威廉斯笔下的那个缺乏诗意的科瓦尔斯基。正因为如此，那天下午晚些时候的经历真是令我叹为观止：我看着白兰度用一种变色龙般的从容塑造出这个人物残忍多变的一面，看着他如何像一只诡计多端的火蜥蜴，游走自如地进入角色，看着他自己的人格表象如何消失——就像九年之后，在这家京都大酒店里，我对白兰度 1947 年时的记忆渐渐地褪去，消逝在他 1956 年的自我中。如今的白兰度——这个悠闲地躺在榻榻米上的人，这个怠惰地拿着过滤嘴香烟吞云吐雾、滔滔不绝的人——绝对已经变成了另外一个人——这是必然的。他的身子骨变得更瘦了；发际线变得更高了，那是因为他的头发稀疏了；他变得有钱了(从《樱花恋》的制片人那里，他有望得到三十万美元的片酬，外加电影票房盈利提成)；正如一位记者所说，他还变成了“博普一代的大众情人”——变成了一个全球家喻户晓的名人，当他出现在日本公众面前的时候，他相信，想要让这张脸不被人认出来，不仅要戴上一副墨镜，而且还要戴上一副外科手术用的口罩才行。(在日本，刚刚提到的第二种伪装手段倒不如听上去那样离谱，因为许多亚洲人也戴这样的口罩，认为这样可以防止病菌的传播。)这些都是十年岁月带来的改变。除此以外还有其他变化。他的眼睛也变了。尽管双眼的浓咖啡色依旧，但此前的那种青涩、那种分明的不自信的痕迹已经消失得无影无踪；如今的他，看人的时候带着一种十足的自信，也带着一种只能称之为怜悯的眼神，仿佛他居住在文明的地方，而令他感到遗憾的是，他眼前的这些人并非如此。(那些一直领教他这种怜悯眼神的人不一而足，有年轻女演员公开表示“马龙确实是一个精神力量强大的人物，他睿智而且十分真诚；你可以从他的眼睛里发现这些”，还有一位了解白兰度的人说，“他看你的那种方式，就像是他真的非常为你感到难过的样子——这真的让你有种想抹脖子的冲动。”)尽管如此，他脸上那种不可名状的温柔依然还在。或者说基本还在。因为中间的这些年里，他出过一次意外，这让他的面容看起来更具传统意义上的阳刚之美。在那次意外中，他的鼻子断了。我想方设法插进了一句话，“那您的鼻子是怎么断的呢？”

“……这话的意思并不是说我总是不开心。我记得，那是在四月的时候，我当时正在西西里。那天天气很热，四处开满了花。我喜欢鲜花，那些能够嗅到气味的花。栀子花。长话短说，那是在四月的时候，我当时正在西西里。我一个人出去了。躺在一片鲜花盛开的土地上。然后睡着了。这让我很开心。那一刻我很开心。啊？你说什么来着？”

“我想知道您的鼻子是怎么断的？”

他揉了揉鼻子，笑了起来，就像是记起了某段与西西里的午睡一样惬意的经历。“那是很久以前的事儿了。在我打拳的时候弄断的。那时我正在拍《街车》。我们——后台一些工作人员，还有我自己——我们时常到剧院的锅炉房里胡闹一番。一天夜里，我和一个家伙闹着玩儿，只听见咔嚓一声！于是我穿上大衣，去了最近的一家医院——就在百老汇的外面。我的鼻子真的是被打断了。他们只好给我打了麻药，把鼻子接上去，然后送我上床躺下。我遗憾的倒不是这个。《街车》拍了一年左右的时间，拍到我简直想吐。但是我的鼻子很快就痊愈了，要是我没有捉弄艾琳·赛尔斯尼克的话，我想我肯定马上就会回去拍戏的。”他提到赛尔斯尼克夫人的时候，笑得更开心了。赛尔斯尼克是威廉斯这部作品的制片人。“剧组里有一个很精明的女士，她就是艾琳·赛尔斯尼克。她想要办到的事，就非去办到不可。她想要我回去拍戏。可我听说她要到医院来看我，我就缠着绷带，涂着碘酒和红药水——老天！——她推门走进来的时候，我看上去就像头被砍下来了一样。一点儿都不夸张。我的声音听上去就像是快要死了。‘噢，马龙，’她说，‘真可怜，可怜的孩子！’我说，‘没什么可担心的，艾琳。我今晚就回去拍戏！’她又说，‘那可不成！你不在的情况下，我们还可以撑个——撑个——呃，几天吧。’‘没事儿，没事儿，’我说。‘我没问题的。我想工作呀。跟大家说我今晚就会回来。’然后她说，‘你身体状况不佳，可怜哟。我是绝对不允许你回去的。’于是我就留在了医院，享着清福。”（赛尔斯尼克夫人最近回忆此事时说，“他们完全没把他的鼻子弄对地方。他的脸一下子变得跟以前不一样了。线条变硬了。随后的几个月里，我一直跟他说，‘他们简直是毁容啊。你得让他们把你的鼻子再弄断一次，这样才好恢复原样。’算他走运，没听我的。因为说实话，我觉得鼻子断了，就这部电影而言，反倒让他因祸得福。鼻子断了令他看起来更性感。此前的样子太过于奶油小生了。”）

白兰度的第一次东部沿海之旅是在1949年，那时他在《男儿本色》里出演男一号，这部影片是有关一个截瘫老兵的故事。他一度受到社交举止粗鲁的指责，还有人批评他在着装上偏好黑色皮夹克、选择摩托车而非美洲虎、喜欢选择名不见经传的人做搭档而非已崭露头角的年轻女影星；此外，好莱坞专栏评论员的文章里也充斥着不友善的论调，都是有关他对于电影行业的态度，他本人在从业不久后曾对此总结如下，“我待在这个圈子里的唯一理由就是我缺乏拒绝金钱的道德勇气。”在许多采访当中，他一再强调，成为“一名单纯的电影演员”是他最不会去考虑的想法。“我也许偶尔会拍拍电影，”他在某个场合表示，“但大多数时候我都是想在舞台上表演。”然而，他在接了《男儿本色》后——这是一部叫好甚于叫座的影片——又在银幕版的《欲望号街车》中重新塑造了科瓦尔斯基的形象，而正是这一角色一举奠定了他影星的地位，就像它此前确立了他在百老汇的成功一样。（从一个务实的角度来定义，影星就是那些不管他们所加盟的影片质量如何，都能够带来票房利润的演员；这类人物极度稀缺，当今能够配得上这一名号的屈指可数。白兰度正是其中之一；作为票房吸金器，在男演员中，恐怕只有威廉·霍尔登能出其右。）过去的五年里，他先后饰演墨西哥革命分子（《萨巴达万岁》）、马克·安东尼（《恺撒大帝》），以及为摩托车痴狂的小混混（《飞车党》）；饰演船坞恶棍（《码头风云》）赢得奥斯卡大奖；饰演拿破仑（《拿破仑情史》）；扮演一名老混混在影片中从头至尾载歌载舞（《红男绿女》）；在《秋月茶室》里出演冲绳译员，这部影片是他出演的第十部影片，和《樱花恋》一样，有些镜头也是在日本拍摄的。但他除了在夏令剧目中有过短暂出演外，再也没有重返舞台。“为什么要重返舞台呢？”当我对此发表观点时，他有些漠然地反问道。“电影市场潜力更大。电影可以令人追求好的一面。追求道德上的进步。至少有些电影能做到——那些就是我想演的电影。”他停顿了一会，仿佛是他的话被录了下来，他正倒带准备再听一遍。或许是这声音令他不悦；不管怎样，他的下颌动了起来，似乎是含着一满口味道不好的东西，强忍着下咽。他忽然望了望天，接着问道，“纽约有什么可让人兴奋的？为谢莉尔·克劳福德和罗伯特·怀特海德做事有什么可让人兴奋的？”克劳福德女士和怀特海德是纽约最顶尖的两个戏剧制作人，两人都没有机会邀请到白兰度加盟。“话说回来，我去了能演什么呢？”他接着说道。“根本没有适合我的角色。”

在任何一个演出季里如果把有心于他的百老汇经理们请他出演的剧本都堆成一堆，那么这些剧本的高度很可能会超过这位演员的身高。田纳西·威廉斯在最近的五部作品中，都希望他能够担纲男主角，这些作品中最新的一部是《落入人间的俄耳甫斯》，在我们谈话期间，戏剧正等待排演，剧本正是为了让白兰度和意大利女演员安娜·马格纳尼联袂出演而特意写就的。“为何没有接《俄耳甫斯》这部作品，原因很简单，”白兰度说。“这里面有美好的东西，算得上是田纳西最好的作品，而马格纳尼在里面戏份很重；她象征着某种力量，你可以理解——她会令我在舞台上变得无足轻重。而我饰演的那个角色是个叫瓦尔的小子，没有什么立场。我还没怎么弄清楚他支持谁反对谁呢。哎，你总不能演空气吧。我把这个情况跟田纳西说了。他又做了一番尝试。还为我重新写了剧本，估计写了好几次吧。不过——”他耸了耸肩。“我无意与马格纳尼同台演出。也不会出演那个角色。他们只好把我剔除出去了。”白兰度沉思了一会儿，又补充道，“我觉得——实际上，我确信——田纳西已经把我和科瓦尔斯基根深蒂固地联系在了一起。我是说，我们是朋友，他知道，生活中，我是与科瓦尔斯基截然相反的一个人，他身上的禀赋都是与我格格不入的——麻木不仁，脾气粗暴，残酷无情。可田纳西对我的印象还是与我饰演的这个角色混为一谈了。所以我不知道他能否为我谱写一个色谱截然不同的人物。我接《红男绿女》的理由只有一个，那就是出演一个浅色调的人物——黄色。此前，我饰演的最明艳的颜色是红色。然后从红色降了下来。棕色，灰色，黑色。”他把一个空烟盒揉成一团，在手上弹弄着，像是一个球。“舞台上已经没有我的角色了。没人会去写这样的角色。说说看吧，告诉我有什么适合我的角色。”

在有价值的当代作品匮乏的情况之下，他是否会青睐那些老手的作品呢？与他一起出演电影的几个人负责任地说道，他们钦佩他在《恺撒大帝》里对马克·安东尼的角色表现，认为他有能力——如果他同样有意愿的话——尝试攀登许多戏剧舞台上的巅峰角色——甚至是俄狄浦斯。

对于这些溢美之词，白兰度显得有些无所谓——或者说，他似乎是沉湎于不爱聆听的个性之中。但他再度感觉到了冷场，于是打破了沉默："电影确实有很强的时限性。我那天看了《街车》，这电影都已经变成一部老片了。不过，电影也有最大的潜力。你可以对许多人讲述一些重要的内容。讲述歧视，讲述仇恨，讲述偏见。我想拍的电影是能够探究当今世界时事话题的那种。寓教于乐。这也是为何我创办了自己的制片公司。"他满腔热情地投拍《迸发的朱砂》，这是由潘尼贝克公司——也就是他创办的这家独立公司——拍摄的第一部电影剧本。

作为向他设定的这种崇高目标迈进的基石，《迸发的朱砂》是否令他感到满意呢？

他嘴里嘀咕了几句，又嘟哝了几句别的。我请他说得明白些，他说，"这是西部片。"

他再也压不住脸上的笑容了，微笑随即变成了捧腹大笑。他在地上打着滚儿，大吼一声。"天啊，我只关心一件事，我还有没有脸面见我的朋友们呢？"冷静一些之后，他又说，"不过说真的，第一部电影总得赚钱啊。不然的话，就不会有下一部了。我都快破产了。这可不是说着玩儿的。我花了一年的时间，还有二十万美元，全是自掏腰包，费了九牛二虎之力想要找个编剧写出像样的剧本。剧本里得有我的理念。上一个版本真是糟糕透顶，我说我自己写都比这个要写得好。我还要亲自导演。"

自创，自导，自编，自演。查理·卓别林此前做到了，甚至更进一步，连作曲都是由自己完成的。但是拥有丰富经验的专职人员——譬如说奥尔森·韦尔斯——在面对这些苦活儿时都缴械投降了，而白兰度计划承担的任务比他当时面对的还要多。不过，当我提醒他也许会贪心不足蛇吞象的时候，他已经想好了现成的回答。“就制片而言，”他说。“除了负责召集剧组外，制片人还需要干嘛？对于选角我知道的不比任何人少，制片要干的就是这个。选角。”在这个行当里面，你很难找到一个对此观点表示赞同的人。一个好的制片人，除了负责召集剧组外——包括召集编剧、导演、演员、技术团队，还有剧组里其他人员——他还必须是情感方面的外交家，为人处世圆通，善于安抚人心，最关键的一点，在财务方面必须懂得精打细算。“不过说真的，”白兰度此时已经非常清醒，“《迸发》可不光是讲牛仔与印第安人的故事。它讲的是这个墨西哥男孩儿的故事——仇恨与歧视。当一个社群里存在这两样东西的时候，会发生什么事情。”

《樱花恋》亦是如此，也有一些场景表现的是对种族偏见的抨击；故事讲述的正是一名美国喷气机飞行员爱上了一个日本音乐厅的舞蹈演员，这件事惹恼了美国空军高层，也惹恼了女演员的上司，不过后者反对的理由并非是其情郎的种族与之不合，而仅仅是因为她有了情郎，因为她是女子歌剧团的一名成员——该剧团取材于现实社会中的宝冢剧团——剧团奉行的管理理念是几百名女子的台下生活要像修女一样，不容任何宗派、任何肤色的男子玷污。米切纳的小说以这对有情人痛苦地以 sayonara 话别而结尾。这个词的意思是再见。不过在电影版里，这个词连同以之命名的片名都失去了其涵义；在结尾的淡出镜头中，这对东西方的恋人亲昵地相会，两人已经踏上了前往婚姻登记所的道路。在白兰度抵达日本的新闻发布会上，他向在场约六十名记者透露，他之所以签约本片，是因为“本片对于阻碍世界和平进程的偏见抨击得非常到位。在爱情故事之下，本片抨击的是日本和美国现存的偏见”。他出演这部电影，还有一个原因，那就是本片给他提供了与约书亚·洛根合作的“宝贵机会”，他可以从洛根那里学到“何为而何不为”。

时过境迁。如今白兰度有些不以为然地说，“哦，《樱花恋》，我很喜欢啊！这部漂漂亮亮、卿卿我我的胡诌剧据说是一部关于日本的严肃电影。可它又起了什么作用呢？我拍这部电影不过是为了赚钱罢了。给我自己的公司赚足够的钱。”他沉思着努了努嘴，又变得有些轻蔑。“在加州的时候，我耐着性子听完二十二小时的剧本会议。洛根对我说，‘我们欢迎你提出任何意见，马龙。你想改哪里，只管改就行。如果有哪些是你不喜欢的地方——没关系，就重写剧本，马龙，按你自己的想法来写。’”白兰度的朋友们夸过海口，他只需观察某个人物十五分钟的时间，就能够模仿这个人物；洛根那含混不清的南方口音、哀伤的眼神，还有那容光焕发、兴奋到颤动的说话方式，他都能够模仿得惟妙惟肖，给人灵异之感。“重写？老兄，我重写了整个该死的剧本。可如今他们大概只会选用个八行字。”又是一阵不屑。“我放弃了。我只打算从头到尾把这个角色走完，就这样了。有时我想反正也没人看得出区别。开拍的头几天，我努力地表演。然后我做了个实验。在这幕戏里，我想尽一切法子捣乱。做鬼脸啊，眼睛打转啊，加入与我饰演的这一角色无关的各种手势和表情啊。可洛根说什么来着？他就说了一句，‘太精彩了！做拷贝吧！’”

白兰度在交谈中经常用到一句话，“我的话里只有百分之四十说的是真的”，用在此处或许挺到位。作为舞台剧和电影导演，洛根广受认同，其成就不胜枚举（《罗伯茨先生》，《南太平洋》，《野餐》），他能够在热情中找到平衡，就像飞翔的鸟儿能够在空气中保持平衡一样。一个具备创造力的人应当相信他所创造的价值，这是不变的真理；洛根对于其从事的任何事业所怀有的信念都近乎一种满心欢喜的忠诚，这种信念保护着他，使他不受自我怀疑的啃噬与烦扰，仿佛这信念就是它的使命。他对任何事物感受到的快乐都与《樱花恋》相关，这部电影他耗时两年筹备，几近无可挑剔，他根本不会有这样的想法——他邀请的这位明星所怀有的热情或许不及他本人。“马龙，”他偶尔会公开表示，“说他从没有像与我们剧组合作这般开心。”还有“我从未和这么令人感到兴奋、这么有创造力的演员合作过。他的适应力真的很强。他的走戏总是很到位，而且总能添加一些东西进去。他为这个人物角色配上了南部口音；我本人是绝对想不到这一点的，不过，嗯，真是恰到好处——堪称完美”。尽管如此，我在白兰度所在酒店房间里用餐前的那天晚上，洛根开始意识到他和白兰度之间缺少某种默契。他将此归咎于一点：到目前为止大部分的戏都聚焦在日本的异域背景上（街头的人潮，景观，景致）而非演员身上，他在与白兰度合作的过程中还没遇到对任何一方提出挑战的内容。“我们一回到加州，这些问题都会迎刃而解了，”他说。“内景镜头，戏剧场面。白兰度会出彩的——我们也会合作得很好的。”

还有一个原因使得洛根此时无法在他的主演身上倾注足够的关注，从而使两人建立起一种更为亲密的和谐关系：他与日本元素真的是格格不入，而当初促成他决定拍摄这部电影的最主要原因却恰恰是日本元素。长久以来，洛根就一直迷恋日本戏剧，很大程度上，他寄希望于将《樱花恋》与取自经典歌舞伎、能剧和文乐木偶戏[①]中的真实片段结合起来；可以这么说吧，这些片段将成为电影中的阳春白雪。抱着这个目的，洛根和制片人威廉·戈茨同松竹公司进行了一年多的谈判，松竹是一家掌控大部分日本现场戏剧演出活动的大型影业公司。松竹帝国的统治者年逾八旬，不苟言笑，身材矮小，颇有名气，人称大谷先生；他名叫武二郎，不过如今在世的人当中，没有几个人与他亲密到胆敢叫他的名。作为屠夫的儿子(在日本这个佛教社会是不入流的一类人)，大谷与他已故的兄弟共同创立了松竹公司，并且发展壮大成为在过去的四年里工资总支出位列日本首位的私营公司。这是一位可以比肩御木本幸吉的大款，后者是珍珠养殖界的巨头；大谷在整个日本娱乐圈只手遮天；除了掌控着传统戏剧演出，他麾下还拥有全日本最多的连锁电影院和音乐厅，出品多部电影，并且涉足广播和电视领域。从大谷的优势领域可以看出，任何与洛根和戈茨先生的交易看上去都不过是小菜一碟。不过，他起初对于这个项目在情感上是支持的，很大程度上是因为他被洛根对于歌舞伎、能剧和文乐的景仰与热情所打动，这三项技艺毫无疑问是这个老者王冠上货真价实的瑰宝，也是离他的心最近的东西。(据某些专家称，这些古老的艺术能够焕发青春，应当主要归功于他的慷慨。)

但是大谷也绝非什么慈善家；当松竹与《樱花恋》管理层的

---

① 歌舞伎、能剧、文乐木偶戏和狂言是日本四大古典戏剧形式。

谈判行将告一段落的时候，以一笔高额佣金为条件，前者将给予后者在东京著名的歌舞伎剧院取景拍照的特许，如果后者愿意支付另一笔金额更加高昂的酬劳，前者还将特许他们免费调用歌舞伎剧团、能剧演员和文乐木偶师。松竹还同意他的全女子歌剧团参与其中——由于小说中描写的宝冢公司对于米切纳的“诽谤”感到极为愤慨，拒绝与其进行任何合作，因而这一帮助对于本片是必不可少的。洛根启程前往日本的时候心花怒放，恨不得自己一下子飞过去。“大谷此番允许我们全权行事，这下可好了，这些都是实打实的人马啊，”他说。“歌舞伎演员绝对不是冒牌，也不是什么二流货色，她们全都是一流水准——这些都是此前从未放入电影中的元素。”而这事儿却并非水到渠成，在辽阔的太平洋另一端，一场珍珠港式的偷袭正等候着洛根和他的助手。大谷从来都是神龙见首不见尾；他总是让一些无足轻重的助手以他的名义出现，洛根和戈茨的飞机着陆以后，他们当中一些人告知这些电影拍摄人员，松竹在财政预算方面出了点岔子，现在的账单要比最初估计的高出许多。虽然制片人戈茨表示反对，但是大谷确信他手中的牌要更有威力(毕竟，这群来自好莱坞的人是在日本，随行的是昂贵的剧组，昂贵的团队，昂贵的设备)，因而他对此的回复是将预算费用定得更高。作为商人，戈茨自己也是强硬得跟乌龟壳一样，当即便结束了谈判，并且告诉导演，他们得从那些不隶属于松竹的自由演员中自己去张罗歌舞伎、能剧、文乐和全女子歌剧团的人选。

与此同时，东京新闻界也不合时宜地将此事报道了出去。几家报社，其中包括《日本时报》，也是含沙射影地说松竹“背信弃义”，应当遭受谴责；还有一些是挺松竹的，或者不如说是反《樱花恋》阵营的，他们表示很高兴看到美国人没机会用电影的形式呈现“一部丝毫没有恭维日本人民的低俗小说”，以此来“贬损最优秀的传统艺术”。一些反对《樱花恋》的报纸尤其热衷于报道洛根的剧组选了一名叫做里卡多·蒙塔班的墨西哥演员扮演一位一流的歌舞伎表演者(传统意义而言，歌舞伎是一个全部由男性构成的行当；更重要也更难演的角色都是女性，由男演员反串，蒙塔班的任务便是塑造其中的一个)，随后居然厚颜无耻地试图聘请一位真正的歌舞伎明星来作蒙塔班的舞戏替身；对此，一位日本作家这样写道，此举与“让艾塞尔·巴里摩尔作替身”无异。

总而言之，当地媒体极度敏感地关注着正在京都发生的这一切——这座城市位于东京以南两百三十英里，名刹古寺众多，青山如画，湖泊氤氲，古时日本的氛围保留完好，街区里住着艺妓，街道上点着纸灯笼，《樱花恋》剧组因此决定大部分涉及日本的戏份都将在此拍摄。总的来说，京都城内，剧组碰到的麻烦事儿一点也不比那些幸灾乐祸的人所希望的少。尤其让他们头疼的是，那些美国人发现招募本国演员出演电影很不容易——考虑到日本老百姓平常是多么迫切地希望自己能够上镜头，这的确是个有意思的现象。诚然，制片人设法笼络到了一批凑数的能剧演员和木偶师——这批人均不在松竹的合同范围内——不过他们为了凑成一个还算像样的全女子歌剧团真是费尽了周折。(这些特别的日本团体就像是某种性别单一、思想单纯的“女神游乐厅”剧团；奇怪的是，几乎没有男性演员参加演出，观众群总体而言也跟演员一样，全是女性。)《樱花恋》管理层抱着填补这一空缺的愿望，张贴海报，准备举办一次“日本百大佳丽”选秀活动。这次活动按照他们的预期将会人气爆棚，故而安排在周四下午两点整，在京都大酒店大厅内举行。但是没有赢家，因为没有选手；没人到场。

制片人戈莰是评委中失望的一个，他又想了一招，作为权宜之计，他打算吸引京都城内的夜总会和酒吧女服务员，事后证明收到了一定的效果。京都——或者说，就此事而言，任何一座日本城市——是一个酒吧常客的瓦尔哈拉殿堂①。就比例而言，这里提供烈性酒的场所比纽约还要多，它们的花样也繁多得令人称奇——有供四人用的休闲竹间，也有多层楼宇，霓虹闪烁，里面提供的娱乐活动也体现了日本人喜好模仿的禀赋：有恰恰舞乐队和摇滚乐手、乡村歌曲四重唱、存在主义歌手，还有用美国黑人口音演唱科尔·波特作品的东方歌唱家。但无论设施何其鄙陋或是豪奢，有一点是相同的：现场最显眼的总是一些千娇百媚的女服务员，撩拨着顾客的心弦。大批漂亮女子②，戴着光亮的头饰，穿着时髦，始终保持着笑容，正坐着小口抿着“完美爱情”（一种紫罗兰色的鸡尾酒琼浆，时下在这些场所甚为流行），同时扮演着穷人的艺妓；换句话说，对于那些疲倦的已婚男子和急着要消遣一把的单身汉，点燃他们的激情，却不一定要腐蚀他们的道德。四名女子为一名顾客服务也不是什么稀奇事。不过当《樱花恋》剧组的高层圈定这些人后，他们又得同这些夜间工作者的习惯作斗争，因为这群和他们打交道的人可不喜欢早起，而电影拍摄恰好要求早起。为了得到她们的才艺，让这些女士们在合适的时间

---

① 瓦尔哈拉殿堂，北欧神话主神兼死亡之神奥丁接待英灵的殿堂。从远古起，奥丁就是战神，在英雄文学中，他以英雄的保护神面目出现；阵亡将士都到瓦尔哈拉殿堂与他做伴。

② 此处原文为法语 jolies jeunes filles。

出现在取景现场，几名剧组成员可谓煞费苦心，就差派发订婚戒指了。

还有一桩令《樱花恋》剧组烦心的事儿，此事跟美国空军有关，而他们的合作同样至关重要；尽管此前他们承诺会提供帮助，但此时却忽然变得迟疑起来，因为他们强烈反对剧情中的一个基本要素——朝鲜战争期间，与日本人结婚的美国空军被遣送回国。这种做法，美国空军抱怨道，或许是惯例，但却不是五角大楼的官方政策。要么将这些不愉快的戏份删掉——这样做会让剧本伤筋动骨——要么予以保留，并因此失去美国空军的帮助；在面临两难的情况下，洛根选择了手术疗法。

接下来，高美以子小姐的问题又来了，她饰演的是宝冢公司的舞蹈演员，正是她的魅力让美国空军军官白兰度激情澎湃。洛根本打算力邀奥黛丽·赫本出演这一角色，后来得知赫本小姐并无此意，便又开始寻找一名“不出名的演员”，于是他想到了美以子小姐；她是第二代日裔美国人，性格随和、泰然自若、处事低调，带着一种不张扬的迷人气度，但没什么演出经验；这位洛杉矶旅游局的小职员一步登天，用她自己的话来说，跨入了“灰姑娘的童话”之中。尽管她的演技——《樱花恋》剧组的另一名主要人物瑞德·巴顿斯跟她情况类似，瑞德此前演过一些滑稽剧，一些电视喜剧，缺乏戏剧训练——显然令导演有些忧虑，而洛根却无惧无畏，依旧乐观，着实令人钦佩；他是这么说的：“我们能摆平。他们只要一脸严肃，双唇紧闭就够了。毕竟，白兰度会大放光彩的，他才是我们需要的。”但说到“放”字，白兰度只是反复强调：“我放弃。”“我打算放弃。我打算袖手旁观。好好在日本享受一下。”

眼下，在宫古酒店，白兰度的面前又出现了一件具有日本特色的东西供他消受了：酒店管理层派来了一个使者，又是鞠躬，又是满脸微笑，还不停地搓着手，他走进白兰度的房间里说“啊，马容·白兰度先森——”随后便沉默了；他此番来意有些尴尬，因而难以启齿。他是来拿那个装着糖果和米糕的“礼包”的，而白兰度早已打开并且带劲地品尝过了。“啊，马容·白兰度先森，这是个误回。这些礼包本来是要松到另一间客房的。对不气！对不气！”白兰度一阵大笑，把盒子递了过去。来客的眼睛看着这些被掠夺过的东西，变得十分严肃，不过脸上还挂着笑容——事实上，他的笑容已经凝固了。当前的困境对声名远扬的日式礼仪提出了挑战。“啊，”他呼出一口气来，微笑也随即柔和了下来，“既然您这么喜换，那一顶要留一盒。”他又把米糕递了回来。“他们”——显然指的是真正的主人——“可以吃剩下的。这样，就皆大欢嬉了。”

幸好他把米糕留在了这里，晚餐还在厨房里烹饪，需要很长一段时间。等餐点送上来的时候，我正在回答白兰度的问题，他向我打听一个熟人的情况，那人是一个年轻的美国人，遁入佛门五年，在京都西本愿寺内过着一种沉思冥想的生活——如果不算完全不食人间烟火的话。一个人从凡世归隐，过上心灵生活——一种东方思想——这种想法令白兰度的脸变得很平静，像是在梦境中。我跟他讲述有关这个年轻人现在的生活状况，对此，他听得格外入神，又有些困惑——其实是一种懊恼：这完全不是，或者仅仅在最表层上是一种退隐，一种沉默，一种令双膝酸痛的祈祷。相反，在西本愿寺的高墙背后，我那个皈依佛门的朋友有三间温暖舒适、阳光充足的房间供他居住，房里堆满了书籍和留声机唱片；诵经祷告、展示茶道之余，他还能有闲情调一杯马提尼酒；他有两个仆人，还有一辆雪佛兰汽车，他时常开车去当地的电影院。说到电影院，这位朋友得知马龙·白兰度正在镇上，十分想见他一面。白兰度可不怎么有兴致。这件事触动了他心中那根深蒂固的清教徒情节；他对于真心向佛者的理解可不包括那些个俗人，比如像我所说的这位年轻人。“这就像那天我们在取景现场一样，”他说。“我们在一座庙里拍戏，一个和尚过来问我要亲笔签名照。你看，一个和尚要我的签名照想干吗？我的照片？”

他带着一种质疑的神情盯着四下散落的书籍，其中与玄学有关的不在少数。在第一次东京记者招待会上，他向记者透露，他很高兴回到日本，因为这给了他再度“研究佛教这一决定性的文化因素对日本思想的影响”的机会。眼前的这些读物愈发证明了他的确正在坚持这项十分学术的研究，虽说它有些晦涩。“我想做的是，”这时他说道，“我想和了解这些东西的人聊一聊。因为——”他欲言又止，直到脚步匆匆的女仆端着大盘子走了进来，将矮桌子摆好，我们跪坐在两头的草垫上，相对而坐。

他用一小块热毛巾揩着手，在日本，这是用餐前常见的准备工作。“因为，”他又接着说道，“我认真考虑过——我非常认真地考虑过——放弃一切。放弃作为一名成功演员的事业。如果到头来这一切没有开花结果，那又有什么意义呢？没错，你成功了。至少你得到了认可，你到处都受欢迎。可仅此而已啊，这就算到头了，再也没有什么出路了。你不过是坐在糖果堆上，身上开始积起一层层厚厚的——厚厚的壳。”他用毛巾擦了擦下颌，似乎是要擦掉脸上板结的化妆品。“太多的成功会毁掉你，就如同太多的失败。”伴着咯咯的笑声，女仆将食物摆放在桌上，他眼睛往下瞟了瞟，看起来对这些食物没什么胃口。“当然，”他迟疑了一下，仿佛是缓缓地将一枚硬币翻转过来，端详着看上去更闪亮的那一面，“你也不可能一直都失败下去。不然就无法生存。想想凡·高吧！一个从未受到认可的人会是怎样，他便是个典型的例子。你脱节了；隔膜了。但我想成功也会产生这样的效果。你知道，我花了很长时间才意识到我究竟是什么——一个巨大的成功。我变得极度地自我中心，沉湎于自己的问题之中，以至于我从不会扭头看看四周，对它们也毫不在意。我时常在纽约漫步，数英里数英里地一直走啊走，走在大街上，一直走到深夜，而我什么也看不见。无论演戏是不是我真正想要去做的事情，我从来都没有对演戏有过自信；现在也是如此。后来，我出演了《街车》，这部电影拍了好几个月，一天晚上——模模糊糊，朦朦胧胧——我开始听到了欢呼。这就像我一直在睡觉，而醒来后却发现坐在一堆糖果上面。”

在白兰度登上糖果山之巅以前，他就知道了一切没有社会关系、没有经济基础、没有接受过太多教育（自打他在毕业前被夏塔克军校开除以后，就一直没能拿到高中文凭，那所学校位于明尼苏达州的法里博市，是所被他称为“精神病院”的学校）的年轻人从农村来到纽约所经历的酸甜苦辣——他的故事，发生在伊利诺斯州的利伯蒂维尔市。他时而独居在布置过的房间里，时而与他人挤在几乎没什么家具的公寓里，他进城的头一年一直徘徊于表演课与社保提供的临时工之间；百斯特一度雇用他为电梯操作员。

他有一个朋友目睹了他成名前的那些日子，在某种程度上印证了白兰度对于自己梦游者般的自画像。“没错，他是个喜欢沉思的人，”他那个朋友说道。“在他心里，仿佛有一间隐匿的房间，他时常匆匆跑进这房间里面，独自发愁，又十分贪婪，就像一个守财奴守着金子。而这并非完全是座幽暗城堡。只要他想，他可以马上从里面抽身出来。他身上有那种不羁的童趣。他曾经住在五十二街一个古旧的褐色砂石建筑里，附近有一些爵士乐汇集的地方。他时常爬上屋顶，将纸袋中装满水后，扔到从俱乐部里出来的那些个笨蛋身上。他房间里的墙壁上写着‘如果你连这都不知道，你就白活了’。没错，他的公寓里经常很热闹——马龙敲着小手鼓，放着唱片，一群人在里面，有演员工作室的小子们，还有许多他碰上的落魄者。他有时很温和。他是我认识的人里最不喜欢投机的一个。对那些能够帮助他的人，他满不在乎；你或许可以说是他主动回避这些人。没错，这件事——他不喜欢哪种人和他喜欢哪种人，二者皆然——部分源自于他的不安全感、他的自卑情结。他朋友中几乎没有人是与他旗鼓相当的——没有他需要与之竞争的人，你懂我的意思。他们当中大多数是些迷途的人、将他视为偶像的人、在这些或那些方面依赖于他的人。他带出去的女孩也是这种情况。就是普通的那种秘书类型的——可爱得很，但却不会引来大群的狂蜂浪蝶。”（最后提到的这个有关白兰度的癖好，在他青少年时期也是如此，他祖母曾经这样说道，“马龙净挑些斗鸡眼儿的姑娘。”）

女仆把日本米酒倒进顶针箍大小的杯子里，随即退了下去。赏鉴这种辣白米酒的品酒师据称能够根据口感和品质辨识出五十种以上的品牌。但对于新手，所有的日本米酒喝起来像是从一个大缸里酿造的——一种香甜的热酒，入口时口感怡人，而后甜得发腻，只要你不是一夸脱的量一口闷下去，便不会脑袋发晕，而日本许多美食家[1]总是采取一口闷的方式。对于日本米酒，白兰度视而不见，而是直奔牛排。牛排非常不错；日本人以其牛肉质量上乘为荣。意大利面在日本是十分受欢迎的美食，质量却不算上佳；其余的也算不上——那一大团豌豆、土豆和菜豆。这的确是一份非常奇怪的配菜，在日本点西餐总的来说本身就是一个错误，然而有时那些生鱼、寿喜烧和配着海草的饭团真的会让你恶心，有时鳗鱼汤、油炸蜜蜂、腌蛇肉和章鱼须也会让你那不适应此类食谱的胃里翻江倒海，无论它们之前看上去何其诱人，外观何其精美。

我们在吃饭的时候，白兰度又回到先前谈到的不排除息影的可能，去"有出路的地方"享受生活的乐趣。他决定采取一种折中的办法。"嗯，等我回到好莱坞以后，我会怎么着呢，先解雇我的秘书，再搬到一个小点的房子里住，"他说着，叹了一口气，带着一种解脱，似乎他早已抛弃了往昔的累赘，进入到一种简约的新环境当中。为了给这份憧憬添上更加美好的一笔，他接着说，"我不会找厨子或者女仆。就找一个打扫卫生的妇女，一周来两次就成。不过嘛——"他皱起眉头，眯着眼睛，似乎是什么东西模糊了他的美好憧憬——"不管房子在哪里，一定得有栅栏。以防那些笔杆子。你不知道那是怎样的情形。那些笔杆子。我得弄个栅栏把他们拒之门外。对于电话，我可能就无能为力了。"

"电话？"

"会被窃听的。我的就是。"

"被窃听？真的吗？谁干的啊？"

---

① 此处原文为法语 bon vivant。

他嘴里一边嚼着牛排，一边嘟囔着。似乎不太想说，然而似乎对此很肯定。“我跟朋友聊天的时候，我们都讲法语。或者使用我们自创的一种暗语。”

突然，我们楼上的房间透过天花板传来了响声——脚步声，模糊的说话声，就像水从管道中流过的声音。“嘘！”白兰度轻声说，他专注地聆听着，眼睛警觉地向上望。“声音小点儿。他们什么都听得见。”“他们”看起来指的是一同拍片的演员瑞德·巴顿斯和他的妻子，二人同住楼上的套间。“这里全是纸糊的，”他接着说，声音小得不能再小，脸上的表情极为专注，像是个孩子沉溺于一场认真的游戏之中——这种表情部分解释了他的神秘莫测，他那随时留意身后、用暗语打电话的性格特征，这种性格使得你与他的交谈时常会带上某种密谋的色彩，犹如在危险的政治领域中谈论颠覆政权的话题。白兰度一言不发；我也一言未发。巴顿斯夫妇亦是如此——什么都听不见。

在沉默的包围之下，主人找到了一封压在餐盘下的信，一边吃一边念，就像一个绅士边吃早餐边读着报纸。这时，他想起对面还坐着我，便讲述道，“这信是我一个朋友写的，他正在拍一部文献纪录片：詹姆斯·迪恩的一生。他想让我来做旁白。我想我也许会答应吧。”他把信扔到一旁，拿出一个苹果派，将一勺快要融化的香草冰激凌涂在上面，放到了嘴边。“然而也未必。我对有些事情很有热情，不过却只有七分钟的热度。不多不少，七分钟。这是我的极限。我从不知道我早上为什么要起床。”他吃完了手中的派，若有所思地盯着我手上的那份；于是我递给了他。“可我真的是在考虑迪恩这件事儿。会是件大事儿。”

詹姆斯·迪恩曾经是一名青年电影演员，1955年因车祸丧生，在他萤火一般的职业生涯中成为全美国的“迷茫少年”，上升为一个符号，代表那些被误解的飙车小子，总是在生活中遇到些小问题时拔出刀来。去世后，他生前主演的电影《巨人》尚未公映，由于该片拍摄成本高昂，该电影公司的媒体代理们一直寻求解决办法，以求将迪恩的死对该片商业价值所产生的一切不良影响减到最低，于是他们通过大肆“渲染”这场悲剧达到了目的，而且，一个颇为讽刺的结果是，他们还创造了一种具有恋尸倾向的迪恩传奇。尽管白兰度比迪恩大七岁，在演艺事业上地位也更稳固，这两名演员还是在全体影迷的心中被联系到了一起。不少电影评论员在回顾迪恩的首部电影作品《伊甸之东》的时候，都指出他的表演风格与白兰度过于接近，甚至可以说有剽窃之嫌。银幕之外亦是如此。迪恩似乎一直在表达最真诚的恭维；与白兰度一样，他骑着摩托四处驰骋，敲着小手鼓，打扮成痞子形象，时而滔滔不绝地谈论深奥的话题，塑造出一种古怪而多彩的媒体形象，娴熟地将单纯的坏孩子与多愁善感的斯芬克司①融为一体。

“不，迪恩绝不算是我的什么朋友，”白兰度在回答一个似乎令他很惊讶的问题时说。“这并不是我有可能同意为影片担任旁白的原因。我都不怎么认识他。而他对我则有种迷恋。我做什么他就做什么。他总是想和我套近乎。他还曾经给我打过电话。”白兰度做了一个听电话的动作，放在耳边，露出偷听者一

① 希腊神话中带翼狮身女怪。传说她常令过路行人猜谜，猜不出即杀害之，后谜底被俄狄浦斯道破，遂自杀。今常用以指“谜”样的人物。

般诡秘的笑容。"我听着他跟接听服务处打电话，找我接听，给我留言。我就是不说话。我也从未给他回过电话。从没有，我——"

这时，电话真的响了，打断了他的追忆。"您好？"他拿起电话。"请讲。您是从哪里打来的？……马尼拉？……呃，我不认识马尼拉的人啊。跟他们说我不在这儿。从没有，我最后见到迪恩，"他将电话筒挂上，接着说，"是在一次聚会上。他四处游荡，像是个疯子。于是我过去跟他搭讪。我把他带到一旁，问他知不知道自己病了？需不需要帮助？"这段记忆使白兰度的脸上浮现出那种熟悉的表情：一种睿智的怜悯，只是此刻它表现得更加强烈。"他听从了我的建议。他知道他身体有病。我告诉了他一名精神分析师的名字，他也去了。至少他的事业后来有所进展。到了最后，我想他已经开始摸索到他自己的一种表演模式了。而对于迪恩的那种美化其实都错了。这就是为什么我觉得这部纪录片会很重要。去向世人展示他并非是个英雄人物；展示他真实的一面——只是一个努力找回自己的迷途男孩。这个片子应当完成，我也想去帮着完成——或许是对我自己罪过的某种救赎。就像拍《飞车党》一样。"他说的是那部奇怪的电影，他在里面饰演一个犯罪团伙的头目，类似法西斯组织里希特勒的形象。"可谁知道呢？我就是七分钟的热度。"

话题从迪恩又转到了其他演员，我问白兰度这些演员当中，哪个是他特别敬佩的。他沉思了一阵；尽管他的嘴唇微微动了几下，似要说出几个名字，但还是考虑再三才真正说出来。我提了几个人——劳伦斯·奥利弗、约翰·吉尔古德、蒙哥马利·克利夫特、钱拉·菲利普、让·路易·巴罗。"有了，"他终于从沉默中醒来，“菲利普是个好演员。巴罗也不错。天啊，那部电影真的很棒——《天堂的孩子》！或许是迄今为止的最佳影片。那是我唯一一次爱上女主角，爱上一个银幕形象。我疯狂迷恋着阿尔莱蒂。”全球的观众对阿尔莱蒂这位巴黎影星久久不能忘怀，她在巴罗家喻户晓的影片中饰演女主角，呈现了女性的风情万种与机智诙谐。“我是说，我真的是爱上她了。我第一次去巴黎时，头一件事就是去见阿尔莱蒂。我去见她，简直就像去参拜圣坛。我的完美女神啊。啊！”他拍了一下桌子。“真是错误，真是幻灭！她很难驾驭。”

女仆过来清理桌面；她随手像妹妹一样拍了拍白兰度的肩膀，这是对他的一种奖励，我猜想，因为他的盘子吃得干干净净，还反着光呢。他再次卧倒在地板上，把一个枕头塞在脑袋下面。“我跟你说啊，”他说，“斯班瑟·特雷西是我喜欢看的那种演员。他演戏的时候会收敛，再收敛——然后突然一步到位，再迅速收回。特雷西、穆尼、加里·格兰特。他们知道自己在干吗。你可以从他们身上学到一些东西。”

白兰度做着手势，似乎是希望这些手语可以描述他无法准确表达的内容。“演戏是个细活，”他说。“一种精致腼腆的东西，一位感性的导演会设法把它从你身上诱导出来。而拍电影的过程中，那至关重要的感性一刻会在一场戏的第三次试拍时迸发出来；这时，只需导演的几句轻言细语，就可以帮你点石成金。加吉”——他叫着伊利亚·卡赞的昵称——“总能够做到。他在指导演员方面很有一套。”

另一个别的演员，我想，应该会立刻明白白兰度的话，而我却觉得有些听不太懂。“那是第三次实拍时从你身体里涌出的，”他又用心强调了一番，而我并未因此更明白一些。白兰度最令人难忘的一个电影场景出现在卡赞导演的《码头风云》中；这是一个驾车镜头，罗德·施泰格身为诈骗分子的兄弟，坦言他正把白兰度往死路上引。我问他可否以此片段为例，告诉我他所谓的“感性一刻”理论是如何运用到实际中的。

“没错。呃，不对。嗯，我想想看。”他眼角泛起皱纹，沉思着发出低吟。“这场戏拍了七次，我不喜欢这段剧本。里面存在许多分歧。我受够了这整部电影。所有拍摄工作都在新泽西完成，那是在冬天最冷的时候——冷啊，天！我那时出了状况。女人方面的问题。那场戏。我想想。拍了七遍，因为罗德·施泰格不停地喊叫。他是那种喜欢大喊大叫的演员。我们拍了一遍又一遍。但我记不起来我是在什么时候、以什么方式如何被点化成金的了。我第一次看《码头》是在加吉的放映室里，我当时觉得真是糟糕透顶，我跟他一句话都没说就走了。”

一个月前，白兰度的一个朋友告诉我，“马龙总是批评他参演的作品。批评作品的某些方面。不是对剧本，就是对导演，或是对某个演员。这并非总是出于理性因素——这仅仅是因为，表达不满让他感到舒服，让他能借此发泄。这是他行事风格的一部分。以《樱花恋》为例。我打赌，他指不定什么时候就又要开始抱怨了。或许对洛根。或许是对日本——这个该死的国家。他现在喜欢日本。但和马龙一起，你永远不会知道他下一分钟会想什么。”

我在想是否能和白兰度说一说他这种所谓的“行事风格”，问问他是否认为别人对他的这种评论属实。不过对于我可能会问到的这个问题，他似乎早有预料。“我得闭上嘴啊，”他说。“在这里，在《樱花恋》剧组内，我已经让几个人知道了我的想法。但通常情况下，我不会连着两天抱着一种同样的想法。”

十点半，莫雷打来了电话。

“我和那些女孩儿一起出去吃饭了，”他告诉白兰度，电话里的声音非常清楚，连我都能够听到；那声音盖过了舞厅乐队的奏乐声和酒吧间里的叫喊声。显然他光顾的那家饭馆不是那种安静的传统京都餐馆，而是允许顾客穿鞋的那种地方。“我们快吃完了。你那边情况如何，吃完了吗？”

白兰度若有所思地看着我，而我也准备去取大衣。可他却说，“我们还没聊完呢。一个小时以后再打过来吧。”

“行啊。呃……行吧。听着。美以子在这儿呢。她想知道你收到她送你的花没有？”

白兰度的眼睛慵懒地转向玻璃围住的门廊，一个竹子做的圆桌上放着一盆紫菀。“哎呀，收到了。跟她说声多谢。”

“你自己跟她说呗。她就在旁边呢。”

“别！嘿，等等！天啊，不带这么玩的啊。”不过他抗议得太迟了。莫雷早已把电话给了美以子，而白兰度却还在说“不带这么玩的啊”，他红着脸的样子就像一个难为情的小男孩儿。

接下来从听筒里传来的声音是《樱花恋》剧组的女主角，高美以子小姐。她询问白兰度的身体状况如何。

“好些了，谢谢。我吃了牡蛎不该吃的那一头，仅此而已。美以子？……美以子，你送花给我真是太好了。这些花非常好看。我正在看呢。这些紫菀，”他接着说，就像是腼腆地憋出了一行诗，“是我最喜欢的花……”

我退到阳台，好让白兰度和美以子小姐有一块更加私密的空间聊天。窗子下面是酒店内的花园，里面的岩石和树木布置得极其简约整洁，漂浮在从京都航道上缓缓升起的迷雾中——京都毕竟是座水之城，浅河与运河交错，盘蛇形状的池塘星罗棋布，欢快的小瀑布发出的声音就像是日本女孩儿咯咯的笑声。曾经的皇城，如今的国家文化博物馆——如此赏心悦目的宝库，二战期间美国轰炸机因此饶过了这里。京都同样被水包围；越过城市四周将其包裹的山峦，绵延的小路宛如堤道，穿过稻田水面反射出的银光。这个夜晚，尽管有薄雾飘过，环绕的青山在夜空下依旧明晰可辨，因为清空明净；夜空，繁星，残月。你可以看到城里有些区域的轮廓。最近的是一片住宅区，拱形屋顶，一些有钱人家的房子正面是光滑的木头，但却简约朴素，透着北方气息，同任何一座石砌的锡耶纳宫殿一样神秘。街头华灯闪耀，门口的灯笼投射出明艳的和服色彩——粉色与橙色，柠檬黄与红色。更远处是现代的平面——宽阔的大街，闪烁的霓虹，原混凝土建成的摩天大楼，比起周围那些低矮的屋宇，看上去反而更不结实，也更易腐朽。

白兰度结束了通话。他走到阳台前，看着正在欣赏风景的我说，“你去过奈良没有啊？挺有意思的。”

我去过，没错，“古老、旧日的奈良”——当地一个导游不厌其烦地提到这一点——离京都一小时车程——那是一个明信片式的城镇，坐落于一个遍地名胜的公园内。这里是日本人天才地将大自然催眠，使其呈现出非自然形态的完美典范。这个神龛遍布的大公园是个绿色沙龙，这里的绵羊吃着青草，温顺的鹿群在整齐的松树下漫步，就像威尼斯的鸽子，欣然与蜜月中的情侣摆造型合影；这里的孩童拽着山羊的胡子，不用担心山羊报复；这里的老人，披着黑色斗篷，斗篷上是粉色的衣领，蹲坐在荷塘边，拍着手，把成群游动的鱼儿吸引过来，这些鱼的身上带着斑点，都是深红色的大个儿鲤鱼，身体像鳟鱼一样粗，鱼儿们允许老人逗弄它们的鱼嘴，然后大口吞下他们抛撒的面包屑。这个没有毒蛇的伊甸园居然对白兰度有吸引力，真是有些奇怪。因为他的个性不拘一格、无拘无束，你或许会觉得他对这种井然有序的风景不会有什么反应。然后，似乎是因为说到了奈良，他又开口道，“嗯，我想结婚了。我想要孩子了。”或许，这话并不像表面上看起来那么唐突；奈良那种和缓的安逸氛围就会让人产生这样的联想，向人暗示着婚姻和家庭。

“你一定得要拥有爱情，”他说。“为了生存，别无其他的理由。人类与老鼠没什么区别。他们生来就发挥同样的功能。繁衍后代。”（“马龙，”用他朋友伊利亚·卡赞的话说，“是我认识的最温柔的人之一。或许没有‘之一’。”在你细看白兰度和孩子们在一块儿的时候，就会发现卡赞的话有其涵义。就他而言，他总是很欢迎日本最年轻的一代——他们可爱，活泼，樱桃红的脸蛋，O形腿，动静很大——来《樱花恋》拍摄现场嬉戏玩耍。他对孩子们很友善，很随和，喜欢和他们闹着玩儿，能发现他们身上的优点；他似乎的确与他们在情感上是同龄人，是同伙。此外，他审视成年人时独有的那种神情——那种怜悯的神色，那种发放同情如发放慈善物资般的微妙眼神——在他投向孩子们的目光中完全不见了踪影。）

他用手摸着美以子小姐赠送的鲜花，又接着说，“或者还有其他什么理由吗？除了爱情以外？这是困扰我的主要问题。我无法去爱一个人。”他又回到那间明亮的屋里，站在那儿，仿佛是要寻找什么——是香烟吗？他拿起一包。空的。他拍着四处散落的裤子和皮夹克的衣兜。白兰度的衣柜里不再堆放着街头混混的着装；他已经毕业了，或者说回归了，回到了上个年代的黑帮气，一种禁酒令时期的酷帅风格——黑色折边帽，条纹西装，亚光乔治·拉夫特衬衣配上轻淡柔和的彩色领带。烟找到了；他吸了一口，然后猛地倒在铺着草垫的矮桌上。他的嘴边渗出一圈汗珠。电暖气发出运转的闷响。整个屋内简直变成了热带地区；你甚至可以在里面种兰花了。正上方，巴顿斯夫妇又开始发出声响了，不过白兰度似乎对他们失去了兴趣。他抽着烟，思考着问题。接着，他又找回了之前的那一缕思绪：“爱一个人。我做不到。在我全心付出之前，我无法充分相信任何人，将我自己全身心地交付给她们。但我准备好了。我希望拥有爱。我也许就在那个临界点上了，我真的得……”他的眼睛渐渐眯成一条缝，而他的声调却并不热烈，显得十分漠然，无精打采，仿佛是在讨论戏中的某个人物角色——那个他已经厌倦于塑造，却又受合同所限不得不演的角色。“因为——呃，还有什么来着？就这些吧。去爱一个人。”

（此时的白兰度，不用说，还是一个单身汉，他有时也会纵容自己身陷某些准正式的婚约之中——他曾经与布罗森·普拉姆小姐订婚，那是一位志向远大的女作家和女演员，而后，又和一名法国渔夫的女儿若萨尼·马里亚尼·贝朗热小姐订婚，这更加引起了公众的注意。但是这两段姻缘都未成正果。而上个月的一天，白兰度在加利福尼亚的老鹰岩举行了一场突然而有些神秘的婚礼，他迎娶了一位自称安娜·喀什菲的年轻女演员，她裹着莎丽服[①]，肤色很深，并不出名。根据一些彼此矛盾的媒体报道，她有可能是出生在大吉岭的佛教徒，父母都有纯正的印度血统，也有可能出生在加尔各答，父母是一对姓奥卡拉根的英国夫妇，现居威尔士。白兰度尚未采取行动去消除这个谜团。）

“不管怎么说，我还是有朋友的。不，不，我没有，”他似乎是与一个假想的对手在对话。“噢，我当然有啦，”他拭去上嘴唇的汗说道。“我的朋友多着呢。有些无需藏着掖着。我告诉他们一些我的近况。你总得有人可以相信吧。嗯，也不尽然。我从不依赖任何人来告诉我该怎么做。”

我问他这些人里是否包括职业顾问。譬如说，据我所知，白兰度十分依赖于杰·坎特的指导，这个年轻人在美国音乐公司供职，该公司是他的代理。“噢，杰啊，”白兰度说。“我告诉他该干吗，他就干吗。我就这么独立。”

电话铃响了。似乎又过去了一个小时，因为又是莫雷打来的。“是啊，还在聊呢，”白兰度告诉他。“这样吧，我给你打过去……呃，大约一个小时以后吧。那个时候你回来了吧？……好的。”

他挂断了电话说，“这人挺不错的。他想当一名导演——他的最终目标。我刚才聊到什么来着。我们在聊朋友。你知道我是怎样交友的吗？”他身体朝我前倾，似乎是有什么有趣的秘密要告诉我。“我总是循序渐进。我不停地兜着圈子。我兜着圈子观望。然后，我再渐渐地走近。然后，我再伸出手去接触他们——

① 莎丽服是印度的传统民族服装，是妇女披在内衣外的一种丝绸长袍，距今已有5 000多年的历史。最早的莎丽服是举行宗教仪式时男女都可穿的一种服装，到后来才演变成妇女的服装。

啊，就是这样轻轻地……”他向前伸出手指，就像昆虫的触角一样，轻轻擦过我的胳膊。“再然后，”他说着，一只眼半睁半闭，另一只像拉斯普钦[1]，如同施催眠术一样睁得炯炯有神，“我就撤退。等上一段时间。让他们去猜。在一个合适的时机，我又靠近。触碰他们。兜着圈子。”他用那只宽大、五指粗实的手在空中打着旋转的手势，仿佛是手中拿着一根绳子去绑一个看不见的物体一样。“他们没弄明白发生了什么。等他们反应过来，已经身陷其中，不能自拔了。我拥有了他们。而有些时候，我一下子又成了他们所拥有的全部。他们当中的许多人无法融入任何环境，他们不被接纳，他们受过伤害，一瘸一拐，东奔西走。可我想拉他们一把，他们可以以我为中心；我就是公爵。某种程度上，是我个人领地里的公爵。”

（公爵的领地里曾经有一位住户，在描述那里的领主与臣民时曾说，“马龙似乎是住在一座从不上锁的房子里。他住在纽约的那段时间，大门总是敞开的。无论马龙在不在家，任何人都可以随时进去，每个人也的确都进去过。你进去后发现里面有十到十五个人在转悠。奇怪的是，大家相互之间似乎都不认识。他们就待在那儿，正如在公共汽车站候车的乘客。有的在座椅上睡着大觉。有人读着小报。有个女孩儿不是在里面独舞，就是在涂着脚指甲油。一个喜剧演员在排演着夜总会的节目。房间一角，有人在下着棋。还有打鼓的声音——咚，咚，咚！但是从没有什么喝的东西——从没有。偶尔也会有人说，‘我们去喝杯冰激凌汽水

① 拉斯普钦，俄国僧侣，号称拥有神力，是沙皇尼古拉二世时期宫廷中最具权势的人物。

吧。’因此，马龙就是这里的公分母，是唯一的连接纽带。他会在房间里四处走动，把个别人拉到一旁，私下交谈。如果你留心的话，你会发现马龙不能，也不会与两个人同时交谈。他也从不参与多人讨论。他总是惬意地两人私聊——一次和一个人聊。我想，这很有必要，要是你在所有人身上施展同一种魅力的话。但即便你知道他就是这么做的，也没有关系。因为轮到你时，他还是让你感觉到你是这个房间里唯一的人，甚至是整个世界上唯一的人。他令你感到你在他的庇护之下，你的烦恼和心情都令他深深挂念。你不由得会相信这一点；与我认识的其他任何人相比，他浑身散发着真诚。然后你会问自己，‘这是在演戏吗？’就算是，那又怎样？你又有什么能给他呢？什么都没有，除了——这才是关键问题所在——感情。正是感情让他能够对你施展控制力。我有时觉得马龙就像是一个孤儿，长大后，通过成为一所大型孤儿院的好院长来补偿儿时的经历。但即便是在这孤儿院之外，他也希望所有人都能喜欢他。”尽管也许会有不少人反对最后这句话，不过白兰度本人据信曾经对一名采访者说，“我可以走进一间有一百人的房间里——如果里面只有一个人不喜欢我，我要是知道了，就会出去。”作为脚注，还应补充一点：在白兰度管辖的小圈子里面，他被尊为精神之父和情感大哥。喜剧演员沃利·寇克思大概是最了解他的一个，他将白兰度称作“富有创造力的哲学家，深邃的思想家”，然后补充道，“他就是朋友们真正的救世主。”）

白兰度打了个呵欠；已经是一点过一刻了。在随后不到五个小时的时间里，他可以洗个澡，刮个胡子，吃个早餐，走进拍摄场地，然后准备让化妆师给他苍白的脸上涂上拍摄彩色片所需的淡褐色。

“我们再抽一支烟吧，”我正准备穿上大衣时，他对我说。

“你难道不觉得该睡了吗？”

“那只不过意味着要起床罢了。大多数早上，我不知道为什么要这么做。我无法面对。”他看了看电话，似乎是记起来先前答应给莫雷打电话。“反正，我一会儿还可以干活。你想喝点儿什么呢？”

房间外，繁星已经黯淡了下去，天空下起了蒙蒙细雨，所以睡前喝上一杯真是件惬意的事情，尤其是我还要步行回到自己的酒店，那儿距离宫古酒店有一英里远呢。我倒了一些伏特加；白兰度不愿与我同饮。不过，他随后伸手拿起我的杯子，抿了一小口，放在我们中间，然后突然说，“我的母亲。她像一件瓷器一样碎了。”他说话的方式看似轻描淡写，却传递着感情。

此前我经常听到朋友们这样评价白兰度，“马龙很崇拜他的母亲。”然而在 1947 年，也就是《欲望号街车》首映以前，这个年轻演员所处的圈子里几乎没人见过他的父亲或是母亲；除了他跟他们有选择性地讲过一些事情，关于其他的情况他们一概不知。“马龙时常拿出一些他在伊利诺斯家庭生活的照片，非常丰富多彩，”他一个熟人告诉我。“我们那时听说他的家人准备来纽约参加《街车》的首映礼，大伙儿都很好奇。我们不知道会见到怎样的人。在首映礼的那个夜晚，艾琳·赛尔斯尼克在‘21街’办了一场盛大的聚会。马龙与他的父母一同前来。嗯，你无法想象世上还有比这二位更有吸引力的人了。他们身材高大，仪表堂堂，魅力不凡。令我印象最深的——我想也是令所有人惊叹的——是马龙对待他们的态度。在他们面前，他不再是我们熟悉的那个小伙子。他是个模范儿子。少言寡语，彬彬有礼，细心周到，无微不至。”

白兰度出生在内布拉斯加州的奥马哈，他的父亲曾是那里的一名石灰石制品推销员，白兰度是家中三个孩子里唯一的儿子，不久就被带到伊利诺斯州的利伯蒂维尔市居住。白兰度一家在那里定居下来，住在一个布局凌乱的房子里，街坊四邻全是些粗鄙之人；但至少屋子周围地方够大，白兰度能够养些鹅啊、鸡啊、兔子啊什么的，还有一匹马、一只大丹狗、二十八只猫和一头奶牛。给奶牛挤奶成了巴德每天雷打不动的家务事——巴德是马龙那时的昵称。巴德一看就是个性格外向、争强好胜的小男孩。但凡有人靠近他，马上就会被他拉着进行一些五花八门的比赛：谁吃饭吃得最快？谁憋气时间憋得最长？谁讲的故事最长？巴德也很叛逆；无论晴雨，他每个礼拜天都会从家里逃出去。不过他和两个姐妹——弗朗西斯和乔瑟琳——却同她们的母亲十分亲近，始终如一。多年以后，白兰度的前戏剧指导斯特拉·阿德勒在描述 1954 年去世的白兰度太太时，称之为“一位美貌绝伦，迷茫，有着少女情怀的尤物”。通常情况下，但凡白兰度太太生活过的地方，她都会在当地戏剧社的作品中扮演主角，她也时常期待能够有一个比她周遭更加广阔的舞台呈现在她面前。这样的夙愿激励了她的子女们。弗朗西斯投身绘画；乔瑟琳热衷于戏剧，目前已是一名职业演员。巴德也继承了他母亲在表演方面的才华，可就在他十七岁那年，他宣布要学习成为一名神职人员。（那时的白兰度与现在一样，在找寻着一种信念。白兰度的一个追随者曾经总结道，“他需要找到生命中的某种东西，从他自己身上找到某种东西——那种亘古不变的真理，他需要为之献出自己的人生。对于他这种强烈的个性而言，哪怕是打一丁点儿的折扣都不行。”）白兰度经人劝说打消了成为牧师的理想，后来他被学校开除，1942 年又因膝关节交锁而被军队拒收后，白兰度收拾行装，去了纽约。正因为那个胖乎乎的、留着淡黄头发的愤怒少年巴德来到了世间，这位体格阳刚、才华横溢的马龙才会崭露头角。

白兰度没有忘记巴德。谈及过去的自己时，当年的那个小男孩似乎还隐居在他现在的骨子里面，仿佛时光几乎没有将现在的他和曾经那个受过创伤、踌躇满志的孩子隔离开来。“我的父亲对我漠不关心，”他说。“我无论做什么都不会引起他的关注，或者让他高兴。我现在已经接受这个现实了。如今我们是朋友，相处融洽。”过去的十多年里，老白兰度一直监管着儿子的财政事务；除了老白兰度供职的彭尼贝克制品公司外，他们在许多其他业务上也都有关联，包括内布拉斯加州的谷物畜牧大农场，小白兰度收入中很大一部分都投资在这个农场上。“可我的母亲对我来说就意味着一切。整个世界。我努力学习。我从学校回家……”他迟疑了一会儿，似乎是在等着我在脑海中想象他当时的样子：巴德，手里夹着书本，沿着午后的街道一路前行。“家里没有人。冰柜里也什么都没有。”更多的幻灯片从我眼前滑过：空荡荡的房间，还有一间厨房。“然后电话铃突然响起。是有人从酒吧里打过来的。他们说，‘我们这儿有位女士。你最好过来领人。’”白兰度突然变得沉寂起来。沉寂中，这幅画面也渐渐变得模糊起来，或者说，变得凝固了：巴德在听电话。最后这意象又动了起来，向前快进。巴德十八岁了：“我想要是她足够爱我，足够相信我，那么我想，我们可以在一起，住在纽约；我们一起生活，我会照顾她。这些一度成为了现实。她离开了我的父亲，和我生活在了一起。在纽约，我演戏十分努力。但是我得到的爱还不够。她还不够关心我。她又回去了。有一天”——他平淡的声音变得更为平淡了，而那种饱含情感的声调变得越来越高亢，明晰可辨，就像一种声音中间还包含有另外一种声音，一种受过创伤的迷惘——“我已经不在乎了。她就在那里。在一间屋子里。抓着我。我让她倒了下去。因为我再也承受不住了——眼睁睁地望着她在我面前成了碎片，仿佛是一件瓷器。我就这么从她身上跨了过去。我就这么走了出去。我的心冷了。从那以后，我的心就是冷的了。”

电话铃又响了起来。吵闹的铃声似要将他从茫然中唤醒。他瞪大眼睛，仿佛是在一间未知的房间里惊醒，接着又冷笑着低声说，“坏了，坏了，坏了，”他的手伸向听筒。“对不起，”他对莫雷说。“我正准备给你打过去的……没有，他正准备走呢。不过你看，老兄，要不我们今晚就算了。都已经一点多了。都快两点了……好的……一言为定。明天吧。”

这时，我已经穿好了大衣，等着道别。他把我送到门口，我穿上了鞋。“好啦，sayonara，”他带着调侃的口吻向我挥手告别。“跟他们的前台说一声帮你叫一辆计程车。”然后，我正沿着走廊走着的时候，他大声说，“听着啊！我说的话你别太在意。我的感觉总在变的。”

某种意义上说，这并非那天晚上我最后一次见到他。楼下，宫古酒店的大厅已经空无一人。前台没有人，外面也看不到一辆计程车。即便是在正午时分，京都街巷那如钩针编织的繁复布局也曾让我晕头转向；可眼下，我只能穿过冰冷刺骨的凄风冷雨，朝着我希望是回家的方向前行。在这座城市里，我还从来没有这么晚回家的经历。此时与白天或是傍晚形成了鲜明的对比——白天的市中心人山人海，一片盛大的狂欢景象，喧哗声就像身处游艺厅，而傍晚是京都最吸引人的时段，灯笼如花环一般悬挂在此时的街道两旁，就像一朵朵夜来香；穿着华丽的艺妓，光滑的脸颊涂得如同白色的陶器，头顶上气球一样的染色假发点缀着银铃，身姿摇曳，碎步而行，在背光处匆匆忙忙地赶往格调高雅、无可挑剔的欢宴。但是凌晨两点，这些精美的装饰就不见了踪影：夜总会关了门；只有几只猫留下来与我为伴，还有一些醉汉和红灯区的小姐、门口那群躲不开的老乞丐，还有一个衣衫褴褛的街头艺人在我身后跟了一小会儿，笛子里吹的是中世纪的音乐。经过一英里多的跋涉，终于，一百条小巷中的一条通往了熟悉的地方——主干街区的百货商店和电影院。就是在那个时候我见到了白兰度。他就在那里，六十英尺高，头跟最大的佛像一样大，漫画纸张的颜色，在一家剧院顶上的广告牌上，那是《秋月茶室》的巨幅宣传海报。他的造型同样很像一尊佛像，因为宣传海报中的他蹲坐着，脸上挂着安详的笑容，在雨水和街灯的映衬下闪着光。一尊神，没错；可除此之外，他其实只不过是个坐在一堆糖果上面的年轻人。

选自《观察》

(1959)

(与理查德·艾夫登合著)

理查德·艾夫登

理查德·艾夫登是一个颇具天赋与慧眼的人。这样的描述已经足够了，无须赘言。他棕色的眼睛看上去并无特别之处，然而在这样的假象背后，是洞见隐匿之物和攫取精髓的一种超能——这双慧眼追寻着一个真相、一种心情、一张面孔的运行轨迹，这是他最重要的个性所在：这些，还有他对于自己的职业——摄影——那与生俱来的专注；如果没有摄影，他那非凡的双眼与驱动这双眼睛的敏锐智慧就无法卸下它们萃取吮吸到的一切。事实上，尽管艾夫登总是喋喋不休，说话时从不吝惜口舌，仿佛一只蜜蜂往返于一打花蕾之间，指望能同时采到蜜露，他的确并非特别善于表达：他沉默的时候，才是表达最为得体的时候，而在操作照相机时——他的声音总是无比清晰，快门发出的那种轻柔的咔嚓声，足以将他的洞察力所聚焦的东西永远地定格下来。

他出生在纽约，已经三十六岁了，尽管你可能看不出来：这个骨瘦嶙峋却容光焕发的家伙似乎还在成长，他动起来好似五月时节的雄性小马，就像是一个毕业不久，刚刚离开大学校门的人。只是，他从未上过大学，从来都没有，说起来，他连高中都没有念完，虽然他看起来像是一个神童，一个颇有才华的诗人；自从十岁那年，他拥有了一部箱式照相机起，他就已经全身心地开始了毕生的劳作：他房间的墙壁上、地板上还有天花板上都糊满了从杂志上撕下来的图片，还有蒙卡奇和斯泰肯拍摄的照片。这样的兴趣对一个小孩子而言是非常特别的，这意味着他不仅早熟，而且并不快乐；他欣然承认他当时的确不快乐：在离家出走这件事儿上，他可谓经验丰富。那时的他没能拿到高中毕业证书，他的父亲倒也通情达理，让他“勇往直前！和文盲们一同参军去吧。”但与之相反，他加入了商船队，这也算不上是完全不听他父亲的话吧。正是拜商船队所赐，他第一次接受了正式的摄影培训。后来，战争结束后，他在纽约社会研究新校学习，《时尚芭莎》杂志当时的艺术总监是阿莱克西·布罗多维奇，他在那里开办了著名的实验性摄影班，杰出教员与优秀学子汇集于此：1945 年，布罗多维奇借助他在编辑界的人脉，为他的优秀学子安排了一次专业展出。就在这一年，这个新人确立了自己的业内地位；他的作品如今频频见诸《时尚芭莎》、《生活》和《戏剧艺术》杂志，同时也出现在展厅的墙壁上，为人津津乐道，并因其大胆创新、视角犀利、动感十足而广受赞誉；他能够赋予一件静止如相片的实体以青春的动感与血脉贲张的活力：简而言之，没有人见过能真正与之相较的作品，另外他还能够长时间保持充沛的精力，勤奋工作，总之是个才华横溢的人，因此在随后的十年里，他顺理成章地成为了酬劳最高，在他这个时代里最为成功的美国摄影师；模仿艾夫登的人数不胜数，便是明证，他当之无愧是美学界最具影响力的人物。

“我的第一个拍摄对象，”艾夫登讲述道，“是拉赫玛尼诺夫[1]。他就住在我祖父母所在的那栋楼里。当时我大概十岁的样子，总是藏在他家楼梯后面的垃圾桶中间，一连几个小时待在那里不出来，听他练琴。有一天，我觉得我真的必须打破沉默了。我问他可否用我的箱式照相机给他照张相。某种意义上，这成了这本书的开始。”

嗯，再说说这本书吧。这本书旨在留存艾夫登已经完成的作品中最为优秀的部分以及他的评论，附带我的少数评论。最终选定这些照片似乎是个不可能完成的任务，首先是因为艾夫登的作品太过丰富，其次是因为他不断地给删减工作制造压力，因为他总是在想“我一定要”：他一定要赶去拜访当今的“拉赫玛尼诺夫”们，那些他感兴趣的人，但由于某种离奇的意外他们却迄今未能被他那无处不在的镜头捕捉。或许这意味着，就本书收录作品的人物选择而言，存在着一个连贯的主题——某种作者个人的颁奖体系，评比标准是基于他对拍摄对象能力或美丽的尊重；可事实并非如此，那样的话，人物选择就完全是主观臆断的了，而总体来说，这些人物的唯一共同点就是，他们都只是被艾夫登碰巧拍摄到的，而且他——根据他自己的判断——也对他们做出了恰当的评论。

不过，他看起来的确会为一张面孔的某种状态所一再吸引。你不可能不注意到，他是多么频繁地突出老年人；甚至在那些中年人身上，他也会毫不留情地捕捉到每一条来之不易的鱼尾纹。因此，偶尔有人会指责他心怀恶意。但是，“青春从不会令我动容，”艾夫登解释道。“我从一张青春的面孔里，几乎看不到任何

① 拉赫玛尼诺夫（1873—1943），全名谢尔盖·瓦西里耶维奇·拉赫玛尼诺夫，生于俄罗斯，20世纪世界重要的古典音乐作曲家、钢琴家、指挥家。

极致美丽的元素。不过，“我确实在毛姆向下弯曲的嘴唇曲线里看到过。在伊萨克·迪内森的手中看到过。有多少东西写在了那里，多少东西可以从中读到，只要你会读。我感觉这本书里许多人都是些人间圣贤。因为他们都沉醉了。沉醉于这样或那样的事情当中。跳舞啊、爱美啊、讲故事啊、猜谜啊，还有街头表演。萨瓦蒂尼的嘴和埃斯库德罗的眼，玛丽·路易斯·布斯克的笑容：这些都是对虚张声势的劝诫。”

一天下午，艾夫登喊我到他的工作室来，工作室极为平常，里面满是主光灯，受潮了的模特，还有不耐烦的助手，在喋喋不休地打着电话；不过那个冬日的下午，因为是个礼拜天，那里成了一个闲暇而宁静的避风港，安静得如同无痕的落雪，就像小猫在天窗上行走。

艾夫登穿着长筒袜，从摆在地板上的一张张照片中蹚过，照片中是些光鲜亮丽的面孔，有些是笑脸，充满生趣，自得其乐；有些则是竭力与内心的暴风雨对话，有关他们的本我，他们的艺术，他们冷峻的样貌；还有些面孔，或相貌平平，或被人遗忘，或神经兮兮：形形色色的表情多得惊人，与你的视觉相互碰撞，实在是令人叹为观止。那些照片，好似纸牌游戏中扑克牌的摆放方式，排成一行一行，把偌大一个工作室的地板占得满满当当。这是本书照片的最终合辑；我们小心翼翼地穿过这片尚未修剪枝叶的果园，谨小慎微地在一行行照片中来来回回地穿梭(我们总是小心翼翼，仿佛我们脚下的那些人会喊出声来，提醒我们不要踩到了他们的脸，不要压断了他们的鼻子)，这时艾夫登说道：“有时我在想，所有这些照片都是我自己的写照。我的关注点是——呃，该怎么说呢——人类的困境；只是我心目中的人类困境仅仅是我本人的想法。”他托着下巴，凝望的眼神从奥本海默博士一直延伸到达西神父："我讨厌照相机。它们干扰我，它们总是碍事儿。我希望：要是我能够只用眼睛工作就好了！"这时他指着同一张照的三版正片，都是路易斯·阿姆斯特朗的肖像，然后问我喜欢其中的哪一张；对我来说，它们简直就像三胞胎，直到后来他指出了它们的不同之处，提示我其中一张的亮度要比另一张更暗一些，而第三张的阴影部分已经去除了。"要想得到一版满意的正片，"他说话的时候，完美主义的热烈使他的声音变得发紧，"一版能够包含你所有想法的正片，通常都比照相本身要更加困难，也更加有风险。我拍照的时候，当我捕捉到我真正想要的那幅画面时，我马上就能够知道。然而把照片从照相机中取出，摆到光天化日之下就是另外一回事了。对于同一张照片，我会冲洗六十张正片出来；如果能够取得哪怕是毫厘的改进，将不可见变为可见，将内在变为外在，我甚至愿意冲洗一百张。"

我们走到了最后一排的终点，停下脚步，端详着这一片亮闪闪的黑与白的田地——这棵葡萄藤上挂着十五年的收成。艾夫登耸了耸肩。"就是这些了。到此为止了。我想讲述的关于视觉象征的内容全都包含在这些面孔里了。至少，"他又说道，一边真诚地皱起了眉头，这同样是一种个性的视觉象征：自负(以某种幸运的方式)、得不到回报、永远在求索，这样的个性是不可能体会到真正的满足的，"至少，我希望如此吧。"

约翰·休斯顿

毋庸讳言，最好的电影，与文学是相悖的，作为一种媒介工具，它并不属于作家，也不属于演员，而是属于导演，其中的某些——譬如说，约翰·休斯顿——曾经给工作室里的编剧做过学徒。休斯顿曾经说过："我之所以成为一名导演，是因为我再也无法坐视我笔下的作品是如何被毁掉的。"不过这不太可能是唯一的原因：这位身材瘦高，讲话拖着长腔的型男就像是奥博利·比亚兹莱[①]想象中的牛仔，心中充满了萨瓦提尼[②]否认的那种东西——命令的欲望。

休斯顿的作品与他为人处世的方式密不可分，人们可以从他的电影中看到他个人心境的影子(正如爱森斯坦、英格玛·伯格曼与让·维果的电影一样)，这种密切的关联对其职业而言并不常见——拍电影，总体而言，是客观的工作，并不揭示其制作人的主观偏好；因此或许我可以在此提一笔休斯顿程式化的个人风格——水上赌徒式的练达圆滑，间杂着粗鲁的插科打诨，嗓门很大却并不欢快的大笑朝着他的眼睛延展开去，却从未到达；那双眼睛布满鱼尾纹，显得并不友好，看上去就像是晒着日光浴的蜥蜴一样透着厌倦；他用表示信任的凝视和男人之间的兄弟情来诱惑你，不达目的不罢休——这一切既是为了他的观众，也是为了他本人的利益——以此来掩饰一片缺乏任何活跃情感的冰冷空白，因为，同任何一个典型的风流浪荡子——或者换个好听的说法，叫万人迷——一样，他的引诱能否得手，取决于他自己是否能做到无知无觉，永远不会陷入情感之中：如若不然，他便会丧

---

① 奥博利·比亚兹莱(1872—1898)，英国享誉盛名的黑白画的艺术家，可惜英年早逝，年仅26岁。

② 西萨尔·萨瓦提尼(1902—1989)，生于意大利的卢查拉，曾任新闻记者，1936年进入电影界，担任编剧，被誉为意大利新现实主义的倡导者和理论家，参加了该流派几乎所有重要作品的创作。

失对局面的掌控，对“电影”的掌控；因而，他是一个执着的人，而非一个有激情的人，一个浪漫的愤世嫉俗者，他相信所有的努力，无论是善意的还是恶意的，抑或仅仅是沉重乏味的，都会收到同样的回报：一张面值为零的支票。可这与他从事的工作又有什么相关之处呢？还是有一些吧。想想休斯顿导演的第一部，也是最棒的一部电影《马耳他之鹰》里的故事情节吧，推动片中剧情发展的是一块值钱的宝石，那块宝石的形状像一只猎鹰，为了这件宝物，剧中的几个主要人物相互背叛，谋杀对方，直到最后死去——才发现那块猎鹰形的宝石并非真品，而是一块铅制的赝品，一切只不过是个骗局罢了。这恰好是休斯顿所拍摄的大多数电影的主题与结局；在《浴血金沙》里，探矿人囤积的一块无与伦比的金子被风给吹走了，在《夜阑人未静》里，在《铁血雄师》里，在《战胜恶魔》里，当然还有《白鲸记》里，剧中人总会无一例外地遭受挫败，走上绝路。的确，一个素材如果未将人类命运看作是一个不幸的玩笑、一个竹篮打水一场空的骗局，那它几乎从来都不会进入休斯顿的法眼；即便是他年轻时创作的剧本——《夜困摩天岭》——也证实了他的这种偏好。正如许多艺术一样，他的艺术——他可以在自己愿意的时候成为艺术家——在很大程度上是对人性弱点进行弥补的结果：那种令他将生活视为一场骗局(因为骗子最终也被骗了)的情感空白是那催生珍珠的砂砾；而他所付出的代价，从人性的角度说，是他自己已变成了一只马耳他之鹰。

查理·卓别林

1952 年，就在卓别林离开美国前不久——这一离去就是令人唏嘘的永别——出于办理护照的需要，他请艾夫登为他照张相；在摆拍的过程中，卓别林对这无聊的手续尽情讽刺，而他本次滑稽表演的产物则是一个长角的小潘神，嘲弄着这个了无生趣的宇宙——政府管控下的边境线（既是领土的，也是思想的）[①]。这样的照片一定是这位可爱的流浪汉最乐意贴在自己的护照上的：一件让那些无聊的官员们大跌眼镜的东西。当你想起卓别林在默片时代的那条逐渐淡出视野的路，那个空空荡荡、尘土飞扬的远景时，这的确不由得令人莞尔：在每次历险的最后，这个小个子流浪汉都会挎上背包，沿着这条路大摇大摆地渐渐远去。想一想，看一看，这条路现在正蜿蜒通往何方：不是别的地方，而是通往瑞士！而那个可怜的背包，瞧啊，里面装满了美钞！那些金条可以买到一座山中之王的大理石宅邸，下面是一汪蔚蓝的湖水，蓝得就像蓝色的知更鸟——一个大团圆式的结局：这个改头换面的流浪汉身边是一个美丽的流浪汉新娘，还有七个可爱的流浪儿[②]，而他正四处闲逛，闻着他喜欢的花香。一切本应如此（那个创造了《城市之光》、《淘金记》、《摩登时代》的人，创造了这些如雄狮、如流水般终极完美的作品的人，他本身也已完美了，理应享有——在此生以及在来生——至福），也几乎如此了，但还尚未如此。因为，近年来，卓别林有些使性子了——他认为自己受到了美国媒体和美国国务院的不公正待遇，于是忿忿不平地在他的住

---

① 此处影射的事件是1952年9月，为参加欧洲各国举行的《舞台生涯》首映典礼，卓别林准备到欧洲旅行半年。他带着家眷，当轮船横渡大西洋时，收音机广播了美国政府司法部的声明，声明说政府将拒绝卓别林再入境。

② 此处指的是卓别林的妻子乌娜·奥尼尔（著名剧作家尤金·奥尼尔之女）与他们的七个子女。

所里踱着步。这是他的特权，但依然令人遗憾，因为这对他是一种浪费：他的最后一部电影——《一个国王在纽约》——是对美国发脾气式的嘲讽，这部电影纯属画蛇添足之作——也许它唯一的价值是能够让他发泄满腹的牢骚。

卓别林拥有天赋，而另一项比这更为难得的优势是：他是自己公司的唯一所有者——财务、制片、导演、剧本、表演。一个宝宝，只有一个父亲，这是自然的要求；而共同播种则是电影艺术的诅咒，是制造怪物的温床，在这片被诅咒的荒原上，很少有巨人能昂首阔步，就连资质平平的成人也一样的稀罕。那些能够迈开步伐的，我向他们致以最高的敬意。

一群天鹅

选自一位帕特里克·康威先生的日志，时年十七岁的他在 1800 年访问布鲁日的过程中写道："坐在石墙上，专注地看着一群天鹅，孤单的一队，正沿着运河弯弯曲曲的河岸游弋，与暮色融为一体，它们的羽毛浮在水面之上，宛若雪白的舞会礼服拖尾。此情此景，令我回想起一位美貌的女子：她便是 V 小姐，我不禁打了个冰凉的寒颤，一丝寒意，仿佛听到了有人在吟诗，还伴着音乐。一位美貌的女子，美轮美奂，优雅动人，如艺术般打动我们的心弦，改变我们心中的阴晴；而这，是一种轻浮吗？我想不是的。"

我们的书中，有几页记述的是一群天鹅跨越大洲的飞行；一群小天鹅，羽翼未丰，刚刚学会飞翔，它们最美好的愿望便是企盼有朝一日，成为领头的那只天鹅。然而，众所周知，一个十二岁或者二十岁的美丽女孩光彩夺目，但并不值得人们倾慕。如果她能够保持这份荣耀长达数十年，如果她能够留住这种上天的恩赐而不褪去颜色，像天鹅那样坚守誓言，那她定会引得世人膜拜；因为她的成就体现了一种自律，它需要河马的耐心，物理学家的客观，以及艺术家的投入，而它唯一的造物就是她终将陨灭的自我。此外，造诣修行的范围远远不只外表。最重要的莫过于嗓音，莫过于它的音色，还有它发声的方式与传达的内容；这只天鹅若是愚钝，它定要将其藏匿起来，倒不一定是不让男人听见（些许的木讷绝少会引来男性的不敬，但也不太可能加深他们的钦慕，这一点与传说相反）；但绝不能让聪明的女人听见，这些长着巫婆眼睛的才女们既是天鹅的死敌，也是她们最执著的崇拜者。当然最完美的吉塞尔[①]——她心地纯洁、静如止水——本身就应是一个聪明的女人。最闪亮的聪慧是很容易脱颖而出；但不是通过政治论述或者谈论普鲁斯特[②]，也不是通过穿插一句把握时机的妙语；事实上，让它显眼的不是任何正向品质，反而是一项优点的缺位：自我欣赏。她所取得的成就本身决定了她必然会有某种程度的自我陶醉；尽管如此，如果你可以从她的脸上或是她的举手投足间察觉到她对自己拂起的波澜了然于心，那你的感觉就像是参加一个宴会时不幸瞥见了厨房一样。

说到这儿，我得弹一组现实的和弦——这些话不能不说，哪怕只是为了替天鹅们的那些羽毛不如她们光鲜的表姐妹们说句公

① 《吉赛尔》与《天鹅湖》同为浪漫主义芭蕾舞剧的代表作。作者此处可能用该剧女主角吉赛尔借指天鹅。

② 普鲁斯特，20世纪法国最伟大的小说家，也是20世纪世界文学史上最伟大的小说家之一。代表作为长篇巨著《追忆似水年华》。其他作品还有长篇小说《让·桑德伊》、短篇小说集《欢乐与时日》、文学评论集《驳圣伯夫》等。

道话——真正的天鹅几乎都是大自然和人世的宠儿。上帝赋予她们美貌，而上帝脚下的某个凡人——父亲或是丈夫——给了她们上好的香脂玉粉和一个存款数额惊人的银行账户。成为一个大美人，而且让容颜永驻——在这样的高空中一路翱翔是件非常昂贵的事：为此每年的花销你可以猜得八九不离十——可话说回来，我为什么要在这里引爆一场革命呢？如果有钱就能办到的话，那么相当数量的麻雀都能摇身一变，成为天鹅了。

也许那只不朽的天鹅的确是游弋在金水上；可钱并不能解释这个可人儿本身的魅力——她的才能，如同所有的才能一样，是由买不到的要素构成的。因为天鹅是坚持某种审美思想体系的结果，无一例外；这套思想是转换成为一幅内心自画像的行为准则，而我们看到的是这幅精神肖像的准确投射。这就是缘何有些女人——她们算不上是真正意义上的漂亮，却也胜过平庸——偶尔能够呈现出天鹅的幻象：她们对内心中的自我形象坚信不疑，借助于一种巧妙的外在粉饰，我们不由得承认了她们的主张，甚至对它的真实性笃信不疑。而它也确实是真实的；某种程度上说未能如愿的天鹅（我们的资料里面就有两个极好的例子）比与生俱来的天鹅（除了当今的后起之秀外，经典的样本是阿涅利夫人——她是欧洲的头号[①]天鹅——和魅力非凡的美国女士威廉·S·帕里夫人，无人能出其右）要更加带有欺骗性。毕竟，人性的造物同单纯自然的演化结果相比，具有一种更加微妙的人类情怀和更加细致入微的吸引力。

最后再说一句：一只天鹅在房间里的出现会在有些人心中引

① 此处原文为西班牙语 numero uno。

发某种明显的不适感。如果我们相信这些“天鹅过敏者”的话，那么他们的反感情绪并非来自于嫉妒，而是——用他们的话说——来自于天鹅投射出的某种“冰冷”与“虚幻”的阴影。然而这种冰冷的印象——它常常是一种假象——难道不正伴随着完美吗？那些评论家真正感受到的难道不是一种恐惧吗？面对极致的美丽时，正如面对极度的睿智一样，我们的总体反应中包含一种恐惧，当一只天鹅游入我们的视野中时，恐惧同欣赏相互交织，结成了那把寒彻骨髓的冰锥，瞬间便穿透了我们。

巴勃罗·毕加索

我们的地球——如果它届时能够旋转依旧的话——会在 1981 年庆祝毕加索的百年华诞。毫无疑问，既然它能有这样的运气，那这位大人物肯定也会到场；如同平常一样，他会面向所有的公众媒体；很有可能在这样一个场合，电视里会播出他一丝不挂的样子，这才配得上这样一位天神般的造物——他是不受人类礼仪规范束缚的。毕加索生于马拉加，那是一个以无花果、顽石和吉他闻名的国度，毕加索是个神童，一如既往。所谓一如既往，说的是他一直就是一位神童，带着孩童般的性格——一个男人，体内却寄居着男孩儿的那种耍闹与急躁、对于体制的憎恶以及满眼新鲜物的好奇。“巴勃罗，”用他最老的朋友詹姆·萨巴蒂斯的话说，“是好奇心的超级总和。他比十亿个女人的好奇心加起来还要多。”毕加索的父亲是个苛刻的教师，在安达卢西亚教艺术，有时为巴塞罗那的中产阶级们在贺卡上画静物；在毕加索十三岁那年，他的父亲将他的调色板和画笔传给了儿子，从此便不再作画；某种程度上说，这是毕加索的第一份战利品——因为他，整个二十世纪到处都散落着那些在他的阴影下挣扎，甚至干脆归隐田园的画家。回头一想，也挺奇怪，为什么这些家伙没有联手暗杀这位艺术怪才呢；因为，尽管毕加索并没有完全掌握马蒂斯的精髓，也没有布拉克的创作力量附身，他还是凭借其大胆闯劲，带来不断的创新与无限的惊喜，一举超越所有人：他就是唯一的赢家。

可可·香奈儿

香奈儿身材消瘦，着装得体，像云杉树上的麻雀一样伶牙俐齿，又像啄木鸟一般生气勃勃。有一次，她一个人口若悬河，谈及自己这数十年来花费巨资打造的可怜孤儿形象时，她说，“如果把我的脑袋切掉，我就只有十三岁。”但是她的脑袋一直都连在她的身体上，多年以前她一定就是在十三岁时（或者不久以后）将它如此完美地安放在那里的，然后一位多金的“好心绅士”——她故事中那几个心存感激、满怀祝福的主顾中的头一位——问我们的小“可可”，她喜欢哪个，黑珍珠还是白珍珠？（小“可可”那时是一个巴斯克铁匠的女儿，父亲教会了她帮忙钉马蹄铁。）都不喜欢，她回答道——亲爱的[①]，她想要的是开一家小店的本金。这就是香奈儿的诞生，这位时尚界的先知。服装师的作品可否被誉为对“文化”的重要贡献（或许可以吧：曼波谢尔，巴伦西亚加，他们比一众诗人和作曲家更能创造实实在在具

① 此处原文为法语 Chéri。

有影响力的东西)——这样的问题显得很无趣；然而像香奈儿这样既不纯洁但又质朴的职业女性却能够激起人们拍摄一部纪录片的兴趣，这种魅力从她的这些面部照片中可以窥见一斑：这是一张变幻莫测的脸，从一个角度看，是一个可人儿的相片悬挂在一只心形吊坠里，可换一个角度看，却又是一个急功近利的追求成功者——只要看看她绷紧的脖子底部那血管的跳动，你便会联想起一株植物，一株耐寒的多年生植物，依然在朝着成功的阳光向上生长——尽管她现在露出了一抹被阳光灼伤的痕迹；对于那些才华横溢，永不知足的人来说，他们受到欲望的驱使，心中燃烧着自我的意志，他们不竭的能量驱动着那台发动机，拖着慵懒的我们一同前行，他们注定会在寒冷的梦想天空下茁壮成长。香奈儿独自一人住在一间房里，从里兹大饭店出发，穿过那条街便是。

马塞尔·杜尚

杜尚出生于鲁昂，在一个成员众多的中产阶级家庭中排行第三，这个家庭中的不少人都有着艺术倾向，杜尚自 1915 年起便居住在纽约。在美国定居的四十四年里，他仅仅尝试过一部绘画作品(《被单身汉剥得精光的新娘》——这是幅油画作品，在一块透明玻璃上，教堂窗户大小)，完成的一幅也没有；实际上，他于 1913 年便放弃了绘画，那一年，他的作品《下楼的裸女》(一位当时的评论家这么评价道，“转上三圈，撞墙两次，如果你撞得力气够大，这幅画蕴含的意义便显而易见了。”)在具有历史意义的美国军械库展览会上与大约有一千六百件开创性的实验作品一同展出，立刻引发了一片令人晕厥的哗然。“可是，”杜尚反驳道，

“我不作画，并不代表我就放弃了艺术。所有的优秀画家也仅有五幅左右留名青史的作品，其他的就显得无足轻重了。有这样的五幅作品，就有了一种令人惊骇的力量。惊骇是个好东西。要是我已经创作了五部杰作，我就知足了。也许你会说我不像瑟拉那样三十一岁便英年早逝，因此，我对于绘画的灵感已经枯竭了，对吧？”他与艺术做游戏的灵感——至少是他的才华——并未完全荒废，闪烁其间的正是他的画中那股孩童般的、今日看来已不再令人“惊骇”的魅力。在他无限的闲暇时光里，他制成了超现实主义风格的香水瓶，拍摄了一部先锋抽象派电影，投身于室内装修(天花板用煤袋覆盖)，设计了一座便携式杜尚博物馆，里面满是他最为人所知的作品的微型模型(还有一个小瓶装着“巴黎的空气”)，他还为自己发明了其他一些样式具有欺骗性的艺术玩具；然而他真正在意的是象棋，这是一种更为严肃的娱乐方式，围绕这个主题，他费了最多的心思去研究：他分别用三种语言印了一千册，而且(别把你的帽子吓掉了)标题分别用法语、德语和英语写着《对王与适应格》。杜尚解释说，“整本书讨论的都是锁卒的终局，赢下棋局的唯一方法是走王。这种情况一千次里只可能出现一次。为什么，”他又补充道，“为什么我下象棋不能算是一种艺术行为呢？象棋游戏的可塑性很强，你得去建构。这是一种机械雕塑的行为，通过下棋，你可以产生许多美妙的问题，而这种美是由你的头脑与双手构建的。除此以外，相比于绘画，从社会意义上讲，它更加纯粹一些，因为你不可能通过下棋来牟利，对吧？”

就算你觉得行，杜尚肯定也不愿意：他经常表达一种反金钱主义的情怀，这种情怀甚至到了一种对待金钱过敏的程度(“不行！绘画不应当变成一种时尚的东西。而金钱，金钱，金钱一旦介入，它就会变成华尔街的办公室。”）；当然，他的住所——一间无电梯公寓，位于一座褐砂石房屋的四楼，公寓楼坐落在一条不起眼的曼哈顿小巷里，房屋内部脏乱而阴森——完全没有豪车的气息；这套公寓的装修风格带有二十年代摩登女郎时期的现代艺术气息，里面没有任何需要担心雨水的家当，除了马蒂斯的一幅小版面绘画和米罗的一幅大件作品：作为一间庇护所，它道出了屋主人是一个本真的人，相当自由，无拘无束。楼下信箱上的铭牌已褪去色彩，却令人眼花缭乱；上面写着：“马蒂斯·杜尚·恩斯特。”因为，现在的杜尚夫人正是以前的那个马蒂斯夫人，那位巨匠亨利·马蒂斯的儿子皮埃尔之妻；而恩斯特，就是那个带着孩子般的粉红与银色的超现实主义者，他也曾一度租住在这家公寓。这些名字的排序正如演员表的出场顺序，从艺术鉴别层面上看，似乎恰到好处。

让·科克多与安德烈·纪德

安德烈·纪德是一位宣扬道德而自身并不道德的人，他是一个充满真情的作家，却缺乏想象力；纪德不怎么欣赏让·科克多——淘气的缪斯赋予了后者与他本人截然相反的禀赋——认为他不管是作为一名普通人还是一位艺术家，都充满了无限的想象力，但却十分缺乏诚意。然而，恰恰是纪德为我们这位年龄最大的熊孩子[①]写出了一篇最为准确的——因而也是最富同情心的描

① 这里暗指让·科克多在1929年创作的小说 *L'enfant terrible*（熊孩子）。

述，这不能不说是件很有意思的事。

1914年8月，纪德在日记中如是写道："让·科克多安排在蓬蒂约街和安坦大道街角处的'英国茶室'约见我。尽管他宅心仁厚，可再次见到他依然是件令人不快的事情；他不够严肃，他所有的思想、他的妙语、他的情感、他日常交谈中展现出的一切非凡才华令我震撼，正如在饥荒与哀痛中出现的一件奢华物品。他的着装像极了一个士兵，在当前事件的刺激下他看上去更加矫健了。他并未放弃什么，只是在他惯常的活泼中加入了一丝军人的气息。谈及牟罗兹大屠杀，他使用了有趣的形容词和生动的模仿；他模仿军号的响声和榴霰弹坠落的声音。然后，他看出我并没有被逗乐的样子，便将话锋一转，说他很难过；他想要变得和你一样的悲伤，于是突然之间转而用你的语气向你解释起这件事来。随后，他又谈到了布兰奇，模仿R夫人的样子，说起一名在红十字会工作的女子在楼梯上大声喊叫的情形，'今天上午你们答应给我五十个伤员的；我要我那五十个伤员。'他一边说，一边将一块葡萄干糕饼盛入盘里，津津有味地咀嚼起来；他的声音忽然间就会升高，语气转换也很奇怪；他大笑着，身体前倾，朝你弯下身体，用手碰你。奇怪的是，我觉得他可以成为一个优秀的军人。他断言他会的，并且一定会很英勇。他有一种街头顽童般放荡不羁的态度；正是在他的身旁我感觉到万分窘迫、万分沉重、万分压抑。"

1950年的春天，在西西里的一个小镇广场上，纪德正在那里度假(那是他生命中的最后一年)，他与让·科克多又见了一面，那次见面是道别，并且恰好为笔者所观察到。纪德习惯于站在广场的阳光下，在信马由缰的思绪中度过晨间的光阴；他坐在那里，嘴里小口呷着一瓶刚刚从大海中舀出的盐水，他就像一株橘树，裹着一件冬日的黑色羊毛披肩一动不动，头戴一顶宽边深色软呢帽，阴影投射在他严肃而泛黄的面容之上：这尊慵懒的圣徒像(算是吧)既不主动开口，也无人与他说话，只是偶尔会向村中那些令他心欢的美少年问话。有一天早晨，科克多挥着拐杖在广场上漫步，随后走上前去打断了那老头目光坚毅的冥想(当地的男孩儿[①]就是这样称呼这位德高望重的耄耋老者的)。自从战争期间那次茶会后，三十五年过去了，这两人对待彼此的态度却丝毫没有改变。科克多仍然急于讨好，仍然是那只展开彩色翅膀翩翩起舞的蜻蜓，不仅引来癞蛤蟆的羡慕，还可能让自己命丧其口。他跳着舞步，欢笑声与路过的驴车发出的铃声交相呼应，他不时射出一缕缕辛辣的幽默，就像西西里的日光一般灼热，他妙语连珠，兴致勃勃，轻抚着这个老人的膝盖，摩挲着他的双手，捏着他的肩膀，亲吻他干枯的蒙古人一般的脸颊——没用的，没有什么能够唤醒“那老头”：仿佛是这些色彩绚丽的草料令他反胃，他依然像一只不知饥饿的青蛙趴在带刺的蕨叶上；直到最后，他呱呱地叫了一声，“别动了。你在扰乱景致。”

千真万确：科克多确实在扰乱景致，自从这个十七岁的大烟枪神童初次亮相起，他就一直在做这件事。在过去的四十多年里，这个永远的淘气鬼歌舞杂耍，娱乐大众，时常转瞬间就更换“服饰”：诗人、小说家、剧作家、新闻工作者、设计师、画家、芭蕾舞编剧、电影制片人、职业对话师。大部分“服饰”都挺合身，有几套还挺出彩的。然而他最擅长的还是化身为一种催化

① 此处原文为意大利语 ragazzi。

剂：成为他人想法和天赋的开路人与鼓吹者——从拉迪盖到吉尼特，从萨蒂到奥里克，从毕加索到贝拉尔，从华斯到迪奥。科克多完全就是生活在他的时代里，并且影响形成了本世纪的法式品味，这点无人能出其右。科克多对他的时代具有一种亲切感，他仅仅关注现代的东西，而这恰恰是“那老头”对他的反感之源。“我并未设法融入这个时代；我在设法溢出这个时代”，这是纪德的豪言壮语；这值得赞颂。可是一个在今天如此活跃的人，就算他无法溢出这个时代，但是他难道不会至少渗入明天某人的生命之中吗？

梅·韦斯特

很久以前，有个人脉广泛、肆无忌惮的年轻人，打算举办一场非同寻常的茶会，为的是向梅·韦斯特小姐表达敬意，那时的她常常出现在曼哈顿的一家夜总会里。伊迪丝·西特韦尔女爵士应邀斟茶，她一向热衷于打破常规的事情，于是欣然接受了这一任务。纽约的各位消息灵通人士一想到这两位风格迥异的女士之间的会面就格外兴奋，纷纷求领请柬。

“亲爱的，”这位年轻人提前受到了人们的祝贺，“这是本季的头号事件了。”

然而——一切都出了岔子。四点的时候，女爵以咽喉发炎为由，致电表达了遗憾之情。到了六点，茶会已进行了一半，韦斯特小姐似乎也要让众人失望了。议论纷纷的宾客们开始说这就是个骗局；七点的时候，主人回到了自己的房间。十分钟后，嘉宾莅临，此时尚未离席的众人庆幸自己没有白等。庆幸，但却大惑不解。那套熟悉的行头出现在他们面前：黄铜色的假发，弯刀眼上一对睫毛长如剑，雪白的皮肤，如同水腹蛇的嘴一般白，她的身材——沙漏体形里的大本钟，囚犯的梦想——什么都不缺，唯独缺了韦斯特小姐。

这肯定不是真正的梅；但她的的确确是韦斯特小姐：一个心神不宁，羞怯敏感，纯真得令人莫名的女子。可以想象，她之所以姗姗来迟，是因为她在鼓起勇气按响门铃前，在街头徘徊了许久。你看着她的时候，笑意像一只慌乱的飞蛾在她的嘴角旁扑腾却从不落地；她用沙哑的嗓子轻声说了句“很高兴见到大家”，而后，似乎是太过局促，无法继续，她立刻从谈话的跷跷板上落荒而逃——当你看到这一切时，你才会强烈地意识到她的舞台自我本质上是一场精心的表演，而它又怪异且绝对地构成了她的全部。脱离了那个欢娱的舞台形象的保护——一个代表着放荡不羁的性感的无性符号，她变得完全没有防备：她长长的眼睫毛上下摆动，就像甲壳虫后背上的触须。

那个更坚强的梅 · 韦斯特只显形了一次。当时的情形是，一个热情的姑娘走到这位女演员跟前，大声说道：“我上个礼拜看过《小钻石》了；演得真棒。”

“是吗，亲爱的？你在哪儿看的呀？”

“在博物馆。现代博物馆。”

此时的梅 · 韦斯特显得十分沮丧，她躲进了她那著名的舞台形象背后，拖着酷酷的长音问，“亲爱的，你说什么？在博物馆？”

路易斯 · 阿姆斯特朗

萨奇自己肯定已经忘记了，但他依然是笔者最初的几个好友之一，我见到他的时候才四岁，大概是 1928 年前后吧，他身材结实胖大，肤色黝黑，看上去像是尊好斗的乐佛，那时他正在一艘于新奥尔良与圣路易斯之间往返航行的游船甲板上休闲。不管为什么，反正我当时经常有机会搭这条船，于我而言，阿姆斯特朗那大喇叭般快意的怒气和他那满嘴“宝贝儿来我这儿”的聒噪热情是一块普鲁斯特的玛德琳蛋糕：它们令密西西比的月亮再度升起，点亮河畔小镇昏黄的灯光还有河水中汽笛的声音——那就像是短吻鳄在打着呵欠——我听到浑浊的黄褐色河水奔流的声音，也总是听到这尊笑佛跺着脚打出“砰！砰！”的节拍，一路高喊着来到“街道的向阳面”，还有度蜜月的人儿喝多了私酒贩子的私酿，汗水浸透了身上的滑石粉，一对对地在船上沙龙式的舞池中跳着舞，伴着私人唱片的音乐，像兔子一样搂抱在一起，看着令人眼花缭乱。萨奇对我挺好，他对我说我是个有才之人，应当可以去演演歌舞剧；他给我一支竹棍，还有一顶草帽，上面还有一条薄荷叶的头带；每天晚上，他都会站在舞台上宣布：“女士们先生们，现在为大家介绍美国最棒的小伙儿之一，他要跳一段踢踏舞。”而后，我从人群中穿行而过，伸出帽子去接别人投来的硬币。这番状况持续了整个夏天，我变得有钱虚荣了；然而到了十月，河水干涸了，月色漂白了，客人变少了，轮渡之旅曲终人散，我的卖艺之旅也告一段落。六年后，我住在一所寄宿学校里，时常希望能够从那里逃出来，于是我给我昔时的恩主、今日的名人写信，问他要是我去纽约的话，能否给我在“棉花俱乐部”或是别的什么地方谋个营生？然而我没有收到回信，或许他从未收到过那封信，这并不重要，我还是爱他，而今亦是如此。

亨弗莱·鲍嘉

如果你仔细聆听一个人的词汇，你会发现某些透露此人性格的关键词会反复出现。对鲍嘉而言——他的个人词库十分辛辣，总体而言，其不宜刊印可谓到了无以名状的程度——“无赖”和“专业”就是两个这样的标志性词汇。他是一个极有道德——略带夸张地说，你可以称之为“一本正经”——的人，他将“专业”当作铂金奖章，专门颁发给那些行为受其认可的人；“无赖”作为嘉奖的反义词，经他嘴里说出来，就是表达一种近乎严厉的不悦之情。“我的老头子，”他有一次这样评论他的父亲，老人曾是纽约的一名享有盛誉的医生，“死的时候欠了一万美元的债，现在每个子儿都得由我来还。这家伙都没能给妻儿造点福，真是个废物啊。”“废物”也指另外一些人：欺骗妻子的人、偷税漏税的人、所有的怨天尤人者、专栏作者、大多数政客、大多数作家、喝酒的女人以及鄙视男人喝酒的女人；不过真正意义上的“废物”指的是逃避工作的家伙，这样的人不是一个能够在工作中一丝不苟的“专业”人士。苍天在上，他可绝对是个专业人士。他可以玩扑克牌一直玩到天亮，然后喝下一瓶白兰地当做早餐，可这没关系；他总是准时出现在拍摄现场，上好了妆，一字不差地说出台词（当然，永远都是演那个同样的角色，可是再没有什么事比重复更加难以保持兴致地坚持下去了）。的确，鲍嘉身上没有一丁点废物式的废话；他是一个不注重理论的演员（嗯，除了一条：他理应得到丰厚的片酬），没有脾气但不是没有性情；而正因为他懂得自律是维系艺术生命的首要条件，所以他坚持了下来，并留下了属于他的印记。

埃兹拉·庞德

庞德于 1885 年出生在爱达荷州，曾在学校教书；不过因“太过拉丁区风格”[1]而被扫地出门。不久后他便去了国外，在气味相投的圈子里寻找慰藉。二十三岁那年，在威尼斯，他一边饿得每日以土豆为食，变得体态臃肿，一边出版了《灯火熄灭之时》一书，这是他的第一本诗集，这部作品点燃了他与叶芝之间一段轰轰烈烈的友谊，叶芝曾这样写道：“他个性坚毅，意志坚定，总是伤及他人感情，但我认为，他有种才华，有种伟大的善意。”善意，何止是善意！——在 1909 年到 1920 年间，先是在伦敦，而后是巴黎，他一直坚定地支持他人的事业（艾略特的作品《荒原》正是献给庞德的；正是庞德筹集资金使得乔伊斯完成了《尤利西斯》）。他在这些方面慷慨大方，这是个不争的事实，即便是对他人的仁慈少有溢美之词的海明威，也对庞德的慷慨加以佐证：“就目前情况而言，”他在 1925 年的时候写道，“大诗人庞德在自己的诗歌上只花五分之一的时间。其他时间他用来提升朋友们的境遇，既在物质层面上，也在艺术层面上。在朋友受抨击时，他挺身而出，帮他们登上杂志，走出监狱；他借钱给朋友们，帮他们卖画，安排音乐会，写关于他们的文章，把他们介绍给有钱的女人，联系出版商承印他们的书；当他们说自己已经奄奄一息或是活不下去时，他整夜不眠，陪着他们立下遗嘱，帮助他们支付住院费用，劝他们放弃轻生念头。最后他们当中一些人才得以放下刀具。”

即便如此，他还是能够定期发行诗册，疾呼他的诗章（“文学

---

① 拉丁区是巴黎城内文人汇聚的地方，被视为巴黎文艺的中心。

思想之火的史诗，”玛丽安·穆尔用她惯有的精确言语对其加以定义），并且在雕塑与绘画领域做了认真但徒劳的尝试。然而对于经济学的研究逐渐占据了他最浓厚的兴趣（“没有经济的历史是空洞的历史”）；他在这个课题上形成了许多奇异的想法，其中的一些最终毁了他：1939 年，此时的他已经是个墨索里尼化的铁杆亲意大利分子了，他开始通过罗马电台广播一系列带有法西斯思想的言论，这些言论最终使他被指控为一名美国的叛国者。美国军队的几个小分队于 1945 年进军意大利将其抓获。一连几周，他被囚禁在比萨的露天牢笼里，就像关在动物园里的一头肮脏狂躁的野兽。几个月过后，在他因叛国罪受审的前夕，他被宣告患有精神病，任何艺术思维正常的诗人可能都有精神病；于是他在接下来的十二年里，一直被软禁在哥伦比亚特区的圣伊丽莎白医院里。正是在那里，他发表了《比萨诗章》，赢得了波林奖，这一奖项因而备受一群笨蛋的非议。

不过，1958 年 4 月的一个雨天，在华盛顿，此时的庞德已是一位七十二岁高龄的老者，他曾经火焰般的胡须已经灰白，他那一半色鬼、一半圣徒的面庞已经写满皱纹，诉说着一个悲怆的故事；此时他站在波利塔·J·劳斯法官的面前，听到自己被宣告为“无可挽回地精神失常”。无可挽回，却“不构成危害”，他因此能够获得自由。此后庞德宣称，“能够在美国生活下去的任何人都是精神病人，”继而打算远赴意大利。

照片拍摄于他出海前的几天。桀骜不驯、面露嘲讽，他的眼睛紧闭，嘴里突然迸发出几段不知所云的歌，他大步来回走动，仿佛还在比萨的牢笼中踱步；抑或是，那牢笼已然变成了他的生命本身。

萨默塞特·毛姆

年纪轻轻而又刚愎自用的霍尔顿·考菲尔德是公园大道的哈克贝利·费恩，作为塞林格所著的《麦田里的守望者》一书中的叙述者，他曾说过，“真正让你爱不释手的一本书，当你读完的时候，你巴不得这本书的作者成为你的好朋友，你可以随时给他打个电话。可读起那本萨默塞特·毛姆所著的《人生的枷锁》——我却不想给他打电话。我也说不出缘由。他就是那种我不想给他打电话的人，仅此而已。我倒不如给托马斯·哈代那个老家伙打个电话的好。我喜欢那本《还乡》。”霍顿这个家伙的话，虽有可取之处，但却漏了一点：毛姆先生不指望有人给他打电话，他希望别人去读他的作品；尽管他的散文太过冷静客观，让人有些敬而远之，而且太过清晰与明理，因而无法令读者在情感上泛起波澜，然而他还是完成了他的意愿：就在不久以前，一帮审计员估测，在每个小时的每一分钟内，他赚取的著作版税为三十二美元。这本身说明不了他有多么出色；但他的确很出色。假若霍顿是一个初出茅庐的作家，给这个老家伙打电话倒是一件颇有价值的事情，他或许能从中学到不少东西，因为很少有人能像他这样紧紧围绕主题运用精妙的叙事法则，如果你意欲打破这些法则的话——大多数新手都有这样的想法——那我建议你先了解这些法则。

在过去的二十多年里，毛姆先生做过多次的告别，比哈里·劳德爵士还要多：每次发布新作，他都宣告这是他的天鹅之歌；而今天，他已八十五岁高龄，仍不断放出豪言，要开启最后也是最值得称道的一次写作之旅。倘若他当真要开启这次旅程，那我们能做的就是聚集在码头，对他曾经给我们带来的欢愉心存感激，并衷心祝他一路顺风。

伊萨克·迪内森

龙斯泰兹是一座海港小镇，坐落于哥本哈根与埃尔西诺海岸之间。十八世纪时，这个默默无闻的小村庄以其漂亮的酒馆吸引了纷至沓来的游客。这家酒馆尽管已不再有马车夫和乘坐马车的人光顾，却闻名依旧：因为这里是龙斯泰兹第一公民——男爵夫人布里克森的家，她曾化名伊萨克·迪内森，另一个化名是皮埃尔·安德烈泽尔。

这位男爵夫人只有一把羽毛加在一起的重量，弱不禁风，如同贝壳中的软肉，正在一间宽敞而明亮的客厅里招待访客，几只酣睡的小狗趴在客厅里，在壁炉和瓷炉边取暖：房间里，这个令人过目难忘的造物从自己的某个哥特式传说中跃然人间。她挺身端坐，身上裹着狼皮和英式粗花呢，脚上穿着毛皮靴，她的腿细得就像嵩雀的大腿，插进一双羊毛长筒袜里，她的脖子瘦得几乎可以套进一枚戒指，围着薄薄的丁香色围巾。时光打磨了她，这个曾经过着铁骨男儿般冒险生活的传奇人物：射杀飞奔的狮子和愤怒的水牛，在非洲的农场劳作，冒着危险乘坐第一代飞机飞越乞力马扎罗山，医治马塞族人；时光提炼出她的精华，正如葡萄成了葡萄干，玫瑰成了玫瑰油。一瞬间，即便是你无法知晓她的个人生平，然而她依然能显露出那种真切的本色①，一个真实的伟

① 此处原文为法语 la vraie chose。

大人物。她的脸庞棱角分明，每个棱面都反射出骄傲的聪慧之光以及熟谙世事的同情之心——这便是智慧；这样的面庞绝不可能是意外的产物；而那双眼睛，即便是被眼影粉弄黑了眼皮，即便是深陷了下去，就像毛茸茸的动物躲在洞穴里，但也绝不会落得与寻常女子为伍。

若是男爵夫人邀请访客参加茶会，她会拿出上等茶点：最先是雪利酒，随后是吐司和各色果酱、冷肉酱、烤肝还有橙味法式薄饼的狂欢。然而女主人却无法一同分享，她身体不适，一口未进，的确是一口未进，哦，也许吃了一只生蚝吧，还有一颗草莓，喝了一杯香槟。相反，她一直在讲话；同大多数的艺术家，以及所有的资深美女一样，她全然一副以我为主的架势，对于自己成为谈话的主题乐此不疲。

她的嘴唇不过是用唇膏淡抹了几下，斜着嘴角的微笑中，显出一副僵硬的轮廓，说英语时带着英式的语音语调，她或许会说，“啊，没错，这家古老的酒馆要讲的故事可多着哩。这里原来属于我的兄长，我是从他那儿买过来的；我靠《最后的故事》付了最后一笔分期款。如今这里已经归我所有，完全归我所有。我对自己身后的房屋处置已经有了计划。我会把这里变成一座大型鸟舍，变成庭院，变成公园，变成鸟儿的庇护所。在非洲的那些年，我有我自己的高原农场，从未想过要重归丹麦故里。而当我明白，当我确信我的农场正离我而去，看到我即将失去它时，这也就是我开始写故事的时候：好忘掉那些无法令人忍受的事情。此外呢，战争期间，这座房子也是犹太人在逃亡瑞典必经之路上的栖身之地。犹太人在厨房里，而纳粹分子就在花园里。我只有依靠写作来救赎灵魂，我写了《天使的复仇》，这并非是一篇带有政治色彩的寓言故事，然而许多人都认为这就是一本政治寓言，这令我忍俊不禁。那些纳粹分子，他们是不寻常的男人。我经常跟他们争论，言辞激烈地反唇相讥。噢，不要以为我是有意要表现得很勇敢，我其实没有什么险要去冒；他们是个如此男性化的群体，根本不会去在乎一个女人怎么想。再来一块松饼？请随意吧。我喜欢通过别人间接享受用餐。我今天在等邮递员；我希望他可以送来一包新书。我读书速度很快，书在数量上总是供不应求。我向艺术索取的是一种氛围，一种情调。这类书现如今的选择面极为狭小。对于我喜欢的书，我读多少次也不会生厌，我可以读上二十遍——我会的，也的确这么做过。譬如说《李尔王》。我如何评价一个人，就看这个人是如何评价李尔王的，我向来如此。当然，你肯定希望能翻开新页；看到一张不同的面孔。对于友情，我有着天赋，我最欣赏的就是友情：萌动，相知，遇见新的人，和他们产生纽带。”

男爵夫人的确会有周期性的萌动。她会倚靠在开朗的克拉拉·斯文森小姐充满深情的手臂上——斯文森小姐是她长期的秘书和伙伴（“亲爱的克拉拉。我最先雇用她做厨师。在吃过三顿糟糕的饭菜之后，我对她加以责难，‘我说亲爱的，你是个冒名顶替的家伙吧。说实话！’她泣不成声，告诉我说她在丹麦北部的一所学校教书，很喜欢读我的书。有一天她看到我要招聘厨子的广告，于是她就来了；她想留在这儿。因为她不会做饭，我们就安排她做了秘书。对于这个决定，我十分后悔。克拉拉是个可怖的暴君”）——启程去罗马或者伦敦，通常是坐船去（“不要坐飞机；那就像是个包裹给寄过去的一样”）。去年一月，1959 年的那个冬天，她首次前往美国，那是个令她心存感激的国度，正是在那里，她的作品迎来了第一家出版商和第一批读者。她的欢迎会堪比珍妮·林德；至少令自狄更斯和萧伯纳之后文学界的显要人物们望尘莫及。她上了电视，上了《生活》杂志，按计划她要为后者做一次面向公众的读书会，这一活动后来演变成了一场大事件，为此黄牛党们跑起了马拉松，听众们最后起立鼓掌；苍天在上，没有人在数量如此众多，以至令人麻木的宴会上成为贵客（“美好的回忆。纽约：啊！那里是有故事的地方！午餐，晚餐，香槟，美酒；大家都很友善。我到那儿的时候体重六十五磅，回来的时候五十三磅；连医生都弄不懂我怎么还能活下来，他们坚持认为我应当死了，不过呢，我多年前就已经知道了，死神是我的旧情人。我们没死，我们活了下来，而克拉拉——克拉拉长了个结石”）。

她并没有恬淡地接受自己的高寿及其所带来的影响；乐观希望的音符闯了进来：“我想写完一本书，我想见到明年夏天的果实，想再度见到罗马，在斯特拉特福德见到吉尔古德，也许会在美国吧。但愿如此。我为何这般虚弱呢？”她问道，用她那棕色的皮包骨头的手整理了一下丁香色的围巾；而这个问题，伴着壁炉台上的钟声和斯文森小姐的低吟声，示意着客人们离开，好让男爵夫人在炉火旁的长沙发上小憩片刻。

访客离开的时刻，可以获赠一本她最喜爱的自己的著作（“因为这本书里的东西是真的”），那本美丽的《走出非洲》。纪念品上写着：“我会回答[1]——凯伦·布里克森。”

“我会回答，”她站在门口解释道，一边伸出脸颊以示吻别

---

① 此处原文为法语 Je repondrai。

之礼，“我会回答——这是个可爱的箴言。我是从芬奇-哈顿家族借鉴过来的。我之所以喜欢这句话，是因为我相信我们每一个人对自己都会有一句回答。”

她对自己的回答已然是对生命的肯定，也证实了她的艺术与将会得到回应的回应相呼应。

高地上的房屋

(1959)

我住在布鲁克林。出于自愿。

若是有人不了解这里有何迷人之处，一定会问其原因。因为，总体而论，这里是个不招人喜欢的地方。这是一片名副其实的俗丽草原，即便是街区的名字都使得这一点愈发明显：弗拉特布什与弗拉兴大街、布什维克、布朗维尔、瑞德胡克。然而，在这片漫天尘土、不见绿色踪影的地方，依然有绿洲存在，这些绝妙的反差是旧日好时光发出的美妙回响。在这些看似海市蜃楼的地方，最纯粹的例证便是我居住的那片街区，人们将那块地区称之为布鲁克林高地。说它是高地，是因为它坐落于悬崖顶上，站在上边，你可以像海鸥一样将曼哈顿和布鲁克林大桥尽收眼底，还可以俯瞰地势较低的曼哈顿那令人目眩的高楼以及航道水域，这片水域孕育着那流入海湾和大海的河流，河水环绕着摆好站姿的自由小姐，从她身旁奔腾流过。

关于高地的确切历史，我并不是十分熟悉。不过，我认为（但是请别完全相信我）最古旧的一座房子是我们后院邻居家菲利普·布劳顿夫妇的那座。房屋虽老，却保留完好，时至今日，仍有人居住。房屋是银灰色的，用木瓦板盖成，保留了殖民时期的建筑风格，屋外大树上郁郁葱葱的树叶为房屋遮起了一片树荫；房屋建于1790年，当年一位海军上校曾在此居住。有关这座房子的史料记载可以追溯到 1830 年，史料记录中将高地描述成一个惬意的港口，与波涛和轮船接踵摩肩；没错，这块地区许多建筑质量上乘的房屋，尤其是由联邦政府出面建造的那些，起初都是为了让那些船长们有个栖身之所。这些房屋简朴却令人愉悦，同庄重的名帖一样，优雅且不属于这个时代，它们代表着那个家仆矜矜业业、主人炉边安逸的年代，代表着那个马铃叮当悦耳的年代（这附近满是古老的玫瑰色方木修成的马车棚；如今，它们自然已经变成了惬意的住宅，只是像洋娃娃一样漂亮得不现实）；它们召唤着这里的幽灵——那些出海在外的父亲们和戴着圆帽、留守在家的妻子们：他们是慈爱的父母，哺育了未来的银行家们和他们的时髦新娘。在延续了差不多一个世纪的岁月里，这里必定是这样一番情形：那个时候，街道上绿树成荫，小巷里柳树成行，连行走都变得困难，八月的花园，到处飞舞着大黄蜂，弥漫着草木的幽香，那个时候，江面上响起轮船的汽笛声，风儿吹着船帆，沿着港口的斜坡，是一片乡野绿的草坪，母牛在吃着青草，蝴蝶在成群飞舞，孩子们伸开四肢，懒洋洋地躺在草坪上，在这里度过微风习习的夏日午后，等到冬天，同样是这里，雪橇的咔嚓声在十二月的雪花中回响。

曾经的这里就是这番情形么？想必我的这种描绘未免太过像情人节卡片了。无论怎样，当我们与亨利·沃德·毕彻手牵着手一同漫步时，我的这张情人节卡片就显露出了钢版雕刻画的严谨线条，因为他的教会在整个上世纪下半叶一度统治着高地的精神生活。那座大桥于 1883 年通行，如今在河上依旧岿然不动；而港口每年都会有所扩建，日益成为了一个做大买卖的喧闹场所，孩子们被赶出了草坪，而草坪也日渐枯萎，整片整片地被抹去，好为黑色宫殿般的仓库腾出地方，仓库里面爬满了进口的狼蛛，伴着腐烂的香蕉释放出难闻的恶臭。

到了1910年，这片由神秘的小巷、隐蔽的庭院和或直或曲、宽窄不一的街道所组成的街区全都经历了残酷的世事变迁与沧海桑田。毕彻牧师时代那些戴浆领的信众们，他们的后人早已开始向别的牧场迁徙；而移民到此的部族，他们最早只是住在这片区域的外围，如今迅速开始了大规模的渗入。此后，大多数还留在这里的老绅士们——就像是瓶底的沉淀——也从各自家中不断涌出，任由自己的家园要么被拆毁，要么被改建为丑陋肮脏的出租房。

于是，到了1925年，埃德蒙德·威尔逊为他认为已经消亡和濒临消亡的高地写上了一段文字，他在文中用厌恶的口吻做了如下的报道：“那些令人惬意的红色与粉色砖房依然算得上是代表着亨利·沃德·毕彻那一代人；但是一个永恒的礼拜天如今已降临在他们头上；他们似乎已陷入了最终的沉默之中。走在那些街道上，你会瞥见一位年老的绅士在漫漫长路上缓缓而行，他形单影只，衣冠楚楚；但总体而论，那些受人尊敬的群体已经消失，反倒是庸俗下流之辈生存了下来。这片空荡荡的宁静被打破，那是意大利孩童们刺耳的尖叫声，还有肮脏的住宅楼里传来的机械钢琴声，伴着人群的嘈杂，无止无休，那声音几乎和他们自己一样机械呆板。到了晚上，沿着没有灯光的街道，碰上那些喝得酩酊大醉的家伙，你会退避三舍，那些醉鬼们从昏暗的门里出来，跌跌撞撞地穿过人行道；我还知道曾有一匹死马横尸街头——距离最大的邮局仅有两个街区之遥，与区政厅的距离也与之相差无几——几乎三个星期过去了，也没人动手去把它弄走。”

尽管这是一幅阴森恐怖的景象，但成群的才子们（艺术家和作家们）开始发现，这个社区依然具有某种魅力——低廉的房租除外。伴随着第一波浪潮来到此处的就有哈特·克雷恩，这个诗人的眼睛凝望着窗外的景致，屏气凝神，创作出了《桥》。后来，继《望乡》和《天使》获得成功之后，托马斯·沃尔夫——这位著名的布鲁克林夜行者也居住在此：他的房间里放着那台文学史上最知名的冰柜[①]，他一直在用，直到他自己“过度拥挤的遗体”被运回了他在加利福尼亚群山中的家。四十年代初，米达夫街上曾有一座孤零零但十分特别的房子，一连好几年，这座房里留下了一连串房客的名字：W·H·奥登、理查德·莱特、卡尔森·麦卡勒斯、保罗和简·鲍尔斯、英国作曲家本杰明·布里顿、演出主办人兼舞台设计奥利弗·史密斯、凶杀片女作者——吉普赛·罗斯·李，还有一个带着大猩猩的驯兽员。这座象牙塔式的旅馆里居住的每个房客都为房屋的保养、灯光、供暖系统、大厨的薪金（前棉花俱乐部歌舞团的女演员）出过资，所有人都是应主人之邀下榻在此的，房主便是那位独树一帜的编辑、作家、民间艺人，一位虽言辞犀利却宅心仁厚的绅士，他就是已故但为人缅怀的乔治·戴维斯。

如今乔治已经远去了，他的房屋也远去了；大战期间，由于一项市政工程，房子被荒唐地拆除了。没错，大战的那几年见证了街区居民的处境跌落谷底。许多较为坚固的旧房子都被军方征用当做宿舍和放着点唱机的餐厅，那些在农村长大的山里人对待它们就像当年谢尔曼对待南方人的宅邸一样[②]。这倒也没什么，因

---

① 据说沃尔夫习惯站着在冰柜的顶上写作，拿冰柜当书桌。

② 指美国南北战争时期，联邦军的谢尔曼将军毫不留情地对待他所占领的南方城镇。

为再没有人在乎了，一个人也没有；直到战后不久，高地开始吸引一群崭新的住户，这群英勇的先锋们带来了扫帚和油漆桶：他们是城里来的年轻夫妇，踌躇满志，在个人事业的阶梯上攀登到了中层，不论他们是医生、律师、华尔街精英，还是其他什么专业人士，他们都渴望让破碎的高地恢复舒心与迷人的样貌。

对他们而言，这片地方能够带给他们太多的东西：宽敞的大房子随时可以改建成私人住宅，可供传统规模的家庭居住；而这样的家庭要么是这群年轻人已经构建的，要么正在逐步构建中。这里也是一片适宜儿童成长的乐土，这片街区里的车流都很小心翼翼，空气清朗，带着海滨小镇的气息，这里还有个花园，可在此游戏，寂静的门廊可供人玩耍；而最重要的是，布鲁克林大道上还可以溜旱冰。（法律已禁止：不过还有调皮鬼在这么干。）尽管布鲁克林大道远谈不上是一片蝴蝶飞舞的草坪，但这毕竟是条宽阔的人行道，俯瞰海港、好似梯田，遥想当年那些在原野上玩耍嬉戏的小男孩儿和小姑娘们，这里已经是在今天最接近于游乐场的地方了。

就这样，十多年过去了，复兴高地的尝试已经开始铺开，甚至于你都会一度想用大功告成[①]来形容它。窗槛花箱里开满了天竺葵；随着季节变换，或是阳光穿过大树，从绿叶间洒落，或是秋日的落叶在街角焚烧；满载鲜花的小手推车驶过，卖花人吆喝兜售；破晓时分，你偶尔能听见公鸡的啼鸣，那是因为有个女士的花园里养了一些公鸡和母鸡。冬日的夜晚，晚风带来了离港船只告别的汽笛声，吹拂着屋顶烟囱里夜晚的炉火冒出的烟，这里有

① 此处原文为法语 fait accompli。

一种意境，虽转瞬即逝，却那般真切，仿佛火光摇曳，时光轮回，往昔美好而甜蜜的微光又重新浮现眼前。

虽然我此前时常造访于此，对这片街区早已熟悉，然而我与这里更为紧密的联系却是始于两年前，当时我的一个朋友在柳树街买了一座房。五月里一个和煦的傍晚，他请我到他家去看看。那天给我留下了极为深刻的印象，也令我万分羡慕。那座房子有二十八间屋子，房间的屋顶都很高，布局合理，二十八处壁炉均可使用，全部都是大理石质地，一道华美的楼梯向上盘旋，有着白天鹅一般简约的弧线，通向一扇天窗，上面安的是琥珀金色的玻璃。地板材质精良，全由实木制成，坚固而富有光泽；还有墙壁！1820 年，当年这座房屋建成的时候，那时的人们知道如何把墙砌好——厚如水牛，足以抵御最猛烈的严寒与最极端的酷暑。

一排落地窗后是一道空旷的后屋游廊，令人不禁想起路易斯安纳。游廊掩盖在一株古老但生命力极其旺盛的葡萄藤下，完全遮掩在其中，仿佛淹没在一片绿叶的湖泊里，葡萄藤上挂满了一串串貌似葡萄的紫藤。游廊外面是一座花园：一株郁金香树，一棵花团锦簇的梨树，一只黑色中夹杂红色羽毛的鸟儿栖息在一棵连翘的枝头，压弯了那毛茸茸的树梢。

暮色中，我们谈着天，我和我的朋友。我们坐在游廊里，请来马提尼酒助兴——我催促他再多喝一杯。已经很晚了，他渐渐理解了我的观点：没错，二十八间房实在是太多了；没错，只有分几间给我，那样才显得公平。

这就是我住进柳树街上这座黄砖房的缘故。

现在几乎每周我都要应邀“进城”或者“过桥”去造访曼哈顿的街坊。朋友们对此疑惑不解，他们认为这是个萧条的地方，于是询问道，“你上那儿干吗呢？”我跟你说啊，这边的生活可带劲儿着呢。还记得鲁道夫·亚伯上校吗，那个俄国特务，美国有史以来逮到的最大的间谍，整个该死的间谍组织头目？你知道他是在哪儿被逮到的吗？就在这里！在富尔顿大街被一把摁倒在地！他们把他围困在大卫·森普尔美食铺和弗兰克·甘步萨电视维修店之间的一栋房子里。弗兰克咧嘴笑得就像那是他本人完成的壮举一样，他的照片上了《生活》杂志；八音盒酒吧的女招待也上了，那地方是上校最喜欢的一家酒肆。我们当中有些人就不服气了，弄不明白《生活》杂志怎么就没把我们的照片也登在上面。弗兰克、还有八音盒酒吧的女招待——不是只有他们俩才认识上校。这样一个有绅士风度的绅士：你绝不会想到……

我承认，我们不是每天都能逮到特务。但是大多数时候这里都充满了令人兴奋的事物：来自异域的货船停靠在港口，准备接受检查；一只长着奇怪羽毛的鸟儿栖息在紫藤间；而当一批新的货物运抵克奈普的时候，那是件多么值得雀跃的大事啊。克奈普由多家店铺组合而成，它们其实是一间间大如岩洞的储藏室，在富尔顿凤梨街上一家挨着一家。店主——对于一个如此有统治力的人物来说，这个称谓实在太过低调——是沙皇，是这些乐园般的大百货商店的阿迦汗，他名叫乔治·克奈普先生，朋友们称其为教父。

教父喜欢环游世界。常常是接二连三，马不停蹄：他一会儿在塞维利亚，一会儿在哥本哈根，一会儿在米兰，下周又去往曼彻斯特，周游四方，挥金如土。采购记录：从一座丹麦城堡买下了一件蓝色陶器；从一间古老的伦敦药房买了一个粉色药罐，还有英国的铜器、巴塞罗那的灯具、巴特西的匣子、法国的纸镇、意大利的魔法球、希腊的圣像、梵蒂冈的黑人像、西班牙的圣徒像、韩国的橱柜；还有杂物，令人惊讶的杂物：一大堆破损的玩具娃娃、残缺的纽扣、一只袋鼠标本、一笼子的猫头鹰，放在一个大玻璃钟罩下面、过时的游戏拼图、已经倒台的政府发行的纸币、一把象牙伞柄的雨伞，伞柄尚存，伞面不见了踪影、带有装饰物的便壶、刮脸的刀具、无从修理的破钟、断裂的小提琴、重达七百磅的日晷、动物的颅骨、蛇的椎骨、大象的脚掌、雪橇上的铃铛、爱斯基摩人的雕刻品和剑鱼标本，还有中世纪挤奶女工的凳子、锈迹斑驳的枪械以及圆舞曲时代破碎的镜子。

而后教父拖着这些宝贝，回到布鲁克林的家中。这些东西被开箱取出，加入到已然杂乱无章的收藏品之列：黑人昂首阔步地步入这片昏暗而神奇的地方，剑鱼在店铺里如大西洋一般深邃的暮色中遨游。它们终会离开这里：古玩发烧友，还有一些不知名的人——出于对美的纯粹热爱——定会来到此处，将它们运走。所以现在，四下逛逛吧。你一定会发现一株李树，也可能是一株桃树。那个纸镇——它的里面囚禁着一只巴卡拉蜻蜓。如果你想要的话，现在就拿走；明天的话，要么是后天，我保证你会在第五十七街上看到它，价格翻了五倍。

教父有个助手，就是他的妻子福罗伦斯。他的妻子是巴拿马人，相貌端庄，神采奕奕，身材高大，配上她爱穿的那条长裤，显得十分匀称漂亮，她爱摆出一副傲人的姿态，站在顾客们的对面，带着一种近乎草率的轻蔑态度——要么买下，要么走人——不过眼下，这个可怜虫受到规定所限，容不得她想怎么卖就怎么卖，哪怕是报价也不成。只有教父，凭着其出奇的好记性，在顷刻间就能从一片令人眼花缭乱的物件中找出任意一件，只有他才有这权利。教父生在布鲁克林，长在海滨，时常戴着帽子，嘴里叼着一支又湿又冷的雪茄，他身板结实，身材矮小，精力充沛，走起路来大摇大摆，讲起话来嗓门粗鲁，眼神中带着戒心，谨慎而敏感，要是有什么烦心事让他舌头打结，他就会眨眨眼睛，尽管如此，教父却是个懂得鉴赏的人。他是一个强硬的鉴赏家，绝不跟人废话，一旦做出了估价就不再啰嗦，而是简单明了地说："把东西放下！"然后说道，"你要是能够在曼哈顿半价拿到，我就白送你一件。"教父夫妻俩简直是一对绝配，夫唱妇随。我一周要去他们的店里逛上好几次，眼下已临近十月，此时一只形如女巫小屋的富兰克林火炉温暖了空气，福罗伦斯端上苹果酒，还有一些湿软可口的红枣核桃面包，这些是她每天用废弃的咖啡罐烤出来的，一天不落。偶尔，在这样喜庆的午后，教父会专注地凝望，不时眨巴眨巴眼，那眼神中带着一丝隐约的狐疑，然后，仿佛这些浪漫的收藏品正带着一种威胁的意味向他靠拢过来，他突然说道，"我一定是疯了。把我的心扑在这样一笔稀奇古怪的生意上面。还有这些投资。光是钱就投了多少！你说句实在话，你会不会觉得我疯了？"

显然不会。不过，要是科尼利厄斯·奥斯特胡伊岑夫人问这个问题的话——

像奥斯特胡伊岑夫人这样有地位的人，屈尊将我视为熟人，这看上去似乎不大可能。这还是得益于一磅给狗吃的肉。事情的原委是这样的：肉铺的伙计给我送货的时候，将原本属于奥斯特胡伊岑夫人的碎肉饼误送到我这里了。我在订货单上看到了她的名字，因为时常留意到她的住所——那是一座石榴红的城堡，那种感觉会让人不禁回想起旧时曼哈顿河畔车道上的嘉信大厦——

我想着索性亲自把这包裹给她送过去，倒不是奢求与这位不凡的女士见上一面，而至多只是憧憬着能走进她的富庶的领地瞟上一眼。富庶，因为曾有人对我如是相告：她的府上有一个男管家，还有六个侍从。这并非是高地上独一无二的豪宅：我们有幸与数位奢华生活的践行者为邻——然而，奥斯特胡伊岑夫人是所有人的女王[1]，这一点，却是无可争辩。

快要到她住所的时候，我注意到一个穿着波斯羔羊皮的人十分焦急地按着门铃，不停地敲着铜门环。"你个该死的，梅布尔，"她对着门说，然后转过身，瞪了我一眼，我当时正在上台阶——她就像是玛丽安·摩尔小姐（回想起来，她也是布鲁克林人）的复制品，只是后者柔弱温和，而她却身材高挑，令人生畏。她苍白的眼睛没有睫毛，嘴唇像是刻刀刻出来的一样，一头银色的短卷发。"啊，是你啊，我认识你，"她带着谴责的口吻，这时她背后的门开了，一位爱尔兰老太太走了出来，一身长裙没住脚踝。"这么说，我想你是来签请愿书的吧？很好，很好。"我嘴里喃喃地作着解释，恭顺地说着客套话，然后将肉铺的包裹递给她；她就像是接过了一条臭鱼似的，战战兢兢地把它拈在手上，直到后来那个女仆说了一声，"夫人，这个好小伙儿拿来的是给玛丽小姐的肉。"

"没错，那就别傻站着了，梅布尔，把肉拿着。"然后，她看着我，眼神中带着一种具有贬低意味的惊诧，而我出于对她的礼貌却无法用同样的神情来回应她："把鞋脱掉，进来吧。我们来谈一下请愿书的事。梅布尔，让墨菲拿一些布里斯托尔酒和饼

---

① 此处原文为意大利语 la regina di tutti。

干……哦？去看牙医了！我告诉过他别去弄那颗牙的。真是荒唐得要命啊，”我们走过门廊的时候，她嘴里骂骂咧咧。“他怎么就不去催眠师那里，我不是跟他说过嘛？玛丽！玛丽！玛丽，”正当她说话的时候，一只狗忽然跑了过来，它虽拥有凶残的血统，但却是只挺友善的狗：这是一只西班牙猎犬，兼有松狮犬的特征，四条腿又像是腊肠犬，“我想梅布尔备好了你的午餐。梅布尔，把玛丽小姐带到厨房吧。我们等下在红屋里吃饼干。”

这间屋子里面，红色只体现在一碗瓷玫瑰和一篮蛋白杏仁草莓中，屋里挂着天鹅绒窗帘，透过窗帘，一番景象令你的脉搏跳动加速：天空，天际线，远处，斯塔恩岛上枝繁叶茂。就其他方面而言，这间屋子过于精雕细琢，沉闷而乏味，就像一大块稳健保守的糕点，显得并不出众。“这是我祖母的卧室；我的父亲喜欢把这里当做客厅。科尼利厄斯——就是奥斯特胡伊岑先生——去世的时候就是在这里。的确是突如其来：当时他正在听着收音机里那个罗斯福的演讲。暴病突发。诱因是心情激愤，还抽着雪茄。我相信你不会要求在这儿抽烟的。请坐……不是这儿。是那儿，窗子旁边。东西在这儿，应该就是这里，在这个抽屉里的某个地方？要么是在楼上？该死的墨菲，这个讨厌的家伙老是乱动我的——慢着，我找到了：请愿书。”

请愿书上陈述了这样一件事情，并且对其表示反对：某个小宗教组织买下了高地上半个街区的房屋，并且计划将其夷平，取而代之以一栋宿舍楼用以安置其信徒。请愿书后面附有几十名反对者的签名；西里太太一家签了字，还有亚瑟·弗尔·文森先生和K·麦卡耶·布朗洛太太——那些曾经在草坪上玩耍的孩童的后人们，那些守旧派的幸存者们——这些人经历了他们的社区中最黑暗的时刻，那些定期来奥斯特胡伊岑女士家参加隆重晚宴的少数幸运儿。对于其抗议的合理性，她没有浪费半点口舌，只是说了句，“签吧。”她下了命令，就像凯瑟琳·德·鲍尔夫人对科林斯先生下达了指示。

雪利酒送到了；一同到来的还有一群猫。伤痕累累的战士们身披好似染了麻风病的皮毛，长着歪歪斜斜的眼睛。奥斯特胡伊岑女士朝它们当中最不体面的一只走去——那是个虎皮条纹的大盗——然后对我说，“这个你可以带走。他跟我们有一个月的时间了，我们已经把他调理得生龙活虎了，相信你定会尽心去养他的。狗？你养什么类型的狗？好吧，我不赞成养纯种狗。任何人都愿意带他们回家。我把玛丽小姐从街头带回了家。还有小可爱露易丝、小老鼠，还有小甜甜威廉——我的狗，还有我所有的猫，都是从街头捡来的。往下看，花园里面，在臭椿树下。那些标记：你看到的就是坟墓，有些自我童年时就在那里了。那些贝壳是金鱼。黄色的珊瑚——金丝雀。白色的石头是兔子；那些鹅卵石组成的十字：我的最爱，第一个玛丽——天使一般的女孩儿，在河中沐浴，却染上了致命的风寒。我曾经跟科尼利厄斯，也就是奥斯特胡伊岑先生开过玩笑，我跟他说，哈—哈，我说我打算把他埋在那里，和我其他的宝贝儿们埋在一块。哈—哈，他没有被逗乐，完全没有。哦，我想说的是，你养狗，这不要紧：我们这儿的比利勇气十足，他能招架得住。不，我坚持要求你收下他。因为我不能再收留他太长时间了，他扰得人心神不宁；可要是我放了他，他又会回到旧日圣乔治巷里的堕落生活中去的。我要是你的话，就不会让自己的良心背负这样的罪责。”

她的劝说无济于事；最后的结果是，我们在冷淡的氛围中告别。不过圣诞节那天，她寄给了我一张贺卡——一张卡帝亚的雕版画，上面刻着一棵臭椿树凄凉地保护着那些尸骨。还有一次，我曾经在面包房遇到过她，我们当时都在那儿买核仁巧克力饼，我们谈到了当局对她的请愿作出的无理拒绝：唉，房子都被那些拆房的给拆了，教友们也住了进去。同样是在那次，她无比遗憾地告诉我说那只叫比利的猫从她的保护下获释后，的确是回到了圣乔治巷的堕落生活中。

圣乔治巷与一家小电影院毗邻，是一处阴暗的流浪汉聚居地：无家可归的酒鬼从唐人街和包厘街钻出，悠悠地走过桥来，跟其他一些无家可归的蛮荒生灵共享这条小巷；猫啊，多得就像溪水中的米诺鱼，夜幕降临时，便是它们齐聚规模最大的时刻；因为这时，随着黑暗来袭，一些眼神怪异的女人——她们与罗马的那些身着黑衣、经常出没于猫咪竞技场的爱猫狂热者并无二致——会悄悄地在小巷中穿行，一路发出怜爱的嘶嘶声，还有一袋又一袋的碎三文鱼。（这倒不是说奥斯特胡伊岑夫人沉溺于这种略带不良的嗜好：对于动物，她的行为，虽然有些过火，却终归出于好意，而且在高地也并不鲜见；高地养宠物的人当中，有相当高的比例是从街头收养。令人吃惊的是，居然有如此多的迷途猫咪游荡进了这片社区，仿佛他们是受到本能所驱，知道自己可以在这里找到某个人，不忍心让他们在雨中一路尾随；相反，他会带着他们回家，给他们热牛奶，还要给沃瑟曼医生——也就是伯尼——打电话：这个西装笔挺的兽医随叫随到，整洁的医院里回荡着巴赫的钢琴协奏曲，还有前来接受护理的动物的叫声。）

就在刚才，为了寻找与这些文字有关的东西，我还在一堆象形文字般的混乱记录（我把它叫做我的日志）中搜寻着。奇怪，真是奇怪之极，这些零零星星的速记——其中大多数的含义我现在都已无法理解。上帝知道“科布拉街上空的雷声”是指的什么。还有“用十七种语言说同一句陈词滥调的语言腹泻”。除非这个是用来描写当地最令人生厌的人——一个能够使用多种语言、健谈到令人感到恐怖程度的语言学家，只是不能用任何一种语言清晰表达。不过，“把T和G带到G和T”我却是看得懂的。

头两个首写字母代表两位朋友，后者代表不远的一家餐馆。想必你一定听说过它的名字，“盖奇与托尔纳”。就像新奥尔良的“柯尔柏与安托万”一样，“盖奇与托尔纳”也是上个世纪传承下来的店铺，在很大程度上，都保留着始建时的风格特征。煤气灯舞动的火光不是一时的噱头；同样，那些表面平整、质地优良的大理石面餐桌和那些镶着金边的漂亮镜子也不是怀旧的做作——相反，它们见证着经营者的一丝不苟，是他们将这里的风格尽可能保留下来，一如它1874年开业那天，使我们有幸得以亲见。你或许意想不到——因为店面里没有任何“水族馆餐厅”里常见的那种廉价海洋饰品——但是这里的特色就是海鲜，质量也是最为上乘的。这里的海鲜杂烩羹会让最难以取悦的东部沿海人认可。这里的龙虾一定会让尼禄满意。而我自己呢，是个软壳蟹迷[①]：一盘烧蟹，半块柠檬，一杯冰镇夏布丽白葡萄酒——沁人心脾莫过于此。还有这里的服务员——这些视其工作为荣的黑人，保持尊严但乐于微笑，他们也令“盖奇与托尔纳”增色；他们那洗过无数次的制服外套衣袖上骄傲地别着军衔式样的臂章，这些是按照他们服务的年限授予的；如果这是一支军队，那么其中有

① 此处原文为西班牙语 aficionado。

些人已经是将军了。

这附近还有一家餐馆，名气要略小一些，不过同样古色古香，菜单也几乎一模一样：乔家餐馆——顺便说一句，乔是一位很有魅力的姑娘。在高地的边缘地带，刚好在布鲁克林再度成为布鲁克林之前，有一条吉卜赛人聚居的街道，街上有些吉卜赛酒馆（在那里可以占卜未来，纹身刺青，还可以品尝一杯又一杯的摩尔茶）；那里还有一个阿拉伯裔美国人居住的街区，街区里有一些浸透了香料的餐馆，你可以在那里买到一种撒了一层芝麻的硬皮煎饼，饼都是新鲜出炉的——有一次，我把我自己的那份带到了海滨，打算与海鸥分享这份美食，但我一阵狼吞虎咽过后，食物已是丁点不剩。一个夏日的傍晚，我漫步在大桥上，凉爽的清风唱着歌儿穿过钢斜拉索，空中，繁星流动，脚下，船舶停靠，真是令人陶醉，尤其是你朝着唐人街的烤肉和糖醋香味飘来的方向走去的时候。

另一则日志的标题上写道："幽灵酒店终于有人入住了！"意思是：在经历了数月的观察后，每时每刻，风雨无阻，我终于看见了一个人出现在河畔一座建筑物的窗前，这栋仿佛闹鬼的房子坐落于高地脚下的水街。我总是选择这座孤寂的酒店作为我散步的终点：我觉得这里带着浪漫气息，当我心情烦恼时，我会想着就在此处归隐，因为这里像阿陀斯山①一样与世隔绝，比叙利亚最偏远的穿甲士山脉还要偏远。这块地方是奇力克斯克广场的尽头，白天，这里面朝河水，无人纷扰；夜间，鸟雀无闻：万籁俱

① 阿陀斯山，位于希腊海岸的哈尔基季基州，占据着一个长 40 英里、宽 4 英里的险峻难达的半岛，其一端伸进爱琴海，距萨洛尼卡 150 英里，海拔 6 350 英尺。因传说圣母马利亚在阿陀斯山庭园休息，其他女性被禁止进入，因此，自古以来阿陀斯山就是女性的禁地。

寂，唯有雾角与远处上方大桥上传来的车辆低鸣声。宁静，惟有过往的渡轮和拖船闪着忽明忽暗的灯光。

酒店共有三层，河面反射的一片片斑驳的阳光还有大桥那拼图般残缺的倒影在窗户上摇曳；但是在玻璃之外，再没有其他东西在动：房间里，窗台上摆放着牛奶瓶，挂钩上挂着礼帽，床铺还没有整理，电灯也还亮着，尽管有这种种迹象证伪，但看上去这间房还是无人居住，连一个人影都没有。正如“玛丽·塞莱斯特”号[①]上的水手，听见敲门声后打开房门的客人们一定都被一个陌生人吞下肚去了。那我看见的，会不会是那个陌生人呢？或许就是——“幽灵酒店终于有人入住了！”我只约略瞟过他一眼，那是在四月的一个下午，天空蔚蓝，万里无云；而这个人——一个秃顶的家伙——穿着内衣，一把推开窗户，活动了一下毛茸茸的胳膊，打了一个大呵欠，大口吸进河面的微风——然后他就不见了。不对，我仔细寻思一番后，便不想再次涉足这个酒店了。不然我要么会被吞噬，要么会吹破我的这个谜团。儿时的我们，对神秘的东西总是很敏感：上锁的匣子、紧闭的大门背后传来的声音，还有“那是什么”潜伏在树里，躲在街灯的每道影子下；而随着我们年岁渐长，一切都能解释得清清楚楚，那种编造让人感到愉快的警报的能力也在日渐丧失：这不是件好事，而是一种遗憾——我们这一生，应当相信有幽灵酒店的存在。

酒店的附近，有一条路从这里向河流的方向延伸。这条数英

① 玛丽·塞莱斯特号是一艘前桅横帆双桅船，于 1872 年在大西洋被发现全速朝直布罗陀海峡航行，但船上却空无一人。此船常被当作鬼船的原型。

里长的路十分静谧，路边的仓库木窗紧闭，码头栖息在水面，像是蜘蛛蟹。从五月一直到九月是游泳的季节[①]，这些码头便成了身形健硕却衣衫褴褛的小伙子们的跳台——而那些身上散发香味的人猿，他们管辖着这块海滨，他们自己也曾从这个码头跳下去过，正驾船巡游，船身两色混搭（香蕉黄与番茄红）。拖拉机、棉花包，还有一群不高兴的牲口被吊机提上了船，在轮船的货舱里扭来扭去，这些船舶驶往巴伊亚[②]、不来梅，还有一些名字是用东方文字书写的港口。倘若你在海滨交了朋友，有时就有机会登上一些货船，在阳光下痛饮一番；也许还会有人邀请你共进午餐——而我呢，总会很快地欣然接受，要是邀请方是斯堪的纳维亚人，那我会不客气得让人害臊：他们总是从食物储藏室里拿出一桌上好的菜肴，满是“味觉刺激”的烟熏制品，还有冰镇白兰地。不过不要去希腊人的船上：食物极为糟糕，除了茴香烈酒外，再无别的酒类，这酒带着浓浓的欧亚甘草浆的气味；另外，至少在这位吃白食的人看来，法国货船上吃的绝对达不到你合理预期的标准。

那些拖船上的人一般都煮得一手好咖啡，在冬日的严寒中，江中碎浪拍岸，进拖船上的一间小隔间里烤火避寒，再喝上一杯爪哇清咖啡，真是一件惬意的事情。我时常踩在这片极不起眼的海滩上，沿路走下去。有一次，是个寂静的礼拜天，日落时分，我在其中一条拖船上看到的一幕让我不由得定睛凝视、再凝视，可它依然仿佛是一幅幻景。在这里，各色各样的水手都很司空见

① 此处原文为法语 la saison pour la plage。

② 巴伊亚，是巴西的 26 个州之一，地处东北部，面积 564 692 平方公里，占巴西国土面积的 6.6%。

惯，即使是那些穿着纱笼的东印度人也不稀罕，或者是那些巨人般的塞内加尔人，他们缟玛瑙般的臂膀上闪耀着蓝色、黄色的花朵纹身，火辣的女性胴体，还有花哨的涂鸦(我爱你，倒霉蛋，张咪咪，再见朋友)。还有些身材矮小的俄国人——你看见他们穿着像是睡衣一样的大褂，走路啪啪地响。可这几位打着赤脚卧在岸上的水手——就是我看见的这三位——夕阳映照着他们几个的身形轮廓，看上去跟人鱼一样神秘莫测，更为贴切地说，是美人鱼——因为他们的头发，带着白化病人一样的条纹，像女子的头发那样长，狂野地飘在肩头；他们耳朵上的金耳环还熠熠发光。不管他们是从海皇波塞冬遍地珍珠的宫殿派来的全权大使，还是普通的海员经历了一番长时间的航海，未修边幅，留着北欧海盗一样的发型，从荒蛮的北方落寞而来，他们在我的脑海中专门存贮奇闻异事的小柜里，永远会占据着一席之地：他们会以这样或是那样的方式在我脑海里反复浮现，就像那些水晶宝石，带着神秘的雕纹封存在脑海中。

在一番仔细斟酌之后，“科布拉街上空的雷声”的确可以读懂了。在高地，没有什么科布拉街，不过倒是有一条街，和这个名字很相配，那是一条陡峭的下坡路，一直延伸到造船厂里一片黑暗的区域。它并非真正属于高地区的某个部分，而是像一条隐匿在门口的蛇那样盘踞在最边缘的地带。肮脏的流氓聚居地、飘散着变质啤酒气味的酒吧，还有售卖难吃的糖果的店铺与腐朽的房屋交织在一起，这些住宅里都挤着好几家人，它们的建筑形式从因岁月流逝而破旧不堪的褐砂石洋房到放大版的密西西比厕所，应有尽有。

这里的贫民窟里充斥着“眼镜蛇”，就是“少年”犯组成的帮派：眼镜蛇，这几个字印在他们的汗衫上面，还有画上去的，有时这几个字还从他们皮革大衣背后透出，闪着可怕的磷光。这条地势陡峭的大街横亘在他们丑陋的建筑物中间，用他们的话说，这是他们的一小块“地盘”；对“眼镜蛇”来说，这块地盘是小得不能再小了，因为这个强大的神秘组织将占有的目光投向几英亩的都市区。我算不上是个勇敢的人——相反[1]；十分坦率地讲，这些家伙——不管他们是十二岁还是二十岁上下——都让我的心怦怦直跳，就像做礼拜的忏悔者一样。尽管如此，如果穿越他们的“地盘”能让我少走冤枉路，我还是尽量克服自身的紧张情绪，接受挑战。

在我的最后一次冒险之旅中——或许这将永远是最后一次了——我带着一部好相机。天空中不见了太阳，想必是要雷声隆隆，大雨将至。喧闹的孩童在玩着跳绳游戏，路灯旁慵懒的成年人在一旁看着，面无表情，有气无力：一群“眼镜蛇”聚集在此，他们穿着斜纹粗棉牛仔服，脚上套着牛仔靴。我一走进这条街，他们原本睡眼惺忪、目中无人的眼神却突然向我投了过来。于是我转到对面的一条街上；这时我已心知肚明，无须作证：这群“眼镜蛇”已经伸直了身体，向我这边爬了过来。我听见他们吹着口哨；孩子们不再出声，跳绳游戏也戛然而止。有个人——他脸上长着粉刺一样的紫色胎记，像匪徒的面具一般遮住脸的下半部——说道，“嘿，说你呢，白佬，让我看看你的相机。”是加快脚步好呢？还是假装没听见呢？任何选择都将一发而不可收。“嘿，说你呢，白佬，给我照张相，咋样？”

---

① 此处原文为法语 au contraire。

说时迟，那时快，一声惊雷拯救了我。雷声阵阵，就像一辆失控的卡车，咔嚓一声，打在街上。我们都望了望天，一场暴风雨即将来临。我大声叫喊着，“下雨啦！下雨啦！”拔腿就跑。跑往高地，那里是安全的避难所，是资产阶级的堡垒。我沿着滨海大道狂奔——那里有温柔的年轻母亲推着她们的婴儿车与即将到来的灾难赛跑。我在枝繁叶茂的榆树下长舒了几口气，又接着跑：我看见驾着卖花小车的车夫正在让雷声下受惊的马儿平定下来。只见前方二十码，十码，五码，到了，柳树街的黄砖房。到家了！这真是幸福的一刻。

罗拉

（1964）

没错，无论从哪个角度来看，这都是一件奇异的礼物。事实上，这是一件令人惊骇的礼物。因为我的宠物已经够多了：两只狗，一只是英国斗牛犬，另一只是凯利蓝㹴。还有，我从未对鸟儿有过偏好；的确，我反倒总是对它们怀有几分厌恶之情：在海滩上，每当一群海鸥俯冲下来，潜入水中时，我（举个例子）极有可能是落荒而逃。我五六岁时，一只麻雀从我房间的窗子里飞了进来，身陷其中，无法逃逸。这只麻雀在房间里飞来飞去，直到我心中涌动的情绪几乎要令我晕厥了：这里面有怜悯，但恐惧占了上风。因此，那年我带着几分沮丧的心情接受了格蕾泽拉的圣诞礼物：一只丑陋的小乌鸦，翅膀已经被人残忍地剪断了。

如今已经过了十二年有余，那天是 1952 年圣诞节的早晨，我那时住在西西里的山坡上；那座房子坐落在一片银色的橄榄园中间，是由浅桃红色的石头砌成的；房子里有许多房间，还有一个阳台，站在上面能够将埃特纳白雪皑皑的山顶尽收眼底。在艳阳高照的日子，你若是往下俯瞰，眺望远处，能看到一片蔚蓝的大海，仿佛孔雀的眼睛。房子的确是很漂亮，不过算不上特别舒适，尤其是在冬季，北风怒号，人们只能依靠喝酒暖身，可即便如此，你哪怕是轻轻碰一下石地板，都会感觉它像死人的吻一样冰冷。无论天气状况如何，不管是冬日里的万物凋零还是夏日里的艳阳高照，这座房子若是离了格蕾泽拉，就简直住不下去了。格蕾泽拉是村上的一个女佣，她的身影每天早晨就会出现，并且一直待到晚餐过后。她今年十七岁，身材粗壮，长得过于结实了：她的腿像日本相扑——略微有些罗圈，小腿肚子圆鼓鼓的。不过她的长相嘛，简直是漂亮得不得了：金黄色的眼睛就像当地家酿白兰地的颜色；玫红色的脸蛋；朱红色的嘴唇；漂亮的浓眉；黑色的头发贴着头颅，梳理得十分柔顺，然后用一对小巧的西班牙木梳朴素地固定住。她生活很是艰辛，却带着几分快意，她总在不断诉苦，语气却仿佛说笑，并无怨恨：她的父亲是村里有名的醉鬼，至少算得上是醉鬼之一；而她的母亲，笃信宗教到了歇斯底里的程度；还有她的哥哥保罗——她对保罗有着崇敬之情，尽管他每个礼拜都会打她，还强行剥夺她的工钱。我与格蕾泽拉是要好的朋友，所以到了圣诞节，我们互赠礼物也是件顺理成章的事情。我送了她一件毛衣，一条围巾，还有一串绿色的珍珠项链。而她呢，前面就讲过，送了我一只乌鸦。

我前面说过，这只乌鸦很不好看。的确如此。这个小生灵，既看着让人充满畏惧，又令人心生怜悯。不管冒多大的风险，哪怕是惹得格蕾泽拉大发雷霆，只要等把它养到能够独立生存的时候，我就会立刻将其放生。可是它的翅膀剪得很短，根本飞不起来；顶多能够扑腾两下而已。它黑色的喙张得很开，活像一个痴呆儿的下颌，它几乎睁不开眼，看着十分凄楚。格蕾泽拉高高地爬上勃朗特山上那了无生气的火山岩斜坡，在一个乌鸦成群的深谷里面逮到了这只乌鸦，山谷里全是石块，荆棘密布，奇形怪状的树木丛生。她说，“我是用渔网逮到这个家伙的。我在这群鸟中间跑啊跑。等我把网撒到半空，一下子逮住两只。有一只我放走了。另一只，就是这只，我把它装进了鞋盒里，把它带回家，然后剪了它的翅膀。乌鸦可聪明着哩。比鹦鹉还有马儿都聪明。要是我们把它的舌头剪开，我们兴许可以教会它说话呢。”这倒不是说格蕾泽拉冷酷无情；她只是同所有的地中海人一样，对动物的痛苦满不在乎罢了。当我反对她残害这只乌鸦的舌头时，她的态度马上就来了个一百八十度的转弯；实际上，她对这只可怜的家伙失去了所有的兴趣，它的生活幸福与否，如今变成了我个人的负担，令我十分不快。

我把它放养在一间无人居住，也没有装修过的房间里，就像是看管一个患有精神病的亲戚一样，将其锁在屋内。我寻思着，好吧，它的翅膀用不了多久就会长出来的，那时就可以放它走了。但是新年到了，元旦也过完了，几周的时间也过去了，这个时候，格蕾泽拉承认，我的这个圣诞礼物要想再次飞上天空，还得六个月的时间。

我极不喜欢这个家伙，极不情愿去它那里；这间房是这座冰冷的房子里最冷的一间，这只小鸟孤苦伶仃，看上去十分凄惨的模样。我是因为想到它孑然一身，迫不得已才去的它那里——不过起初，它似乎比我更不喜欢这样的探访：它会怒冲冲地走向房间一隅，背对着我，仿佛一个囚犯，默不作声地蜷缩着身子，坐在一碗水和一碗食中间。不过还好，过了一段时间后，我发现我已不再是个不受欢迎的客人了；它不再躲着我了，而是盯着我的眼睛，用并不悦耳的嗓音发出似乎是表示友好的响声：这是轻声的乌啼。我们开始发现彼此：我发现它喜欢让我挠它的头，它也发现它小口啄食时憨态可掬的样子会将我逗乐。不久，它学会了在我手掌的边缘平衡，后来又学会栖在我的肩膀上。它开始喜欢亲我——也就是说，用它的喙轻轻地啄我的下巴、面颊，还有耳垂。尽管如此，我还是——或者说我觉得自己还是——对它有一丁点厌恶：我厌恶它身上葬礼的颜色、鸟类的羽毛——它们（对我来说）就像鱼鳞和蛇皮一样令人不快。

一天早晨——虽然只是一月下旬，但是西西里的春天还是来得很早，杏树已经开了花：漫山遍野，遍地花朵，薄雾里能嗅到一阵芬芳——就在那天早晨，我忽然发现那只乌鸦逃走了。关它的那个房间装有落地窗，窗外通向花园；头天夜里，那些窗不知何故，全都是开着的，或许是从北非吹来的热风，把门给吹开的吧，此时风正刮个不停（将非洲大沙漠的细沙也带了过来）。总之，那只鸟儿已经不见了踪影。我把花园查了个遍；格蕾泽拉也爬到半山腰去找。过去了一早上的光景，又过去了一个下午。夜幕降临之前，我们已经把“各处”搜寻了个遍：荆棘遍布的野生仙人掌丛深处，附近一座墓地的坟冢间，还有某个蝙蝠屎尿味熏天的洞穴里。渐渐地，在我们搜寻的过程中，一个不争的事实最终显现出来：我非常喜欢——罗拉。罗拉！这名字就像头顶上的一轮新月浮现出来，不请自来却又无法回避；在此之前，我都没想过要给她取个名字：因为我觉得，要是这么做的话，相当于默认了她永远属于我。

“罗拉？”

我从我房间的窗子里喊着她的名字。最后，我睡了。不用说，根本就睡不着。一些情景闯入我的脑海：罗拉，她的脖子被猫的利齿死死掐住；一只红色的雄猫叼着它冲向某个血迹斑斑、羽毛散落的巢穴，直奔餐厅而去。抑或是，罗拉寸步难行，孤立无助，藏在某处，直至死于饥渴。

“罗——拉——？”

我们并没有在屋子里找。或许她就从未离开过这间屋子，或是从一扇门出去，又进了另一扇门。我点起了蜡烛(我们这里基本上不通电)；我找遍一间又一间房；终于在一间房里——那是一间没有投入使用的客厅，烛光照亮了一双熟悉的眼睛。

“啊，罗拉。”

她蹦蹦跳跳地来到我的手上；回到卧室，我把她放在一张铜质床的护栏上。她的爪子紧紧地擒住护栏，她把疲惫的脑袋塞进一只不成形的翅膀里。不久就睡着了，我也睡着了，还有那两只狗(在壁炉前蜷着身子，柴火烧的是桉木，火光燎燎，芳香扑鼻。)

那两只狗从未见过罗拉，第二天早上，我介绍他们互相认识时，感到有些不安，因为这两只狗——尤其是那只凯利蓝㹴——行为有些暴躁。但如果她真要常驻在此，和我们相处的话，这个环节是免不了的。我把罗拉放在地板上。那只斗牛犬用块菌一样的扁平鼻子闻了闻她，然后打了一个呵欠，倒不是困了，而是有些尴尬；所有的狗在尴尬时都会打呵欠。他显然并不知道她是何物。是食物？还是玩物？而那只凯利蓝㹴觉得应该属于后者。他用爪子轻轻拍了拍罗拉。把她赶到一个角落。她也进行了还击，啄了一下他的鼻子；她的尖叫声聒噪而猛烈，仿佛是最刺耳的咒骂。这下子可把那只斗牛犬给吓坏了；他撒腿就跑。哪怕是那只凯利蓝㹴也退让三分——他坐在一旁，眼睛盯着她看，一副惊讶不已的样子。

从此以后，那两只狗对罗拉都是毕恭毕敬。他们对她体贴有加；而罗拉对他们的体贴却几乎是零。她在他们饮水的碗里嬉水；同时，她从来都不满足于自己的盘中餐，总是抢夺他们的食物，想吃什么，就吃什么。她把那只斗牛犬变成了自己的坐骑；她栖在他肥硕的臀部，骑着他在花园里小跑，活像一个不坐马鞍的马戏团骑师。晚上，她在壁炉边安营扎寨，蜷缩在两条狗中间，要是他们胆敢乱动，或是惊扰了她的休憩，她就会用喙去啄他们。

格蕾泽拉逮住罗拉的时候，她一定还非常年幼——比刚刚长出羽毛的雏鸟大不了一点。到了六月，她的身子已经长到原来的三倍大，跟鸡差不多大小。她的羽翼日渐丰满，或者说接近丰满，不过依旧不能飞。老实说，她是不愿意飞。她更喜欢在地上走。每每那两只狗出去遛弯时，她总是蹦蹦跳跳地跟在他们身边。有一天，我忽然发现，罗拉并不知道自己是只鸟。她觉得自己就是只狗。格蕾泽拉同意我的说法，我们都大笑起来；我们当时只把这当成一件趣事来看，却从不曾预料到罗拉对自己的这一错误认识竟会酿成惨剧：厄运等待着我们当中所有那些拒绝接受自我本质，坚持认为我本非我的人。

罗拉喜欢偷东西；不然她也许根本就不会用到她的翅膀。然而，她喜欢偷的东西——亮闪闪的东西啦，葡萄啦，还有钢笔、香烟之类的——通常都放在很高的位置；于是，为了够到桌面上，她偶尔会扑腾着翅膀（完全就是这样）跳上去。有一次她偷了一副假牙。那副假牙是一个客人的，那是一位老太太，上了年纪，不易相处。她说她觉得这一点儿也不好笑，然后放声大哭。唉，我们并不知道罗拉把她的赃物藏在何处（按照格蕾泽拉的说法，所有的乌鸦都是大盗，总是无一例外地将偷来的宝贝藏匿在一个秘密的巢穴里）。唯一可行的办法是试着诱骗罗拉，让她带我们去她藏假牙的地方。她喜欢金子：我有时戴的那个金戒指总是会令她贪婪的目光变得兴奋。于是我们（我和格蕾泽拉）就以戒指为诱饵来设计：我们把它放在一张午宴桌上，罗拉在上面啄着面包碎屑，我们就躲在门背后。那一刻，她以为没人注意到自己，于是一把攫起戒指，冲出饭厅，沿着大厅，到了“图书馆”——那是一间阴暗的小房间，里面塞满了平装版的经典名著，都是以前在这里住过的人留下的。她从地上跳到椅子上，又从椅子上跳到书架上；然后，她从两本书中间挤了进去，仿佛那是一道山中的裂缝，直通阿里巴巴的山洞，随后便消失在书的后面了：她蒸发了，颇像爱丽丝穿过那面镜子。她的宝贝就藏在《简·奥斯丁全集》的后面，我们发现这个地方的时候，除了偷来的那副假牙，还有我失落已久的车钥匙(我本来没想到要责怪罗拉，我以为是我自己弄丢的)、一堆纸币——数千里拉都被她撕成了小碎片，似乎是以备日后做窝之需，还有一些旧的信件、我衬衫袖上最好的链扣、橡皮筋、足有几码长的细绳、一篇短篇小说的第一页——这篇东西我没有往下写，因为找不到第一页了；一枚美国便士、一株干枯的玫瑰，还有一枚水晶纽扣——

那年初夏，格蕾泽拉宣布她和一名叫做路奇诺的男子订婚了，他是个服务生，一头卷发，油光可鉴，腰杆纤细，颇有电影明星的派头。他会讲一点英语，还会讲一点德语；他穿着绿色仿麂皮鞋，驾驶着自己的黄蜂牌小摩托车。格蕾泽拉有理由认为她抓住了一个如意郎君；而我，对此却高兴不起来。我觉得她太过淳朴健康，总之对于像路奇诺这样一个滑头的家伙来说(他是个半职业舞男，是个专为独居的游客提供服务的小白脸：瑞典的老处女啊，德国的鳏夫和寡妇啊，他名声在外，完全是因为这个缘故)，她太好了，不过，说句公道话，在村子里的年轻人当中，这种行为并不鲜见。

但是格蕾泽拉的喜悦之情实在是无法抵挡。她把路奇诺的照片贴满了厨房，贴在炉子上、水池上、冰柜的门里，甚至是钉在厨房外一棵树的树干上。爱情，毫无疑问，似乎成为一种阻碍，令她对我不再关心：如今，按照西西里的习俗，她帮着未婚夫缝补袜子，帮他洗衣物（诸如此类的事情还多着呢！），更不用说她花在筹备嫁妆、在内衣上绣花、试穿婚纱上的时间了。午餐的时候，她递给我的总是一盘像冰块一样硬邦邦的意大利面，而晚餐则是一份冰冷的煎鸡蛋。要么就干脆什么都没有；她永远都会在日落时急匆匆赶到广场，去见她的心上人，一块儿散步。而事后看来，我并非对她的这种快乐心存嫉妒或是不满，只是，这一切都是苦涩厄运的序曲。

八月的一个夜晚，（一位美国游客）邀请格蕾泽拉的父亲（尽管他是个醉鬼，但依然爱着自己的女儿）喝了一高脚杯的原味杜松子酒，并且是让他一口干掉的，他也照做了，结果中了风，随后瘫痪不起。而就在第二天，更为残酷的厄运再度降临；路奇诺正骑着他的摩托车疾驰在乡间的小路上，转弯的时候，撞到了一个三岁的小女孩儿，小女孩儿当场毙命。我开车送路奇诺和格蕾泽拉去参加这个小女孩的葬礼；随后，在回家的路上，路奇诺没有掉一滴眼泪，而格蕾泽拉却是泣不成声，宛如心被刀割成了两半。我以为她是为死去的孩童哭泣。不，她是为自己而哭泣，摆在她前方的是黯淡的前景：路奇诺恐将面临牢狱之灾，而一大笔赔偿金，自然也是免不了的——眼下婚是结不成了，几年之内都会如此（有可能会是永远）。

这个可怜的小姑娘再也撑不住了。医生让她卧床静养。一天，我去探望她的病情。我带着罗拉，本意是让这个病人能够开心一些。她说罗拉就是个女巫，她说罗拉有那种邪眼[①]，就是邪恶

① 此处原文为意大利语 malocchio。

的眼睛，他父亲中风，路奇诺出车祸，这两起惨剧，都是罗拉作的孽，都是因为抓住她并且剪掉她的翅膀之后所得到的报应。她说，没错，没错，千真万确：任何一个孩子都知道乌鸦是黑暗与邪恶幽灵的象征。还有，“我再也不会去你那儿了”。

她的确是再也没去。其他的女用人也都没有去。因为按照格蕾泽拉定的罪名，我的住所就是邪眼之屋，这一传言愈演愈烈：不仅仅是罗拉，就连我本人在内，都有一种邪眼的力量。在西西里再没有比这更可怕的指控了。更有甚者，这一罪名让你无从辩驳。起初，我还对此抱以玩笑，尽管这件事一点儿也不好笑。人们在街头遇到我都是退避三舍，绕道而行；要么，但凡我一走过，他们就会把一只手放在头上，做出牛犄角的样子——这种体态语是一种黑色魔法，意在驱散我那镶着玳瑁边、会施咒语的邪恶眼睛所释放出的魔力。

有一次，我在半夜时分惊醒，决定（我打了个响指！）离家出走。我在黎明前就已经动身了。这可不是一个轻易的决定，因为我已在此居住两年，一下子变得无家可归，的确不太好受。无家可归的我，要带着两只狗和一只脱离了笼子的奇异鸟。尽管如此，我还是把东西塞进了车里，它看上去就像是盛满鲜花与水果的聚宝盆：鞋子、书籍，还有渔具都撑到车窗外面来了；我猛地推了几下，试图把狗塞进车内。但是已经没有地方容得下罗拉了。她只好栖息在我的肩膀上，这并非最佳选择，因为她在车内会十分紧张，任何急转弯都会让她受到惊吓，发出叫声，或是大小便失禁。

穿过墨西拿海峡，再穿越卡拉布里亚，我一路去往那不勒斯和罗马。这一路旅程，回想起来，真是其乐融融：有时，当我快要睡着，我依然能看到那美景从眼前闪过。一次在卡拉布里亚山脉中的野餐：碧空如洗，山羊成群，牧羊人吹奏竹笛，飘来悠扬的旋律——罗拉也啄食着在红酒里浸泡过的面包屑。还有帕利努罗海岬——一片地处偏远、绿树成荫的卡拉布里亚海滩，我们在那里尽享日光浴，十月的阳光，温暖依旧，这时，一头野猪从树林里向我们飞快地冲了过来，一副要攻击我们的样子。我是唯一一个受到惊吓的：我跑到海水中躲了起来。那两只狗站在原地不动，罗拉也同它们站在一起，扑腾着翅膀，用她那嘶哑的声音为我们鼓劲；它们齐心协力，将那只野猪又赶回树林。还是那天傍晚，我们来到了帕埃斯图姆遗址[①]：这真是个霞光万丈的傍晚，天空宛若另一片大海，那一轮半月就像是抛锚的轮船，在繁星密布的夜空中徜徉，而我们周围，是被月光照亮的大理石，还有那个遥远年代里庙宇的断壁残垣。我们就睡在紧挨着那片遗址的海滩上；或者说是他们三个——罗拉和那两只狗：我被蚊子和关于死亡的思绪折磨得辗转反侧。

我们在罗马过的冬，先是在一家酒店里(管理人员五天后将我们驱逐出了酒店，而这里也算不上是家一流的旅馆)，而后是在维亚马尔古塔 33 号，其所在街道十分狭窄，经常有人在此乱涂乱画。这里之所以出名，是因为有许多无家可归的猫，原先的主人将它们抛弃，于是只好寄居在杂草丛生的露台，有些半疯的老太太会施舍它们，这些身形干瘪的老太婆每日游荡在它们中间，给

① 帕埃斯图姆，是意大利坎帕尼亚大区的城镇。它位于奇伦托地区北部，那不勒斯东南方 85 公里萨莱诺省靠近海岸的地方，是古希腊建筑遗址。

它们喂一些零碎的猫食。

我们的住所是一间顶层套房：你到这里来，须爬上六层楼，而且楼梯又黑又陡。我们有三间房，还有一个阳台。也正是因为有阳台，我才租的这个套间；与站在西西里的阳台上将广袤无垠的风景尽收眼底相反，身处这个阳台，你看到的是一片缩微的景致，如火光般寂静无瑕：几座罗马式的屋顶，黯淡的橙色，黯淡的赭石色，还有街对面的几扇窗(透过窗子，你可以观察到家庭生活的点点滴滴)。罗拉喜欢这个阳台。她几乎从未离开过这里。她喜欢栖息在石栏的边缘，仔细端详着楼下铺着鹅卵石的街道上人来车往：老太婆给马尔古塔的猫喂食；每个下午都会来这儿的街头卖艺人吹奏着风笛，直到最后，一个人觉得在情感上有些过意不去，于是扔给他一枚硬币；一个俊朗的磨刀人正在宣传他的产品，哞哞地像牛一样唱着男中音(家庭主妇们很快围了过来！)。

每当日落时分，罗拉总是在阳台的护栏上洗澡。她的浴缸是一个银质汤盘；她精神抖擞地在盘里很浅的水中浸润了一下，然后上蹿下跳，接着仿佛是解开一件水晶斗篷似的，她浑身抖动，伸展着翅膀；洗完澡后的几个小时是被蜜水浸透的幸福时光，罗拉在太阳下打着盹儿，头向后倾斜，喙部张开，眼睛紧闭。看到她这副模样，真是温馨。

西格诺尔·菲奥里似乎也这么觉得。他坐在窗前，刚好正对着阳台，只要能看见罗拉，他就充当起罗拉殷勤的观众。西格诺尔·菲奥里引起了我的兴趣。我在记这个名字以及他的经历时，还碰到了一些麻烦呢。他已经九十三岁高龄了，在他九十岁那年，他丧失了说话的能力：他想要吸引家人注意的时候(有一个寡居的孙女，还有五个长大成人的曾孙)，他就会按响一个晚餐响铃小按钮。除此以外，虽然他寸步不离卧室，但他似乎还是能够完全自理的。他视力极好：罗拉干的每一件事，都逃不过他的眼睛，要是她做出格外愚蠢或是可爱的事情，他那乖戾而刚毅的老脸就会拂过一阵笑容。他原先是个细木工，在他居住的这栋楼一层，曾经由他一手打下的基业还在延续；他的三个重孙都在那里工作。

一天早晨——圣诞节前的那个礼拜，罗拉进入我的生活差不多快一年时间了——我往罗拉的汤碗里倒了点矿泉水(她喜欢在矿泉水里洗澡，泡泡愈多愈好)，把碗拿到正在阳台上休憩的罗拉跟前，朝着西格诺尔 · 菲奥里挥了挥手(他跟往常一样，正坐在窗前，等着看罗拉梳妆打扮)，然后我便回到房里，坐在桌子跟前，开始写起信来。

这时，我听到西格诺尔 · 菲奥里按响晚餐铃声的叮叮声。这噪音众人皆知，你一天会听上二十遍；但听上去却从未和现在的这个声音一样：这急促的铃声，就像是亢奋的心跳。我很好奇，不知何故，于是跑去看个究竟，眼睛里的一番景象是：罗拉，这个太阳的崇拜者，正慵懒地蹲坐在石栏上——她的身后，一只硕大无比的黄猫已经不知不觉地爬过屋顶，它缓缓地移动着，肚子贴着石栏，绿色的眼睛露出寒光。

西格诺尔 · 菲奥里摇着铃。我大喊着。那只猫纵身一跃，张开猫爪。可是罗拉仿佛在最后一刻感觉到了大难临头。她从石栏上跳了下去，落在半空中。那只恼怒的猫，西格诺尔 · 菲奥里，还有我，眼睁睁地看着她不同寻常地坠落。

“罗拉！飞起来，罗拉，快飞起来啊！”

她的翅膀，尽管已经张开，却一动不动。缓缓地，庄重地，仿佛是身上系着降落伞，她往下坠落；越坠越低。

一辆敞篷小型载货卡车正好经过。我起初还在想，罗拉也许会落在它的前方：那可就危险了。可接下来发生的事情却更糟糕、更离奇、更可怕：她坠落在卡车后面装载的几个麻袋上面，然后就呆在了那里。而卡车还在前进：它转了个弯，驶离了维亚马尔古塔。

“快回来啊，罗拉！罗拉！”

我在她后面紧追；这六层楼的石梯很滑，我从上面摔了下来，膝盖摔破了皮；眼镜也没了(眼镜跌落，在墙上碰碎)。到了外面，我跑到卡车刚才转弯的地方。远处，由于近视，加上痛楚的泪水，我的视线变得模糊。我看见这辆小卡车在交通信号灯前停了下来。可在我能够赶到之前——远远在此之前——很快交通信号灯就变成了绿灯，这辆卡车又拖着罗拉开走了，它混入了在西班牙广场前打着漩涡的车流中，把她从我身边永远地带走了。

从那只猫突袭开始算起，不过四五分钟的光景。然而我却花了一个小时从原路返回、爬上楼梯、拾起眼镜，把摔碎的镜片装进荷包。这段时间，西格诺尔 · 菲奥里一直就坐在窗前，一直在那里等待，脸上带着悲恸而惊讶的表情。他见我已经回来，就按响了铃，喊我到阳台上来。

我告诉他，“罗拉觉得自己是别的什么物种。”

他皱了皱眉头。

“一只狗。”

眉头皱得更厉害了。

“她没了。”

这句话他听明白了。他垂下了头。我们都垂下了头。

简·鲍尔斯

（1966）

自从我上次见到这位名叫简·鲍尔斯的现代传奇人物，想必已经有七八年的时间了；这期间，我也并未收到过她的来信，至少未曾直接收到过。然而我确信，她还是那个样子；没错，最近有些去北非的游客告诉我，他们在北非某个城市某个昏暗的小酒馆见到过鲍尔斯，她的确没有变化——她那大丽花似的头上是一头卷曲的短发，鼻子翘起，那双眼睛粗略地看上去，稍有一些疯疯癫癫，又带着些淘气，她的声音很独特（沙哑的女高音），她的穿着很像个男孩子的打扮，体型却是小姑娘的身材，走起路来略有些跛——简的模样跟我二十多年前初次见她的情形，几乎没有什么变化：即便是在那时，她看上去都像是一个永远的顽童，一个最具吸引力的非成人，不过她的血管中却注入了某种比血更冷的物质，她还具有一种机智，一种任何孩子——即便是最奇特的神童——都不可能拥有的奇异智慧。

我第一次见到鲍尔斯夫人（1944？1945？）的时候，她已经在某些圈子里成了家喻户晓的人物：尽管那时才二十来岁，她已经出版了极具个性、评论颇多的一部小说——《严肃二女士》；她嫁给了才华横溢的作曲家兼作家保罗·鲍尔斯，随后，与丈夫一道在布鲁克林高地一家迷人的公寓租住了下来，这间公寓是由已故的乔治·戴维斯设计的。与鲍尔斯夫妇一同在此居住的还有理查德和艾伦·莱特、W·H·奥登、本杰明·布莱顿、奥利弗·史密斯、卡尔森·麦卡勒斯、吉普赛·罗斯·李(我印象中是这个名字),还有一名黑猩猩驯兽师和他的一位明星演员。总之,这个大家庭可不简单。可即便是在这样的群英荟萃之中,鲍尔斯太太还是能够脱颖而出、器宇不凡,这有赖于她的天赋及其所唤起的意象,同时也应归功于她的个性中两种特质的惊人结合:顽皮小狗般的直率与猫的优雅。

简·鲍尔斯是个权威的语言学家;她能够用最精确的语言使用法语、西班牙语以及阿拉伯语——或许,这就是为何她在讲述自己经历时,那段对话听上去——或者说是在我听来——仿佛是将其他语言的绝美结合翻译成的英语。不仅如此,这些语言都是她自学而成的,这要归功于鲍尔斯太太那漂泊不定的性格:她从纽约出发,踏上旅程,足迹遍布整个欧洲,而后又离开那里,躲开了一触即发的欧战,去往中美洲和墨西哥,随后又在布鲁克林高地上这个载入史册的大家庭中暂时栖身。1947 年以后,她就几乎一直旅居国外:不是在巴黎就是在锡兰[①],不过大部分时间,是在丹吉尔——事实上,鲍尔斯夫妇现在几乎可以被称作是丹吉尔永久居民了,他们已经在这个地势险峻、白雾笼罩的海港扎下了根。丹吉尔由两个不相匹配的部分组成,其中一个较为现代,却缺乏生气,岛上满是办公大楼和高耸的建筑,见不到阳光;另一个则是阿拉伯旧城区,穿过由小巷、壁龛,还有令人飘飘欲仙、散发着薄荷香味的广场组成的中世纪迷宫,通向山下挤满水手、

① 锡兰,印度以南一岛国,现已更名为斯里兰卡,首都为科伦坡。

汽笛呜呜的海港。鲍尔斯夫妇在两个岛上都有住处——在新区他们有一间经过消毒、十分舒适的房间，而在更为阴暗的阿拉伯区他们也有一处隐匿其中的庇护所：这是当地的一间民房，无疑是这个城市里最狭小的住所之一——屋顶极低，你若是要从一间房走到另一间房，几乎是要用手和膝盖趴在地上才行；不过房间本身倒是像一组明信片大小的罗塞尔画作一般迷人——摩尔式的床垫从摩尔式的毛毯上溢出，一切都是那样惬意，就像一个山莓蛋挞，精美的灯笼把屋里照得通亮，透过窗户，你可以欣赏到海天一色的美景，还可以望见尖塔与船只以及当地人的那一个个漆成蓝色的屋顶，它们如同一条幽灵般的阶梯通往远方那喧嚣的海岸线。或者说，这就是我记忆中的那番情景，我在一个日落的傍晚仅仅去过那里一次，哦，那已是十五年前的事儿了。

下面是伊迪丝·西特韦尔诗中的一行："简啊，简啊，晨曦又在嘎吱声中落下了"——这首诗我一直很喜欢，尽管我并不能完全理解，这位作者的很多作品都给我这样的感觉。莫非"晨曦"是一个表达回忆的意象（？）。我对简·鲍尔斯最美好的回忆是在一个冰冷的冬天，那时我们住在巴黎巴克大街上的酒店里，酒店简陋但惬意，我们就住在两间紧挨着的房间里，在那儿待了大约一个月的时间——那是1951年元月的事儿了。许许多多个寒冷的夜晚，我们都是在简那温暖舒适的小房间中度过的（里面全是书籍、论文和吃的东西，还有一只快活的白色京巴狗，那是从一个西班牙海员手里买来的）；漫长的傍晚，我们听着留声机，喝着热苹果白兰地，简在电炉上炖着些乱七八糟却十分美味的食物：她厨艺精湛，没错先生，她是个馋嘴的人，这一点你可以从她讲的故事中猜到——讲到饮食和烹饪，她谈兴极浓；她还有着不可思议的模仿能力，可以用怀旧的情感再现一些歌手的声音——譬如说海伦·摩根，还有她的密友利比·霍尔曼。多年以后，我写了一篇短篇小说，名为《伊甸园之路》，故事中，我将简·鲍尔斯的不少内在和外在特征都赋予到了女主人公的身上，而这一点我竟未意识到：她两腿僵硬蹒跚，戴着眼镜，具有善于模仿的超凡能力。（“她停了一会儿，似乎是在聆听给她放的提示音乐；然后唱道，‘不要离开我，既然已来到属于你的地方。你在我身旁，一切都看起来那么正常。当你离去时，一切全都不对头了。’贝利先生大吃一惊，因为他听到的，完全就是海伦·摩根的声音，带着一种淡雅的甜美，没有任何杂质，唱到高音区，她柔美的颤音仿佛不是转借而来的，而是属于玛丽·奥米根自己的声音，那是某种与世隔绝的秉性的自然流露。”）我在塑造玛丽·奥米根这个人物形象的时候，脑中并未想着鲍尔斯太太——从大的方面来看，她与这个人物形象并不相同；然而这件事表明了简留给我的印象是多么深刻，以至于她身上的个性碎片会以这样的方式浮现出来。

那年冬天，简正在创作《避暑别墅》，这出剧后来在纽约的制作是以一种非常敏感的方式进行的。

我对戏剧不是特别感兴趣：大多数时候，都不能从头看到尾；虽是如此，我还是把《避暑别墅》看了三遍，并非是出于对作者的忠诚，而是因为里面带有一种辛辣的睿智，这种滋味就像刚刚尝了一口饮料，苦涩却清新——这些特质也正是鲍尔斯太太的小说《严肃二女士》最初吸引我的地方。

我对鲍尔斯太太唯一的微词是，她的作品不是质量不行，而是数量不多。可以说，她的全部作品放在一起，一只手都能够拿得下。我们能够拥有这些作品，应当对此心存感激，但我真的期盼能有更多。有一次，我们在谈论一名同行，这个家伙比我俩都要笔下生风，简说道，“对他来说，这太容易了。他只需抖一抖手就有了。只须抖一抖手。”实际上，写作可不是件轻而易举的事情：也许你不知道，但写作是件最苦的差事，而对简来说，可谓到了真正意义上痛苦的边缘。怎么能不苦呢？——她的语言和她的主题都是在走过了曲折艰辛的小道后在顽石遍地的采石场上寻觅的：她笔下的人物间那些永未实现的关系，还有她用以包围、浸淫这些人物的精神和肉体折磨——每一间房都是一桩罪行，每一处都市景观都是一件霓虹灯下阴郁的作品。不过，尽管在简·鲍尔斯的视线中，悲剧观占据了中心位置，然而她依然是一位风趣的作家，一位诙谐的幽默家——不过，她不属于黑色幽默派。黑色喜剧，正如它的践行人所标榜的一样，当它成功的时候，它是美妙的技巧，完全没有任何的恻隐之心。而简·鲍尔斯的作品中所展现出的那种对于古怪心理和人性冷漠的微妙洞悉足以让我们授予她“艺术家”的殊荣。